本书获得中国社会科学院登峰战略
拉美文化特殊学科出版资助

Paisajes exóticos

Un recorrido gráfico de la
literatura latinoamericana
en China

Lou Yu

异乡的风景

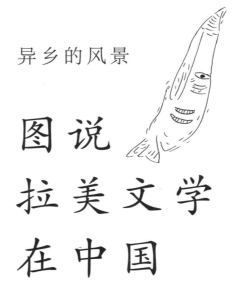

图说
拉美文学
在中国

楼宇 著

朝華出版社
BLOSSOM PRESS

编写说明

    本书主要基于《全国总书目》、中国国家图书馆及相关出版社数据，收录自中华人民共和国成立至 2019 年 12 月在中国出版的拉美文学汉译图书及中国作者所著拉美文学研究图书，以年份、作者、作品、国别、译者、出版机构等为统计单位，进行梳理考察。

    本书采用以下标准进行数据选择和分类。

    一、本书所指的"拉美文学"涵盖拉丁美洲及加勒比地区国家的文学。

    二、本书仅收录与拉美文学相关的图书作品，散见于各类报纸杂志的文学作品未纳入统计范围。

    三、本书仅收录在中国内地（大陆）出版的相关图书，港澳台地区出版的图书未纳入统计范围。

    四、本书仅收录小说、诗歌、散文、戏剧四大文学体裁的相关图书，漫画、绘本等图画书未纳入统计范围。

    五、著录项目中的"作者"一般采用图书上的署名，包括作品的作者和编者等。

    六、个别作者拥有双国籍，其作品会出现在相应的两个国家的国别统计中。本书另附有拥有双国籍的作者名单。

    七、个别情况下，不同出版社对同一作者的国籍信息标注不同或标注有误。本书在统计时，对上述情况做了统一处理，并按作者的实际国籍进行分类统计。

    八、个别作者和译者在署名时采用了笔名，本书在统计时做了统一处理，并附有作者和译者常用笔名与原名对照表。

    九、收录的书目信息中，标注了作品和出版社的中外文信息。其中，作品的外文书名以原著书名为主，涉及西班牙文、葡萄牙文和英文等；考虑到出版社基本都有官方英文译名，为方便外国读者查询和确保信息准确，凡涉及出版社外文名称时，统一采用其英文译名。

Nota de la autora

El presente libro fue elaborado tomando como base datos recogidos por la *Bibliografía China*, de la Biblioteca Nacional, así como información obtenida de las principales casas editoriales del país. Se han recopilado tanto las obras literarias latinoamericanas traducidas al chino como los libros sobre el tema escritos por autores chinos, publicados desde 1949 –cuando se fundó la República Popular China (RPCh)– hasta diciembre de 2019.

Se han adoptado los siguientes criterios para la selección y clasificación de los datos.

1) El término "literatura latinoamericana" abarca la literatura de los países de América Latina y el Caribe.

2) No se incluyen en los cuadros estadísticos las traducciones de la literatura latinoamericana publicadas en revistas y periódicos chinos.

3) Solo se incluyen en los cuadros estadísticos los libros publicados en la parte continental de China. Es decir, no están comprendidos los libros publicados en Hong Kong, Macao y Taiwán.

4) Solo figuran, asimismo, las obras en los cuatro géneros literarios reconocidos en China[1] y los libros infantiles ilustrados, no así los cómics.

5) Con respecto a los asientos principales de la obra, el término "autor" se refiere a la persona u organismo (instituciones, asociaciones, dependencia gubernamental, etc.) considerado responsable intelectual o artístico de dicha obra, y también pueden estar comprendidos el editor y el compilador. Para efectos de la catalogación, son consignados tal y como aparecen en la portada del libro.

6) En el caso de los autores con doble nacionalidad, sus obras aparecen en las estadísticas de los dos países correspondientes (ver Anexo III. Autores con doble nacionalidad).

7) En caso de que haya informaciones incorrectas sobre la nacionalidad del

---

[1] Como se sabe, existen diferentes maneras de clasificar los tipos de géneros literarios en el mundo. En el presente libro se adopta el criterio que se usa en China, que consiste en la narrativa (novela y cuento), la poesía, el ensayo y el drama.

autor, este es clasificado según su nacionalidad real en las estadísticas.

8) La clasificación se ha hecho según el nombre real de algunos autores y traductores chinos que firman con seudónimos (ver Anexo IV. Nombres y seudónimos de algunos autores y traductores).

9) Los asientos principales de las obras recopiladas están en chino y en lenguas extranjeras. Entre ellos, los títulos originales de las obras de la literatura latinoamericana están en español, portugués o inglés. Teniendo en cuenta que las editoriales chinas disponen normalmente del título oficial en inglés, este es adoptado para facilitar la consulta de los lectores extranjeros y garantizar la exactitud de los datos.

序

　　这本小书，缘自我的好奇心。大概是在 2016 年初"中拉文化交流年"开启之际，一些萦绕脑际许久的疑问再次浮现：作为中拉文化交流的重要组成部分，拉美文学的翻译与传播在中国已经走过了半个多世纪，那么，到底有多少作品被翻译成了中文？到底有哪些拉美作家的作品被译介到了中国？到底谁是拥有汉译作品最多的拉美作家？

　　此前，滕威教授已在其专著《"边境"之南：拉丁美洲文学汉译与中国当代文学（1949—1999）》中对中国翻译出版的拉美文学作品做了详尽的梳理，并重点分析了拉美文学汉译作品对中国文学的影响。陈黎明教授的专著《魔幻现实主义与新时期中国小说》聚焦魔幻现实主义作品在中国的译介与影响，并整理了 1949—2006 年该文学流派相关作品在中国的翻译及研究年表。但是，滕威教授的统计未涉及 21 世纪出版的拉美文学作品，陈黎明教授的统计仅限于魔幻现实主义这一文学流派。两位教授的著作均无法完全解答我心中的疑问。于是，我决定自己调查，一探究竟。

　　从建立第一个 Excel 文档、录入第一条书目信息开始，经过数月"书海拾贝"，拉美文学汉译的概貌逐渐呈现，我心中的疑惑也有了初步答案。2016 年年底，在"中拉文化交流年"闭幕之际，我完成了独立报告《拉美文学在中国（1949—2016）》，以大数据的形式直观呈现了拉美文学在中国的翻译和研究状况。报告的核心内容发布后，反响良好，数据被新华社、中央电视台西班牙语频道等媒体引用，此外，还被阿根廷《国家报》（*La Nación*）、《号角报》（*Clarín*），古巴《格拉玛报》（*Granma*），墨西哥《先驱报》（*El Heraldo de Saltillo*）等拉美多国主流报纸引用。

这项调查并未随着 2016 年的离去而画下句号。几年来，我一边添加新出版的图书信息，一边核查之前的数据，不断扩充、完善拉美文学在中国的"档案库"。这是一个动态的数据库，不断有新的作品"入库"。2019 年适逢中华人民共和国成立 70 周年，因此，我们决定选择这一年作为本书收录书目的时间截止点。

本书以中文和西班牙文双语呈现，并附有中国出版的拉美文学汉译作品及中国作者编著的拉美文学相关作品的完整书目信息，方便中外读者了解拉美文学在中国的翻译及研究的总体面貌，也为相关研究提供一份文献参考。此外，文学译介活动是在作者、译者、出版社及读者的互动与影响中展开的，因此，我们还开展了一项关于拉美文学认知度的调研，考察拉美文学在中国的接受情况。

最后，希望这本小书能对促进中拉文化交流、增进中拉相互认知做出一点微薄的贡献。本人水平有限，加之调研时间跨度大、涉及国别众多、书目种类繁杂，由此造成的信息缺漏和统计错误在所难免，恳请广大读者批评指正，以便今后不断完善。

楼宇

2023 年 11 月

Prefacio

Este trabajo nació, en realidad, de mi curiosidad. Cuando el Año de Intercambio Cultural China-América Latina y el Caribe fue inaugurado a principios de 2016, resurgieron algunas dudas que desde hacía mucho tiempo rondaban en mi cabeza: como parte fundamental del intercambio cultural, la traducción y circulación de la literatura latinoamericana tiene ya una historia de más de seis décadas en el país asiático; sin embargo, ¿cuántas obras se han traducido al chino mandarín?, ¿cuáles son los escritores latinoamericanos que han sido traducidos?, y ¿quién es el más traducido?

Si bien existen estudios sobre el tema, por ejemplo, *La traducción de la literatura latinoamericana en China y su relación con la literatura contemporánea china (1949-1999)* (《 "边境" 之南：拉丁美洲文学汉译与中国当代文学（1949—1999）》) de la profesora Teng Wei y *El realismo mágico y la narrativa contemporánea china* (《魔幻现实主义与新时期中国小说》) del profesor Chen Liming, en los cuales los autores han hecho un compendio detallado de las traducciones de la literatura latinoamericana en China, el trabajo de Teng Wei se limita al siglo XX, mientras que en el estudio de Chen Liming, solo fueron incluidas las obras relacionadas con el realismo mágico al recopilar una cronología de traducciones de la literatura latinoamericana en China desde 1949 hasta 2006. Debido a que ninguno de los libros respondía completamente a las preguntas que tenía en mente, decidí resolver yo misma dicho misterio.

Desde el momento de la confección del primer formulario en Excel para introducir los datos bibliográficos, la curiosidad me alentó a iniciar una infinita indagación rodeada de libros. Tras unos meses, logré trazar un panorama de la literatura latinoamericana en China. A finales de 2016, cuando se clausuró el Año de Intercambio Cultural China-América Latina y el Caribe, presenté el informe "La presencia de la literatura latinoamericana en China (1949-2016)". Este tuvo una buena acogida y sus conclusiones principales fueron citadas tanto por la Agencia de Noticias Xinhua, la Cadena Global de Televisión de China, como por periódicos de diversos países latinoamericanos, entre otros, *La Nación* y *Clarín* de Argentina, *Granma* de Cuba y *El Heraldo de Saltillo* de México.

Esta investigación no se detuvo en 2016. En los últimos años, he ido añadiendo información de los libros recién publicados y comprobando los datos anteriores. Por lo tanto, se trata de una base de datos dinámica, en la que continuamente se agregan nuevas obras. Elegimos el año 2019, que coincidió con el 70.º aniversario de la fundación de la RPCh, como punto de corte para la investigación y las estadísticas.

La presente obra bilingüe cuenta con anexos como el "Catálogo bibliográfico de la literatura latinoamericana publicada en China" y el "Catálogo bibliográfico de las obras de autores chinos sobre la literatura latinoamericana", y tiene como objetivo facilitar a los lectores chinos e hispanohablantes una comprensión sobre el panorama general de la traducción y el estudio de la literatura latinoamericana en China, así como proporcionar una referencia bibliográfica para otras investigaciones concernientes al tema. Resulta oportuno señalar que una actividad como la traducción literaria se lleva a cabo a través de una íntima interacción entre autores, traductores, editores y lectores, por lo tanto, hemos realizado también una encuesta para indagar la recepción de la literatura latinoamericana en el país asiático.

Dada la amplia variedad de bibliografías y el extenso periodo de investigación, si bien hemos hecho grandes esfuerzos para hacer una recopilación completa, es posible que algunas informaciones hayan quedado incompletas e incluso algunas sean erróneas. De todas maneras, nuestra recopilación permite tener una apreciación bastante aproximada sobre la presencia de la literatura latinoamericana en China. Esperamos que este trabajo cumpla con su objetivo, el de realizar una contribución tanto al intercambio cultural entre China y América Latina y el Caribe como a la mejora de la comprensión mutua entre los pueblos.

Lou Yu

Noviembre de 2023

目录

ÍNDICE

第一章

拉美文学在中国的译介

1950 年 1 月，智利作家巴勃罗·聂鲁达（Pablo Neruda）的诗集《让那伐木者醒来》（*Que despierte el leñador*）中译本面世。这是中国出版的首部单行本拉美文学图书。以此为起点，截至 2019 年 12 月，共计 1037 种拉美文学作品远涉重洋，陆续抵达中文世界。

细查拉美文学汉译图书，不难发现，书写这部历史的并非只有译者、编辑或出版社，推动译介与传播的大时代也是其重要的执笔者。作为一项跨文化交流活动，文学作品的翻译受到了社会、历史、文化、政治及经济等因素的影响。拉美文学在中国的译介及传播历程，无法脱离中华人民共和国文化史、对外交流史、出版业发展史和中拉关系史等历史框架而存在。综合考虑上述因素，我们将 1949 年以来的拉美文学译介历程分为中华人民共和国成立至 1978 年、改革开放至 1999 年及 21 世纪以来至今三个时期进行考察，并从出版数量、作者、作品、国别、译者、出版机构等六个方面进行梳理，用数据形式直观勾勒出拉美文学在中国译介情况的概貌。

第一节
文化交流的信使：政治维度下的拉美文学汉译
（1949—1978）

中华人民共和国成立后，"百花齐放、百家争鸣""古为今用、洋为中用"的方针促进了文化事业的发展，为外国文学的译介创造了良好的条件。但新生共和国面临复杂的国内外政治格局，文学翻译不可避免受到当时社会环境的影响。新中国成立的前 20 年，除古巴在 1960 年与中国建交外，其他拉美国家均

缺席于中国的外交版图。"为打破对拉美的外交困局，中国的拉美政策主要是推动民间外交，期望在拉美形成以'民'促'官'的社会力量。"[①] 文化交流成为当时中拉民间交往的主要形式。因此，这一时期的拉美文学汉译，不仅具有鲜明的时代特征，更是被赋予了某种特殊的使命。文学领域的交流成为当时中拉民间交往的主要形式之一，在中拉文化交流中发挥着铺路搭桥的积极作用，对增进中国对拉美的认知具有重要意义。

一、出版数量

1949—1978 年，中国共计出版 85 种拉美文学图书（包括重版重译图书）。作为拉美文学汉译的初始期，1949—1978 年的时间跨度虽然是 30 年，但有 10 个年份的年出版量为零。数据显示，新中国成立后的最初 17 年出版数量为 77 种，约占这一时期总量的 91%。1966—1976 年"文化大革命"时期，中国的文化事业遭遇了严重挫折，外国文学的翻译和出版陷入停滞，其间仅有 4 种拉美文学图书出版。（见图 1）

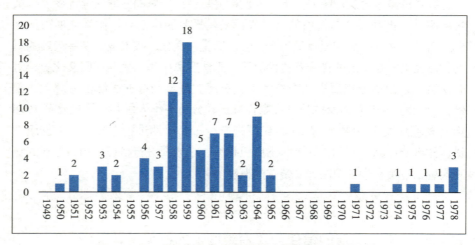

图 1　1949—1978 年拉美文学汉译图书出版数量（单位：种）

二、作者情况

1949—1978 年间共有 50 多位拉美作者的作品在中国出版，其中绝大部分

---

① 贺双荣：《中国与拉丁美洲和加勒比国家关系史》，中国社会科学出版社，2016 年，第 62 页。

作者仅有 1 种作品出版，只有 9 位作者有 2 种及以上作品出版。聂鲁达和巴西作家若热·亚马多（Jorge Amado）是当时拥有汉译作品最多的拉美作家，两人的汉译作品数量总和占这一时期作品总量的 16%。（见图 2 ）

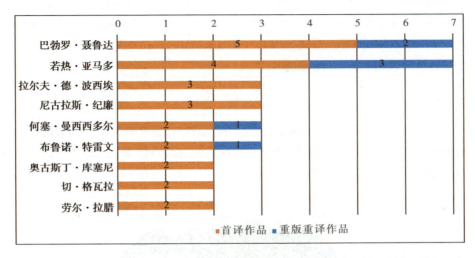

图 2　1949—1978 年拉美文学汉译图书作者情况（2 种首译作品及以上，单位：种）

　　中国与苏联的交流是当时中国对外文化交流中最重要的组成部分，因此，中国与拉美最初的文化交往也与苏联有着密不可分的关系。第一位访华的拉美知名作家聂鲁达就是从苏联出发访问中国的。1951 年 9 月，聂鲁达抵达北京，代表"加强国际和平"斯大林国际奖委员会专程向宋庆龄颁发该奖项。聂鲁达的访华，不仅是一次属于文化和对外交流领域的重要事件，更拉近了中拉遥远的地理与文化距离，开启了中国与拉美国家的友谊篇章。聂鲁达被周恩来总理称为"中拉友好之春的第一燕"。①

　　这一时期拥有汉译作品的作者大部分都是左翼作家，且有多位获得"加强国际和平"斯大林国际奖（后更名为国际列宁和平奖），如亚马多、聂鲁达、古巴诗人尼古拉斯·纪廉（Nicolás Guillén）、危地马拉作家米盖尔·安赫尔·阿斯图里亚斯（Miguel Ángel Asturias）和阿根廷作家阿尔弗雷多·瓦莱拉（Alfredo Varela）等。此外，大部分作者都曾经访问中国。除上述几位斯大林国际奖得

_____

① 黄志良：《新大陆的再发现 —— 周恩来与拉丁美洲》，世界知识出版社，2004 年，第 55 页。

主外，还有巴西作家吉里耶尔梅·费格莱德（Guilherme Figueiredo）、古巴作家何塞·安东尼奥·波尔图翁多（José Antonio Portuondo）、智利诗人巴勃罗·德罗卡（Pablo de Rokha）、洪都拉斯作家拉蒙·阿马亚·阿马多尔（Ramón Amaya Amador）和海地作家雅克·斯蒂芬·阿列克西斯（Jacques Stephen Alexis）等。在北京旅居多年的智利左翼艺术家何塞·万徒勒里（José Venturelli），以及于 20 世纪 60 年代访华的革命家切·格瓦拉（Ernesto Guevara）等也有作品出版，主要是其撰写的回忆录、日记和随笔等。

三、作品情况

从作品体裁看，1949—1978 年出版的作品中，包括长篇小说和短篇小说选集在内的小说类图书共计 47 种，占 55%；其次为诗歌类和戏剧类作品，分别为 23 种和 8 种。（见图 3）

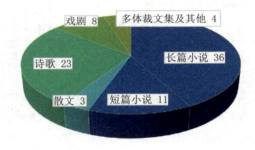

图 3　1949—1978 年拉美文学汉译图书体裁分布情况（包括重版重译图书，单位：种）

左翼文学是 20 世纪 "50 年代至 70 年代中国大陆唯一的文学规范"[①]。这一规范同样适用于外国文学的译介。当时引进的外国文学作品风格单一，带有鲜明的现实主义特征。具体到拉美文学作品，则以拉美人民反帝、反殖民、反霸权的故事和他们的现实生活为主要题材，字里行间呈现的是一个与中国同为 "第三世界" 的拉丁美洲。以聂鲁达的作品为例，虽然诗人在 1949 年之前已有多部风格迥异的诗集出版，但他被译介到中国的作品均为社会抒情诗，带有浓郁的政治色彩，如诗集《让那伐木者醒来》、《流亡者》（*El fugitivo*）、《葡萄园和风》（*Las uvas y el viento*）和《英雄事业的赞歌》（*Canción de gesta*）等。聂

---

① 洪子诚：《中国文学 1949—1989》，北京出版社，2020 年，第 5 页。

鲁达所创作的表现个人情感和爱情主题的诗作在当时基本缺席于中国读者的阅读视野。

这一时期，重版重译的作品仅有 9 种，约占总量的 11%。其中，重版重译次数最多的作品是亚马多的长篇小说《饥饿的道路》（*Seara vermelha*），共有 3 种。亚马多的《无边的土地》（*Terras do sem fim*）、聂鲁达的《让那伐木者醒来》和《聂鲁达诗文集》（*Antología de Pablo Neruda*）、巴西作家阿琳娜·巴依姆（Alina Paim）的《时候就要到了》（*A hora próxima*）等 7 部作品，各有 2 种。除了《深渊上的黎明》（*El alba en las simas*）和《露水的主人》（*Gobernadores del rocío*）有 2 个译本外，其他作品均为同一译本的重版。（见表 1）

表 1　1949—1978 年拉美文学汉译图书重版重译情况（2 种及以上）

书名及作者	重版重译数量	译本数量
《饥饿的道路》（若热·亚马多）	3 种	1 个
《时候就要到了》（阿琳娜·巴依姆）	2 种	1 个
《聂鲁达诗文集》（巴勃罗·聂鲁达）	2 种	1 个
《深渊上的黎明》（何塞·曼西西多尔）	2 种	2 个
《草莽将军》（布鲁诺·特雷文）	2 种	1 个
《露水的主人》（雅各·路曼）	2 种	2 个
《让那伐木者醒来》（巴勃罗·聂鲁达）	2 种	1 个
《无边的土地》（若热·亚马多）	2 种	1 个

四、国别情况

作为与中国建交最早的拉美国家，古巴在 1949—1978 年间拥有的汉译作品数量最多，共计 16 种。其次为巴西（14 种）、智利（11 种）和阿根廷（10 种）。值得强调的是，这一时期虽为拉美文学汉译的初始期，但被译介过来的作品并非只集中于几个文学大国和已建交国家，而是广泛分布于拉美多国。纵观 70 年拉美文学汉译历史，洪都拉斯、海地、圭亚那，以及特立尼达和多巴哥等国仅在这一时期拥有汉译作品。（见图 4）

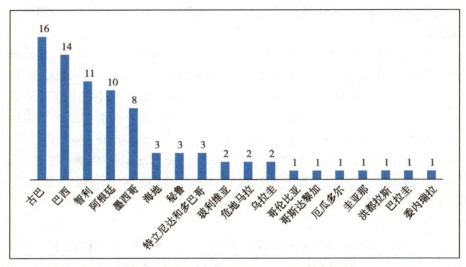

图4　1949—1978年拉美文学汉译图书国别分布情况（包括重版重译图书，单位：种）

五、译者情况

数据显示，共计70余位译者参与了这一时期拉美文学的翻译工作。其中，大部分译者仅有1种译作，译作有3种及以上的有7位译者。（见图5）

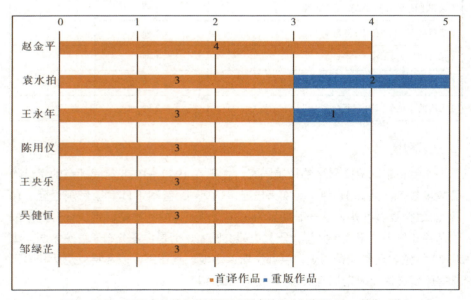

图5　1949—1978年拉美文学汉译图书译者情况（3种及以上，单位：种）

这 7 位译者中，只有袁水拍和邹绿芷是非西葡语译者，但总体而言，这一时期中国的西葡语翻译人才非常匮乏。中国的西班牙语专业创建于 1952 年。因此，自 20 世纪 50 年代末才开始陆续出现第一批西班牙语译者，如王央乐、陈用仪（笔名亦潜）、王永年（笔名王仲年）、赵金平、吴健恒（吴名祺）、林光、黄志良、刘静言等。中国的葡萄牙语专业于 1960 年创建，招生数量不多，再加上创建后没几年就进入了"文化大革命"时期，因此，这一时期的葡萄牙语译者寥寥无几。

当时出版的拉美文学作品多由俄语、英语、法语等版本转译而来。拉美文学汉译作品中第一部西班牙语文学作品《让那伐木者醒来》由袁水拍从英文版转译。拉美文学汉译作品中第一部葡萄牙语文学作品为亚马多的长篇小说《无边的土地》，于 1953 年 3 月出版，由吴劳从英译本转译。同年 5 月出版的另一部亚马多的作品《希望的骑士：路易斯·卡尔洛斯·普列斯铁斯的生平》（*O Cavaleiro da Esperança é a biografia poética do líder revolucionário Luís Carlos Prestes*）则由王以铸从俄译本转译。

六、出版机构情况

1949—1978 年共计 15 家出版机构参与了拉美文学类图书的出版，其中有 7 家出版机构的出版数量为 3 种及以上，有 6 家出版机构仅出版了 1 种图书。人民文学出版社、作家出版社及上海文艺出版社的出版数量超过 10 种，分别为 25 种、19 种和 13 种。（见图 6）

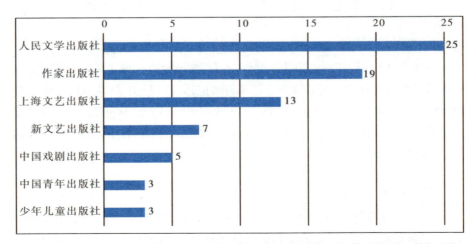

图 6 1949—1978 年拉美文学汉译图书出版机构情况（3 种及以上，包括重版图书，单位：种）

值得强调的是，中国传统的书写方式是自上而下竖写、自右向左排列。在中华人民共和国成立初期，印刷品和出版物等仍为竖排版。1955 年起，报刊书籍的排版方式才陆续改为横排版。此外，1956 年中华人民共和国国务院审定通过了《汉字简化方案》，报刊书籍上的繁体字也逐步改为简体字。因此，最初出版的拉美文学作品均使用竖排版和繁体字。（见图 7）

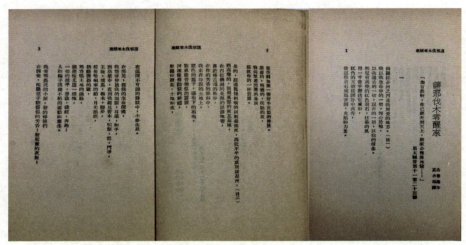

图 7　聂鲁达：《让那伐木者醒来》，袁水拍译，新群出版社，1950 年，第 1—3 页。

第二节
华彩篇章：回归文学本位的拉美文学汉译
（1979—1999）

1978 年 12 月召开的中国共产党十一届三中全会是中华人民共和国历史上具有深远意义的伟大转折，开启了改革开放的序幕。从 1979 年开始，国内政治、经济和文化环境逐渐得到改善，文艺政策也做出了重大调整。停滞的拉美文学翻译和出版重新启动，并迅速回归文学本位，迎来其在中国译介和传播的第一个高峰。

一、出版数量

1979—1999 年，中国共计出版 314 种拉美文学图书（包括重版重译图书）。数据显示，这一时期的年出版量分布较为均匀，21 个年份中有超过半数的年份年出版量在 15—22 种。（见图 8）

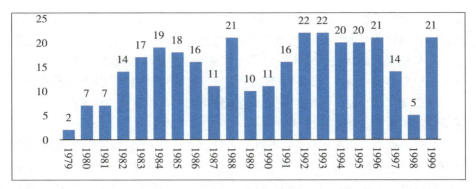

图 8 1979—1999 年拉美文学汉译图书出版数量（单位：种）

二、作者情况

1979—1999 年间共有 100 多位拉美作者的作品在中国出版，其中逾半数的作者只有 1 种作品出版，有 15 位作者有 3 种及以上作品出版。哥伦比亚作家加夫列尔·加西亚·马尔克斯（Gabriel García Márquez）、秘鲁作家马里奥·巴尔加斯·略萨（Mario Vargas Llosa）和亚马多成为当时拥有汉译作品最多的拉美作家，三人的作品数量总和占这一时期作品总量的 21%。（见图 9）

图 9 1979—1999 年拉美文学汉译图书作者情况（3 种首译作品及以上，单位：种）

1979 年 10 月，"中国西班牙、葡萄牙、拉丁美洲文学研究会"在南京成立。这是国内最早成立的一批外国文学研究会之一，聚集了当时国内上百名来自高校、科研机构、出版社、政府部门和媒体等单位的西葡语文学专家和爱好者。在以该研究会成员为主的专家学者的努力下，拉美文学的译介标准由此前的政治考量转向文学本位，多部拉美文学经典作品和一批重要拉美作家在短时间内被介绍到了中国。

如图 9 所示，绝大部分作家都在拉美文坛占重要地位，不仅在西葡语文学世界，甚至在国际上都拥有广泛影响力，如阿根廷作家豪尔赫·路易斯·博尔赫斯（Jorge Luis Borges）和加西亚·马尔克斯等。数据显示，虽然对聂鲁达和亚马多的译介仍保留上一时期的热度，但以加西亚·马尔克斯、巴尔加斯·略萨、卡洛斯·富恩特斯（Carlos Fuentes）、胡利奥·科塔萨尔（Julio Cortázar）、何塞·多诺索（José Donoso）、阿莱霍·卡彭铁尔（Alejo Carpentier）为代表的拉丁美洲"文学爆炸"时期的作家已然成为译介主流。仅上述 6 位作家的汉译作品数量就达到 71 种，占这一时期作品总量的 23%。此外，加西亚·马尔克斯和墨西哥诗人、文学评论家奥克塔维奥·帕斯（Octavio Paz）分别于 1982 年和 1990 年获诺贝尔文学奖，对拉美文学在中国的译介和传播起到了推动作用。圣卢西亚诗人、剧作家德里克·沃尔科特（Derek Walcott）于 1992 年获诺贝尔文学奖，但遗憾的是，他的作品直到 21 世纪才被译介到中国。

三、作品情况

从作品体裁看，1979—1999 年出版的作品中，包括长篇小说和短篇小说选集在内的小说类图书共计 231 种，占 74%；其次为诗歌类和散文类作品，分别为 32 种和 28 种。（见图 10）

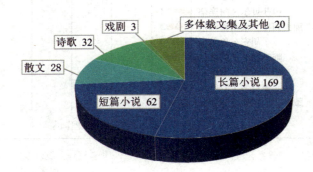

图 10　1979—1999 年拉美文学汉译图书体裁分布情况（包括重版重译图书，单位：种）

20 世纪 80 年代，现实主义风格仍是拉美文学汉译作品的主色调。但这些作品不再局限于社会现实主义，内涵更为丰富，形式也更趋多样。中国读者在拉美文学汉译作品中接触到了风格迥异的"现实主义"。既有以《深沉的河流》（*Los ríos profundos*）、《广漠的世界》（*El mundo es ancho y ajeno*）为代表的展现印第安族群的生活风貌和讲述他们反抗以白人为主的统治阶层的抗争故事的土著主义小说，也有像《堂娜芭芭拉》（*Doña Bárbara*）、《旋涡》（*La vorágine*）等聚焦本土自然特色和文化传统的地域主义小说，但最令人瞩目的是以加西亚·马尔克斯的长篇小说《百年孤独》（*Cien años de soledad*）为代表的魔幻现实主义作品。拉美多元混杂的文化传统，光怪陆离的自然景观，还有拉美各国别样的历史与社会风貌，凡此种种，无不让读者感叹拉美那神奇而魔幻的现实。

从 20 世纪 90 年代开始，拉美文学汉译作品呈现更为多元的风格。博尔赫斯的作品给中国读者带来的震撼不容小觑。博尔赫斯远离社会现实，醉心于文学和哲学等抽象世界的探寻，提供了创作的另一种范式。在他短小精悍的作品中，读者遇见的是无尽时空中难以穷尽的阐释迷宫。此后，随着更多拉美重要作家作品的译介和出版，拉美"文学爆炸"开始席卷中国。拉美作家实验性的叙事手法，推陈出新的小说结构，虚实交叠的叙事视角，让中国读者不由得惊叹连连："原来小说还能这样写！"

自 20 世纪 80 年代起，中国文学掀起了革新的浪潮，"突破"和"创新"成为文坛关键词。外国文学作品的大量拥入引发了思想与文化的交流与碰撞，有力推动了中国文学的变革，拉美文学就是其中一股重要力量。魔幻现实主义流派更是在中国文坛引起了巨大反响，"并最终成为影响和启悟新时期中国文学发展的最重要的西方文学思潮之一"。①

席卷中国文坛的拉美文学热潮推动了拉美文学的译介和传播。这一时期，许多重要的拉美文学作品多次重版重译，共计 68 种，约占总量的 22%。其中，重版重译次数最多的作品是加西亚·马尔克斯的《百年孤独》，共计 10 种 3 个译本；其次为聂鲁达的《我坦言我曾历尽沧桑》（*Confieso que he vivido*），共计 6 种 3 个译本；加西亚·马尔克斯的《霍乱时期的爱情》（*El amor en los tiempos del cólera*）以及巴尔加斯·略萨的《绿房子》（*La casa verde*）、《胡利娅姨妈与作家》（*La tía Julia y el escribidor*）和《狂人玛伊塔》（*Historia de*

---

① 陈黎明：《魔幻现实主义与新时期中国小说》，河北大学出版社，2008 年，第 1 页。

Mayta）也达到了 3 种及以上。（见表 2）

表 2　1979—1999 年拉美文学汉译图书重版重译情况（3 种及以上）

书名及作者	重版重译数量	译本数量
《百年孤独》（加西亚·马尔克斯）	10 种	3 个
《我坦言我曾历尽沧桑》（巴勃罗·聂鲁达）	6 种	3 个
《霍乱时期的爱情》（加西亚·马尔克斯）	4 种	3 个
《绿房子》（巴尔加斯·略萨）	4 种	2 个
《胡利娅姨妈与作家》（巴尔加斯·略萨）	4 种	1 个
《狂人玛伊塔》（巴尔加斯·略萨）	3 种	1 个

　　莫言曾多次提到《百年孤独》给他带来的震撼。在其 1986 年发表的《两座灼热的高炉——加西亚·马尔克斯和福克纳》一文中，莫言写道："我在 1985 年中，写了五部中篇和十几个短篇小说。它们在思想上和艺术手法上无疑都受到了外国文学的极大的影响。其中对我影响最大的两部著作是加西亚·马尔克斯的《百年孤独》和福克纳的《喧哗与骚动》。我认为，《百年孤独》这部标志着拉美文学高峰的巨著，具有惊世骇俗的艺术力量和思想力量。"[1] 阎连科坦言，"拉美文学在世界上的爆炸，轰鸣声在中国文坛的巨响可谓振聋发聩，令中国作家头晕目眩"。[2] 中国作家对拉美文学的青睐和推崇，对拉美文学在中国的传播起到了巨大的推动作用。这一时期的中拉关系已处于稳步发展阶段，人文交流也愈加频繁。但从某种意义而言，在中拉文化交流的诸多形式中，没有哪种形式像拉美文学这般给中国的文化领域带来了如此广泛和深刻的变化。可以说，这一时期的拉美文学汉译已不仅仅局限于促进中国对拉美的认知，还对中国现当代文学产生了重要影响，在中国文学史上留下了不可磨灭的印记，与此同时，也在中拉文化交流史上留下了浓墨重彩的一笔。

四、国别情况

　　1979—1999 年间拥有汉译作品最多的拉美国家为哥伦比亚，共计 41 种。智利、墨西哥、阿根廷、巴西和秘鲁等国均在 30 种以上。需要指出的是，上

---

① 莫言：《两座灼热的高炉——加西亚·马尔克斯和福克纳》，《世界文学》1986 年第 3 期，第 298 页。
② 阎连科：《我的现实 我的主义》，中国人民大学出版社，2011 年，第 265 页。

述国家的汉译图书主要集中在几个文学大家。如巴尔加斯·略萨的作品占秘鲁汉译作品的 72%；加西亚·马尔克斯的作品占哥伦比亚汉译作品的 66%；亚马多的作品占巴西汉译作品的 42%；聂鲁达的作品占智利汉译作品的 38%；博尔赫斯的作品占阿根廷汉译作品的 36%。（见图 11）

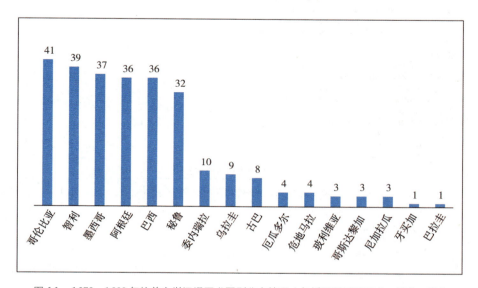

图 11　1979—1999 年拉美文学汉译图书国别分布情况（包括重版重译图书，单位：种）

五、译者情况

数据显示，近 200 位译者参与了这一时期拉美文学的翻译工作。译作有 5 种及以上的译者有 19 位，其中，朱景冬、赵德明和赵振江参与翻译的作品超过 10 种。（见图 12）

自 20 世纪 80 年代开始，国内西葡语教学初具规模，一大批有造诣的西葡语人才投身拉美文学译介工作，从其他语种转译作品的比例大幅减少，错译和漏译现象也大为改观。值得强调的是，图 12 所示的译者均熟练掌握西班牙语或葡萄牙语，多为高校教师、科研机构研究人员，或在新闻媒体、国家部委供职的资深翻译或记者，他们不仅精通外语，还是中拉交往的积极参与者。这一时期，这些专家型译者以学者的眼光精选精译，为拉美文学经典作家作品的汉译打下了坚实的基础。

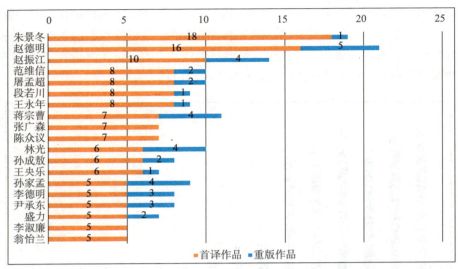

图 12　1979—1999 年拉美文学汉译图书译者情况（5 种及以上，单位：种）

六、出版机构情况

1979—1999 年共计 74 家出版机构参与了拉美文学类图书的出版，其中有 15 家出版机构的出版数量为 6 种及以上，有 37 家出版机构仅出版了 1 种图书。云南人民出版社、上海译文出版社、外国文学出版社（现天天出版社）、漓江出版社、时代文艺出版社和人民文学出版社的出版数量超过 10 种。其中，云南人民出版社的出版数量遥遥领先，为 69 种，占这一时期出版总量的 22%。（见图 13）

自 1987 年起，云南人民出版社和中国西班牙、葡萄牙、拉丁美洲文学研究会合作出版"拉丁美洲文学丛书"，陆续译介近 70 种图书，包括加西亚·马尔克斯、巴尔加斯·略萨、富恩特斯、帕斯、多诺索、科塔萨尔、卡彭铁尔等重量级作家的作品和相关文论数种。这套丛书选题精良、译介系统，对推动拉美文学在中国的传播影响深远，功不可没。

需要指出的是，在相当长一段时期内，国内出版业版权意识不强，外国作品的翻译和出版缺乏正规化，当时的绝大部分汉译作品都没有获得合法版权。1992 年，中国正式加入相关国际著作权公约，开始实施《伯尔尼保护文学和艺术作品公约》和《世界版权公约》。出版业的版权意识逐渐加强，相关政策法规的执行也渐趋规范。

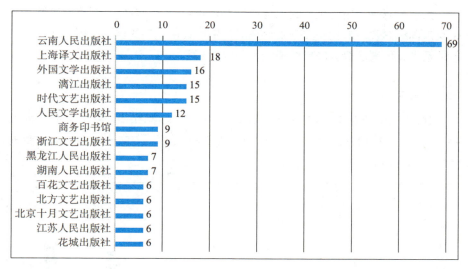

图 13　1979—1999 年拉美文学汉译图书出版机构情况（6 种及以上，包括重版图书，单位：种）

　　除了版权问题，当时还存在一些其他出版"乱象"。个别出版单位片面追逐经济效益，争抢"热门"选题，导致重复交叉出版现象严重。不少经典作家作品的翻译处于无序混乱的状态。同一作品在短时间内出现多个译本，甚至出现了不少剽窃、抄袭译文的现象。图书盗版、书号混乱现象较为严重，这不仅影响了正版图书的销售，侵害图书权利人的利益，还对读者造成误导，干扰了拉美文学的传播。

第三节
方兴未艾：多元时代的拉美文学汉译
（2000—2019）

　　21 世纪伊始，风靡一时的拉美文学在中国渐归平静。2010 年，巴尔加斯·略萨获诺贝尔文学奖，引发了拉美文学的阅读和出版热潮。此后，一系列文化事件使拉美文学在中国再次"升温"。2012 年，莫言获得诺贝尔文学奖。颁奖词中提及，莫言的文学创作颇具加西亚·马尔克斯的风格。立时，在中国掀起重读莫言热的同时，拉美文学也再次回归读者视野。2014 年，加西亚·马尔克斯逝世的消息传来，中国读者纷纷举行纪念活动，他的多部作品成为外国文学类畅销书。与此同时，中国与拉美地区的交流进一步密切。特别是党的

十八大召开以来，中拉关系迈入全面发展新时期，双边合作水平不断提升，文化交流向纵深发展。拉美文学汉译也成为中拉文化交流的重要一翼，焕发出空前的活力，取得了令人瞩目的成绩。

一、出版数量

2000—2019 年，中国共计出版 638 种拉美文学图书（包括重版重译图书）。其中，2013—2019 七年间出版了 373 种图书，占这一时期出版数量的 58%。（见图 14）

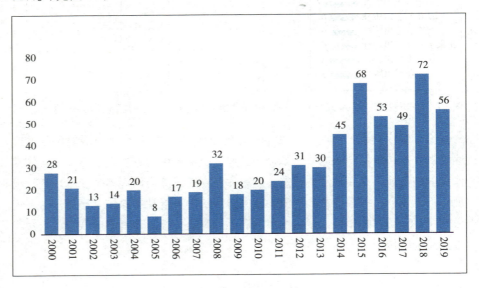

图 14　2000—2019 年拉美文学汉译图书出版数量（单位：种）

二、作者情况

2000—2019 年间共有近 200 位拉美作者的作品在中国出版，其中逾半数的作者仅有 1 种作品出版，有 17 位作者有 6 种及以上作品出版。博尔赫斯、加西亚·马尔克斯和巴尔加斯·略萨是这一时期拥有汉译作品最多的拉美作家，三人的作品数量总和达到 170 种，约占这一时期作品总量的 27%。（见图 15）

这一时期，译介选题标准呈现多样化特征，除了以国内拉美文学专家为主的学者眼光外，出版社的选题策划成为重要因素。如图 15 所示，这一时期译介作品最多的作家中，博尔赫斯、加西亚·马尔克斯、巴尔加斯·略萨、科塔萨尔等经典作家仍在榜单上居于高位，与此同时，在欧美市场广受欢迎的巴西作家保罗·柯艾略（Paulo Coelho）、智利作家罗贝托·波拉尼奥（Roberto Bolaño）、哥伦比亚作家安吉拉·波萨达·斯沃福德（Ángela Posada Swafford）等也榜上有名。墨西哥著名导演、编剧吉尔莫·德尔·托罗（Guillermo del Toro）根据其电影作品改编的小说也有多部被译介到中文世界。

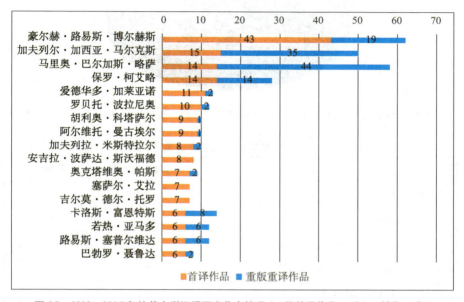

图 15　2000—2019 年拉美文学汉译图书作者情况（6 种首译作品及以上，单位：种）

三、作品情况

从作品体裁看，2000—2019 年出版的作品中，包括长篇小说和短篇小说选集在内的小说类图书共计 417 种，占 65%；其次为散文类和诗歌类作品，分别为 103 种和 66 种。（见图 16）

细查这一时期拉美文学汉译图书的重版重译情况，可以发现，名家名作仍为译介重点。2000—2019 年，重版重译作品共计 209 种，约占总量的 33%。其中，重版重译次数最多的作品仍是《百年孤独》，共计 16 种 14 个译本；其次为《霍乱时期的爱情》和巴尔加斯·略萨的长篇小说《潘达雷昂上尉与劳军女郎》（Pantaleón y las visitadoras），共计 6 种。巴尔加斯·略萨成为这一时期拥有重版重译作品最多的作家，共有 7 部作品的重版重译数量在 4 种及以上。（见表 3）

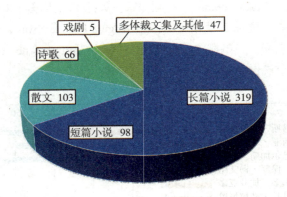

图 16　2000—2019 年拉美文学汉译图书体裁分布情况（包括重版重译图书，单位：种）

表 3　2000—2019 年拉美文学汉译图书重版重译情况（4 种及以上）

书名及作者	重版重译数量	译本数量
《百年孤独》（加西亚·马尔克斯）	16 种	14 个
《霍乱时期的爱情》（加西亚·马尔克斯）	6 种	5 个
《潘达雷昂上尉与劳军女郎》（巴尔加斯·略萨）	6 种	1 个
《给青年小说家的信》（巴尔加斯·略萨）	5 种	1 个
《酒吧长谈》（巴尔加斯·略萨）	4 种	1 个
《蜘蛛女之吻》（马努埃尔·普伊格）	4 种	2 个
《绿房子》（巴尔加斯·略萨）	4 种	1 个
《城市与狗》（巴尔加斯·略萨）	4 种	1 个
《世界末日之战》（巴尔加斯·略萨）	4 种	1 个
《胡利娅姨妈与作家》（巴尔加斯·略萨）	4 种	1 个
《佩德罗·巴拉莫》（胡安·鲁尔福）	4 种	1 个
《读爱情故事的老人》（路易斯·塞普尔维达）	4 种	2 个
《维罗妮卡决定去死》（保罗·柯艾略）	4 种	2 个

　　这一时期，在出版或重版经典作家"旧作"的同时，名家新著得以被及时引进，正逐渐接近真正意义上的"全集"，力求反映经典作家的创作全貌。此

外，乌拉圭作家爱德华多·加莱亚诺（Eduardo Galeano）和智利作家波拉尼奥成为近年来最受中国读者关注的"新晋"拉美作家。两人各有十余种汉译作品。在加莱亚诺的《拉丁美洲被切开的血管》（*Las venas abiertas de América Latina*）、《火的记忆》（*Memoria del fuego*）等作品中，文学与政治、想象与历史、诗意语言与批判精神再次相遇，读者又一次感受到了拉美波澜壮阔的历史和现实以及知识分子的社会责任感。波拉尼奥用《2666》、《荒野侦探》（*Los detectives salvajes*）等作品构筑的文学世界，令新一代中国读者沉醉痴迷。波拉尼奥也随之被推选为当代拉美文学的标杆式人物。

需要指出的是，虽然中国于 1992 年正式加入国际著作权公约，但总体而言，拉美文学汉译作品的版权直到 2010 年左右才得以规范。因此，绝大部分在前两个时期出版的经典图书都在近十几年才正式购买版权，并再次出版。此类名家名作的重版是造成这一时期拉美文学汉译作品数量剧增的原因之一。以《百年孤独》为例，在 20 世纪八九十年代滋养了无数中国读者的《百年孤独》主要是来自黄锦炎、沈国正、陈泉的译本（1984 年出版）和吴健恒的译本（1993 年出版）。获得正式授权的《百年孤独》（范晔译本）直到 2011 年才面世。实际上，在 2011 年之前，当时销售的十多个《百年孤独》的版本中，有多个版本译文粗糙，不堪卒读，不仅原作的风采荡然无存，也严重损害了读者的利益。[①] 所幸此类"乱象"已大为改观，粗制滥造的译本也大幅减少。

四、国别情况

2000—2019 年间拥有汉译作品最多的拉美国家为阿根廷，共计 151 种。智利、墨西哥、巴西、哥伦比亚和秘鲁等国均在 60 种以上。其中，秘鲁和哥伦比亚的汉译图书基本集中在巴尔加斯·略萨和加西亚·马尔克斯的作品上，两位作家占本国汉译作品的比例比上一时期还要高，分别为 85% 和 68%。多米尼加、圣卢西亚和波多黎各三国首次拥有汉译图书，其中圣卢西亚的 4 种图书的作者均为 1992 年诺贝尔文学奖获得者德里克·沃尔科特。（见图 17）

---

① 本书旨在尽可能呈现拉美文学汉译图书的总体面貌，因此在收录《百年孤独》等重版重译数量较多的作品时，并未删除个别译文质量粗糙的版本。在此，做一特别说明。

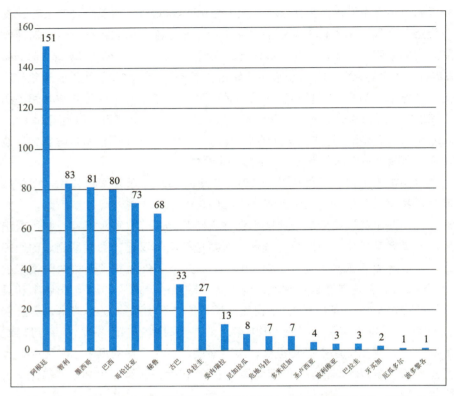

图 17　2000—2019 年拉美文学汉译图书国别分布情况（包括重版重译图书，单位：种）

五、译者情况

数据显示，近 300 位译者参与了这一时期拉美文学的翻译工作。译作有 4 种及以上的译者有 20 位，其中，在不考虑重版作品的前题下，赵德明、王永年、赵振江和张广森翻译的作品数量达到或超过 10 种。（见图 18）

进入 21 世纪后，西葡语教育得到了蓬勃的发展，中拉之间的教育、科研、学术交流水平也进一步提升。如图 18 所示，20 位译者中，除了王永年、张广森、赵德明、赵振江、朱景冬、陶玉平、尹承东等德高望重的翻译家外，译著颇丰的中青年译者已接近半数，如李静、闵雪飞、范晔、张伟劼、轩乐等。

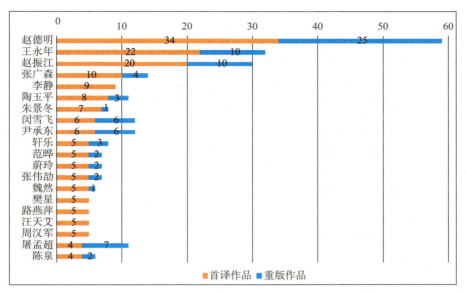

图 18　2000—2019 年拉美文学汉译图书译者情况（4 种及以上，单位：种）

六、出版机构情况

　　2000—2019 年共计 102 家出版机构参与了拉美文学类图书的出版，其中有 13 家出版机构的出版数量达到 9 种及以上，有 27 家出版机构仅出版了 1 种图书。人民文学出版社、上海译文出版社、南海出版公司和译林出版社的出版数量超过 50 种。其中，人民文学出版社出版的拉美文学类图书达到 92 种。（见图 19）

　　这一时期，中国的图书出版业蓬勃发展，出版运作机制更趋系统化、规范化和国际化。出版社引进图书的速度明显提升。一些在国外获奖或备受瞩目的拉美文学作品，几乎能在原著出版三四年后就出现中译本，有效促进了中国读者对拉美当代文坛的了解。如巴尔加斯·略萨分别于 2013 年和 2016 年推出的新作《卑微的英雄》（*El héroe discreto*）和《五个街角》（*Cinco esquinas*），其中译本分别于 2016 年和 2018 年出版。此外，随着新媒体时代的到来，出版形式也更加多元化。如由尹承东主编的"西班牙语文学译丛"中的十余种拉美文学作品，中央编译出版社在出版纸质图书的同时还推出了电子书，在亚马逊平台销售，为读者提供了多样化的选择。

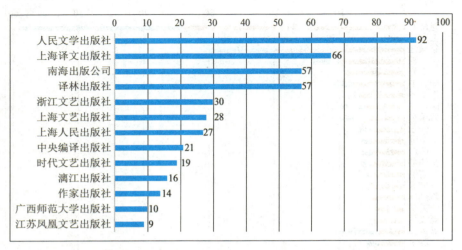

图19　2000—2019年拉美文学汉译图书出版机构情况（9种及以上，包括重版图书，单位：种）

第四节
拉美文学在中国的译介特点
（1949—2019）

纵观拉美文学在中国 70 年的译介历程，其主要呈现以下特点。

一、出版数量呈递增趋势

从中华人民共和国成立至 2019 年 12 月，共计 1037 种拉美文学图书被译介到中文世界，包括重版重译的作品。从三个时期的出版情况看，1949—1978年共计出版 85 种作品，占总数的 8%；1979—1999 年共计出版 314 种作品，占总数的 30%；2000—2019 年共计出版 638 种，占总数的 62%。21 世纪以来的译介数量远远超过前两个时期的总和，其中仅 2013—2019 年期间的出版数量就占 70 年出版总量的 36%。（见图 20）

细察历年的出版情况，年出版量最多的年份是 2018 年，达到 72 种。从年均出版量看，1949—2019 年年均出版量为 14.6 种，若删除年出版数量为零的 10个年份，则为 17 种。具体到三个时期，1949—1978 年年均出版量为 2.83 种，若删除该时期年出版数量为零的年份，则为 4.25 种；1979—1999 年年均出版量为14.95 种；2000—2019 年年均出版量为 31.9 种，其中，2013—2019 年年平均出版量高达 53.3 种。整体而言，拉美文学汉译图书的出版数量呈增长态势。（见图 21）

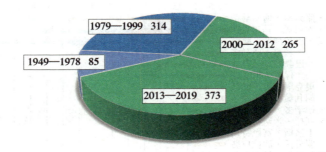

图20 1949—2019年三个时期拉美文学汉译图书出版数量分布情况（单位：种）

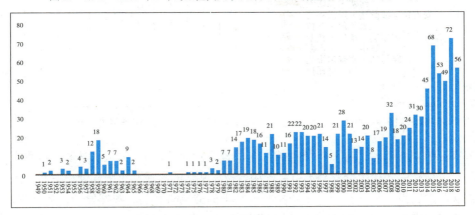

图21 1949—2019年拉美文学汉译图书出版数量（单位：种）

二、译介的作家日益多元化

1949—2019年，有300多位拉美作者的作品在中国出版，但有近200位作者只有1种作品出版，仅21位作者有6种及以上作品出版。这21位作者的作品数量总和占拉美文学汉译作品总量的48%。博尔赫斯、加西亚·马尔克斯和巴尔加斯·略萨是拥有汉译作品最多的拉美作家，三人的作品数量总和达到233种，约占总量的22%。译介作品数量多的作家基本集中在三类作家，即在文学史上占有重要地位的作家、获得过诺贝尔文学奖等重要奖项的作家和畅销书作家。（见图22）

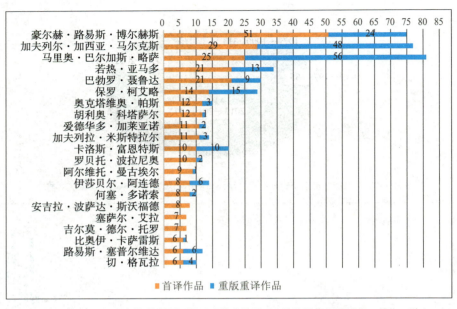

图 22　1949—2019 年拉美文学汉译图书作者情况（6 种首译作品及以上，单位：种）

　　长期以来，国内对当代拉美文学的译介严重不足。2013 年以来，随着中拉交往和中外出版行业交流日益密切，拉美文学的翻译和出版呈现"更新、更快"的特点，进一步促进了中拉当代文学的交流与互鉴。数据显示，近年来，除了继续出版经典作家的作品外，"新作家"所占比例大幅提升。一些活跃在当代拉美文坛的中青年作家作品也被迅速译介过来，如出生于 1975 年的智利作家亚历杭德罗·桑布拉（Alejandro Zambra）、出生于 1978 年的阿根廷作家萨曼塔·施维伯林（Samanta Schweblin）、出生于 1983 年的墨西哥作家瓦莱里娅·路易塞利（Valeria Luiselli）和出生于 1988 年的智利作家保丽娜·弗洛雷斯（Paulina Flores）等。

　　新老并举、经典与畅销共存构成了拉美文学汉译的一大特点。总体而言，还有很多拉美经典作家及当代重要作家作品没有译介过来，作品的选题不够均衡，名家名作重译重版现象严重，"查漏补遗"的译介工作任重道远。需要指出的是，一些拥有汉译作品较多的作家，其重要性是相对于在中国这一具体的社会、历史、文化及接受语境而言的，与他们在其所属国家或拉丁美洲文学史上的地位尚存在一定差异。

三、译介图书以小说为主

从作品体裁看，拉美文学汉译以小说为主。1949—2019 年，小说类图书共计 695 种，占 70 年总量的 67%，其中，长篇小说高达 524 种，占总量的 51%。其他体裁的译介数量明显落后，散文类占 13%，诗歌类占 12%，戏剧类仅占 2%。（见图 23）

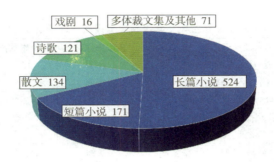

图 23 1949—2019 年拉美文学汉译图书体裁分布情况（包括重版重译图书，单位：种）

对重版重译的作品进行考察，也呈现上述特点。1949—2019 年间中国出版的 1037 种拉美文学图书中，有 286 种为重版重译作品，约占总量的 28%，其中绝大部分为小说类图书。（见图 24）

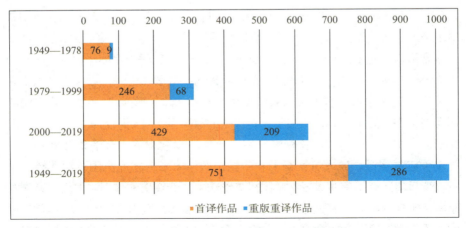

图 24 1949—2019 年拉美文学汉译图书首译及重版重译情况（单位：种）

重版重译种数在 4 种及以上的作品共计 23 部，在 5 种及以上的则为 12

部，且绝大部分都是长篇小说。其中，重版重译种数最多的作品是《百年孤独》，共计 26 种 15 个译本；其次为《霍乱时期的爱情》，共计 10 种 7 个译本。巴尔加斯·略萨是重版重译作品最多的作家，共有 7 部作品的重版重译数量在 5 种及以上。值得强调的是，绝大部分重版重译种数多的作品都在 1979—1999 年被首次译介，而且多为拉丁美洲"文学爆炸"或魔幻现实主义流派的代表作品。（见表 4）

表 4   1949—2019 年拉美文学汉译图书重版重译情况（5 种及以上）

书名及作者	重版重译数量	译本数量	首译时间
《百年孤独》（加西亚·马尔克斯）	26 种	15 个	1984 年
《霍乱时期的爱情》（加西亚·马尔克斯）	10 种	7 个	1987 年
《绿房子》（巴尔加斯·略萨）	8 种	2 个	1982 年
《胡利娅姨妈与作家》（巴尔加斯·略萨）	8 种	1 个	1982 年
《潘达雷昂上尉与劳军女郎》（巴尔加斯·略萨）	8 种	1 个	1986 年
《我坦言我曾历尽沧桑》（巴勃罗·聂鲁达）	7 种	3 个	1987 年
《酒吧长谈》（巴尔加斯·略萨）	6 种	1 个	1993 年
《蜘蛛女之吻》（马努埃尔·普伊格）	6 种	3 个	1988 年
《城市与狗》（巴尔加斯·略萨）	6 种	1 个	1981 年
《世界末日之战》（巴尔加斯·略萨）	6 种	1 个	1983 年
《给青年小说家的信》（巴尔加斯·略萨）	5 种	1 个	2000 年
《佩德罗·巴拉莫》（胡安·鲁尔福）	5 种	1 个	1986 年

需要指出的是，在拉美文学汉译图书中，儿童文学也有一定占比。特别是 21 世纪以来，一些重量级的作品也被译介到中国。如巴西作家若泽·毛罗·德瓦斯康塞洛斯（José Mauro de Vasconcelos）所著《我亲爱的甜橙树》（*O meu pé de laranja lima*）初版于 1968 年，是巴西最畅销的图书之一，后被译介到十多个国家，还被纳入小学阶段的阅读教材。2010 年，由蔚玲翻译的《我亲爱的甜橙树》在中国出版。这个关于爱与成长的故事迅速打动了无数中国读者，多次再版，成为又一本拉美文学畅销书。此外，70 多年来，还有近 200 种来自拉美作者的漫画、绘本等图画书在中国出版。本书未将此类图书纳入统计范围，但毋庸置疑，有些漫画在中国极具影响力。最突出的代表当属阿根廷漫画家季诺（Quino）的《玛法达》（*Mafalda*）。该漫画系列自 20 世纪 90 年代在中国出版以来，多次重版重译，出版量已超过 30 种。玛法达已成为阿根廷在中国的文化名片之一。

四、译介图书的国别分布不均

1949—2019 年，共计 23 个拉美国家的文学作品被译介到中国。阿根廷是拥有汉译作品最多的拉美国家，共计 197 种。其他汉译作品在 100 种以上的国家有智利（133 种）、巴西（130 种）、墨西哥（126 种）、哥伦比亚（115 种）及秘鲁（103 种）。上述 6 国的汉译图书共计 804 种，约占总数的 78%。与此形成反差的是，玻利维亚、多米尼加、厄瓜多尔、巴拉圭、圣卢西亚、哥斯达黎加等 12 个国家的汉译图书数量不及 10 种。此外，70 年来还出版了 65 种多国别选集类图书，即所收录的作品来自多个拉美国家的作者。（见图 25）

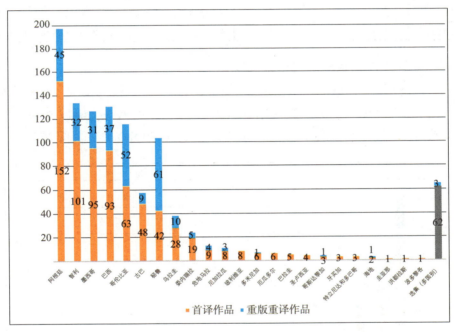

图 25　1949—2019 年拉美文学汉译图书国别分布情况（单位：种）

整体来看，拉美文学汉译作品的国别分布极不均衡。这自然与各国的文学影响力有关，但也与中国和拉美国家的文化交流深度与广度有着密切的关系。此外，即便在译介数量较多的国家，"一位或个别几位作家撑起一个国家"的现象也非常突出，特别是秘鲁、哥伦比亚、尼加拉瓜及危地马拉。（见表 5）

表5　1949—2019 年拉美文学汉译图书国别及各国主要汉译作者情况

（10 种及以上，包括重版重译）

国别	汉译图书数量	汉译作者数量	占比超过 20% 的作家
阿根廷	197	61	博尔赫斯，38%
智利	133	29	聂鲁达，23%
巴西	130	40	亚马多，26%；柯艾略，22%
墨西哥	126	43	无
哥伦比亚	115	24	加西亚·马尔克斯，67%
秘鲁	103	13	巴尔加斯·略萨，79%
乌拉圭	38	12	加莱亚诺，34%；奥拉西奥·基罗加，26%
委内瑞拉	24	14	恩里克·巴里奥斯，25%
危地马拉	13	6	阿斯图里亚斯，62%
尼加拉瓜	11	2	鲁文·达里奥，64%；塞尔希奥·拉米雷斯，36%

五、翻译人才梯队建设逐步完善

1949 年至今，300 多位译者参与了拉美文学的翻译工作，为中拉文化的交流做出了巨大贡献。有 19 位译者的译作达 7 种及以上，其中，赵德明以 50 种译作高居榜首，王永年、赵振江和朱景冬翻译的作品也在 20 种以上。（见图 26）

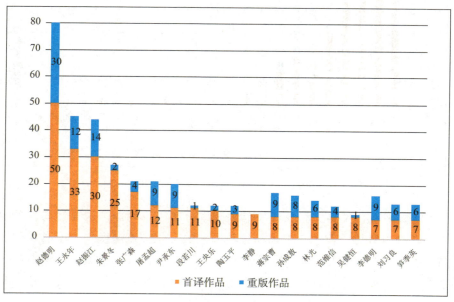

图 26　1949—2019 年拉美文学汉译图书译者情况（7 种及以上，单位：种）

图 26 中，绝大部分译者出生于 20 世纪 20 年代至 40 年代期间，仅有李静出生于 70 年代中期。但实际上，已有一批中青年译者崭露头角，并成为拉美文学汉译的中坚力量。如前文图 18 所示，半数以上的译者都出生于 20 世纪七八十年代。结合图 18 和图 26，多位译者系师生关系，而且还有"三代"甚至"多代"师生关系。由此可见，西葡语翻译人才梯队建设已逐步完善，西葡语翻译事业后继有人。

值得强调的是，译作数量较多的译者多为在高校、科研机构等单位就职的研究型译者，常集教学、翻译及研究于一身。不少译者专注于译介某一位（几位）作家或某一类文学体裁作品。如赵德明是巴尔加斯·略萨和波拉尼奥作品的主要译者；王永年和张广森是博尔赫斯作品的主要译者；赵振江的译作以诗歌和散文为主，是帕斯、米斯特拉尔和鲁文·达里奥作品的主要译者；屠孟超是鲁尔福和博尔赫斯作品的主要译者；段若川是多诺索作品的主要译者；尹承东和孙家孟译介了多部巴尔加斯·略萨的作品；陶玉平、李静、范晔、轩乐及魏然是加西亚·马尔克斯作品的主要译者；陶玉平、李静和范晔也是科塔萨尔作品的主要译者；孙成敖、范维信、蔚玲、闵雪飞和樊星是重要的葡语文学译者，译介了大量亚马多和柯艾略等巴西作家的作品。

六、出版逐渐规范

1949—2019 年，共计 139 家出版机构参与了拉美文学在中国的出版与传播。其中，18 家出版机构的出版数量达到 10 种及以上，54 家出版机构仅出版了 1 种图书。人民文学出版社是出版拉美文学类图书最多的出版社，达到 129 种，其次为上海译文出版社、云南人民出版社、译林出版社和南海出版公司，均在 50 种以上。（见图 27）

需要强调的是，近年来，除了国有出版机构外，几家出版公司成为拉美文学译介的生力军，如上海九久读书人文化实业有限公司引进了包括巴尔加斯·略萨作品在内的 60 多种图书；新经典文化有限公司引进了以加西亚·马尔克斯作品为主的 30 多种图书；世纪文景文化传播有限责任公司引进了以波拉尼奥作品为主的 10 多种图书。上述三家公司引进的图书多由人民文学出版社、南海出版公司和上海人民出版社出版。2011 年，"新经典"引进了正式购买版权的《百年孤独》。据报道，截至 2014 年，该书就已售出近 300 万册，而在十年后的 2021 年，其发行量已超过 1000 万册。"世纪文景"于 2009 年首次引进波拉尼奥作品，其作品《荒野侦探》出版后迅速收获了来自读者和媒体的广泛

关注。2012 年出版的《2666》更是一跃成为国内最受关注的几部拉美小说之一。截至目前，《2666》的发行量也已超过 10 万册。

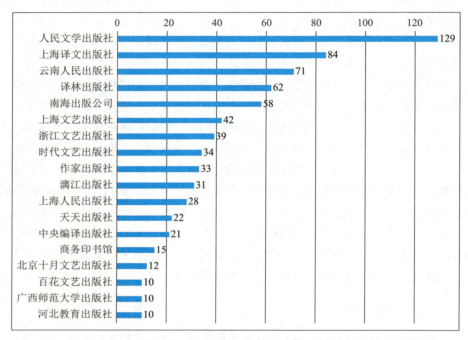

图27　1949—2019 年拉美文学汉译图书出版机构情况（10 种及以上，包括重版图书，单位：种）

　　另一个需要关注的现象是，在出版社的积极推动下，一批拉美经典作家作品的"查漏补缺"工作成绩斐然。如上海译文出版社推出"博尔赫斯全集"系列、南海出版公司推出"科塔萨尔短篇小说全集"等。此外，人民文学出版社自 2002 年推出"21 世纪年度最佳外国小说"评选至今，共有十余部拉美小说获奖并出版。该奖项有力促进了拉美文学的译介工作，为中拉文学交流做出了积极贡献。

　　近些年来，越来越多的出版机构开始关注拉美文学，积极参加国际书展，探寻多种合作可能性，但总体而言，中国和拉美国家的沟通渠道还需进一步打通。此外，随着一批资深编辑的退休，国内西葡语编辑人才出现断档，通晓西葡语且了解国际出版市场的人才也亟待培养。

　　通过梳理 70 年来拉美文学在中国的译介历程，我们可以看到，在经历了 1949—1978 年第一时期强调意识形态的一元化标准和 1979—1999 年第二时期凸显名家名作的经典一元化后，21 世纪的拉美文学汉译已经进入以多元化

为特征的新时期。我们已无法像 20 世纪那样可以用几个鲜明的标签去描述或
"界定"拉美文学汉译作品。当下的拉美文学也很难像之前那样给中国读者带
来巨大的阅读震撼。拉美文学汉译在经典与流行、学术与市场之间稳步发展，
而中拉文学之间的交流，也正逐渐趋向一种平静的"共时"对话。

第二章

拉美文学在中国的研究

　　相较于拉美文学的译介，中国的拉美文学研究还十分薄弱。从中华人民共和国成立至 2019 年 12 月共计出版了 111 种由中国作者编著的拉美文学相关图书，包括重版作品。整体而言，我国对拉美文学真正意义上的研究始于 20 世纪 80 年代。改革开放前，只有 1963 年出版的王央乐所著《拉丁美洲文学》1 种图书。即便在拉美文学汉译蓬勃发展的 21 世纪，中国作者编著的拉美文学相关图书的出版量也不大，年出版量最多的年份是 2019 年，为 9 种。（见图 28）

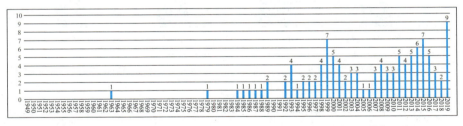

图 28　1949—2019 年中国作者编著的拉美文学相关图书出版数量（单位：种）

　　为便于考察，我们按内容将这 111 种图书大致分为文学史及通识类著作、研究专著、传记和文集四种。其中，研究专著类图书数量最多，为 48 种。（见图 29）

　　文学史及通识类著作中，包括 15 种文学史，既有像《拉丁美洲文学史》《西班牙与西班牙语美洲文学通史》这样整体描述拉美文学历史的著作，也有《20 世纪拉丁美洲小说》《拉丁美洲小说史》等聚焦某一类文学体裁发展历史的著作，以及勾勒单个国家文学发展历程的国别文学史，如《20 世纪墨西哥

文学史》《阿根廷文学》《秘鲁文学》及《巴西文学》等。此类著作中还包括两部辞典类图书。《拉美文学辞典》收录词条 1000 余条，系统介绍了拉美几十个国家的作家、作品及文学流派等。《当代外国文学纪事（1980—2000）·拉丁美洲卷》为上下两卷，共收录了 500 余位作家的 1148 部作品，对 20 世纪最后二十余年间拉美文学的发展情况进行了全面梳理。此外，此类著作中还有几部通识类读物，如《拉丁美洲文学名著便览》《西班牙语文学精要》等。（见表 6）

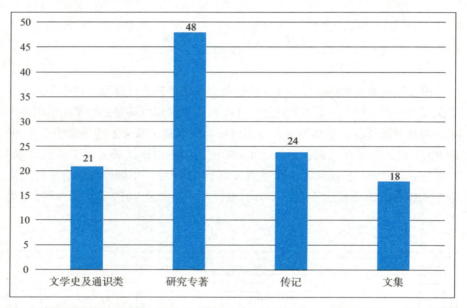

图 29　1949—2019 年中国作者编著的拉美文学相关图书分类情况（包括重版图书，单位：种）

表 6　1949—2019 年中国作者编著的拉美文学史及通识类著作

首版年份	书名	作者
1963	《拉丁美洲文学》	王央乐
1979	《拉丁美洲文学大事年表（1493—1978）》	李广熙（编译）
1985	《拉丁美洲文学简史》	吴守琳（编著）
1989	《拉丁美洲文学史》	赵德明、赵振江、孙成敖
1992	《拉美文学辞典》	付景川（主编）
1993	《拉丁美洲文学简史》	马相武、刘岳
1998	《20 世纪墨西哥文学史》	陈众议
1999	《秘鲁文学》	刘晓眉
1999	《阿根廷文学》	盛力

续表

首版年份	书名	作者
1999	《巴西文学》	孙成敖
2001	《墨西哥文学》	李德恩
2003	《20世纪拉丁美洲小说》	赵德明
2004	《拉丁美洲小说史》	朱景冬、孙成敖
2009	《插图本拉美文学史》	李德恩、孙成敖
2009	《拉丁美洲文学名著便览》	陆经生、倪茂华（主编）
2014	《西班牙语文学精要》	常福良
2015	《当代外国文学纪事（1980—2000）·拉丁美洲卷》	郑书九等
2017	《西班牙与西班牙语美洲文学通史：西班牙文学—中古时期》	陈众议、宗笑飞
2018	《西班牙与西班牙语美洲文学通史：西班牙文学—黄金世纪》	陈众议、范晔、宗笑飞
2019	《拉丁美洲文学经典评析》	晏博

　　研究专著类图书大致分为三种。第一种我们姑且称为"整体研究类"，包括对拉美文学或对拉美某国（或某地区）文学的"整体"研究、对某类文学体裁的文类研究，或对某种文学流派、某个文学发展时期、某种类型文学作品等的研究著作。统计结果显示，此类图书中，关于魔幻现实主义的研究专著数量最多，达到4种。从体裁看，小说类研究占主导地位，关于其他文学体裁的整体研究仅有1种诗歌类的研究著作。（见表7）

表7　1949—2019年中国作者编著的拉美文学研究类著作（"整体研究类"）

首版年份	书名	作者
1986	《魔幻现实主义》	陈光孚
1993	《南美的辉煌：魔幻现实主义文学》	陈众议
1994	《略论拉丁美洲文学》	方瑛
1995	《拉美当代小说流派》	陈众议
1996	《拉美文学流派的嬗变与趋势》	李德恩
1999	《拉美短篇小说结构赏析》	刘长申
2000	《安第斯山上的神鹰：诺贝尔奖与魔幻现实主义》	段若川
2001	《魔幻现实主义》	陈众议
2002	《西班牙与西班牙语美洲诗歌导论》	赵振江
2007	《流散族群的身份建构：当代加勒比英语文学研究》	张德明
2010	《从身份游离到话语突围：智利文学的女性书写》	王彤
2010	《拉美文学流派与文化》	李德恩
2012	《当代拉美文学研究》	朱景冬

续表

首版年份	书名	作者
2013	《拉丁美洲"文学爆炸"后小说研究》	郑书九等
2014	《当代美国拉美裔文学研究》	李保杰
2015	《高乔文学：论文学叙事与阿根廷民族身份建构》	陈宁
2019	《21世纪的拉美小说研究》	朱景冬
2019	《拉美后现代主义小说论》	王祖友等
2019	《拉美生态文学研究：以荷马·阿里德希斯与路易斯·塞普尔维达生态小说为例》	孟夏韵

  第二种是"个体研究类"，即对单个作家及其作品的研究。统计结果显示，此类图书仅涉及7位拉美作家，其中，关于加西亚·马尔克斯的研究专著数量最多，达到6种，其次为博尔赫斯，为3种。其他专著分别研究了鲁尔福、帕斯、巴尔加斯·略萨、墨西哥作家安赫莱斯·马斯特雷塔（Ángeles Mastretta）和阿根廷作家里卡多·皮格利亚（Ricardo Piglia）等作家。值得强调的是，此类作品中有2部专著系中国学者用西班牙文撰写而成。（见表8）

表8 1949—2019年中国作者编著的拉美文学研究类著作（"个体研究类"）

首版年份	书名	作者	研究对象
1993	《加西亚·马尔克斯研究》	林一安	加西亚·马尔克斯
1993	《世纪的孤独：马尔克斯与〈百年孤独〉》	张志强	加西亚·马尔克斯
1997	《魔幻现实主义的杰作：〈百年孤独〉导读》	罗兰秋、刘伟（编著）	加西亚·马尔克斯
2009	《马孔多神话与魔幻现实主义》	许志强	加西亚·马尔克斯
2013	《马尔克斯与他的百年孤独：活着是为了说故事》	杨照	加西亚·马尔克斯
2014	《迷宫与〈百年孤独〉》	林一安	加西亚·马尔克斯
1998	《陷阱里的先锋：博尔赫斯》	冉云飞	博尔赫斯
2000	《解读博尔赫斯》	残雪	博尔赫斯
2016	《穿过博尔赫斯的阴影》	戴冰	博尔赫斯
2003	《执著地寻找天堂：墨西哥作家胡安·鲁尔福中篇小说〈佩德罗·巴拉莫〉解析》	郑书九	鲁尔福
2015	*La búsqueda constante del paraíso en* Pedro Páramo *de Juan Rulfo*（《执著地寻找天堂：墨西哥作家胡安·鲁尔福中篇小说〈佩德罗·巴拉莫〉解析》）	郑书九	鲁尔福
2004	《诗与思的激情对话：论奥克塔维奥·帕斯的诗歌艺术》	王军	帕斯

续表

首版年份	书名	作者	研究对象
2013	*La parodia en la narrativa de Mario Vargas Llosa: La tía Julia y el escribidor y El hablador*（《马里奥·巴尔加斯·略萨小说中的戏仿研究：以〈胡丽娅姨妈和作家〉与〈叙事人〉为例》）	毛频	巴尔加斯·略萨
2014	《女性与战争：马斯特雷塔作品中的墨西哥革命重塑》	张珂	马斯特雷塔
2018	《里卡多·皮格利亚侦探小说研究》	楼宇	皮格利亚

第三种是"拉美文学与中国研究类"，即聚焦拉美文学特别是汉译的拉美文学与中国当代文学之间的关系，探究拉美文学在中国的翻译、传播及其影响等。统计结果显示，此类图书共有 8 种，其中，《"边境"之南：拉丁美洲文学汉译与中国当代文学（1949—1999）》《大陆碰撞大陆：拉丁美洲小说与 20 世纪晚期以来的中国小说》从不同角度出发，对拉美文学在中国的影响做了细致的梳理和深入的阐释；《魔幻现实主义在中国的影响与接受》《魔幻现实主义与新时期中国小说》则关注魔幻现实主义流派在中国的传播与影响。此外，还出版了 3 种聚焦加西亚·马尔克斯和博尔赫斯作品在中国的译介和研究状况及其对中国当代文学影响的专著。（见表 9）

表 9　1949—2019 年中国作者编著的拉美文学研究类著作

（"拉美文学与中国研究类"）

首版年份	书名	作者
2007	《魔幻现实主义在中国的影响与接受》	曾利君
2008	《魔幻现实主义与新时期中国小说》	陈黎明
2011	《"边境"之南：拉丁美洲文学汉译与中国当代文学（1949—1999）》	滕威
2011	《加西亚·马尔克斯作品的汉译传播与接受》	曾利君
2012	《马尔克斯在中国》	曾利君
2015	《中外文学交流史：中国—西班牙语国家卷》	赵振江、滕威
2015	《大陆碰撞大陆：拉丁美洲小说与 20 世纪晚期以来的中国小说》	邱华栋
2017	《博尔赫斯与中国》	肖徐彧

传记类著作共计 24 种，若除去重版作品，则为 20 种。其中，关于加西亚·马尔克斯的传记达到 10 种，其次为博尔赫斯（3 种）和米斯特拉尔（2 种）。另有关于聂鲁达、巴尔加斯·略萨、智利作家玛利亚·路易莎·邦巴尔（María

Luisa Bombal）、古巴作家何塞·马蒂（José Martí）及乌拉圭作家奥拉西奥·基罗加（Horacio Quiroga）的传记各 1 种。需要指出的是，此类传记著作中，有不少作品除了详述作家生平外，还结合作家所处的时代背景及文学发展脉络，对作家的文学创作展开系统研究与深入评析。这类"夹叙夹议"的传记富含洞见，具有很强的学术性。（见表 10）

表 10　1949—2019 年中国作者编著的拉美文学传记类著作

首版年份	书名	作者	研究对象
1988	《魔幻现实主义大师：加西亚·马尔克斯》	陈众议	加西亚·马尔克斯
1995	《马尔克斯：魔幻现实主义巨擘》	朱景冬	加西亚·马尔克斯
1998	《马尔克斯》	任芳萍	加西亚·马尔克斯
1998	《马尔克斯》	于凤川	加西亚·马尔克斯
1999	《加西亚·马尔克斯评传》	陈众议	加西亚·马尔克斯
1999	《加西亚·马尔克斯》	朱景冬	加西亚·马尔克斯
2003	《加西亚·马尔克斯传》	陈众议	加西亚·马尔克斯
2004	《诺贝尔奖百年英杰：加西亚·马尔克斯》	朱景冬	加西亚·马尔克斯
2014	《一个人的百年孤独：马尔克斯传》	谢国有	加西亚·马尔克斯
2015	《请用一枝玫瑰纪念我：马尔克斯传》	姜瑜	加西亚·马尔克斯
2000	《博尔赫斯是怎样读书写作的》	申洁玲	博尔赫斯
2001	《博尔赫斯》	陈众议	博尔赫斯
2012	《博尔赫斯画传》	林一安	博尔赫斯
1997	《米斯特拉尔：高山的女儿》	段若川	米斯特拉尔
2013	《米斯特拉尔》	穆德爽	米斯特拉尔
1996	《聂鲁达：大海的儿子》	罗海燕	聂鲁达
2005	《巴尔加斯·略萨传》	赵德明	巴尔加斯·略萨
2007	《遭贬谪的缪斯：玛利亚·路易莎·邦巴尔》	段若川	玛利亚·路易莎·邦巴尔
2010	《何塞·马蒂评传》	朱景冬	何塞·马蒂
2012	《拉丁美洲短篇小说之父：奥拉西奥·基罗加》	朱景冬	奥拉西奥·基罗加

　　文集类著作包括论文集和个人随笔札记类作品，共计 18 种，若除去重版作品，则为 17 种。其中，《世界文学的奇葩：拉丁美洲文学研究》《书山有路：西葡拉美文学论文集》《学海无涯：西葡拉美文学论文集》为中国西班牙、葡萄牙、拉丁美洲文学研究会编撰的研讨会论文集；《幽香的番石榴：拉美书话》《我们看拉美文学》《书写真实的奇迹：葡萄牙语文学漫谈》等收录了多位作者的文论。文集类著作还包括陈众议、林一安、张伟劼和范晔等所著个人随笔集，其中包括多篇与拉美文学相关的文论，学术性和可读性兼具。（见表 11）

表 11　1949—2019 年中国作者编著的拉美文学文集类著作

首版年份	书名	作者
1984	《加西亚·马尔克斯研究资料》	张国培（编选）
1987	《拉丁美洲的"爆炸"文学》	徐玉明（编著）
1989	《世界文学的奇葩：拉丁美洲文学研究》	西葡拉美文学研究会（编）
1992	《二十世纪拉美著名诗人与作家》	于凤川
1999	《幽香的番石榴：拉美书话》	徐玉明（选编）
2000	《我们看拉美文学》	赵德明（主编）
2002	《奇葩拾零》	林一安
2008	《堂吉诃德的长矛》	陈众议
2011	《游心集：陈众议自选集》	陈众议
2013	《帝国的遗产》	张伟劼
2014	《诗人的迟缓》	范晔
2015	《想象的边际》	陈众议
2016	《吉他琴的鸣咽：西语文学地图》	张伟劼
2016	《书山有路：西葡拉美文学论文集》	胡真才、邹萍（主编）
2017	《向书而在：陈众议散文精选》	陈众议
2019	《书写真实的奇迹：葡萄牙语文学漫谈》	闵雪飞等
2019	《学海无涯：西葡拉美文学论文集》	郑书九、黄楠（主编）

　　如果将这 111 种由中国作者编著的拉美文学相关图书和逾千种拉美文学汉译图书进行比较，特别是结合 1949—2019 年拉美文学汉译图书作者情况（见图 22），可以发现，加西亚·马尔克斯和博尔赫斯是在中国作品译介和研究热度最高的拉美作家。由中国作者编著的拉美文学相关图书中，与加西亚·马尔克斯直接相关的图书（即书名中直接包括作家名字或其作品书名）共计 22 种，约占总量的 25%；与博尔赫斯直接相关的图书共计 11 种，约占总量的 10%。巴尔加斯·略萨、亚马多和聂鲁达虽然与上述两位作家一起位列拥有汉译作品最多的拉美作家榜前五位，但涉及他们的著述并不多。由中国作者编著的拉美文学相关图书中，与巴尔加斯·略萨直接相关的仅 3 种，与聂鲁达直接相关的仅 2 种，而且以传记类图书为主。至于亚马多，截至 2019 年 12 月，国内尚未出版以其人其作为主题的传记或研究专著类图书。

　　需要强调的是，本书的统计范围仅包括图书类成果，中国作者所撰写的拉美文学相关论文并未统计在内。为更好地考察中国的拉美文学研究状况，我们通过中国知网数据库，输入上述 4 位研究热度最高的拉美作家在中文语境通用

的名字"博尔赫斯"、"马尔克斯"、"略萨"和"聂鲁达",按"关键词"和"篇名"在中文文献库(收录包括学术期刊、学位论文、会议、报纸等文献)进行检索。结果显示,1949—2019年博尔赫斯是拥有中文文献量最多的拉美作家(按关键词检索1151条,按篇名检索468条);加西亚·马尔克斯紧随其后(按关键词检索1020条,按篇名检索387条);聂鲁达和巴尔加斯·略萨分列第三和第四,文献量和前两位作家有着非常明显的差距。(见图30)

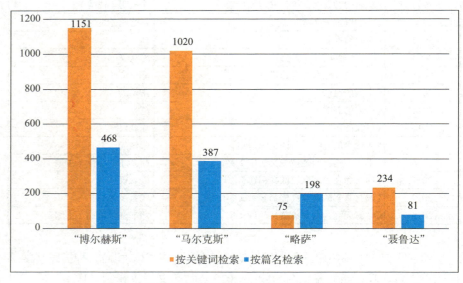

图30　1949—2019年四位拉美作家相关研究中文文献量

若进一步考察以上述作家为研究对象的学位论文情况,可以发现,博尔赫斯和加西亚·马尔克斯也是遥遥领先,其中,有多篇博士论文以博尔赫斯作为研究对象。(见表12)

细查相关文献的发表年份,可以发现,20世纪80年代之前,仅有关于聂鲁达的13条文献(发表年份为1951、1954、1956、1959和1960)和关于加西亚·马尔克斯的1条文献(发表年份为1977年)。改革开放后,相关文献数量逐渐增多,并在21世纪形成一定规模。以博尔赫斯和加西亚·马尔克斯为例,综合按关键词和篇名检索的所有文献,两人1979—1999年间的文献数量为411篇,2000—2019年间的文献数量达到2614篇,约占总量的86%(见图31)。这一结果,从论文文献量的角度再次说明中国对拉美文学真正意义上的研究始于20世纪80年代。

表 12　1949—2019 年以四位拉美作家为研究对象的学位论文情况

	按关键词检索		按篇名检索	
	博士论文	硕士论文	博士论文	硕士论文
"博尔赫斯"	8	121	3	49
"马尔克斯"	0	100	1	31
"略萨"	0	36	0	27
"聂鲁达"	0	6	0	3

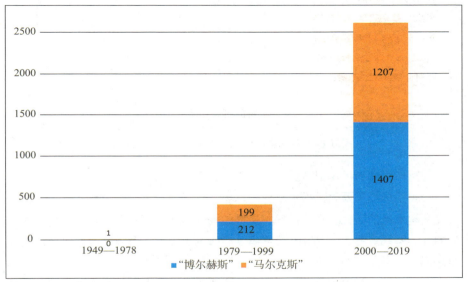

图 31　1949—2019 年两位拉美作家相关研究中文文献分布情况

　　细查中国学者对拉美小说、诗歌、散文、戏剧四大文学体裁的关注，可以发现，绝大部分图书都与小说相关，与诗歌直接相关的仅 2 种，为《西班牙与西班牙语美洲诗歌导论》和《诗与思的激情对话：论奥克塔维奥·帕斯的诗歌艺术》。另有关于以诗歌创作为主的聂鲁达、米斯特拉尔及马蒂的传记 5 种。而关于拉美散文和戏剧的研究几近空白。

　　1949—2019 年，近 70 位中国作者编著有与拉美文学相关的图书，其中 44 位仅有 1 种作品，有 10 位作者拥有 3 种及以上作品。陈众议以 14 种作品高居榜首，朱景冬和郑书九的著作也在 5 种及以上。（见图 32 ）

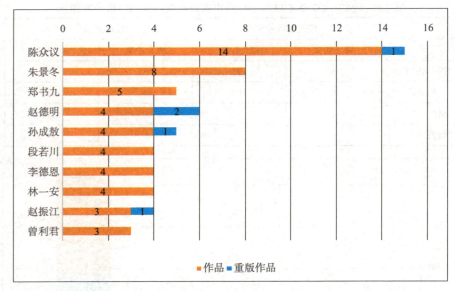

图 32　1949—2019 年中国的拉美文学研究作者情况（3 种及以上，单位：种）

　　通过考察作者的学科背景，可以发现，主要有两类作者。

　　一类是毕业于西葡语相关专业的作者，他们多从第一手资料入手，展开对拉美文学本身的研究。众所周知，文学的翻译和研究相互促进，彼此存在着密切的互动关系。图 32 中的 10 位作者，除曾利君外，均熟练掌握西班牙语或葡萄牙语，长期从事西葡语文学的翻译和研究工作。其中，陈众议、朱景冬和林一安是中国社会科学院外国文学研究所研究员；郑书九、孙成敖和李德恩是北京外国语大学教授；赵德明、段若川和赵振江是北京大学教授。上述几位专家不仅是拉美文学在中国的翻译与研究的杰出代表，还培养了大批拉美文学译者和研究者。

　　另一类是毕业于世界文学、比较文学或中国现当代文学专业的作者，他们借助跨领域的学科视野，或对拉美文学汉译作品展开研究，或挖掘拉美文学与中国文学之间的联系，形成了较为丰硕的成果，如曾利君、滕威、许志强、陈黎明和肖徐彧等。此外，作家及文学评论家残雪、冉云飞和邱华栋也以他们的独特视角为拉美文学研究做出贡献。

　　整体而言，中国出版的拉美文学研究相关著作成果不多，且研究领域过于集中，对当代拉美文学的研究十分匮乏。相信随着拉美文学汉译的发展以及相关文学评论人才的成长，这一状况将逐步得以改善。

第三章

拉美文学在中国的接受

　　陈列在"中国书架"上的逾千种文学作品呈现了拉美文学斑斓的图景。那么，中国读者眼中的拉美文学是何种样貌？拉美文学与普通读者之间的距离是隔海相望，还是近在咫尺？带着这样的疑问，我们和先锋书店于 2020 年 6 月发起了一项关于拉美文学认知度的调查，以考察拉美文学在中国的阅读和接受情况。

　　这项名为《拉美文学：遥远的异乡？案头的风景？》的问卷调查[①]以网络电子问卷的形式为主，未设定指定调查对象，通过网络平台进行公开发布。调查历时十天，共收到 940 份有效问卷，其中，年龄在 50 岁以下的参与者共计 896 人。因此，总体而言，本次问卷结果反映了中国中青年读者对拉美文学的认知情况。

　　从地理分布看，大部分参与者在国内，广泛分布于中国各省、市、自治区以及港澳台地区。其中，北京的占比最高，为 21%，其次为江苏和浙江。另有 8.3% 的参与者位于国外。(见图 33)

　　从性别看，女性参与者为 606 名，男性为 334 名。女性占比为 64%，远超男性。近年来多个国内外调研结果显示，女性读者往往比男性读者更偏爱文学类图书。本项调查结果似乎也体现了这一不同性别人群的阅读偏好差异。(见图 34)

---

① 　问卷内容附于本章末尾。

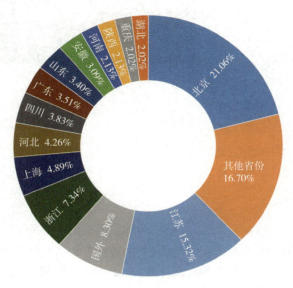

图 33　问卷参与者地理分布

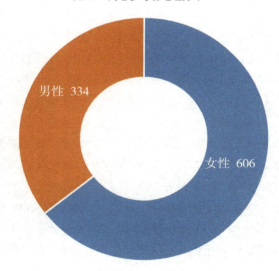

图 34　问卷参与者性别情况

从年龄分布看，参与者的年龄跨度很大，既有 70 岁以上的参与者，也有 20 岁以下的参与者。其中，88% 的参与者出生于 1980 年或之后。60 岁以上的参与者占比不到 2%。鉴于本次问卷为网络电子问卷的形式，因此，这一结果与使用互联网及社交媒体的用户年龄段分布有着密切的关系。（见图 35）

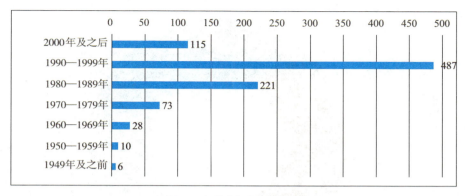

图 35　问卷参与者年龄情况

从职业情况看，参与者主要集中于高校和科研机构。其中，在校学生占比为 43%，教育及科研机构的从业人员占比为 19%。（见图 36）

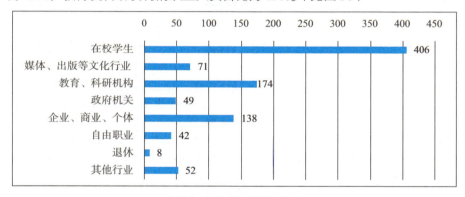

图 36　问卷参与者职业情况

从掌握外语的情况看，90% 的参与者会英语，51% 的参与者会西班牙语，12% 的参与者会葡萄牙语。由此可见，关注拉美文学的读者中有不少人掌握西葡语。当然，本次问卷虽未设定指定调查对象，但在网络平台公开发布后被多个与西葡语教学或拉美研究相关的机构转发。这对本项调查结果有一定的影响。（见图 37）

为考察参与者对拉美的整体认知，我们设置了"提起拉丁美洲，您首先想到的是"一题。由于本次问卷属于对拉美文学认知度的专题调查，因此，60% 的参与者选择了"文学"一项。其他占比较高的选项为"玛雅、印加、阿兹特克等古代文明"（53%）、"亚马孙雨林、马丘比丘等自然景观或名胜古迹"（48%）和"探戈、桑巴等音乐"（46%）。（见图 38）

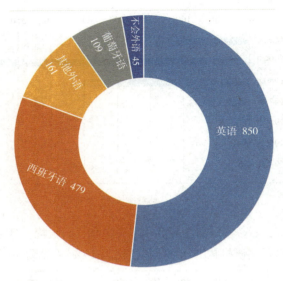

图37　问卷参与者掌握外语情况

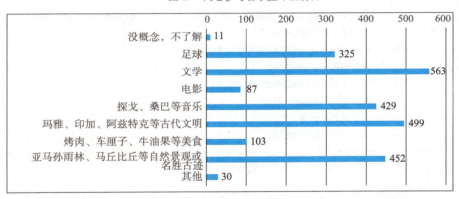

图38　问卷参与者对拉美的整体认知

　　为考察参与者对拉美文学的整体认知，我们设置了"提起拉美文学，您首先想到的是"一题。有13%的参与者选择了"没概念，不了解"。这恰好说明本次调研的普及面较为广泛，并非所有参与者都是拉美文学的读者，而且还有不少参与者对拉美文学的认知极其有限，几乎为零。另有800多位参与者以手填的形式进行回答。通过梳理本题的手填答案，提及次数超过50次的仅有7种答案。若扩大范围到提及次数超过10次的答案，也只有13种。由此可见，参与者对拉美文学的第一印象较为集中。"加夫列尔·加西亚·马尔克斯"以367次高居榜首，"《百年孤独》"以214次紧随其后，"豪尔赫·路易斯·博尔赫斯"

（196 次）和"魔幻现实主义"（189 次）分列第三和第四。此外，"拉美文学爆炸"、"巴勃罗·聂鲁达"、"马里奥·巴尔加斯·略萨"和"罗贝托·波拉尼奥"的提及次数也比较高。总体而言，这 13 种答案反映了中国读者心目中认知度最高的拉美文学形象。（见图 39）

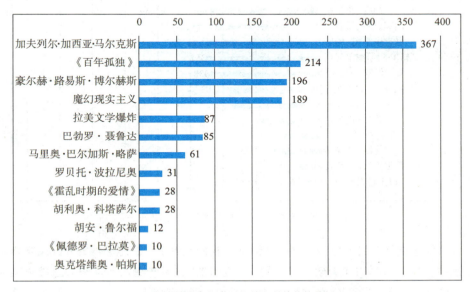

图 39　问卷参与者对拉美文学的整体认知

　　为考察参与者对拉美作家的整体认知，我们设置了"您听说过下面哪些拉美作家"一题。题中列出的作家既有拥有汉译作品较多的作家、获得过诺贝尔文学奖的作家，也兼顾了国别以及小说家和诗人的比例，旨在区分参与者对拉美作家的了解程度。参与者中，有 6% 表示从未听说过题中所列作家，可见他们对拉美文学的认知度极低。本项调查结果基本符合我们的预期。加西亚·马尔克斯、博尔赫斯、聂鲁达和巴尔加斯·略萨位列前茅。柯艾略和亚马多也是拥有多部汉译作品且被多次重版重译的作家，但相较而言，拉美地区葡语作家的认知度不及西语作家。此外，较为"冷门"的秘鲁诗人塞萨尔·巴列霍（César Vallejo）和圣卢西亚诗人、剧作家沃尔科特分别有 249 人和 75 人表示"听说过"，这一结果其实超出了我们的预期。由此可见，以聂鲁达、帕斯、米斯特拉尔、巴列霍和沃尔科特等为代表的拉美诗歌虽然译介数量要远低于小说类作品，但在中国的影响力并不弱。（见图 40）

图 40　问卷参与者对拉美作家的整体认知

　　为考察参与者的拉美文学阅读情况，我们设置了"在您阅读的外国文学作品中，拉美文学占比大致为"一题。有近 10% 的参与者表示从未读过拉美文学作品，选择"读过，但占比很少"的参与者占比高达 66%，读过很多拉美文学作品的参与者仅占 24%。由此可见，参与者以普遍意义上的外国文学读者居多，而非聚焦于西葡语文学的读者。（见图 41）

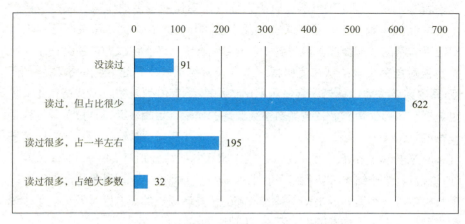

图 41　问卷参与者拉美文学阅读占比情况

为进一步考察参与者的拉美文学阅读量，我们设置了"您大概读过多少本拉美文学作品"一题。37% 的参与者表示读过不到 5 本，50% 的参与者读过 5—20 本，13% 的参与者读过 50 本以上。由此可见，回答此问题的参与者多为对拉美文学有所涉猎的读者。（见图 42）

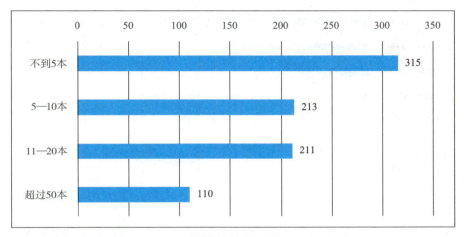

图 42　问卷参与者拉美文学作品阅读量

从参与者对拉美文学的总体印象看，仅有 5 人表示"不喜欢"，绝大部分参与者表示"喜欢"或"非常喜欢"，后两者总占比为 74%。（见图 43）

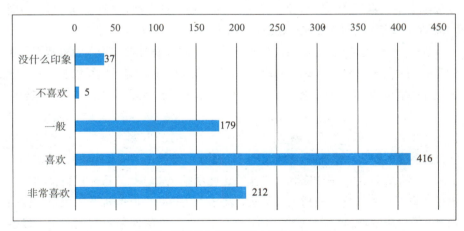

图 43　问卷参与者对拉美文学的总体印象

为考察参与者初次接触拉美文学的时间，我们设置了"您第一次阅读拉美

文学作品大致是在"一题。91% 的参与者第一次阅读拉美文学作品的时间是
2000 年以来，选择 1980—1999 年间的只有 71 人，仅占 8%。考虑到参与者中
有 64% 出生于 1990 年及之后，这一结果也就有了合理的解释。（见图 44 ）

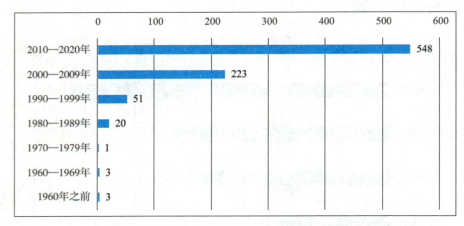

图 44　问卷参与者第一次阅读拉美文学作品的时间

在"您最喜欢的拉美作家是"一题中，13% 的参与者表示没有特别喜欢
的作家。为便于更好地考察，我们除了列出一些作家选项外，还增加了"手
填"选项。通过汇总手填答案，加西亚·马尔克斯、博尔赫斯、聂鲁达、科塔
萨尔、波拉尼奥、巴尔加斯·略萨和加莱亚诺等 7 位作家提及次数超过 50 次，
成为读者最受欢迎的拉美作家。其中，加西亚·马尔克斯（463 次）、博尔赫斯
（302 次）和聂鲁达（211 次）位列前三。（见图 45 ）

在"您最喜欢的拉美文学作品是"一题中，18% 的参与者表示没有特别喜欢
的作品。为便于更好地考察，该题为"手填"选项。参与者可填写最多三项。通
过梳理手填答案，6 部作品提及次数超过 40 次，成为读者最受欢迎的拉美文学作
品。其中，加西亚·马尔克斯的《百年孤独》（329 次）和《霍乱时期的爱情》（171
次）遥遥领先，其次为博尔赫斯的《小径分岔的花园》、聂鲁达的《二十首情诗
和一首绝望的歌》、鲁尔福的《佩德罗·巴拉莫》和波拉尼奥的《2666》。（见图 46 ）

读者最喜欢的拉美作家和文学作品这两项结果，与第一章"拉美文学在中
国的译介"中的数据分析形成了呼应，可谓互为印证。唯有拥有重版重译作品
数量最多的巴尔加斯·略萨的排名情况略显意外，他的作品中被提及次数最多
的为《城市与狗》（20 次）和《绿房子》（15 次），和图 46 所列作品的被提及
次数还有较大距离。

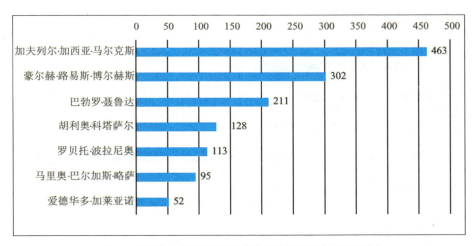

图 45　问卷参与者最喜欢的拉美作家（提及次数超过 50 次）

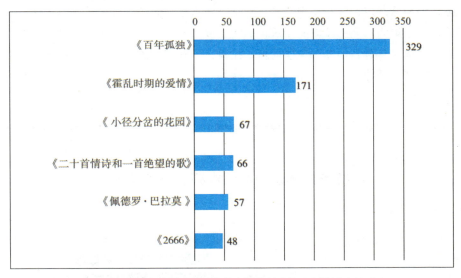

图 46　问卷参与者最喜欢的拉美文学作品（提及次数超过 40 次）

关于拉美文学对中国文学的影响，78% 的参与者持肯定态度。其中，69% 的人认为拉美文学对中国文学的影响很大，且至今仍有影响；9% 的人认为仅在 20 世纪有过影响；另有 5% 的参与者认为影响很小，可忽略不计。（见图 47）

在问卷结尾，我们专门设置了"请问这项调查是否唤起了您对拉美文学的兴趣"一题。有 86% 的参与者持肯定态度，但也有 14% 的人持否定态度，表示对拉美文学不感兴趣。

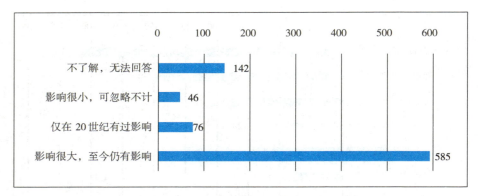

图 47 问卷参与者对拉美文学对中国文学的影响所持观点

总体而言，本次问卷调研的结果显示，加西亚·马尔克斯、《百年孤独》、博尔赫斯、聂鲁达、魔幻现实主义、"文学爆炸"等仍是拉美文学最醒目的标签，但科塔萨尔、波拉尼奥、加莱亚诺等作家已引起中国读者的普遍关注和喜爱，一个更为广阔的拉美文学汉译概貌正逐渐显现。相较于英美文学、法国文学、日本文学等其他外国文学而言，拉美文学在中国的认知度尚显不足，还有很大的提升空间。

****

拉美文学认知度问卷调查各项统计

1. 您的性别：

选项	小计	比例
女性	606	64.47%
男性	334	35.53%
本题有效填写人次	940	

2. 您出生于：

选项	小计	比例
2000 年及之后	115	12.23%
1990—1999 年	487	51.81%
1980—1989 年	221	23.51%

1970—1979 年	73		7.77%
1960—1969 年	28		2.98%
1950—1959 年	10		1.06%
1949 年及之前	6		0.64%
本题有效填写人次	940		

3. 您的职业：

选项	小计	比例	
在校学生	406		43.19%
媒体、出版等文化行业	71		7.55%
教育、科研机构	174		18.51%
政府机关	49		5.21%
企业、商业、个体	138		14.68%
自由职业	42		4.47%
退休	8		0.85%
其他行业	52		5.53%
本题有效填写人次	940		

4. 您是否会以下外语（多选）：

选项	小计	比例	
英语	850		90.43%
西班牙语	479		50.96%
葡萄牙语	109		11.6%
其他外语	161		17.13%
不会外语	45		4.79%
本题有效填写人次	940		

5. 提起拉丁美洲，您首先想到的是（最多选三项）：

选项	小计	比例	
没概念，不了解	11		1.17%
足球	325		34.57%
文学	563		59.89%
电影	87		9.26%
探戈、桑巴等音乐	429		45.64%
玛雅、印加、阿兹特克等古代文明	499		53.09%

53

烤肉、车厘子、牛油果等美食	103		10.96%
亚马孙雨林、马丘比丘等自然景观或名胜古迹	452		48.09%
其他	30		3.19%
本题有效填写人次	940		

6. 提起拉美文学，您首先想到的是（最多两项）:

选项	小计	比例	
没概念，不了解	124		13.19%
（手填）	818		87.02%
（手填）	545		57.98%
本题有效填写人次	940		

7. 您听说过下面哪些拉美作家（多选）:

选项	小计	比例	
豪尔赫·路易斯·博尔赫斯	760		80.85%
胡利奥·科塔萨尔	439		46.7%
若热·亚马多	175		18.62%
保罗·柯艾略	338		35.96%
加夫列尔·加西亚·马尔克斯	822		87.45%
尼古拉斯·纪廉	183		19.47%
马里奥·巴尔加斯·略萨	628		66.81%
塞萨尔·巴列霍	249		26.49%
胡安·鲁尔福	489		52.02%
奥克塔维奥·帕斯	392		41.7%
德里克·沃尔科特	75		7.98%
米盖尔·安赫尔·阿斯图里亚斯	357		37.98%
爱德华多·加莱亚诺	303		32.23%
巴勃罗·聂鲁达	738		78.51%
加夫列拉·米斯特拉尔	272		28.94%
以上都没听说过	54		5.74%
本题有效填写人次	940		

8. 在您阅读的外国文学作品中，拉美文学占比大致为：

选项	小计	比例
没读过	91	9.68%
读过，但占比很少	622	66.17%
读过很多，占一半左右	195	20.74%
读过很多，占绝大多数	32	3.4%
本题有效填写人次	940	

9. 您大概读过多少本拉美文学作品：

选项	小计	比例
不到 5 本	315	37.1%
5—10 本	213	25.09%
11—20 本	211	24.85%
超过 50 本	110	12.96%
本题有效填写人次	849	

10. 您对拉美文学的总体印象是：

选项	小计	比例
没什么印象	37	4.36%
不喜欢	5	0.59%
一般	179	21.08%
喜欢	416	49%
非常喜欢	212	24.97%
本题有效填写人次	849	

11. 您第一次阅读拉美文学作品大致是在：

选项	小计	比例
2010—2020 年	548	64.55%
2000—2009 年	223	26.27%
1990—1999 年	51	6.01%
1980—1989 年	20	2.36%
1970—1979 年	1	0.12%
1960—1969 年	3	0.35%
1960 年之前	3	0.35%
本题有效填写人次	849	

12. 您最喜欢的拉美作家是（最多三位）:

选项	小计	比例
没有特别喜欢的	110	12.96%
豪尔赫·路易斯·博尔赫斯	302	35.57%
加夫列尔·加西亚·马尔克斯	463	54.53%
巴勃罗·聂鲁达	211	24.85%
马里奥·巴尔加斯·略萨	95	11.19%
若热·亚马多	10	1.18%
保罗·柯艾略	35	4.12%
胡利奥·科塔萨尔	128	15.08%
爱德华多·加莱亚诺	52	6.12%
罗贝托·波拉尼奥	112	13.19%
不在上面（手填）	119	14.02%
本题有效填写人次	849	

13. 您最喜欢的拉美文学作品是（最多三项；可填写具体书名，也可以填写类似"某某作家的作品"）:

选项	小计	比例
没有特别喜欢的	154	18.14%
手填	697	82.1%
手填	529	62.31%
手填	386	45.47%
本题有效填写人次	849	

14. 关于拉美文学对中国文学的影响，您觉得:

选项	小计	比例
不了解，无法回答	142	16.73%
影响很小，可忽略不计	46	5.42%
仅在20世纪有过影响	76	8.95%
影响很大，至今仍有影响	585	68.9%
本题有效填写人次	849	

15. 感谢您花费宝贵时间回答问卷。请问这项调查是否唤起了您对拉美文学的兴趣？

选项	小计	比例	
没有，我对此不感兴趣	13		14.29%
是的	78		85.71%
本题有效填写人次	91		

****

拉美文学：遥远的异乡？案头的风景？
拉美文学认知度问卷调查

1. 您的性别：

    1) 女性

    2) 男性

2. 您出生于：

    1) 2000 年及之后

    2) 1990—1999 年

    3) 1980—1989 年

    4) 1970—1979 年

    5) 1960—1969 年

    6) 1950—1959 年

    7) 1949 年及之前

3. 您的职业：

    1) 在校学生

    2) 媒体、出版等文化行业

    3) 教育、科研机构

    4) 政府机关

5) 企业、商业、个体

6) 自由职业

7) 退休

8) 其他行业

4. 您是否会以下外语（多选）：

1) 英语

2) 西班牙语

3) 葡萄牙语

4) 其他外语

5) 不会外语

5. 提起拉丁美洲，您首先想到的是（最多选三项）：

1) 没概念，不了解

2) 足球

3) 文学

4) 电影

5) 探戈、桑巴等音乐

6) 玛雅、印加、阿兹特克等古代文明

7) 烤肉、车厘子、牛油果等美食

8) 亚马孙雨林、马丘比丘等自然景观或名胜古迹

9) 其他

6. 提起拉美文学，您首先想到的是（最多两项）：

1) 没概念，不了解

2)（手填）＿＿＿＿＿＿＿＿＿＿＿＿＿＿＿＿

3)（手填）＿＿＿＿＿＿＿＿＿＿＿＿＿＿＿＿

7. 您听说过下面哪些拉美作家（多选）：

1) 豪尔赫·路易斯·博尔赫斯

2) 胡利奥·科塔萨尔

3) 若热·亚马多

4) 保罗·柯艾略

5) 加夫列尔·加西亚·马尔克斯

6) 尼古拉斯·纪廉

7) 马里奥·巴尔加斯·略萨

8) 塞萨尔·巴列霍

9) 胡安·鲁尔福

10) 奥克塔维奥·帕斯

11) 德里克·沃尔科特

12) 米盖尔·安赫尔·阿斯图里亚斯

13) 爱德华多·加莱亚诺

14) 巴勃罗·聂鲁达

15) 加夫列拉·米斯特拉尔

16) 以上都没听说过

8. 在您阅读的外国文学作品中，拉美文学占比大致为：

1) 没读过（如果选择这项，直接跳到第 15 题）

2) 读过，但占比很少

3) 读过很多，占一半左右

4) 读过很多，占绝大多数

9. 您大概读过多少本拉美文学作品：

1) 不到 5 本

2) 5—10 本

3) 11—20 本

4) 超过 50 本

10. 您对拉美文学的总体印象是：

1) 没什么印象

2) 不喜欢

3) 一般

4) 喜欢

5) 非常喜欢

11. 您第一次阅读拉美文学作品大致是在：

    1) 2010—2020 年

    2) 2000—2009 年

    3) 1990—1999 年

    4) 1980—1989 年

    5) 1970—1979 年

    6) 1960—1969 年

    7) 1960 年之前

12. 您最喜欢的拉美作家是（最多三位）：

    1) 没有特别喜欢的

    2) 豪尔赫·路易斯·博尔赫斯

    3) 加夫列尔·加西亚·马尔克斯

    4) 巴勃罗·聂鲁达

    5) 马里奥·巴尔加斯·略萨

    6) 若热·亚马多

    7) 保罗·柯艾略

    8) 胡利奥·科塔萨尔

    9) 爱德华多·加莱亚诺

    10) 罗贝托·波拉尼奥

    11) 不在上面（手填）_____

13. 您最喜欢的拉美文学作品是（最多三项；可填写具体书名，也可以填写类似"某某作家的作品"）：

    1) 没有特别喜欢的

    2)（手填）_____

    3)（手填）_____

    4)（手填）_____

14. 关于拉美文学对中国文学的影响，您觉得：

    1) 不了解，无法回答

2) 影响很小，可忽略不计

3) 仅在 20 世纪有过影响

4) 影响很大，至今仍有影响

15. 感谢您花费宝贵时间回答问卷。请问这项调查是否唤起了您对拉美文学的兴趣？

1) 没有，我对此不感兴趣

2) 是的

结　语

　　博尔赫斯曾这样评价书籍的重要性："在人类使用的各种工具中，最令人惊叹的无疑是书籍。其他工具都是人体的延伸。显微镜、望远镜是眼睛的延伸，电话是嗓音的延伸……但书籍是另一回事：书籍是记忆和想象的延伸。"诚如博尔赫斯所言，书籍是作家用文字构建的世界，其中承载着历史与文化，居住着记忆和想象。

　　曾几何时，在电视电影等大众传媒和网络还未普及的年代，拉美文学汉译作品是我们想象拉美的重要途径。即便在当下的信息化时代，书籍仍发挥着不可替代的作用。一代又一代的译者、编辑和研究者，默默地当着文字的搬运工，一字一句，孜孜不倦。一代又一代的中国读者，以书为舟，跨越重洋，通过阅读去接近拉美那片遥远的文化沃土，领略异乡的美妙风景。

Capítulo I

La traducción de la literatura latinoamericana en China

Desde que en enero de 1950 se editara la primera obra de la literatura latinoamericana en China, *Que despierte el leñador*, una antología de poemas de Pablo Neruda, hasta diciembre de 2019, se han publicado 1.037 obras literarias latinoamericanas traducidas al chino.

Detrás de esta historia están también los esfuerzos de traductores, editores y editoriales. Al ser una actividad de intercambio cultural, la traducción de obras literarias siempre está vinculada con factores sociales, históricos, culturales, políticos y económicos, entre otros. Ciertamente, la traducción y difusión de la literatura latinoamericana en China están estrechamente relacionadas con la historia cultural de la República Popular China (RPCh), con el desarrollo del intercambio con el exterior, con el progreso de la industria editorial, así como con la historia de las relaciones bilaterales entre China y América Latina.

Por tanto, teniendo en cuenta tales factores, hemos dividido la historia de la traducción de la literatura latinoamericana en China en tres periodos: desde la fundación de la RPCh hasta 1978; desde 1979, año en el que se inició la reforma y apertura, hasta 1999; y desde el año 2000 hasta 2019. Partiendo de un análisis enfocado en términos de número de publicaciones, autor, obra, país, traductor y editorial, pretendemos esbozar la situación de la traducción de la literatura latinoamericana en China a partir de los datos recopilados.

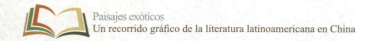

I. Entre la literatura y la política: la traducción en múltiples dimensiones
(1949-1978)

Tras la fundación de la RPCh en octubre de 1949, una serie de políticas culturales crearon condiciones favorables para la traducción y publicación de literatura extranjera. Sin embargo, esta tarea se vio inevitablemente afectada por el entorno social de la época, en la que la nueva república se enfrentaba a una compleja situación política dentro y fuera del país. En las primeras dos décadas de la nueva China, aparte de Cuba que estableció relaciones diplomáticas en 1960, el resto de los países latinoamericanos no tenía vínculos oficiales con Beijing. Con el fin de terminar con este escollo diplomático, la política de China hacia América Latina consistió principalmente en promover la diplomacia cultural y el intercambio entre los pueblos, esperando generar un apoyo para el contacto a nivel de Estados. Así, los contactos en el ámbito literario desempeñaron un papel muy importante para establecer lazos entre China y América Latina, y la traducción de literatura latinoamericana fue objeto de un tratamiento especial tanto en la dimensión cultural como en la política, lo cual contribuyó a mejorar el conocimiento de China sobre el mundo latinoamericano.

I.1 Número de publicaciones

Según las estadísticas, entre 1949 y 1978 se publicaron un total de 85 obras de literatura latinoamericana en China, incluyendo reediciones y distintas traducciones de una misma obra. En estas tres décadas, hubo 10 años sin publicación alguna. Entre 1949 y 1965 salieron a la luz 77 libros, lo que representa alrededor del 91% del total del número de publicaciones en este periodo. Luego, se produjo un silencio casi total en la publicación de literatura extranjera debido a la Revolución Cultural: solo se publicaron cuatro obras de literatura latinoamericana entre 1966 y 1976 (ver Gráfico 1).

I.2 Autores

En el periodo considerado hubo más de 50 escritores latinoamericanos traducidos al chino, la gran mayoría de los cuales tuvo una sola obra publicada, mientras que solo nueve autores tuvieron dos o más obras publicadas. Pablo Neruda y el escritor brasileño Jorge Amado fueron los autores con más obras traducidas al chino durante estos años, al representar ambos el 16% del total (ver Gráfico 2).

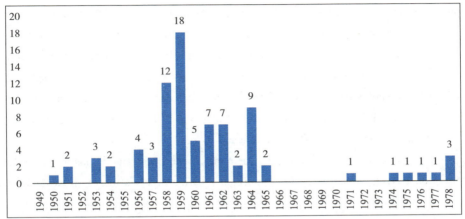

Gráfico 1. Número de publicaciones de obras literarias latinoamericanas traducidas al chino (1949-1978)

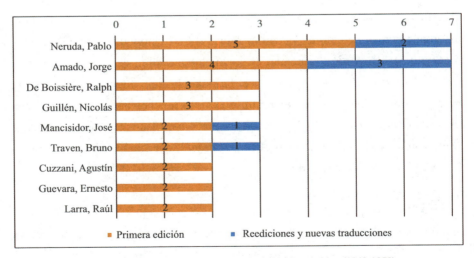

Gráfico 2. Autores latinoamericanos más traducidos al chino (1949-1978)

En la década de 1950, para China, el intercambio sino-soviético fue la parte más importante de su comunicación cultural con el mundo exterior; incluso los intercambios culturales iniciales entre China y América Latina también estaban relacionados con la URSS. En este periodo, muchos intelectuales latinoamericanos de izquierda aprovechaban sus viajes a la URSS y a los países socialistas de Europa oriental para viajar hasta China. En septiembre de 1951, Pablo Neruda recibió un encargo del Comité del Premio Stalin de la Paz entre los Pueblos y viajó a Beijing para otorgarle dicho galardón a la señora Soong Ching-ling. La visita del poeta chileno fue un antecedente importante para el intercambio cultural. Posteriormente, hubo una serie de acontecimientos que de manera directa o indirecta constataron cómo su visita había ayudado a acercar las distantes culturas de ambas partes e iniciar la amistad entre China y los países latinoamericanos. Por tanto, Pablo Neruda fue apodado por el primer ministro Zhou Enlai como "la primera golondrina en la primavera de la amistad sino-latinoamericana".[1]

Cabe señalar que la mayoría de los autores con obras traducidas al chino de aquellos años eran escritores de izquierdas, y varios de ellos fueron galardonados con el Premio Stalin de la Paz entre los Pueblos (posteriormente rebautizado como Premio Lenin de la Paz), como Jorge Amado, Pablo Neruda, el poeta cubano Nicolás Guillén, el escritor guatemalteco Miguel Ángel Asturias y el escritor argentino Alfredo Varela, entre otros. Además de los mencionados ganadores del Premio, una gran cantidad de autores visitaron China: el brasileño Guilherme Figueiredo, el cubano José Antonio Portuondo, el poeta chileno Pablo de Rokha, el escritor hondureño Ramón Amaya Amador y el haitiano Jacques Stephen Alexis, entre otros. El pintor chileno José Venturelli, que vivió muchos años en Beijing, y el revolucionario y político Ernesto "Che" Guevara, quien visitó China en la década de 1960, también cuentan con algunas obras publicadas, que son principalmente libros de memorias, diarios y ensayos.

I.3 Obras

En cuanto al género literario de las publicaciones entre 1949 y 1978, se observa

---

[1] Huang Zhiliang, *Redescubrimiento del nuevo mundo: Zhou Enlai y América Latina*, Beijing: World Affairs Press, 2004, p.55. (黄志良：《新大陆的再发现——周恩来与拉丁美洲》，世界知识出版社，2004 年，第 55 页。)

que el total de las obras narrativas –incluidas novelas y antologías de cuentos– es de 47 libros, lo que representa el 55%; le siguen las obras de poesía y drama, 23 y 8, respectivamente (ver Gráfico 3).

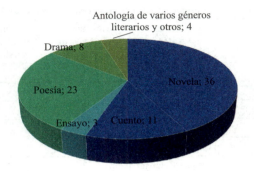

Gráfico 3. Obras literarias latinoamericanas traducidas al chino por género literario (1949-1978)

En aquella época, la literatura extranjera traducida al chino tenía un estilo relativamente monótono y con un fuerte matiz realista. Respecto a las obras latinoamericanas, los temas principales elegidos eran las historias antiimperialistas, anticoloniales y antihegemónicas del pueblo latinoamericano y su vida real, las que presentaban, entre líneas, la semejanza entre América Latina y China en su carácter de países del Tercer Mundo. En el caso de Neruda, si bien el poeta ya había publicado numerosas poesías de diferentes estilos antes de 1949, las obras que se tradujeron al chino eran todas de estilo político y social, como las antologías *Que despierte el leñador*, *El fugitivo*, *Las uvas y el viento* y *Canción de gesta*, entre otras. Sus otros poemas, en los que se exploran las profundidades de la emoción, la pasión y el amor, estuvieron prácticamente ausentes en China.

De las obras de la literatura latinoamericana publicadas entre 1949 y 1978, solo hubo nueve reediciones o distintas versiones de traducción, lo que supone alrededor del 11% del total. Entre ellas, la obra con mayor número de reediciones fue *Seara vermelha*, novela de Jorge Amado, de la que hubo tres ediciones. Además, hubo siete obras con dos ediciones cada una, entre ellas, *Terras do sem fim*, *Que despierte el leñador*, *Antología de Pablo Neruda*, *A hora próxima*, etc. Cabe destacar que todas estas obras tuvieron reediciones de la misma traducción, excepto *El alba en las simas* y *Gobernadores del rocío*, que tuvieron dos versiones de distintos traductores (ver Cuadro 1).

Cuadro 1. Obras con más reediciones y distintas versiones de traducción (1949-1978)

Obra	Autor	Número de versiones de traducción	Número total de reediciones y de distintas versiones de traducción
Seara vermelha	Jorge Amado	1	3
A hora próxima	Alina Paim	1	2
Antología de Pablo Neruda	Pablo Neruda	1	2
El alba en las simas	José Mancisidor	2	2
El general: tierra y libertad	Bruno Traven	1	2
Gobernadores del rocío	Jacques Roumain	2	2
Que despierte el leñador	Pablo Neruda	1	2
Terras do sem fim	Jorge Amado	1	2

I.4 Países

Como primer país latinoamericano en establecer relaciones diplomáticas con China, Cuba es la nación con la mayor cantidad de obras traducidas: un total de 16 títulos. Le siguen Brasil (14), Chile (11) y Argentina (10). Es necesario señalar que, aunque este periodo fue la etapa inicial de la traducción de la literatura latinoamericana en China, las obras traducidas no se limitaban a los países con grandes figuras literarias ni a los que habían establecido relaciones diplomáticas con China. En realidad, a lo largo de los 70 años de historia de la traducción de la literatura latinoamericana que estudiamos, países como Honduras, Haití, Guyana y Trinidad y Tobago solo tuvieron obras traducidas al chino en este periodo (ver Gráfico 4).

I.5 Traductores

Los datos muestran que más de 70 traductores participaron durante este periodo. La mayoría solo tradujo una única obra, mientras que fueron siete los que intervinieron en tres obras o más (ver Gráfico 5).

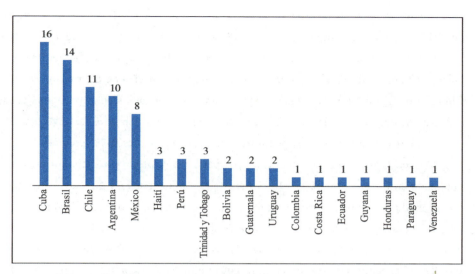

Gráfico 4. Obras literarias latinoamericanas traducidas al chino por países (1949-1978)

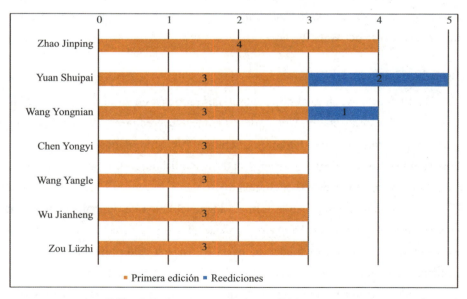

Gráfico 5. Traductores con más obras realizadas (1949-1978)

De estos siete traductores, solo Yuan Shuipai y Zou Lüzhi no dominaban el español o el portugués. El primer departamento dedicado a la enseñanza del español se fundó en la Universidad de Estudios Extranjeros de Beijing, en 1952. Por lo tanto, los primeros traductores de español en China no surgieron hasta finales de la década de 1950, como Wang Yangle, Chen Yongyi (su seudónimo Yi Qian), Wang Yongnian (su seudónimo Wang Zhongnian), Zhao Jinping, Wu Jianheng (o Wu Mingqi), Lin Guang, Huang Zhiliang y Liu Jingyan, entre otros. La enseñanza del portugués en China se inició en 1960. El número de estudiantes matriculados en el programa era reducido y, pocos años después, las clases se detuvieron debido a la Revolución Cultural. Por lo tanto, hubo muy pocos traductores de portugués en este periodo.

Merece la pena resaltar que la mayor parte de la literatura latinoamericana publicada en China entre 1949 y1978 fueron de traducciones no directas, es decir, fueron mediadas de otras lenguas, como el ruso, el inglés o el francés. Por ejemplo, *Que despierte el leñador*, la primera obra de la literatura latinoamericana publicada en China y escrita en español, fue traducida del inglés por Yuan Shuipai; y *Terras do sem fim*, la primera obra escrita en portugués publicada en chino fue traducida del inglés por Wu Lao. La obra de Jorge Amado *O Cavaleiro da Esperança é a biografia poética do líder revolucionário Luís Carlos Prestes*, publicada en mayo de 1953, fue traducida del ruso por Wang Yizhu.

I.6 Editoriales

De 1949 a 1978, un total de 15 editoriales participaron en la publicación de la literatura latinoamericana en China, de las cuales siete editaron tres o más títulos y seis publicaron solo uno. People's Literature Publishing House, China Writers Publishing House y Shanghai Literature and Art Publishing House publicaron 25, 19 y 13 títulos, respectivamente (ver Gráfico 6).

Es importante señalar que la forma tradicional china de imprenta consiste en hacerlo verticalmente de arriba abajo y ordenar el texto de derecha a izquierda. En los primeros años desde la fundación de la RPCh, los materiales impresos y las publicaciones continuaban con esta disposición vertical, y fue recién a partir de 1955 que se cambió gradualmente hacia la horizontal. Asimismo, en 1956, se aprobó el Programa de Caracteres Chinos Simplificados, lo cual permitió la sustitución de los caracteres tradicionales. Por ende, las primeras obras de literatura latinoamericana en China fueron publicadas en una disposición vertical y se utilizaron caracteres no simplificados (ver Gráfico 7. Imagen 1).

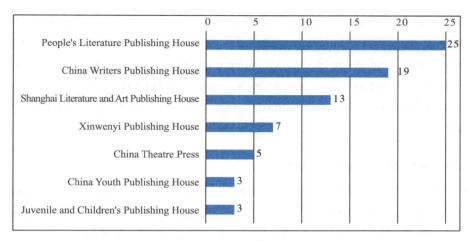

Gráfico 6. Editoriales con más títulos publicados de literatura latinoamericana (1949-1978)

Gráfico 7. Imagen 1. Pablo Neruda, *Que despierte el leñador*, traducción de Yuan Shuipai, Shanghai: Xinqun

Press, 1950, pp.1-3.（聂鲁达：《让那伐木者醒来》，袁水拍译，新群出版社，1950 年，第 1—3 页。）

II. Retorno al canon literario

(1979-1999)

La III Sesión Plenaria del XI Comité Central del Partido Comunista de China, celebrada en diciembre de 1978, supuso un significativo giro de trascendencia en la historia de la RPCh, al dar paso a un nuevo periodo con la reforma y apertura. A partir de 1979, con la mejora gradual del entorno político, económico y cultural, se aplicaron importantes ajustes en las políticas relacionadas con las creaciones literarias y artísticas. Como consecuencia, volvieron a la normalidad la traducción y la publicación de literatura latinoamericana, lo que marcó el primer auge de su difusión en China.

II.1 Número de publicaciones

Entre 1979 y 1999 se publicaron un total de 314 obras de literatura latinoamericana, incluyendo reediciones y distintas traducciones de una misma obra. Según los datos recolectados, el número anual de publicaciones durante este periodo se distribuyó de forma relativamente uniforme: entre 15 y 22 títulos (ver Gráfico 8).

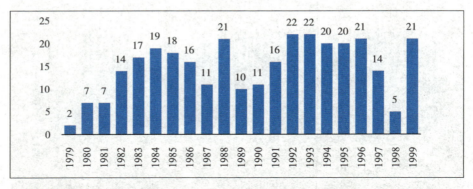

Gráfico 8. Número de publicaciones de obras literarias latinoamericanas traducidas al chino (1979-1999)

II.2 Autores

Entre 1979 y 1999, más de 100 escritores latinoamericanos fueron traducidos al chino. Más de la mitad de ellos contaban con una sola obra impresa, mientras que se publicaron tres o más obras de 15 autores. Gabriel García Márquez, Mario Vargas Llosa y Jorge Amado se convirtieron en los escritores latinoamericanos con más traducciones al chino en esa época, al representar un 21% del total (ver Gráfico 9).

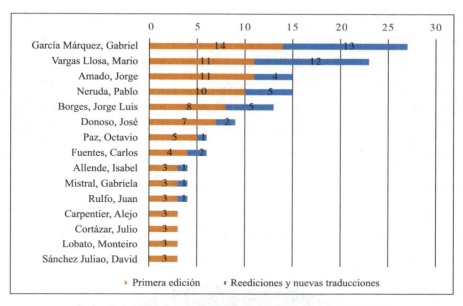

Gráfico 9. Autores latinoamericanos más traducidos al chino (1979-1999)

En octubre de 1979 se fundó la Asociación China de Estudios de la Literatura Española, Portuguesa y Latinoamericana, una de las primeras sociedades dedicadas a la investigación de literatura extranjera en China. La Asociación reunió a cientos de profesionales de la literatura de lenguas española y portuguesa procedentes de universidades, instituciones de investigación, editoriales, departamentos gubernamentales y medios de comunicación, entre otros. Gracias a los esfuerzos de los expertos, principalmente de los miembros de la Asociación, la selección de libros para su traducción se basó más en una orientación literaria que en consideraciones políticas e ideológicas, es decir, se prestó más atención a la calidad literaria. Por tanto, se introdujeron en poco tiempo varios clásicos de la literatura latinoamericana.

Como muestra el Gráfico 9, la gran mayoría de estos escritores son figuras reconocidas de la literatura latinoamericana, y algunos tienen una amplia influencia a nivel mundial. Los datos revelan que si bien hay muchas publicaciones de Pablo Neruda y Jorge Amado, igual que el periodo anterior, las traducciones de los escritores representantes del *boom* latinoamericano, como Gabriel García Márquez, Mario Vargas Llosa, Carlos Fuentes, Julio Cortázar, José Donoso y Alejo Carpentier, entre otros, se convirtieron en el tema central de las décadas de 1980 y

1990. Las publicaciones de estos seis escritores mencionados suman 71 libros, los que representan el 23% del total. Además, García Márquez y Octavio Paz fueron galardonados con el Premio Nobel de Literatura en 1982 y 1990, respectivamente, lo que contribuyó a promover la traducción y circulación de la literatura latinoamericana en China. Derek Walcott, el poeta y dramaturgo de Santa Lucía, recibió el mismo galardón en 1992; sin embargo, sus obras no se tradujeron hasta el siglo XXI.

II.3 Obras

De las obras publicadas, el 74% corresponde a novelas y cuentos (231 libros); le siguen los libros de poesía y ensayo, 32 y 28, respectivamente (ver Gráfico 10).

Gráfico 10. Obras literarias latinoamericanas traducidas al chino por género literario (1979-1999)

En la década de 1980, el estilo realista seguía siendo el principal de las obras latinoamericana traducidas. Sin embargo, ya no se limitaban al realismo social, sino que eran de una mayor variedad de temáticas. Los lectores chinos se vieron expuestos a diferentes estilos de realismo: novelas como *Los ríos profundos* y *El mundo es ancho y ajeno*, que muestran la vida de los indígenas y su lucha contra la clase dominante, predominantemente europea; obras regionalistas como *Doña Bárbara* y *La vorágine*, que se centran en las características naturales y las tradiciones culturales locales, y obras del realismo mágico, como *Cien años de soledad*. Los lectores chinos no dejaban de maravillarse ante la gran diversidad cultural de América Latina, sus exóticos paisajes naturales, así como la historia y la vida social de la región.

A partir de la década de 1990, las obras traducidas de literatura latinoamericana registraron un estilo aún más variado y multicolor. Es de destacar la conmoción que provocaron los escritos de Borges en los lectores chinos. Las obras del escritor argentino, alejadas de la realidad social, creaban otras realidades con numerosos referentes y alusiones literarias y filosóficas, que proporcionaron otro paradigma para la creación. Mientras tanto, las obras de los representantes del *boom* latinoamericano empezaron a impulsar otro "boom" de lectura de la literatura latinoamericana en China.

Resulta importante subrayar que, desde la década de 1980, se inició una tendencia reformista en la literatura china. "Ruptura (con el pasado)" e "innovación" se convirtieron en las palabras clave de los círculos literarios. La afluencia masiva de la literatura extranjera después de diez años de aislamiento promovió el intercambio y la colisión de ideas y culturas, lo que impulsó con fuerza la transformación de la literatura contemporánea china. En este panorama, la literatura latinoamericana fue un componente imposible de ignorar. El realismo mágico provocó una reacción tan potente en el mundo literario chino hasta que "finalmente se convirtió en una de las corrientes literarias occidentales más importantes que influyeron e iluminaron el desarrollo de la literatura china en el nuevo periodo".[1]

Entre 1979 y 1999, muchas obras clásicas de la literatura latinoamericana traducidas al chino tuvieron posteriormente reediciones y diferentes traducciones, sumando un total de 68 títulos, lo que representa alrededor del 22% del total. Entre ellas, la obra con mayor número de reediciones y distintas versiones de traducción fue *Cien años de soledad*, con un total de 10 ediciones y 3 versiones de traducción; seguida de *Confieso que he vivido*, de Pablo Neruda, con 6 ediciones y 3 traducciones distintas, y *El amor en los tiempos del cólera*, de García Márquez, así como *La casa verde*, *La tía Julia y el escribidor* e *Historia de Mayta*, de Vargas Llosa, que también alcanzaron tres o más ediciones (ver Cuadro 2).

---

[1] Chen Liming, *El realismo mágico y la narrativa contemporánea china*, Baoding: Hebei University Press, 2008, p.1. (陈黎明：《魔幻现实主义与新时期中国小说》，河北大学出版社，2008 年，第 1 页。)

Cuadro 2. Obras con más reediciones y distintas versiones de traducción (1979-1999)

Obra	Autor	Número de versiones de traducción	Número total de reediciones y de distintas versiones de traducción
Cien años de soledad	Gabriel García Márquez	3	10
Confieso que he vivido	Pablo Neruda	3	6
El amor en los tiempos del cólera	Gabriel García Márquez	3	4
La casa verde	Mario Vargas Llosa	2	4
La tía Julia y el escribidor	Mario Vargas Llosa	1	4
Historia de Mayta	Mario Vargas Llosa	1	3

Mo Yan, ganador del Premio Nobel de Literatura 2012, ha mencionado en repetidas ocasiones cómo *Cien años de soledad* fue una fuerte inspiración para él. En un artículo publicado en 1986, Mo Yan confesó que algunas novelas y cuentos escritos en 1985 "recibieron, indudablemente, influencias trascendentales de la literatura extranjera, tanto en el planteamiento como en las técnicas narrativas. Dos de las obras más influyentes para mí fueron *Cien años de soledad*, de García Márquez, y *El ruido y la furia*, de William Faulkner. Desde mi punto de vista, *Cien años de soledad*, la obra cumbre de la literatura latinoamericana, tiene un poder fascinante tanto en la dimensión artística como en su profundidad de pensamiento".[1]

Por su parte, Yan Lianke, uno de los mejores escritores contemporáneos chinos, considera a la literatura latinoamericana como el catalizador de la literatura china contemporánea y opina que "el peso de su influencia tal vez haya sobrepasado la influencia de cualquier otra escuela, corriente o grupo literario de cualquier periodo, el impacto que ha causado en la literatura china ha sido prácticamente igual al de un terremoto o una erupción volcánica".[2]

Las valoraciones de los escritores chinos favorecieron la difusión de la

[1] Mo Yan, "Dos 'altos hornos' vigorosos: Gabriel García Márquez y William Faulkner", en *World Literature*, Nº 3, 1986, p.298. (莫言:《两座灼热的高炉——加西亚·马尔克斯和福克纳》,《世界文学》1986 年第 3 期,第 298 页。)

[2] Yan Lianke, "Mi realidad, mi *ismo*", Beijing: China Renmin University Press, 2011, p.265. (阎连科:《我的现实 我的主义》,中国人民大学出版社,2011 年,第 265 页。)

literatura latinoamericana en el país. Al mismo tiempo, las relaciones entre China y América Latina se encontraban en constante progreso y el intercambio cultural era cada vez más frecuente. En cierto sentido, entre las muchas formas de intercambio cultural entre ambas partes, ninguna ha aportado cambios tan amplios y profundos al sector cultural del país asiático como la literatura latinoamericana. Puede decirse que la traducción de literatura latinoamericana en este periodo no solo promovió el conocimiento de los chinos sobre América Latina, sino que dejó una huella imborrable en el desarrollo de la literatura china.

II.4 Países

El país latinoamericano con mayor número de obras traducidas al chino durante este periodo fue Colombia, con un total de 41 títulos. Chile, México, Argentina, Brasil y Perú también cuentan con más de 30 títulos. Cabe señalar que los libros traducidos al chino de los países antes mencionados se centran en unos pocos escritores. Por ejemplo, las obras de Vargas Llosa representan el 72% de las obras peruanas traducidas; las de García Márquez suponen el 66% de la literatura colombiana; las de Jorge Amado ocupan el 42% de las de Brasil; las de Pablo Neruda representan el 38% de las de Chile; y en el caso de Argentina, el 36% es de Borges (ver Gráfico 11).

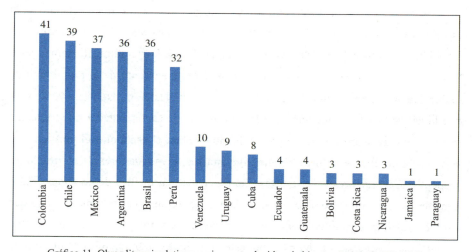

Gráfico 11. Obras literarias latinoamericanas traducidas al chino por países (1979-1999)

II.5 Traductores

En el periodo comprendido entre 1979 y 1999, más de 200 traductores colaboraron en estas tareas. Diecinueve de ellos tradujeron 5 o más obras, entre ellos, Zhu Jingdong, Zhao Deming y Zhao Zhenjiang, quienes participaron en más de 10 (ver Gráfico 12).

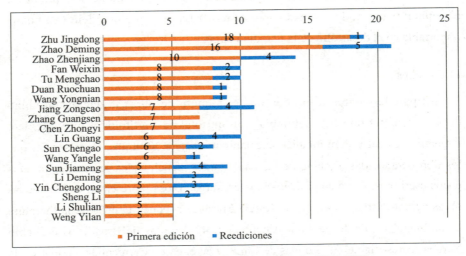

Gráfico 12. Traductores con más obras realizadas (1979-1999)

Desde la década de 1980, como resultado del desarrollo de la enseñanza del español y el portugués en China, un gran número de profesionales con dominio en estos idiomas comenzaron a dedicarse a la traducción de la literatura latinoamericana. Sus esfuerzos se vieron reflejados en un contundente aumento de la proporción de traducciones directas, frente a las traducciones mediadas de otras lenguas, mientras que la calidad de la traducción mejoró enormemente. Cabe destacar que todos los traductores que aparecen en el Gráfico 12 dominaban el español o el portugués, y la mayoría de ellos eran profesores universitarios, investigadores de instituciones académicas, traductores o periodistas que trabajaban en medios de comunicación o ministerios, por lo que no solo tenían un alto nivel en lenguas extranjeras, sino que también participaban activamente en otros eventos de promoción del intercambio entre China y América Latina. Durante este periodo, estos traductores profesionales solían ser también los que seleccionaban o recomendaban las obras que debían publicarse, por lo tanto, su trabajo sentó una base sólida para la traducción de las obras clásicas latinoamericanas en China.

II.6 Editoriales

De 1979 a 1999, un total de 74 editoriales participaron en la publicación de literatura latinoamericana en China, de las cuales 15 editaron seis o más títulos y 37 solo publicaron uno. Yunnan People's Publishing House, Shanghai Translation Publishing House, Foreign Literature Publishing House (hoy Daylight Publishing House), Lijiang Publishing House, Times Literature and Art Publishing House y People's Literature Publishing House publicaron 10 o más obras. La que se situó muy por delante de las demás fue Yunnan People's Publishing House con 69 títulos, lo que supone el 22% del total (ver Gráfico 13).

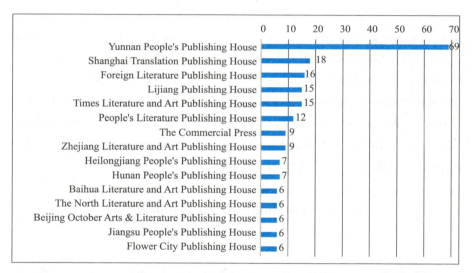

Gráfico 13. Editoriales con más títulos publicados de literatura latinoamericana (1979-1999)

A partir de 1987, con la colaboración de la Asociación China de Estudios de la Literatura Española, Portuguesa y Latinoamericana, Yunnan People's Publishing House ha editado sucesivamente cerca de 70 títulos de la "Colección de Literatura Latinoamericana", entre los cuales figuran obras de grandes exponentes como Gabriel García Márquez, Mario Vargas Llosa, Carlos Fuentes, Octavio Paz, José Donoso, Julio Cortázar y Alejo Carpentier, entre otros. Esta colección, con una excelente selección y traducción, ha tenido un profundo impacto en la difusión de la literatura latinoamericana en China.

Resulta importante reseñar que, durante mucho tiempo, no hubo una fuerte conciencia en la industria editorial china sobre los derechos de autor, por lo que la mayoría de las publicaciones de obras extranjeras de aquella época no contaban con los derechos respectivos. En 1992, China se adhirió oficialmente al Tratado Internacional sobre Derechos de Autor y comenzó a implementar el Convenio de Berna para la Protección de las Obras Literarias y Artísticas y la Convención Universal sobre Derechos de Autor. A partir de ese momento, la concienciación sobre los derechos de autor en el mundo editorial se fue reforzando gradualmente y la implementación de las políticas y normativas pertinentes fueron estandarizándose cada vez más.

Paralelamente a estas cuestiones relacionadas con los derechos de autor, en aquella época se produjeron otros fenómenos "caóticos" en el sector editorial. Al perseguir solo el beneficio económico, algunas editoriales competían por las temáticas más candentes, lo que provocó un serio problema debido a la repetición de publicaciones e, incluso, al plagio. La piratería y el desorden en el uso del ISBN también afectaron seriamente la venta de libros, vulneraban el derecho de los autores, provocaban una confusión en los lectores e interferían con la difusión de la literatura latinoamericana en China.

III. De la homogeneidad al pluralismo
(2000-2019)

Tras el fervor de los lectores chinos por la literatura latinoamericana en las décadas de 1980 y 1990, gradualmente se produjo una fase de calma a principios del siglo XXI, hasta que en 2010 el Premio Nobel de Literatura a Mario Vargas Llosa desencadenó un auge de la lectura y la publicación de obras latinoamericanas. Desde entonces, una serie de acontecimientos culturales han reavivado ese fervor. Por ejemplo, en 2012, cuando Mo Yan recibió el Premio Nobel de Literatura, se destacó la intensa relación que tenía su creación literaria con Gabriel García Márquez. Dos años después, a raíz del fallecimiento del autor de *Cien años de soledad*, los lectores chinos organizaron diversas actividades conmemorativas y muchas de sus obras se convirtieron en *bestsellers* en la categoría de literatura extranjera. Al mismo tiempo, los intercambios entre China y América Latina se fueron estrechando cada día más, especialmente desde 2013, cuando las relaciones entre ambas partes ingresaron en un nuevo periodo de desarrollo integral, con una cooperación bilateral en constante mejora y un profundo desarrollo del intercambio cultural. La traducción de la literatura latinoamericana al chino también inició un nuevo capítulo con una vitalidad sin precedentes.

III.1 Número de publicaciones

Entre 2000 y 2019 se publicaron un total de 638 obras de literatura latinoamericana, incluyendo reediciones y distintas traducciones de una misma obra. Entre ellas, 373 libros salieron a la luz durante 2013 y 2019, lo que representa el 58% del total de libros publicados en este periodo (ver Gráfico 14).

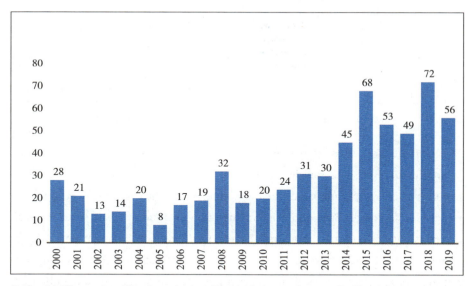

Gráfico 14. Número de publicaciones de obras literarias latinoamericanas traducidas al chino (2000-2019)

III.2 Autores

Cerca de 200 autores latinoamericanos estuvieron presentes en la industria editorial de China durante 2000 y 2019, de los cuales más de la mitad tuvieron una sola obra publicada, mientras que 17 autores contaron con seis o más obras publicadas. Borges, García Márquez y Vargas Llosa fueron los más traducidos durante este periodo, sumando un total de 170 títulos, lo que representa cerca del 27% de obras publicadas de literatura latinoamericana en China (ver Gráfico 15).

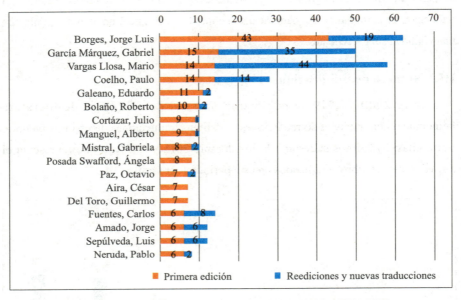

Gráfico 15. Autores latinoamericanos más traducidos al chino (2000-2019)

Durante estos años, se destaca la tendencia de adoptar criterios más diversos y amplios para la selección de obras. Junto con la visión de los profesionales y expertos en literatura latinoamericana en China, la planificación y la decisión de las editoriales se convirtieron en un factor importante. Como muestra el Gráfico 15, entre los autores con más obras traducidas en este periodo, los escritores clásicos como Borges, García Márquez, Vargas Llosa y Cortázar siguieron ocupando los puestos sobresalientes. Asimismo, llegaron a situarse en esta lista aquellos que tuvieron éxito en el mercado editorial de Europa y Estados Unidos, entre ellos el brasileño Paulo Coelho, el chileno Roberto Bolaño, la colombiana Ángela Posada Swafford, así como el director y guionista mexicano Guillermo del Toro, de quien se han traducido varias novelas adaptadas de sus obras cinematográficas.

III.3 Obras

De las publicaciones entre 2000 y 2019, el total de las obras de narrativa, que incluyen novelas y antologías de cuentos, fue de 417 libros, un 65%; mientras que 103 títulos correspondieron a ensayos y 66 a poesía (ver Gráfico 16).

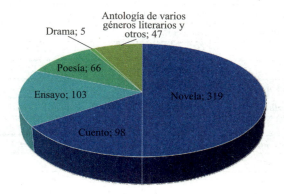

Gráfico 16. Obras literarias latinoamericanas traducidas al chino por género literario (2000-2019)

Al analizar los 209 (33%) títulos de reediciones y de distintas versiones de traducción que se editaron entre 2000 y 2019, se puede constatar que las grandes figuras de la literatura latinoamericana y las obras maestras siguieron siendo el foco de las publicaciones. La obra con mayor número de reediciones y nuevas traducciones siguió siendo *Cien años de soledad*, con un total de 16 ediciones, de las cuales 14 fueron versiones de distintos traductores; seguida por las novelas *El amor en los tiempos del cólera* y *Pantaleón y las visitadoras*. Vargas Llosa se convirtió en el autor con mayor número de reediciones y distintas versiones de traducción durante este periodo (ver Cuadro 3).

Cuadro 3. Obras con más reediciones y distintas versiones de traducción (2000-2019)

Obra	Autor	Número de versiones de traducción	Número total de reediciones y de distintas versiones de traducción
Cien años de soledad	Gabriel García Márquez	14	16
El amor en los tiempos del cólera	Gabriel García Márquez	5	6
Pantaleón y las visitadoras	Mario Vargas Llosa	1	6

Obra	Autor	Número de versiones de traducción	Número total de reediciones y de distintas versiones de traducción
Cartas a un joven novelista	Mario Vargas Llosa	1	5
Conversación en La Catedral	Mario Vargas Llosa	1	4
El beso de la mujer araña	Manuel Puig	2	4
La casa verde	Mario Vargas Llosa	1	4
La ciudad y los perros	Mario Vargas Llosa	1	4
La guerra del fin del mundo	Mario Vargas Llosa	1	4
La tía Julia y el escribidor	Mario Vargas Llosa	1	4
Pedro Páramo	Juan Rulfo	1	4
Un viejo que leía novelas de amor	Luis Sepúlveda	2	4
Veronica decide morrer	Paulo Coelho	2	4

En las últimas dos décadas, especialmente desde 2013, la publicación de la literatura latinoamericana ha transcurrido entre "lo antiguo" y "lo nuevo". Por un lado, se continúa introduciendo las obras de importantes autores, tanto con primeras traducciones como reediciones de sus libros, lo que ha permitido completar la divulgación de las grandes figuras latinoamericanas. Por el otro, existe un esfuerzo por traducir y publicar "escritores nuevos"; es decir, autores "nuevos" o desconocidos con muy poca obra editada o bien traducidos por primera vez. Así, Eduardo Galeano y Roberto Bolaño se convirtieron en los escritores latinoamericanos "emergentes" más populares de los últimos años. Cada uno de ellos tiene más de diez obras traducidas al chino, entre las cuales, *Las venas abiertas de América Latina* y la trilogía *Memoria del fuego* de Galeano, junto con *2666* y *Los detectives salvajes* de Bolaño recibieron una muy buena acogida en el país asiático.

Es pertinente resaltar que si bien China se adhirió en 1992 al Tratado Internacional sobre Derechos de Autor, no fue hasta principios del siglo XXI cuando se regularon los derechos sobre las traducciones al chino de la literatura latinoamericana. En términos generales, empezaron a normativizarse alrededor del año 2010. Como resultado, se adquirieron los derechos de autor y se volvió a publicar la gran mayoría de los libros clásicos traducidos en el siglo XX. Las nuevas ediciones de estas obras de grandes autores fueron también una de las razones por las que hubo un fuerte aumento en la cantidad de publicaciones latinoamericanas entre 2000 y 2019.

Por ejemplo, los derechos de *Cien años de soledad* no fueron obtenidos sino hasta 2011, aunque para entonces ya existían más de diez ediciones de la obra de García Márquez. La traducción de esta novela, que ha nutrido a innumerables lectores, proviene principalmente de dos ediciones: la que en 1984 tradujeron Huang Jinyan, Shen Guozheng y Chen Quan, y la traducción de Wu Jianheng publicada en 1993. De hecho, de las más de diez versiones de esta novela que se vendieron antes de 2011, no solo varias tenían una traducción de mala calidad, sino que también existían ediciones plagiadas. Por tanto, se había perdido el estilo de la versión original, lo que perjudicaba sobremanera a los lectores. Afortunadamente, con la mejora continua del mercado y la profunda transformación de la industria editorial, este fenómeno prácticamente ha desaparecido.

III.4 Países

El país latinoamericano con mayor número de obras traducidas al chino entre 2000 y 2019 fue Argentina, con un total de 151 títulos. Por su parte, Chile, México, Brasil, Colombia y Perú superaron los 60 títulos. Entre ellos, los libros traducidos de Perú y Colombia fueron principalmente obras de Vargas Llosa y García Márquez, representando ambos autores una proporción aún mayor en comparación con el periodo anterior (1979-1999), con un 85% y un 68%, respectivamente. Asimismo, se tradujeron por primera vez libros de Santa Lucía –cuyos cuatro libros son del mismo autor, Derek Walcott, Premio Nobel de Literatura en 1992–, República Dominicana y Puerto Rico (ver Gráfico 17).

III.5 Traductores

Según los datos obtenidos, unos 300 traductores de literatura latinoamericana participaron en este periodo: 20 tradujeron 4 y más obras, mientras que Zhao Deming, Wang Yongnian, Zhao Zhenjiang y Zhang Guangsen trabajaron en más de 10 libros (ver Gráfico 18).

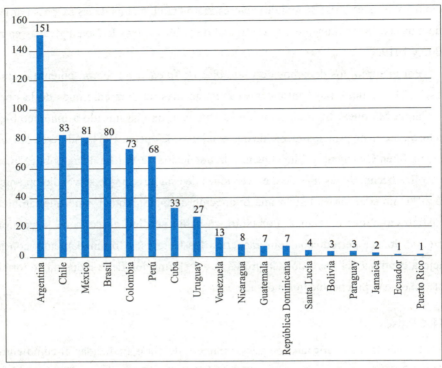

Gráfico 17. Obras literarias latinoamericanas traducidas al chino por países (2000-2019)

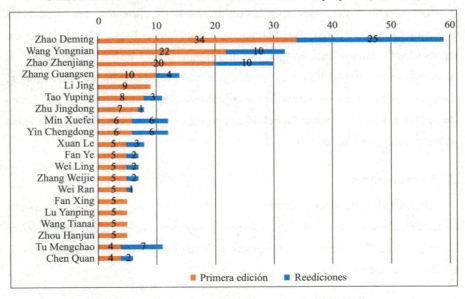

Gráfico 18. Traductores con más obras realizadas (2000-2019)

Tal como se mencionó anteriormente, la enseñanza del español y el portugués como grado universitario comenzó en las décadas de 1950 y 1960, y para finales del siglo XX existían doce universidades que impartían docencia superior del español y dos del portugués. En 1999, apenas 500 alumnos de español y menos de 50 de portugués se graduaron en todo el país. Esta situación cambió a principios del siglo XXI cuando aumentó de forma acelerada el número de departamentos de español y de portugués en las instituciones chinas. Entre los años 2000 y 2019, el número de departamentos de español había alcanzado los 100, mientras que los de portugués también habían crecido velozmente: de 2 en 1999 a más de 30 en 2019. Tanto el desarrollo de la enseñanza del español y del portugués en el país, como la profundidad del intercambio cultural entre China y América Latina, han favorecido la formación de traductores profesionales. Como se muestra en el Gráfico 18, de entre los 20 traductores, además de profesionales muy respetados que empezaron su tarea décadas atrás –como Wang Yongnian, Zhang Guangsen, Zhao Deming, Zhao Zhenjiang, Zhu Jingdong, Tao Yuping, Yin Chengdong, entre otros–, la mitad son jóvenes, nacidos en su mayoría en las décadas de 1970 y 1980, como Li Jing, Min Xuefei, Fan Ye, Zhang Weijie, Xuan Le, etc.

III.6 Editoriales

En el periodo analizado, un total de 102 editoriales participaron en la publicación de literatura latinoamericana en China. En especial, 13 editaron nueve o más títulos y 27 solo publicaron uno. People's Literature Publishing House, Shanghai Translation Publishing House, Nanhai Publishing Company y Yilin Press editaron 50 o más títulos. Entre ellas, People's Literature Publishing House se situó al frente con 92 libros (ver Gráfico 19).

Durante este lapso, la industria editorial se desarrolló considerablemente, con un mecanismo de funcionamiento más sistemático, estandarizado e internacionalizado. También se aceleró significativamente el ritmo de introducción de libros extranjeros al mercado chino. Los lectores podían acceder a la obra traducida al chino a muy pocos años de la publicación original. En particular, *El héroe discreto* y *Cinco esquinas*, novelas de Vargas Llosa que salieron a la venta en 2013 y 2016, fueron publicadas en chino en 2016 y 2018, respectivamente. Además, con la llegada de la era digital, el sector editorial ha experimentado cambios y se ha adaptado a distintas formas de publicación. Por ejemplo, Central Compilation & Translation Press lanzó la "Colección de literatura hispánica", dirigida por el traductor y crítico literario Yin Chengdong, en formato digital además de libros en papel, comercializados por Amazon, ofreciendo a los lectores opciones diversificadas de lectura.

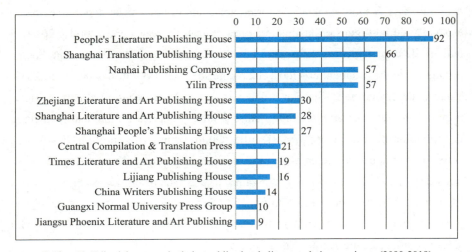

Gráfico 19. Editoriales con más títulos publicados de literatura latinoamericana (2000-2019)

IV. Setenta años de presencia de la literatura latinoamericana en China
(1949-2019)

Al repasar los 70 años de traducción de la literatura latinoamericana en China, podemos observar, en términos generales, las siguientes características.

IV.1 Una tendencia creciente de publicaciones

Desde la fundación de la RPCh en octubre de 1949 hasta diciembre de 2019, se tradujeron y publicaron 1.037 libros de literatura latinoamericana, incluyendo reediciones y distintas traducciones de una misma obra. En los tres periodos analizados, se publicaron 85 títulos entre 1949 y 1978, lo que representa el 8% del total; 314 títulos salieron a la luz entre 1979 y 1999, lo que supone un 30%, y entre 2000 y 2019 se editaron 638, un 62% del total. Evidentemente, el número de publicaciones en el siglo XXI supera significativamente al de los años anteriores. Además, solo el periodo 2013-2019 representa el 36% del total de publicaciones de los 70 años (ver Gráfico 20).

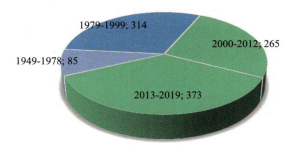

Gráfico 20. Número de publicaciones de obras literarias latinoamericanas traducidas al chino por periodos

(1949-2019)

Al analizar la publicación anual, podemos advertir que el mejor año en cantidad de libros editados fue 2018, con 72 títulos. En cuanto al volumen medio de publicación anual entre 1949 y 2019, este es de más de 14 libros, o 17 si no se toman en cuenta los 10 años sin producción por la Revolución Cultural. Si observamos cada uno de los tres periodos, el volumen medio de publicación anual para 1949-1978 fue de casi 3 títulos, o poco más de 4 si se eliminan los años con ninguna publicación; para 1979-1999, casi 15 títulos por año; y para 2000-2019 fue cerca de 32, de los cuales la media anual en 2013-2019 supera los 53 títulos. En general, el número de publicaciones de literatura latinoamericana en China ha registrado una tendencia creciente (ver Gráfico 21).

IV.2 Un abanico de autores más diverso

A lo largo de los 70 años, se publicaron en China las obras de más de 300 autores latinoamericanos, de los cuales casi 200 tuvieron una sola obra traducida y 21, seis o más obras. La suma de las publicaciones de estos 21 autores representa el 48% del total de obras de literatura latinoamericana editadas de 1949 a 2019. Borges, García Márquez y Vargas Llosa son los autores latinoamericanos con más obras traducidas al chino, y el número total de sus libros asciende a 233, lo que representa aproximadamente un 22% del universo de libros de literatura latinoamericana en estos 70 años. Los escritores con un elevado número de obras traducidas se concentran básicamente en tres categorías: quienes tienen una posición importante en la historia de la literatura latinoamericana, aquellos que ganaron premios importantes como el Nobel, y autores de *bestsellers* (ver Gráfico 22).

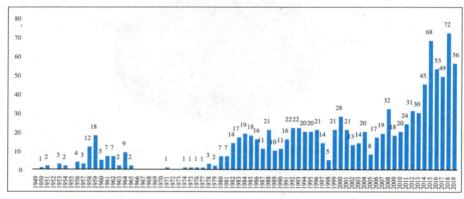

Gráfico 21. Número de publicaciones de obras literarias latinoamericanas traducidas al chino por año

(1949-2019)

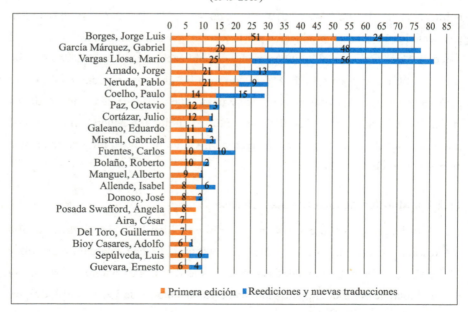

Gráfico 22. Autores latinoamericanos más traducidos al chino (1949-2019)

Durante mucho tiempo, ha sido escasa la presencia de la literatura latinoamericana contemporánea. La situación ha mejorado, especialmente desde 2013, a medida que los intercambios editoriales fueron acercándose cada vez más. Los datos muestran que en los últimos años, además de seguir publicándose las obras de autores clásicos, ha aumentado significativamente la proporción de "nuevos autores" e, incluso, de escritores jóvenes y de mediana edad, voces exponentes de la literatura latinoamericana contemporánea, como el chileno Alejandro Zambra (nacido en 1975), la argentina Samanta Schweblin (nacida en 1978), la mexicana Valeria Luiselli (nacida en 1983) y la chilena Paulina Flores (nacida en 1988), entre otros.

La coexistencia de "lo antiguo" y "lo nuevo", "los clásicos" y "los *bestsellers*" constituye una característica importante de la traducción de literatura latinoamericana en China. Sin embargo, aún hay muchos escritores latinoamericanos que no han sido traducidos y la selección de obras no es lo suficientemente equilibrada, por lo cual resta mucho camino por recorrer. Es importante mencionar que la elección de algunos escritores para su publicación está relacionada con el contexto social, histórico, cultural y de aceptación específica de China, y en ocasiones existe cierta diferencia con el estatus que cada uno de ellos ocupa en la historia de la literatura de sus países o de América Latina.

IV.3 La novela como género literario predominante de las obras traducidas al chino

Claramente, la traducción de literatura latinoamericana en China está dominada por las obras narrativas, con 695 novelas y antologías de cuentos, lo que representa el 67% de libros publicados en los últimos 70 años, de los cuales, 524 son novelas, lo que supone el 51% del total. Respecto a la publicación de otros géneros literarios, un 13% son ensayos, 12% poesía y solo un 2% drama (ver Gráfico 23).

Se revela el mismo resultado al examinar las reediciones de las obras literarias de América Latina. De los 1.037 libros publicados en China durante 1949 y 2019, 286 son reediciones o nuevas traducciones, lo que representa alrededor del 28% del total, y la gran mayoría de ellos son novelas (ver Gráfico 24).

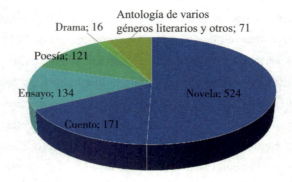

Gráfico 23. Obras literarias latinoamericanas traducidas al chino por género literario (1949-2019)

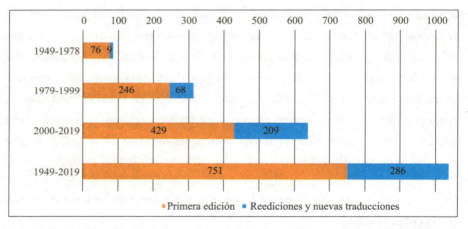

Gráfico 24. Obras literarias latinoamericanas publicadas en China por ediciones (1949-2019)

Existen 23 obras que cuentan con 4 títulos o más de reediciones o distintas versiones de traducción. Si consideramos 5 títulos o más, resulta un total de 12 obras, de las cuales, la gran mayoría son novelas. Entre ellas, la obra con mayor cantidad de reediciones y distintas versiones de traducción es *Cien años de soledad*: 15 versiones de traducción y un total de 26 reediciones y distintas versiones; seguidamente, *El amor en los tiempos del cólera* aparece con 7 y 10, respectivamente. Vargas Llosa es el autor con mayor número de reediciones, con un total de 7 títulos con cinco o más versiones. Cabe destacar que la mayoría de las obras con un elevado número de reediciones o distintas versiones de traducción fueron editadas por primera vez en el periodo 1979-1999, y la mayoría de ellas son representativas del *boom* latinoamericano o del género del realismo mágico (ver Cuadro 4).

Cuadro 4. Obras con más reediciones y distintas versiones de traducción (1949-2019)

Obra	Autor	Año de la primera edición en China	Número de versiones de traducción	Número total de reediciones y de distintas versiones de traducción
Cien años de soledad	Gabriel García Márquez	1984	15	26
El amor en los tiempos del cólera	Gabriel García Márquez	1987	7	10
La casa verde	Mario Vargas Llosa	1982	2	8
La tía Julia y el escribidor	Mario Vargas Llosa	1982	1	8
Pantaleón y las visitadoras	Mario Vargas Llosa	1986	1	8
Confieso que he vivido	Pablo Neruda	1987	3	7
Conversación en La Catedral	Mario Vargas Llosa	1993	1	6
El beso de la mujer araña	Manuel Puig	1988	3	6
La ciudad y los perros	Mario Vargas Llosa	1981	1	6
La guerra del fin del mundo	Mario Vargas Llosa	1983	1	6
Cartas a un joven novelista	Mario Vargas Llosa	2000	1	5
Pedro Páramo	Juan Rulfo	1986	1	5

La literatura infantil latinoamericana también registra una cierta proporción dentro de los libros traducidos al chino. Especialmente desde el siglo XXI, han circulado algunas obras de peso. *O meu pé de laranja lima*, del escritor brasileño José Mauro de Vasconcelos, publicado por primera vez en 1968, es uno de los libros más vendidos en Brasil; ha sido traducido en más de diez países e incluso es utilizado como material de lectura en escuelas primarias. En 2010 se publicó por primera vez en China, con la traducción de Wei Ling. Esta historia conmovió rápidamente a innumerables lectores chinos y se reimprimió muchas veces, convirtiéndose en otro *bestseller* de la literatura latinoamericana en China. Por otra parte, se han publicado en China cerca de 200 libros ilustrados y cómics de autores latinoamericanos. Aunque no están incluidos en las estadísticas del presente trabajo, algunos de ellos son muy populares en China. El ejemplo más destacado es *Mafalda*, del humorista gráfico e historietista argentino Quino. Desde su publicación en el país asiático en la década de 1990, la serie se ha reimpreso y traducido muchas veces, llegando a más de 30 reediciones. Mafalda se ha convertido en una de las postales culturales de Argentina en China.

IV.4 Distribución desigual de los países

Desde 1949 hasta 2019, 23 países latinoamericanos cuentan con obras literarias publicadas en China. Argentina es el país con el mayor número de libros traducidos al chino, con un total de 197 títulos. Otros países con más de 100 títulos son Chile (133), Brasil (130), México (126), Colombia (115) y Perú (103). El número total de publicaciones de los seis países mencionados es de 804, lo que representa alrededor del 78%, mientras que 12 países, entre ellos Bolivia, República Dominicana, Ecuador, Paraguay, Santa Lucía y Costa Rica, tienen menos de 10 libros traducidos al chino. Además, en los últimos 70 años se han publicado 65 antologías "plurinacionales", es decir, que las obras incluidas son de autores de más de un país latinoamericano (ver Gráfico 25).

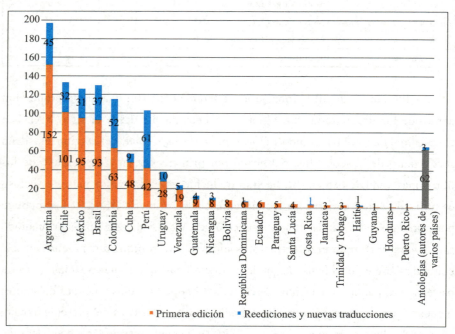

Gráfico 25. Obras literarias latinoamericanas traducidas al chino por países (1949-2019)

En general, la distribución por países de la literatura latinoamericana traducida al chino es muy desigual. Si bien esto tiene vinculación con la influencia literaria de cada país, también está estrechamente relacionado con la profundidad y amplitud del intercambio cultural entre China y los países latinoamericanos. Esta distribución desigual se mantiene incluso en países con un gran número de traducciones. Es decir, la traducción de la literatura del país se enfoca en unos pocos escritores –cuando no solo uno–, especialmente en Perú, Colombia, Nicaragua y Guatemala (ver Cuadro 5).

Cuadro 5.

País	Número de obras traducidas	Número de autores traducidos	Autores más traducidos (con porcentaje superior al 20%)
Argentina	197	61	Jorge Luis Borges, 38%
Chile	133	29	Pablo Neruda, 23%
Brasil	130	40	Jorge Amado, 26%; Paulo Coelho, 22%
México	126	43	——
Colombia	115	24	Gabriel García Márquez, 67%
Perú	103	13	Mario Vargas Llosa, 79%
Uruguay	38	12	Eduardo Galeano, 34%; Horacio Quiroga, 26%
Venezuela	24	14	Enrique Barrios, 25%
Guatemala	13	6	Miguel Ángel Asturias, 62%
Nicaragua	11	2	Rubén Darío, 64%; Sergio Ramírez, 36%

IV.5 Incremento constante de traductores

En el periodo considerado, más de 300 traductores se han dedicado a la tarea de introducir la literatura latinoamericana en China, por lo que han hecho grandes contribuciones al intercambio cultural entre ambas partes. Diecinueve profesionales tradujeron 7 obras o más, entre ellos, Zhao Deming, quien encabeza la lista con 50 títulos, seguido por Wang Yongnian, Zhao Zhenjiang y Zhu Jingdong, que trabajaron en más de 20 obras (ver Gráfico 26).

En el Gráfico 26, la gran mayoría de los traductores nacieron entre los años 1920 y 1940. Sin embargo, en los últimos años ha surgido un grupo de traductores jóvenes con varias obras en su haber. Al igual que Li Jing, más de la mitad de los traductores nacieron en las décadas de 1970 y 1980, tal como mencionamos anteriormente. Es factible comprobar que existe una relación profesor-alumno a lo largo de tres generaciones. Así pues, se puede constatar la formación continua de talentos profesionales que se dedican a la traducción chino-español y chino-portugués.

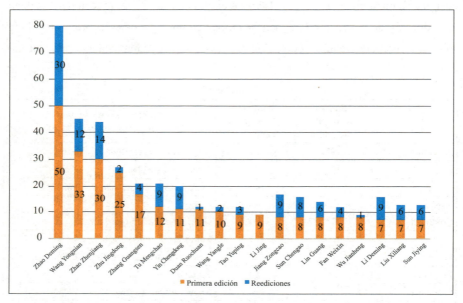

Gráfico 26. Traductores con más obras realizadas (1949-2019)

Cabe señalar que la mayoría de los traductores más prolíficos son profesores o académicos, y que a menudo combinan la docencia, la traducción y la investigación sobre la literatura latinoamericana. Muchos de ellos se especializan en uno o varios escritores, o en un género literario determinado. Por ejemplo, Zhao Deming es el principal traductor de las obras de Vargas Llosa y Bolaño; Wang Yongnian y Zhang Guangsen se dedican fundamentalmente a las obras de Borges; la mayoría de las traducciones de Zhao Zhenjiang son de poesía y ensayo, de autores como Octavio Paz, Gabriela Mistral y Rubén Darío; Tu Mengchao es el traductor más importante de Rulfo y Borges; Yin Chengdong y Sun Jiameng hicieron lo propio con varias obras de Vargas Llosa; Tao Yuping, Li Jing, Fan Ye, Xuan Le y Wei Ran son los principales traductores de García Márquez; mientras que Tao Yuping, Li Jing y Fan Ye lo son también de Cortázar, y Sun Chengao, Fan Weixin, Wei Ling, Min

Xuefei y Fan Xing son los traductores más importantes de la literatura en portugués, especialmente de escritores brasileños como Jorge Amado y Paulo Coelho.

IV.6 Desarrollo del sector editorial

De 1949 a 2019, un total de 139 editoriales han participado en la publicación y difusión de la literatura latinoamericana en China. Entre ellas, 18 han publicado 10 o más títulos, y 54 solo un libro. People's Literature Publishing House es la editorial con más libros de literatura latinoamericana al alcanzar los 129 títulos, seguida por Shanghai Translation Publishing House, Yunnan People's Publishing House, Yilin Press y Nanhai Publishing Company, todas ellas con más de 50 obras (ver Gráfico 27).

Es indispensable señalar que en los últimos años, además de las editoriales estatales, varias empresas dedicadas a producir y comercializar libros se han convertido en el motor de la publicación de la literatura latinoamericana. Por ejemplo, Shanghai 99 Readers' Culture Co., Ltd. ha adquirido los derechos de más 60 libros, incluyendo las obras de Vargas Llosa; Thinkingdom Media Group Ltd. es la empresa que ha comprado los derechos de las obras de García Márquez y lleva editados más de 30 títulos del escritor colombiano, y Horizon Media Co., Ltd. introdujo en China las obras de Roberto Bolaño. La mayoría de los libros presentados por estas tres empresas han sido publicados en colaboración con People's Literature Publishing House, Nanhai Publishing Company y Shanghai People's Publishing House. La versión autorizada de *Cien años de soledad*, de traducción de Fan Ye, se publicó en China en 2011, y se habían vendido casi tres millones de ejemplares en solo tres años, mientras que en 2021, una década después, la cifra alcanzó los más de 10 millones de ejemplares. Horizon presentó por primera vez a Bolaño en 2009, y su obra *Los detectives salvajes* obtuvo rápidamente la atención de los lectores y los medios de comunicación, mientras que *2666*, la otra novela de Bolaño, publicada en 2012, se ha convertido en una de las novelas latinoamericanas más populares en China. Hasta ahora, la tirada de *2666* ha superado los 100.000 ejemplares.

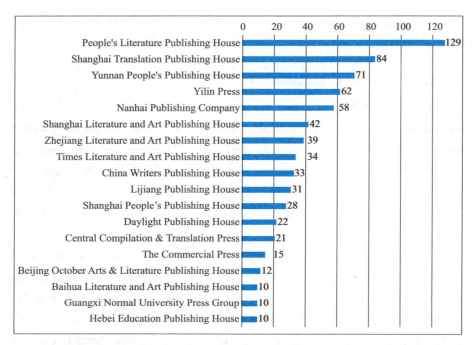

Gráfico 27. Editoriales con más títulos publicados de literatura latinoamericana (1949-2019)

Otro fenómeno que cabe destacar es que, gracias a los esfuerzos de las editoriales, se han traducido casi en su totalidad la obra de varios escritores considerados máximos exponentes de las letras hispanas, por ejemplo, la colección "Obras completas de Jorge Luis Borges", publicada por Shanghai Translation Publishing House, que abarca más de cuarenta títulos, y la colección "Cuentos completos de Julio Cortázar", editada por Nanhai Publishing Company. Asimismo, People's Literature Publishing House lanzó en 2002 el galardón "Mejor Novela Extranjera del Siglo XXI". Desde entonces, más de diez novelas latinoamericanas han sido premiadas y publicadas en China. Sin duda, el premio ha promovido activamente la traducción y publicación de literatura latinoamericana, y ha contribuido al intercambio literario entre ambas partes.

En los últimos años, cada vez más editoriales chinas han comenzado a participar en ferias internacionales del libro y a explorar diversas posibilidades de cooperación con editoriales extranjeras; sin embargo, en general, los canales de comunicación entre China y los países latinoamericanos aún no son del todo fluidos. Además, es notoria la escasez de editores en español o portugués en China, y urge cultivar talentos que dominen idiomas extranjeros y que conozcan el mercado editorial internacional.

Tras este repaso general sobre la historia de la traducción de la literatura latinoamericana en China, podemos observar que después del primer periodo de 1949-1978, que enfatizó el estándar de la política y la ideología, y el segundo periodo de 1979-1999, que destacó el canon literario, la traducción de la literatura latinoamericana en el siglo XXI ha entrado en un nuevo periodo caracterizado por el pluralismo y la diversidad. Ya no podemos utilizar algunas etiquetas para describir o "definir" la literatura latinoamericana traducida al chino como lo hacíamos en el siglo XX. En la actualidad, la traducción de la literatura latinoamericana se desarrolla constantemente entre lo clásico y lo popular, así como entre la literatura y el mercado.

Capítulo II

El estudio de la literatura latinoamericana en China

La investigación académica china acerca de la producción literaria latinoamericana tiene escasa correspondencia con el volumen de estas obras traducidas al chino. Desde octubre de 1949 hasta diciembre de 2019 se han publicado 111 libros de autores chinos relacionados con este tema, incluidas sus reediciones. En términos generales, el estudio de la literatura latinoamericana en sentido estricto comenzó en la década de 1980. Antes de dicha fecha fue publicado solo un libro, *Literatura latinoamericana*[①] (《拉丁美洲文学》) de Wang Yangle, en 1963. Incluso en el siglo XXI, cuando han aumentado significativamente las obras traducidas al chino, sigue siendo poca la investigación editada: solo 9 títulos fueron publicados en 2019, el año de mayor producción (ver Gráfico 28).

A los efectos de facilitar el análisis, clasificamos estas 111 obras en cuatro categorías según su contenido: historia de la literatura latinoamericana o de conocimientos generales, monografía, biografía y antología. Entre ellos, el número de publicaciones de monografías es el más elevado, con 48 títulos (ver Gráfico 29).

---

① La mayoría de los libros de autores chinos que se mencionan en este capítulo no fueron publicados en español. Por lo tanto, es nuestra la traducción de los títulos que aquí aparecen.

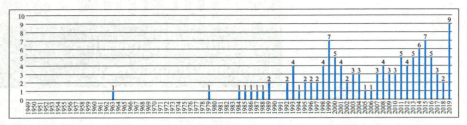

Gráfico 28. Número de publicaciones de obras de autores chinos sobre literatura latinoamericana (1949-2019)

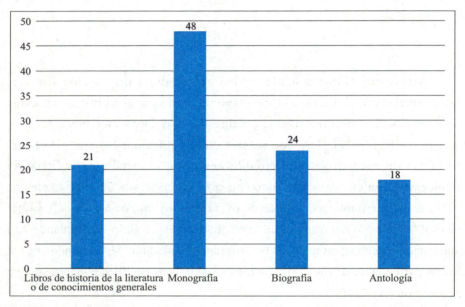

Gráfico 29. Obras de autores chinos sobre literatura latinoamericana según categorías (1949-2019)

Entre los libros que abordan el recorrido histórico o conocimientos generales hay 15 obras, entre las que se incluyen libros que describen la historia de la literatura latinoamericana en su conjunto, como *Literatura latinoamericana* (《拉丁美洲文学史》) e *Historia general de la literatura española e hispanoamericana* (《西班牙与西班牙语美洲文学通史》); otras que se enfocan en el desarrollo de un determinado género literario, como *La novela latinoamericana en el siglo XX* (《20世纪拉丁美洲小说》) e *Historia de la novela latinoamericana* (《拉丁美洲小说史》), así como las específicas de cada país: *Historia de la literatura mexicana en el siglo XX* (《20世纪墨西哥文学史》), *Literatura argentina* (《阿根廷文

学》), *Literatura peruana* (《秘鲁文学》) y *Literatura brasileña* (《巴西文学》), entre otras. Asimismo, en esta categoría están presentes dos diccionarios: *Diccionario de literatura latinoamericana* (《拉美文学辞典》), con más de 1.000 entradas y una sistematización de escritores, obras y géneros literarios de los países latinoamericanos, y *Literatura extranjera contemporánea (1980-2000): América Latina* (《当代外国文学纪事（1980—2000）·拉丁美洲卷》), cuyos dos volúmenes contienen 1.148 obras de más de 500 escritores y ofrece una visión amplia del desarrollo de la literatura latinoamericana durante las dos últimas décadas del siglo XX. En esta categoría también se encuentran algunos libros de conocimientos generales sobre la literatura latinoamericana, como *Guía de obras maestras de la literatura latinoamericana* (《拉丁美洲文学名著便览》) y *Los libros esenciales de la literatura en español* (《西班牙语文学精要》) (ver Cuadro 6).

Cuadro 6. Libros de historia de la literatura o de conocimientos generales

Primera edición	Obra	Autor
1963	*Literatura latinoamericana*(《拉丁美洲文学》)	Wang Yangle
1979	*Cronología de la literatura latinoamericana (1493-1978)* (《拉丁美洲文学大事年表（1493—1978）》)	Li Guangxi (ed.)
1985	*Breve historia de la literatura latinoamericana* (《拉丁美洲文学简史》)	Wu Shoulin (ed.)
1989	*Historia de la literatura latinoamericana* (《拉丁美洲文学史》)	Zhao Deming, Zhao Zhenjiang, Sun Chengao
1992	*Diccionario de literatura latinoamericana* (《拉美文学辞典》)	Fu Jingchuan (ed.)
1993	*Breve historia de la literatura latinoamericana* (《拉丁美洲文学简史》)	Ma Xiangwu, Liu Yue
1998	*Historia de la literatura mexicana en el siglo XX* (《20 世纪墨西哥文学史》)	Chen Zhongyi
1999	*Literatura peruana*(《秘鲁文学》)	Liu Xiaomei
1999	*Literatura argentina*(《阿根廷文学》)	Sheng Li
1999	*Literatura brasileña*(《巴西文学》)	Sun Chengao
2001	*Literatura mexicana* (《墨西哥文学》)	Li De'en
2003	*La novela latinoamericana en el siglo XX* (《20 世纪拉丁美洲小说》)	Zhao Deming
2004	*Historia de la novela latinoamericana* (《拉丁美洲小说史》)	Zhu Jingdong, Sun Chengao

Primera edición	Obra	Autor
2009	*Historia ilustrada de la literatura latinoamericana* (《插图本拉美文学史》)	Li De'en, Sun Chengao
2009	*Guía de obras maestras de la literatura latinoamericana* (《拉丁美洲文学名著便览》)	Lu Jingsheng, Ni Maohua (ed.)
2014	*Los libros esenciales de la literatura en español* (《西班牙语文学精要》)	Chang Fuliang
2015	*Literatura extranjera contemporánea (1980-2000): América Latina* (《当代外国文学纪事（1980—2000)·拉丁美洲卷》)	Zheng Shujiu, et al.
2017	*Historia general de la literatura española e hispanoamericana: Literatura hispánica - Edad Media* (《西班牙与西班牙语美洲文学通史：西班牙文学—中古时期》)	Chen Zhongyi, Zong Xiaofei
2018	*Historia general de la literatura española e hispanoamericana: Literatura hispánica - El Siglo de Oro* (《西班牙与西班牙语美洲文学通史：西班牙文学—黄金世纪》)	Chen Zhongyi, Fan Ye, Zong Xiaofei
2019	*Clásicos de la literatura hispanoamericana* (《拉丁美洲文学经典评析》)	Yan Bo

En cuanto a las monografías, existen tres tipos. El primero, de "estudios generales", que incluye las investigaciones en general de la literatura latinoamericana o de un país o región particular de América Latina, así como los estudios de un género determinado, de alguna corriente literaria, o de un periodo específico de este recorrido histórico, entre otros. Los datos recolectados nos indican que entre esas monografías hay 4 títulos sobre realismo mágico. Además, casi todos los estudios son sobre narrativa, y solo hay un trabajo de investigación que aborda la poesía (ver Cuadro 7).

Cuadro 7. Monografías. Estudios generales

Primera edición	Obra	Autor
1986	*Realismo mágico* (《魔幻现实主义》)	Chen Guangfu
1993	*Esplendor de América del Sur: la literatura del realismo mágico* (《南美的辉煌：魔幻现实主义文学》)	Chen Zhongyi
1994	*Introducción a la literatura latinoamericana* (《略论拉丁美洲文学》)	Fang Ying

Primera edición	Obra	Autor
1995	*La narrativa latinoamericana contemporánea* (《拉美当代小说流派》)	Chen Zhongyi
1996	*Géneros literarios latinoamericanos: transmutación y tendencias* (《拉美文学流派的嬗变与趋势》)	Li De'en
1999	*Introducción a la estructura de los cuentos latinoamericanos* (《拉美短篇小说结构赏析》)	Liu Changshen
2000	*El divino cóndor andino: el Premio Nobel y el realismo mágico* (《安第斯山上的神鹰：诺贝尔奖与魔幻现实主义》)	Duan Ruochuan
2001	*Realismo mágico* (《魔幻现实主义》)	Chen Zhongyi
2002	*Introducción a la poesía española e hispanoamericana* (《西班牙与西班牙语美洲诗歌导论》)	Zhao Zhenjiang
2007	*La construcción de la identidad en comunidades dispersas: un estudio de la literatura contemporánea del Caribe en inglés* (《流散族群的身份建构：当代加勒比英语文学研究》)	Zhang Deming
2010	*La escritura femenina en la literatura chilena* (《从身份游离到话语突围：智利文学的女性书写》)	Wang Tong
2010	*Principales corrientes de la literatura latinoamericana y su cultura* (《拉美文学流派与文化》)	Li De'en
2012	*Estudio de la literatura latinoamericana contemporánea* (《当代拉美文学研究》)	Zhu Jingdong
2013	*Estudio de la narrativa latinoamericana del post-boom* (《拉丁美洲"文学爆炸"后小说研究》)	Zheng Shujiu, et al.
2014	*Estudio sobre la literatura latina contemporánea en Estados Unidos* (《当代美国拉美裔文学研究》)	Li Baojie
2015	*El discurso nacionalista en la literatura gauchesca argentina* (《高乔文学：论文学叙事与阿根廷民族身份建构》)	Chen Ning
2019	*La narrativa latinoamericana del siglo XXI* (《21世纪的拉美小说研究》)	Zhu Jingdong
2019	*Estudio sobre la novela posmoderna latinoamericana* (《拉美后现代主义小说论》)	Wang Zuyou, et al.
2019	*Estudio de la ecoliteratura hispanoamericana basado en novelas ecocríticas de Homero Aridjis y de Luis Sepúlveda* (《拉美生态文学研究：以荷马·阿里德希斯与路易斯·塞普尔维达生态小说为例》)	Meng Xiayun

El segundo tipo de monografías se detiene en "estudio de casos", es decir, obras que se concentran en analizar a un solo escritor y su producción. Estas investigaciones profundizan en siete escritores latinoamericanos, de los cuales

Gabriel García Márquez es el más estudiado con seis libros, seguido de Jorge Luis Borges con tres. Otras monografías indagan sobre escritores como Juan Rulfo, Octavio Paz, Mario Vargas Llosa, la mexicana Ángeles Mastretta y el argentino Ricardo Piglia. Cabe destacar que dos de las monografías de esta categoría fueron escritas en español por académicos chinos (ver Cuadro 8).

Cuadro 8. Monografías. Estudio de casos

Primera edición	Obra	Autor
1993	*Estudio de Gabriel García Márquez* (《加西亚·马尔克斯研究》)	Lin Yian
1993	*La soledad del siglo: Gabriel García Márquez y* Cien años de soledad (《世纪的孤独：马尔克斯与〈百年孤独〉》)	Zhang Zhiqiang
1997	*Una obra maestra del realismo mágico: introducción a* Cien años de soledad (《魔幻现实主义的杰作:〈百年孤独〉导读》)	Luo Lanqiu, Liu Wei (ed.)
2009	*El mito de Macondo y el realismo mágico* (《马孔多神话与魔幻现实主义》)	Xu Zhiqiang
2013	*Gabriel García Márquez y* Cien años de soledad*: vivir para contarlo* (《马尔克斯与他的百年孤独：活着是为了说故事》)	Yang Zhao
2014	*El laberinto y* Cien años de soledad (《迷宫与〈百年孤独〉》)	Lin Yian
1998	*Jorge Luis Borges: un pionero en dilema* (《陷阱里的先锋：博尔赫斯》)	Ran Yunfei
2000	*Interpretando a Borges* (《解读博尔赫斯》)	Can Xue
2016	*Cruzando la sombra de Borges* (《穿过博尔赫斯的阴影》)	Dai Bing
2003	*La búsqueda constante del paraíso en* Pedro Páramo *de Juan Rulfo* (libro escrito en chino) (《执著地寻找天堂：墨西哥作家胡安·鲁尔福中篇小说〈佩德罗·巴拉莫〉解析》)	Zheng Shujiu
2015	*La búsqueda constante del paraíso en* Pedro Páramo *de Juan Rulfo* (libro escrito en español)	Zheng Shujiu
2004	*Entre poesía y pensamiento: una aproximación al arte poético de Octavio Paz* (《诗与思的激情对话：论奥克塔维奥·帕斯的诗歌艺术》)	Wang Jun
2013	*La parodia en la narrativa de Mario Vargas Llosa:* La tía Julia y el escribidor *y* El hablador (libro escrito en español)	Mao Pin
2014	*Las mujeres y la Revolución Mexicana: una aproximación a la narrativa de Ángeles Mastretta* (《女性与战争：马斯特雷塔作品中的墨西哥革命重塑》)	Zhang Ke

Primera edición	Obra	Autor
2018	*Estudio de la narrativa policíaca de Ricardo Piglia* (《里卡多·皮格利亚侦探小说研究》)	Lou Yu

El último tipo consiste en la indagación sobre la "literatura latinoamericana y su relación con China", especialmente basándose en obras traducidas al chino con el fin de examinar la traducción, difusión e influencia de la literatura latinoamericana en China. En total, se publicaron ocho libros sobre este tema, entre los cuales, *La traducción de la literatura latinoamericana en China y su relación con la literatura contemporánea china (1949-1999)* (《"边境"之南：拉丁美洲文学汉译与中国当代文学（1949—1999）》) y *Encuentro de dos "continentes": la novela latinoamericana y la novela china desde finales del siglo XX* (《大陆碰撞大陆：拉丁美洲小说与20世纪晚期以来的中国小说》) hacen un análisis detallado de la influencia de la literatura latinoamericana en China partiendo de diferentes perspectivas. Por su parte, *El realismo mágico en China: su influencia y recepción* (《魔幻现实主义在中国的影响与接受》) y *El realismo mágico y la narrativa contemporánea china* (《魔幻现实主义与新时期中国小说》) realizan un profundo estudio del impacto del realismo mágico. Asimismo, se han publicado tres monografías enfocadas en la traducción e investigación de García Márquez y Borges en China y su influencia en la literatura contemporánea del país asiático (ver Cuadro 9).

Cuadro 9. Monografías. Literatura latinoamericana y su relación con China

Primera edición	Obra	Autor
2007	*El realismo mágico en China: su influencia y recepción* (《魔幻现实主义在中国的影响与接受》)	Zeng Lijun
2008	*El realismo mágico y la narrativa contemporánea china* (《魔幻现实主义与新时期中国小说》)	Chen Liming
2011	*La traducción de la literatura latinoamericana en China y su relación con la literatura contemporánea china (1949-1999)* (《"边境"之南：拉丁美洲文学汉译与中国当代文学（1949–1999）》)	Teng Wei

Primera edición	Obra	Autor
2011	*Obras de García Márquez traducidas al chino: su circulación y recepción en China* (《加西亚·马尔克斯作品的汉译传播与接受》)	Zeng Lijun
2012	*García Márquez en China* (《马尔克斯在中国》)	Zeng Lijun
2015	*Historia de los intercambios literarios entre China y el extranjero: volumen China-Países de habla hispana* (《中外文学交流史：中国—西班牙语国家卷》)	Zhao Zhenjiang, Teng Wei
2015	*Encuentro de dos "continentes": la novela latinoamericana y la novela china desde finales del siglo XX* (《大陆碰撞大陆：拉丁美洲小说与 20 世纪晚期以来的中国小说》)	Qiu Huadong
2017	*Jorge Luis Borges y China* (《博尔赫斯与中国》)	Xiao Xuyu

En cuanto a las obras biográficas, el total asciende a 24, o 20 si se excluyen las reediciones; de las cuales, 10 libros versan sobre García Márquez, seguido de tres sobre Borges y dos se centran en Gabriela Mistral. También hay biografías sobre Neruda, Vargas Llosa, María Luisa Bombal, José Martí y Horacio Quiroga. Cabe destacar que muchas de estas obras, además de recorrer la vida del escritor o la escritora, también tienen en cuenta tanto el contexto de la época en la que vivió, como el desarrollo de su vida literaria, y realizan un análisis en profundidad de su creación literaria. Es decir, son biografías de gran estilo académico, lo que permite un mejor conocimiento de las figuras importantes de la literatura latinoamericana (ver Cuadro 10).

Cuadro 10. Biografías

Primera edición	Obra	Autor
1988	*Maestro del realismo mágico: Gabriel García Márquez* (《魔幻现实主义大师：加西亚·马尔克斯》)	Chen Zhongyi
1995	*Gabriel García Márquez: gran exponente del realismo mágico* (《马尔克斯：魔幻现实主义巨擘》)	Zhu Jingdong
1998	*Gabriel García Márquez* (《马尔克斯》)	Ren Fangping
1998	*Gabriel García Márquez* (《马尔克斯》)	Yu Fengchuan
1999	*Una biografía crítica sobre Gabriel García Márquez* (《加西亚·马尔克斯评传》)	Chen Zhongyi

Primera edición	Obra	Autor
1999	*Gabriel García Márquez* (《加西亚·马尔克斯》)	Zhu Jingdong
2003	*Biografía de Gabriel García Márquez* (《加西亚·马尔克斯传》)	Chen Zhongyi
2004	*Ganadores del Premio Nobel de Literatura: Gabriel García Márquez* (《诺贝尔奖百年英杰：加西亚·马尔克斯》)	Zhu Jingdong
2014	*Cien años de soledad de un escritor: Gabriel García Márquez* (《一个人的百年孤独：马尔克斯传》)	Xie Guoyou
2015	*Gabriel García Márquez* (《请用一枝玫瑰纪念我：马尔克斯传》)	Jiang Yu
2000	*Cómo leía y escribía Jorge Luis Borges* (《博尔赫斯是怎样读书写作的》)	Shen Jieling
2001	*Jorge Luis Borges* (《博尔赫斯》)	Chen Zhongyi
2012	*Biografía fotográfica de Borges* (《博尔赫斯画传》)	Lin Yian
1997	*Gabriela Mistral* (《米斯特拉尔：高山的女儿》)	Duan Ruochuan
2013	*Gabriela Mistral* (《米斯特拉尔》)	Mu Deshuang
1996	*Pablo Neruda* (《聂鲁达：大海的儿子》)	Luo Haiyan
2005	*Mario Vargas Llosa* (《巴尔加斯·略萨传》)	Zhao Deming
2007	*La musa desterrada: María Luisa Bombal* (《遭贬谪的缪斯：玛利亚·路易莎·邦巴尔》)	Duan Ruochuan
2010	*Una biografía crítica sobre José Martí* (《何塞·马蒂评传》)	Zhu Jingdong
2012	*El padre del cuento latinoamericano: Horacio Quiroga* (《拉丁美洲短篇小说之父：奥拉西奥·基罗加》)	Zhu Jingdong

Las obras de antología incluyen colecciones de ensayos personales o varios autores, las que suman 18, o 17 si se excluyen las reediciones. Entre ellas, se encuentran tres libros de actas de congresos editadas por la Asociación China de Estudios de la Literatura Española, Portuguesa y Latinoamericana y las antologías personales de Chen Zhongyi, Lin Yian, Zhang Weijie y Fan Ye (ver Cuadro 11).

Cuadro 11. Antologías

Primera edición	Obra	Autor
1984	*Colección de textos de investigación sobre García Márquez* (《加西亚·马尔克斯研究资料》)	Zhang Guopei (ed.)
1987	*El boom latinoamericano* (《拉丁美洲的"爆炸"文学》)	Xu Yuming (ed.)

1989	Selección de ponencias del Congreso de Estudios de la Literatura Española, Portuguesa y Latinoamericana: una aproximación a la literatura latinoamericana (《世界文学的奇葩：拉丁美洲文学研究》)	Asociación China de Estudios de la Literatura Española, Portuguesa y Latinoamericana (ed.)
1992	Poetas y escritores latinoamericanos del siglo XX (《二十世纪拉美著名诗人与作家》)	Yu Fengchuan
1999	El olor de la guayaba: apuntes sobre la literatura latinoamericana (《幽香的番石榴：拉美书话》)	Xu Yuming (ed.)
2000	Miradas chinas sobre la literatura latinoamericana (《我们看拉美文学》)	Zhao Deming (ed.)
2002	Antología personal: prosas y ensayos (《奇葩拾零》)	Lin Yian
2008	La lanza de Don Quijote (《堂吉诃德的长矛》)	Chen Zhongyi
2011	Antología personal de Chen Zhongyi (《游心集：陈众议自选集》)	Chen Zhongyi
2013	El legado del imperio (《帝国的遗产》)	Zhang Weijie
2014	La lentitud del poeta (《诗人的迟缓》)	Fan Ye
2015	Márgenes de la imaginación (《想象的边际》)	Chen Zhongyi
2016	El llanto de la guitarra: un mapa de la literatura hispánica (《吉他琴的呜咽：西语文学地图》)	Zhang Weijie
2016	Selección de ponencias del Congreso de Estudios de la Literatura Española, Portuguesa y Latinoamericana (《书山有路：西葡拉美文学论文集》)	Hu Zhencai, Zou Ping (ed.)
2017	Selección de ensayos de Chen Zhongyi (《向书而在：陈众议散文精选》)	Chen Zhongyi
2019	El milagro de escribir la verdad: aproximación a la literatura en lengua portuguesa (《书写真实的奇迹：葡萄牙语文学漫谈》)	Min Xuefei, et al.
2019	Selección de ponencias del Congreso de Estudios de la Literatura Española, Portuguesa y Latinoamericana (《学海无涯：西葡拉美文学论文集》)	Zheng Shujiu, Huang Nan (ed.)

Si se comparan estos 111 libros de autores chinos sobre literatura latinoamericana con las más de mil obras de esta literatura traducidas al chino, especialmente teniendo en cuenta los autores más traducidos al chino entre 1949 y 2019 (ver Gráfico 22), se observa que García Márquez y Borges no solo son los más traducidos, sino que también son los más estudiados. Según muestran los datos, de los 111 libros de autores chinos, hay 22 libros relacionados directamente con Gabriel García Márquez, tanto con la inclusión de su nombre como de alguna de sus obras en el título, lo que representa cerca de un 25% del total; en cuanto a Jorge Luis Borges, son 11 libros directamente vinculados, lo cual supone alrededor del 10%. Es pertinente señalar que si bien Mario Vargas Llosa, Jorge Amado y Pablo Neruda, junto con los dos anteriormente mencionados, se encuentran entre los cinco escritores latinoamericanos con mayor número de obras traducidas al chino, resulta notoria una importante diferencia en comparación con la cantidad de los libros escritos por autores chinos sobre ellos: solo tres libros relacionados con Vargas Llosa y dos con Neruda, principalmente biografías. En cuanto a Jorge Amado, hasta diciembre de 2019 no se había publicado en China ninguna obra biográfica o de tipo monografía sobre el autor brasileño ni su obra.

Es necesario subrayar que el ámbito estadístico del presente trabajo solo abarca las publicaciones de formato libro y no se incluyen artículos ni tesis de autores chinos sobre la literatura latinoamericana. Con el fin de obtener una visión más amplia sobre el estado de la investigación acerca de la literatura latinoamericana en China, introdujimos en CNKI (China National Knowledge Infrastructure), la base de datos más importante de la academia china, los nombres de los cuatro autores latinoamericanos más populares en el contexto chino, a saber, "博尔赫斯" ("Borges"), "马尔克斯" ("Márquez"), "略萨" ("Llosa") y "聂鲁达" ("Neruda"), y realizamos una búsqueda por "palabras clave" y "título" en la Base de Datos en Lengua China de CNKI, que incluye textos provenientes de revistas académicas, tesis de maestría y doctorado, congresos y periódicos, entre otros. Los resultados muestran que Borges es el escritor latinoamericano con mayores menciones en textos registrados en CNKI hasta 2019, con un total de 1.151 resultados por búsqueda por palabras clave y 468 por título. Le sigue García Márquez, con 1.020 resultados por búsqueda por palabras clave y 387 por título; mientras que Neruda y Vargas Llosa ocupan el tercer y cuarto puesto, con una brecha muy evidente entre la cantidad de menciones y la de los dos primeros autores (ver Gráfico 30).

Al examinar las tesis con los cuatro escritores como tema de investigación, se observa que Borges y García Márquez también llevan la delantera. Además, hay cierta cantidad de tesis doctorales sobre ellos (ver Cuadro 12).

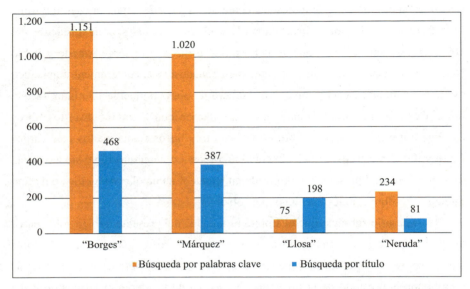

Gráfico 30. Escritores latinoamericanos más mencionados en textos registrados en la Base de Datos en Lengua China de CNKI (1949-2019)

Cuadro 12. Tesis de maestría y doctorado con los cuatro escritores latinoamericanos como tema de investigación (1949-2019)

	Búsqueda por palabras clave		Búsqueda por título	
	Tesis de doctorado	Tesis de maestría	Tesis de doctorado	Tesis de maestría
" 博尔赫斯 " ("Borges")	8	121	3	49
" 马尔克斯 " ("Márquez")	0	100	1	31
" 略萨 " ("Llosa")	0	36	0	27
" 聂鲁达 " ("Neruda")	0	6	0	3

Fuente: Elaboración propia según la Base de Datos en Lengua China de CNKI.

Un análisis más detallado sobre los años de publicación de estos textos registrados en CNKI revela que, antes de la década de 1980, había 13 artículos sobre Neruda (en 1951, 1954, 1956, 1959 y 1960) y uno solo sobre García Márquez (en 1977). A partir de 1979, el número de textos en CNKI aumentó significativamente, en especial en el siglo XXI. Tomando a Borges y García Márquez como ejemplos, al combinar todos los resultados por palabras clave y por título, el total de menciones de estos dos escritores entre 1979 y 1999 es de 411, mientras que para el lapso entre 2000 y 2019, el número llega a 2.614, lo que representa el 86% del total de sus registros en CNKI (ver Gráfico 31). Este resultado muestra una vez más que la investigación sobre la literatura latinoamericana en China comenzó, en sentido estricto, en la década de 1980.

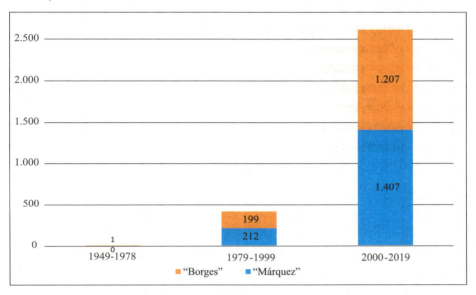

Gráfico 31. Textos registrados en CNKI con menciones a Borges y García Márquez por periodos (1949-2019)

Si hacemos una aproximación a los temas centrales de los libros escritos por autores chinos sobre la literatura latinoamericana, se observa que la gran mayoría de los libros están relacionados con novelas o cuentos, y solo dos están directamente enfocados en poesía, a saber, *Introducción a la poesía española e hispanoamericana* (《西班牙与西班牙语美洲诗歌导论》) y *Entre poesía y pensamiento: una aproximación al arte poético de Octavio Paz* (《诗与思的激情对话：论奥克塔维奥·帕斯的诗歌艺术》). También aparecen cinco biografías de Pablo Neruda, Gabriela Mistral y José Martí, cuya gran parte de sus obras son en poesía. Y no se registra casi ninguna obra que investigue ensayo o drama latinoamericano.

Entre 1949 y 2019, cerca de 70 autores chinos publicaron libros relacionados con la literatura latinoamericana, de los cuales 44 tienen solo una obra y 10 autores, tres o más obras. Chen Zhongyi encabeza la lista con 14 títulos, mientras que Zhu

Jingdong y Zheng Shujiu le siguen con 5 o más (ver Gráfico 32).

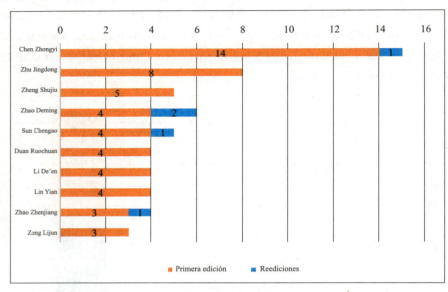

Gráfico 32. Autores chinos con más libros publicados sobre literatura latinoamericana (1949-2019)

Al examinar los antecedentes académicos de los autores, se observan dos categorías principales de estos.

Una categoría es la de los autores que se graduaron en la carrera de filología en lengua española o portuguesa, y que en su mayoría realizan investigaciones sobre literatura latinoamericana con fuentes de primera mano en esos idiomas. Es bien sabido que la traducción y el estudio de la literatura se fomentan mutuamente y tienen una estrecha interacción entre sí. Todos los diez autores del Gráfico 32, excepto Zeng Lijun, dominan el español o el portugués y llevan años dedicados a la traducción y la investigación de la literatura en esas lenguas. Entre ellos, Chen Zhongyi, Zhu Jingdong y Lin Yian son investigadores del Instituto de Literatura Extranjera de la Academia China de Ciencias Sociales; Zheng Shujiu, Sun Chengao y Li De'en son profesores de la Universidad de Estudios Extranjeros de Beijing; y Zhao Deming, Duan Ruochuan y Zhao Zhenjiang enseñan en la Universidad de Pekín. Estos expertos, todos nacidos entre las décadas de 1930 y 1950, no solo son destacados traductores o investigadores de la literatura latinoamericana en China, sino que también son importantes maestros que han formado a un gran número de traductores e investigadores jóvenes.

Otro grupo de autores se graduaron en las especialidades de Literatura Universal, Literatura Comparada o Literatura China Contemporánea. Desde perspectivas disciplinarias transversales, han llevado a cabo investigaciones sobre literatura latinoamericana traducida al chino o han indagado la vinculación entre esta y la literatura china, y han obtenido resultados relativamente fructíferos, como Zeng Lijun, Teng Wei, Xu Zhiqiang, Chen Liming y Xiao Xuyu, entre otros. Además, Can Xue, Ran Yunfei y Qiu Huadong, escritores y críticos literarios, también han aportado sus reflexiones y observaciones sobre la literatura latinoamericana.

En términos generales, se advierte una carencia en el estudio de la literatura latinoamericana en China, no solo en cuanto a la cantidad de trabajos publicados, sino también en lo referido al campo de la investigación. Es de esperar que esta situación mejore gradualmente con el crecimiento de la traducción de la literatura latinoamericana y el desarrollo de especialistas más relevantes en crítica literaria.

Capítulo III

La recepción de la literatura latinoamericana en China

Si bien las más de mil obras literarias latinoamericanas a cuya traducción podemos acceder en China presentan un colorido panorama de esta producción literaria, siempre nos surgen algunas preguntas: ¿Cómo se entiende a la literatura latinoamericana desde el punto de vista de los lectores chinos? ¿Es la distancia entre la literatura latinoamericana y los lectores chinos en general tan extensa como la distancia geográfica entre los dos lugares, o ya está al alcance de la mano? Con motivo de aclarar estas dudas, lanzamos en junio de 2020, junto con la Librería Avant-Garde (先锋书店), una encuesta sobre la lectura y recepción de la literatura latinoamericana en China.

La encuesta se realizó en línea y se difundió libremente en redes sociales, en lugar de centrarse en nichos específicos. En diez días recibimos un total de 940 cuestionarios válidos, de los cuales 896 participantes tienen menos de 50 años. En este sentido, podemos decir que los resultados representan el conocimiento general de los adultos jóvenes y de mediana edad sobre la literatura latinoamericana.

Respecto a la distribución geográfica de los encuestados, la mayoría se encuentran en China, ampliamente distribuidos entre ciudades, provincias, regiones autónomas, así como Hong Kong, Macao y Taiwán. Entre ellas, Beijing tiene el porcentaje más alto de participantes, con un 21%, seguida de Jiangsu y Zhejiang. Otro 8,3% se encuentra en el extranjero (ver Gráfico 33).

En cuanto al sexo de los 940 encuestados, 606 son mujeres (un 64%) y 334 son hombres. En los últimos años, varias investigaciones, tanto nacionales como internacionales, han demostrado que las mujeres tienden más a leer literatura que los hombres. Los resultados de la presente encuesta también parecen reflejar esta diferencia en las preferencias de lectura de ambos géneros (ver Gráfico 34).

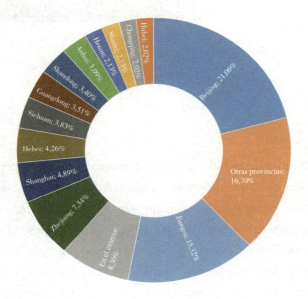

Gráfico 33. Distribución geográfica de los encuestados

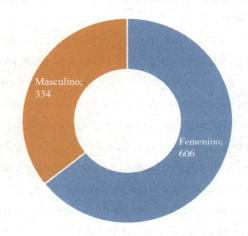

Gráfico 34. Distribución de los encuestados según género

La distribución por edades muestra un amplio abanico de participantes, desde los mayores de 70 años hasta los menores de 20; menos del 2% de los cuales tienen más de 60 años. Dado que el cuestionario se realizó en línea, este resultado está estrechamente relacionado con los grupos de edad de los usuarios de Internet y de redes sociales (ver Gráfico 35).

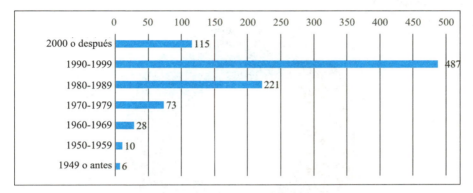

Gráfico 35. Distribución de los encuestados según el año de nacimiento

Respecto a la ocupación, se observa que la mayoría pertenecen a universidades o instituciones académicas. El porcentaje de estudiantes es del 43%, y el de aquellos que realizan tareas en el sector de la educación o la investigación, del 19% (ver Gráfico 36).

Gráfico 36. Distribución de los encuestados según ocupación

Acerca del dominio de lenguas extranjeras, el 90% de los encuestados saben inglés, el 51% español y el 12% portugués. Esto demuestra que hay una gran cantidad de lectores de literatura latinoamericana que dominan el español o el portugués. Cabe señalar que la encuesta fue remitida y difundida por varias instituciones u organizaciones relacionadas con la enseñanza de esas dos lenguas o con los estudios latinoamericanos, lo que influyó en los resultados (ver Gráfico 37).

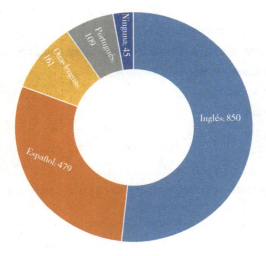

Gráfico 37. Conocimiento de lenguas extranjeras

Para examinar el conocimiento general de América Latina de los participantes, planteamos la siguiente pregunta: "¿Qué es lo primero que le viene a la mente cuando piensa en América Latina?". Dado que se trata de una encuesta temática sobre literatura latinoamericana, el 60% de los encuestados eligió la opción "Literatura". Las otras opciones con mayor porcentaje fueron: "Antiguas civilizaciones" (53%), "Paisajes naturales y sitios históricos" (48%) y "Música" (46%) (ver Gráfico 38).

Para observar el conocimiento general de los encuestados sobre la literatura latinoamericana, les planteamos una pregunta abierta: "¿Qué es lo primero que le viene a la mente cuando piensa en la literatura latinoamericana?". El 13% de los participantes respondió "No sabe", lo que revela que no todos los encuestados han leído literatura latinoamericana, y que una cierta cantidad de ellos tienen un conocimiento muy limitado o nulo al respecto. Más de 800 participantes contestaron en forma de texto abierto. Al examinar las respuestas, se registraron 7 respuestas con más de 50 menciones. Si ampliamos hasta incluir respuestas con más de 10 menciones, resultan solo 13. "Gabriel García Márquez" encabeza la lista con 367 menciones, "Cien años de soledad" le sigue con 214, "Jorge Luis Borges" con 196 y "Realismo mágico" con 189. Además, de las otras respuestas relativamente más elegidas se pueden citar "*Boom* latinoamericano", "Pablo Neruda", "Mario Vargas Llosa" y "Roberto Bolaño". En resumen, estas 13 respuestas reflejan las percepciones más reconocidas sobre literatura latinoamericana en China (ver Gráfico 39).

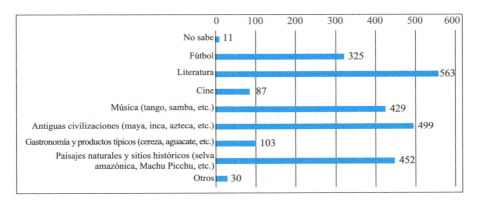

Gráfico 38. Conocimiento general sobre América Latina

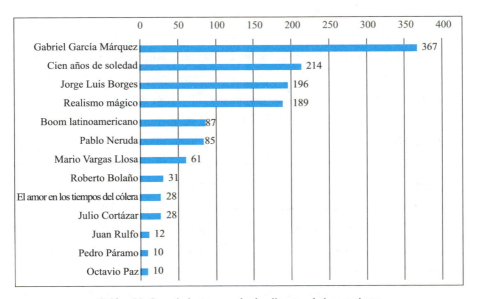

Gráfico 39. Conocimiento general sobre literatura latinoamericana

Con la pregunta "¿De cuál de los siguientes escritores latinoamericanos ha oído hablar?" quisimos examinar el conocimiento general de los participantes. Entre las opciones se incluyeron escritores con más obras traducidas al chino, ganadores del Premio Nobel de Literatura y también se tuvieron en cuenta la nacionalidad y la proporción de novelistas y poetas. El 6% de los encuestados afirmó no haber oído hablar de ninguno de los escritores enumerados, lo que demuestra que su conocimiento de la literatura latinoamericana es extremadamente limitado. En general, los resultados de esta pregunta coinciden con nuestras expectativas. García Márquez, Borges, Neruda y Vargas Llosa encabezan la lista. Sin embargo, los autores de lengua portuguesa, como Paulo Coelho y Jorge Amado, quienes también cuentan con una gran cantidad de sus obras traducidas al chino, son menos reconocidos que los de lengua española. Además, el poeta peruano César Vallejo y el poeta y dramaturgo de Santa Lucía Derek Walcott, no tan afamados relativamente como el resto, cuentan con 249 y 75 participantes, respectivamente, que dicen haber oído hablar de ellos, lo cual, de hecho, excedió nuestras expectativas. Esto revela que la presencia de la poesía latinoamericana, con representantes como Pablo Neruda, Octavio Paz, Gabriela Mistral, César Vallejo y Derek Walcott, no es nada débil en China, aunque su cantidad de traducciones es muy inferior a la de las obras de ficción (ver Gráfico 40).

Para conocer la situación de la lectura de literatura latinoamericana, preparamos la pregunta "De la literatura extranjera que lee, ¿qué opción representa la literatura latinoamericana?". Casi el 10% de los encuestados respondió que no había leído nada de literatura latinoamericana, el 66% eligió la opción de "muy poco", y solo el 24% expresó que había leído mucho. El resultado indica que los participantes son en su mayoría lectores de literatura extranjera en general, más que lectores con preferencia por la literatura latinoamericana (ver Gráfico 41).

Continuamos con la pregunta "¿Cuántos libros de literatura latinoamericana ha leído?", a fin de examinar con más detalle las prácticas de lectura. El 37% dijo haber leído menos de 5 libros, el 50% de ellos entre 5 y 20 libros, y el 13% más de 50 libros (ver Gráfico 42).

En cuanto a la impresión general sobre la literatura latinoamericana, solo 5 personas dijeron "no me gusta", mientras que la mayoría optaron por "me gusta" o "me encanta", lo que representa el 74% del total (ver Gráfico 43).

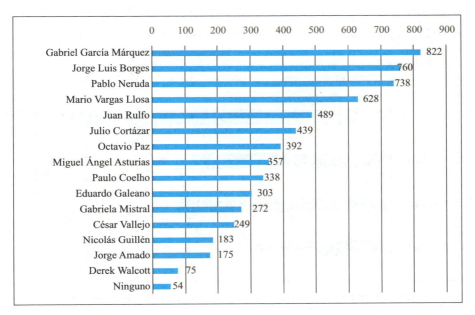

Gráfico 40. Conocimiento general sobre escritores latinoamericanos

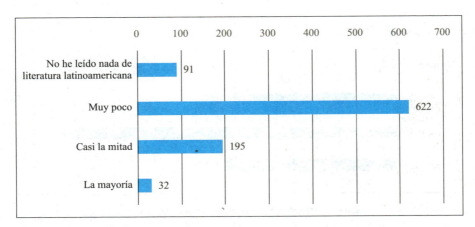

Gráfico 41. Situación de la lectura de literatura latinoamericana

Las respuestas a la pregunta "¿Cuándo leyó por primera vez literatura latinoamericana?" muestran que el 91% de los encuestados no tuvieron su primer contacto con la literatura latinoamericana sino hasta el siglo XXI, y solo 71 personas, es decir el 8%, eligieron el periodo comprendido entre 1980 y 1999. Este resultado, sorprendente a primera vista, puede explicarse razonablemente por el hecho de que el 64% de los encuestados nacieron en la década de 1990 o después (ver Gráfico 44).

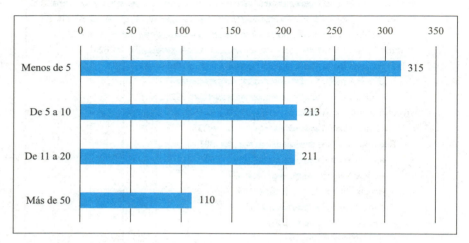

Gráfico 42. Cantidad de libros de literatura latinoamericana leídos por los encuestados

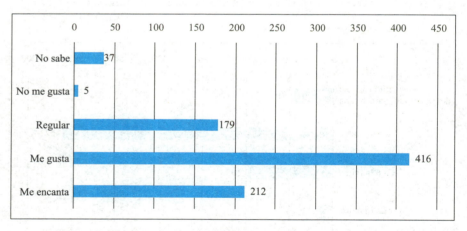

Gráfico 43. Impresión general sobre la literatura latinoamericana

En la pregunta "¿Cuáles son sus escritores favoritos?", el 13% de los participantes indicaron que no tenían ninguna preferencia en particular. Esta pregunta consiste en una combinación de opción múltiple y respuesta abierta con el objetivo de facilitar un mejor análisis del cuestionario. Los resultados señalan que Gabriel García Márquez, Jorge Luis Borges, Pablo Neruda, Julio Cortázar, Roberto

Bolaño, Mario Vargas Llosa y Eduardo Galeano son los autores más mencionados. De ellos, García Márquez (463 menciones), Borges (302 menciones) y Neruda (211 menciones) conforman los tres primeros lugares del listado de escritores favoritos de los lectores chinos (ver Gráfico 45).

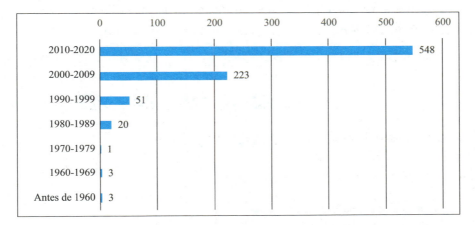

Gráfico 44. Periodo en que los encuestados leyeron por primera vez literatura latinoamericana

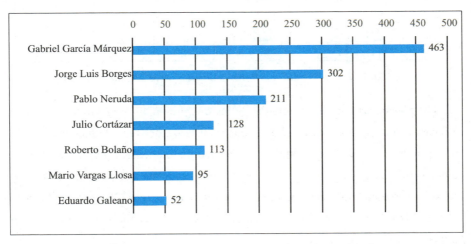

Gráfico 45. Escritores latinoamericanos favoritos más mencionados

Planteamos una respuesta abierta para la pregunta "¿Cuáles son sus libros favoritos de literatura latinoamericana?". El 18% de los encuestados expresaron que no tenían ninguna preferencia en particular. Tras la revisión de todas las respuestas, se observa que 6 obras son las más mencionadas, o, mejor dicho, son las obras más populares de la literatura latinoamericana en China. Entre ellas, dos novelas de García Márquez, *Cien años de soledad* (329 menciones) y *El amor en los tiempos del cólera* (171 menciones), encabezan la lista, seguidas por *El jardín de senderos que se bifurcan* de Borges, *Veinte poemas de amor y una canción desesperada* de Neruda, *Pedro Páramo* de Rulfo y *2666* de Bolaño (ver Gráfico 46).

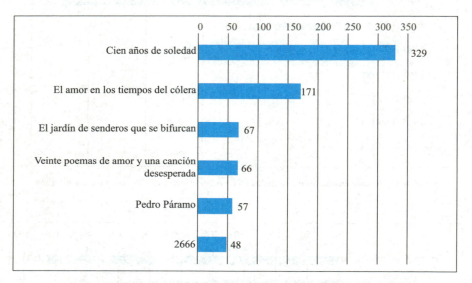

Gráfico 46. Libros favoritos de la literatura latinoamericana más mencionados

Cabe destacar que los resultados de las dos preguntas anteriormente citadas se hacen eco de algunos datos estadísticos y observaciones que hemos presentado en el primer capítulo, lo que puede corroborarse mutuamente. La única excepción es el caso de Vargas Llosa, que es el autor con mayor número de reediciones; sin embargo, sus obras más mencionadas, *La ciudad y los perros* (20 veces) y *La casa verde* (15 veces), aún están lejos del número de veces de las obras enumeradas en el Gráfico 46.

Respecto a la influencia de la literatura latinoamericana en China, el 78% de los encuestados la consideran manifiesta. Entre ellos, el 69% cree que la literatura latinoamericana tiene una gran influencia en la literatura china y que la sigue teniendo en la actualidad; el 9% considera que solo la tuvo en el siglo XX. Otro 5%

de los participantes piensan que es casi insignificante. (ver Gráfico 47).

Al final del cuestionario, planteamos la pregunta "¿La encuesta ha despertado su interés por la literatura latinoamericana?". El 86% de los participantes mantienen una actitud positiva, pero el 14% expresa que no le interesa la literatura latinoamericana.

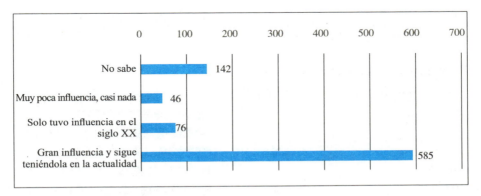

Gráfico 47. Influencia de la literatura latinoamericana en la literatura china

En términos generales, los resultados de la encuesta muestran que referencias como "García Márquez", "Borges", "Neruda", *Cien años de soledad*", "el realismo mágico" y "el *boom* latinoamericano" siguen siendo las etiquetas más visibles de la literatura latinoamericana en China, mientras que escritores como Cortázar, Bolaño y Galeano, entre otros, ya están ganando terreno en el país asiático. Con el paso del tiempo, se va perfilando un panorama más amplio y variado de la literatura latinoamericana traducida al chino. No obstante, en comparación con la traducción y la recepción de otras literaturas extranjeras como la inglesa, la francesa y la japonesa, el reconocimiento de la literatura latinoamericana en China es todavía insuficiente, y aún queda mucho por mejorar.

Principales resultados de la encuesta sobre la percepción de la literatura latinoamericana en China

Pregunta 1. Sexo

OPCIÓN	CANTIDAD	PORCENTAJE	
Femenino	606		64,47%
Masculino	334		35,53%
Total de encuestados	940		

Pregunta 2. Usted nació en

OPCIÓN	CANTIDAD	PORCENTAJE	
2000 o después	115		12,23%
1990-1999	487		51,81%
1980-1989	221		23,51%
1970-1979	73		7,77%
1960-1969	28		2,98%
1950-1959	10		1,06%
1949 o antes	6		0,64%
Total de encuestados	940		

Pregunta 3. ¿Cuál de las siguientes opciones describe mejor su ocupación actual?

OPCIÓN	CANTIDAD	PORCENTAJE	
Estudiante	406		43,19%
Ocupación en medios de comunicación, editoriales o industrias culturales	71		7,55%
Ocupación en educación o investigación	174		18,51%
Ocupación en administración o en servicio público	49		5,21%
Ocupación en empresas	138		14,68%
Trabajador/a autónomo/a o por cuenta propia	42		4,47%
Jubilado/a	8		0,85%
Otra	52		5,53%
Total de encuestados	940		

Pregunta 4. ¿Domina alguna lengua extranjera? (de opción múltiple)

OPCIÓN	CANTIDAD	PORCENTAJE	
Inglés	850		90,43%
Español	479		50,96%
Portugués	109		11,6%
Otras lenguas	161		17,13%
Ninguna	45		4,79%
Total de encuestados	940		

Pregunta 5. ¿Qué es lo primero que le viene a la mente cuando piensa en América Latina? (de opción múltiple, elija no más de tres)

OPCIÓN	CANTIDAD	PORCENTAJE	
No sabe	11		1,17%
Fútbol	325		34,57%
Literatura	563		59,89%
Cine	87		9,26%
Música (tango, samba, etc.)	429		45,64%
Antiguas civilizaciones (maya, inca, azteca, etc.)	499		53,09%
Gastronomía y productos típicos (cereza, aguacate, etc.)	103		10,96%
Paisajes naturales y sitios históricos (selva amazónica, Machu Picchu, etc.)	452		48,09%
Otros	30		3,19%
Total de encuestados	940		

Pregunta 6. ¿Qué es lo primero que le viene a la mente cuando piensa en la literatura latinoamericana? (pregunta abierta)

OPCIÓN	CANTIDAD	PORCENTAJE	
No sabe	124		13,19%
_____	818		87,02%
_____	545		57,98%
Total de encuestados	940		

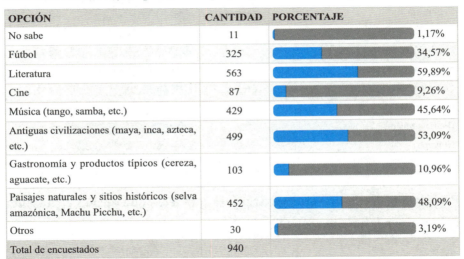

Pregunta 7. ¿De cuál de los siguientes escritores latinoamericanos ha oído hablar? (de opción múltiple)

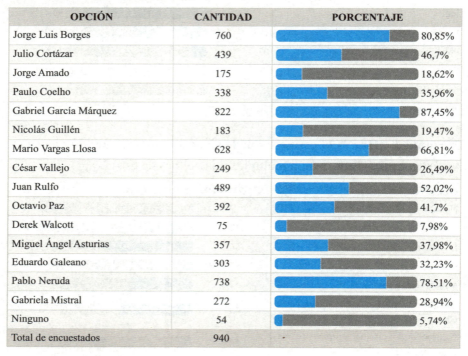

OPCIÓN	CANTIDAD	PORCENTAJE
Jorge Luis Borges	760	80,85%
Julio Cortázar	439	46,7%
Jorge Amado	175	18,62%
Paulo Coelho	338	35,96%
Gabriel García Márquez	822	87,45%
Nicolás Guillén	183	19,47%
Mario Vargas Llosa	628	66,81%
César Vallejo	249	26,49%
Juan Rulfo	489	52,02%
Octavio Paz	392	41,7%
Derek Walcott	75	7,98%
Miguel Ángel Asturias	357	37,98%
Eduardo Galeano	303	32,23%
Pablo Neruda	738	78,51%
Gabriela Mistral	272	28,94%
Ninguno	54	5,74%
Total de encuestados	940	

Pregunta 8. De la literatura extranjera que lee, ¿qué opción representa la literatura latinoamericana?

OPCIÓN	CANTIDAD	PORCENTAJE
No he leído nada de literatura latinoamericana	91	9,68%
Muy poco	622	66,17%
Casi la mitad	195	20,74%
La mayoría	32	3,4%
Total de encuestados	940	

Pregunta 9. ¿Cuántos libros de literatura latinoamericana ha leído?

OPCIÓN	CANTIDAD	PORCENTAJE
Menos de 5	315	37,1%
De 5 a 10	213	25,09%
De 11 a 20	211	24,85%

Más de 50	110	12,96%
Total de encuestados	849	

Pregunta 10. ¿Qué impresión tiene sobre la literatura latinoamericana?

OPCIÓN	CANTIDAD	PORCENTAJE
No sabe	37	4,36%
No me gusta	5	0,59%
Regular	179	21,08%
Me gusta	416	49%
Me encanta	212	24,97%
Total de encuestados	849	

Pregunta 11. ¿Cuándo leyó por primera vez literatura latinoamericana?

OPCIÓN	CANTIDAD	PORCENTAJE
2010-2020	548	64,55%
2000-2009	223	26,27%
1990-1999	51	6,01%
1980-1989	20	2,36%
1970-1979	1	0,12%
1960-1969	3	0,35%
Antes de 1960	3	0,35%
Total de encuestados	849	

Pregunta 12. ¿Cuáles son sus escritores favoritos? (de opción múltiple, elija no más de tres)

OPCIÓN	CANTIDAD	PORCENTAJE
No tengo ninguna preferencia en particular	110	12,96%
Jorge Luis Borges	302	35,57%
Gabriel García Márquez	463	54,53%
Pablo Neruda	211	24,85%
Mario Vargas Llosa	95	11,19%
Jorge Amado	10	1,18%
Paulo Coelho	35	4,12%
Julio Cortázar	128	15,08%

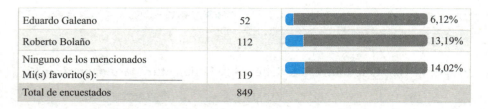

Eduardo Galeano	52	6,12%
Roberto Bolaño	112	13,19%
Ninguno de los mencionados Mi(s) favorito(s):_____	119	14,02%
Total de encuestados	849	

Pregunta 13. ¿Cuáles son sus libros favoritos de la literatura latinoamericana? (pregunta abierta; puede escribir el título de algún libro concreto, o bien señalar la obra de tal escritor; no más de tres)

OPCIÓN	CANTIDAD	PORCENTAJE
No tengo ninguna preferencia en particular	154	18,14%
_____	697	82,1%
_____	529	62,31%
_____	386	45,47%
Total de encuestados	849	

Pregunta 14. ¿Qué tanta influencia cree que tiene la literatura latinoamericana en la china?

OPCIÓN	CANTIDAD	PORCENTAJE
No sabe	142	16,73%
Muy poca influencia, casi nada	46	5,42%
Solo tuvo influencia en el siglo XX	76	8,95%
Gran influencia y sigue teniéndola en la actualidad	585	68,9%
Total de encuestados	849	

Pregunta 15. Muchas gracias por tomarse el tiempo de responder las preguntas. ¿La encuesta ha despertado su interés por la literatura latinoamericana?

OPCIÓN	CANTIDAD	PORCENTAJE
No, no me interesa	13	14,29%
Sí, claro	78	85,71%
Total de encuestados	91	

Encuesta sobre la percepción de la literatura latinoamericana en China

1. Sexo

    1) Femenino

    2) Masculino

2. Usted nació en

    1) 2000 o después

    2) 1990-1999

    3) 1980-1989

    4) 1970-1979

    5) 1960-1969

    6) 1950-1959

    7) 1949 o antes

3. ¿Cuál de las siguientes opciones describe mejor su ocupación actual?

    1) Estudiante

    2) Ocupación en medios de comunicación, editoriales o industrias culturales

    3) Ocupación en educación o investigación

    4) Ocupación en administración o en servicio público

    5) Ocupación en empresas

    6) Trabajador/a autónomo/a o por cuenta propia

    7) Jubilado/a

    8) Otra

4. ¿Domina alguna lengua extranjera?

    (de opción múltiple)

    1) Inglés

    2) Español

    3) Portugués

    4) Otras lenguas

    5) Ninguna

5. ¿Qué es lo primero que le viene a la mente cuando piensa en América Latina?

(de opción múltiple, elija no más de tres)

1) No sabe

2) Fútbol

3) Literatura

4) Cine

5) Música (tango, samba, etc.)

6) Antiguas civilizaciones (maya, inca, azteca, etc.)

7) Gastronomía y productos típicos (cereza, aguacate, etc.)

8) Paisajes naturales y sitios históricos (selva amazónica, Machu Picchu, etc.)

9) Otros

6. ¿Qué es lo primero que le viene a la mente cuando piensa en la literatura latinoamericana?

(pregunta abierta)

1) No sabe

2) _____

3) _____

7. ¿De cuál de los siguientes escritores latinoamericanos ha oído hablar?

(de opción múltiple)

1) Jorge Luis Borges

2) Julio Cortázar

3) Jorge Amado

4) Paulo Coelho

5) Gabriel García Márquez

6) Nicolás Guillén

7) Mario Vargas Llosa

8) César Vallejo

9) Juan Rulfo

10) Octavio Paz

11) Derek Walcott

12) Miguel Ángel Asturias

13) Eduardo Galeano

14) Pablo Neruda

15) Gabriela Mistral

16) Ninguno

8. De la literatura extranjera que lee, ¿qué opción representa la literatura latinoamericana?

1) No he leído nada de literatura latinoamericana (*Pase a la pregunta 15*)

2) Muy poco

3) Casi la mitad

4) La mayoría

9. ¿Cuántos libros de literatura latinoamericana ha leído?

1) Menos de 5

2) De 5 a 10

3) De 11 a 20

4) Más de 50

10. ¿Qué impresión tiene sobre la literatura latinoamericana?

1) No sabe

2) No me gusta

3) Regular

4) Me gusta

5) Me encanta

11. ¿Cuándo leyó por primera vez literatura latinoamericana?

1) 2010-2020

2) 2000-2009

3) 1990-1999

4) 1980-1989

5) 1970-1979

6) 1960-1969

7) Antes de 1960

12. ¿Cuáles son sus escritores favoritos?

(de opción múltiple, elija no más de tres)

1) No tengo ninguna preferencia en particular

2) Jorge Luis Borges

3) Gabriel García Márquez

4) Pablo Neruda

5) Mario Vargas Llosa

6) Jorge Amado

7) Paulo Coelho

8) Julio Cortázar

9) Eduardo Galeano

10) Roberto Bolaño

11) Ninguno de los mencionados

Mi(s) favorito(s):_____

13. ¿Cuáles son sus libros favoritos de literatura latinoamericana?

(pregunta abierta; puede escribir el título de algún libro concreto, o bien señalar la obra de tal escritor; no más de tres)

1) No tengo ninguna preferencia en particular

2) _____

3) _____

4) _____

14. ¿Qué tanta influencia cree que tiene la literatura latinoamericana en la china?

1) No sabe

2) Muy poca influencia, casi nada

3) Solo tuvo influencia en el siglo XX

4) Gran influencia y sigue teniéndola en la actualidad

15. Muchas gracias por tomarse el tiempo de responder las preguntas. ¿La encuesta ha despertado su interés por la literatura latinoamericana?

1) No, no me interesa

2) Sí, claro

Coda

Al hablar de la importancia del libro, Jorge Luis Borges escribió: "De los diversos instrumentos del hombre, el más asombroso es, sin duda, el libro. Los demás son extensiones de su cuerpo. El microscopio, el telescopio, son extensiones de su vista; el teléfono es extensión de la voz; luego tenemos el arado y la espada, extensiones de su brazo. Pero el libro es otra cosa: el libro es una extensión de la memoria y de la imaginación". Ciertamente, cada libro, que es un mundo de letras construido por su autor, cuando es traducido a otro idioma, son transportadas no solo la historia original, sino también la historia y la cultura de su país de origen, y se extienden o se bifurcan la memoria y la imaginación en el laberinto de palabras que combinan la escritura, la traducción y la lectura.

Leer nos permite viajar más lejos y trascender nuestras vidas. En aquellas épocas en las que los medios de comunicación, como la televisión, el cine e Internet, aún no eran populares, las obras de literatura latinoamericana traducidas al chino fueron un instrumento asombroso que nos permitía imaginar América Latina. Incluso en la actualidad, en esta era de la información, el libro sigue siendo insustituible. Generaciones de traductores, editores e investigadores, como "porteadores" de letras, palabra a palabra, frase a frase, se dedican incansablemente a promover la literatura latinoamericana en China. Mientras que, cada día, hay más lectores chinos, quienes tomando los libros como barcos han podido acercarse a la lejana América Latina y disfrutar del maravilloso paisaje de esas tierras exóticas.

附录一　中国出版的拉美文学书目（按国别排序）
Anexo I
Catálogo bibliográfico de la literatura latinoamericana publicada en China (por país)

Argentina 阿根廷

AUTOR 作者	Aguinis, Marcos 阿吉尼斯
TÍTULO ORIGINAL 书名	Profanación del amor 亵渎爱情
TRADUCTOR 译者	Zhao Deming 赵德明
EDITORIAL 出版社	Daylight Publishing House 外国文学出版社（现天天出版社）
AÑO / 出版年份	2002

AUTOR 作者	Aira, César 塞萨尔·艾拉
TÍTULO ORIGINAL 书名	El cerebro musical 音乐大脑
TRADUCTOR 译者	Kong Yalei 孔亚雷
EDITORIAL 出版社	Zhejiang Literature and Art Publishing House 浙江文艺出版社
AÑO / 出版年份	2019

AUTOR 作者	Aira, César 塞萨尔·艾拉
TÍTULO ORIGINAL 书名	El té de Dios 上帝的茶话会
TRADUCTOR 译者	Wang Chunlin 王纯麟
EDITORIAL 出版社	Zhejiang Literature and Art Publishing House 浙江文艺出版社
AÑO / 出版年份	2019

AUTOR 作者	Aira, César 塞萨尔·艾拉
TÍTULO ORIGINAL 书名	Ema, la cautiva 女俘爱玛
TRADUCTOR 译者	Zhao Deming 赵德明
EDITORIAL 出版社	Shanghai People's Publishing House 上海人民出版社
AÑO / 出版年份	2019

AUTOR 作者	Aira, César 塞萨尔·艾拉
TÍTULO ORIGINAL 书名	La liebre 野兔
TRADUCTOR 译者	Zhao Deming 赵德明
EDITORIAL 出版社	Shanghai People's Publishing House 上海人民出版社
AÑO / 出版年份	2019

AUTOR 作者	Aira, César 塞萨尔·艾拉
TÍTULO ORIGINAL 书名	Las curas milagrosas del Doctor Aira 艾拉医生的神奇疗法
TRADUCTOR 译者	Yu Shiyang 于施洋
EDITORIAL 出版社	Zhejiang Literature and Art Publishing House 浙江文艺出版社
AÑO / 出版年份	2019

AUTOR 作者	Aira, César 塞萨尔·艾拉
TÍTULO ORIGINAL 书名	Los fantasmas 鬼魂的盛宴
TRADUCTOR 译者	Yu Shiyang 于施洋
EDITORIAL 出版社	Zhejiang Literature and Art Publishing House 浙江文艺出版社
AÑO / 出版年份	2019

AUTOR 作者	Aira, César 塞萨尔·艾拉
TÍTULO ORIGINAL 书名	Un episodio en la vida del pintor viajero 风景画家的片段人生
TRADUCTOR 译者	Wang Chunlin 王纯麟
EDITORIAL 出版社	Zhejiang Literature and Art Publishing House 浙江文艺出版社
AÑO / 出版年份	2014

AUTOR 作者	Alifano, Roberto 罗贝托·阿利法诺
TÍTULO ORIGINAL 书名	Con el correr del tiempo 伴随时间的流程
TRADUCTOR 译者	Zhao Zhenjiang, et al. 赵振江等
EDITORIAL 出版社	Qinghai People's Publishing House 青海人民出版社
AÑO / 出版年份	2012

AUTOR 作者	Axat, Federico 费德里科·阿萨特
TÍTULO ORIGINAL 书名	La última salida 悬命遗书
TRADUCTOR 译者	Quan Quan 权泉
EDITORIAL 出版社	Shanghai Translation Publishing House 上海译文出版社
AÑO / 出版年份	2018

AUTOR 作者	Barone, Orlando 奥尔兰多·巴罗内
TÍTULO ORIGINAL 书名	Diálogos Borges-Sabato 博尔赫斯与萨瓦托对话
TRADUCTOR 译者	Zhao Deming 赵德明
EDITORIAL 出版社	Yunnan People's Publishing House 云南人民出版社
AÑO / 出版年份	1999

AUTOR 作者	Basti, Abel 阿贝尔·巴斯蒂
TÍTULO ORIGINAL 书名	El exilio de Hitler 他欺骗了全世界：希特勒死亡之谜
TRADUCTOR 译者	Sun Yingping, Tang Yingying 孙颖屏、唐莹莹
EDITORIAL 出版社	Qunzhong Publishing House 群众出版社
AÑO / 出版年份	2014

AUTOR 作者	Bioy Casares, Adolfo 比奥伊·卡萨雷斯
TÍTULO ORIGINAL 书名	El sueño de los héroes 英雄梦：比奥伊·卡萨雷斯小说选
TRADUCTOR 译者	Mao Jinli 毛金里
EDITORIAL 出版社	Yunnan People's Publishing House 云南人民出版社
AÑO / 出版年份	1994

AUTOR 作者	Bioy Casares, Adolfo 比奥伊·卡萨雷斯
TÍTULO ORIGINAL 书名	La invención de Morel 莫雷尔的发明
TRADUCTOR 译者	Zhao Ying 赵英
EDITORIAL 出版社	Flower City Publishing House 花城出版社
AÑO / 出版年份	1992

AUTOR 作者	Bioy Casares, Adolfo 阿道夫·比奥伊·卡萨雷斯
TÍTULO ORIGINAL 书名	La invención de Morel 莫雷尔的发明
TRADUCTOR 译者	Zhao Ying 赵英
EDITORIAL 出版社	People's Literature Publishing House 人民文学出版社
AÑO / 出版年份	2012

AUTOR 作者	Bioy Casares, Adolfo 阿道夫·比奥伊·卡萨雷斯
TÍTULO ORIGINAL 书名	Una muñeca rusa 俄罗斯套娃
TRADUCTOR 译者	Wei Ran 魏然
EDITORIAL 出版社	Shanghai Literature and Art Publishing House 上海文艺出版社
AÑO / 出版年份	2013

AUTOR 作者	Borges, Jorge Luis 博尔赫斯
TÍTULO ORIGINAL 书名	Artificios 杜撰集
TRADUCTOR 译者	Wang Yongnian 王永年
EDITORIAL 出版社	Zhejiang Literature and Art Publishing House 浙江文艺出版社
AÑO / 出版年份	2000

AUTOR 作者	Borges, Jorge Luis 豪尔赫·路易斯·博尔赫斯
TÍTULO ORIGINAL 书名	Artificios 杜撰集
TRADUCTOR 译者	Wang Yongnian 王永年
EDITORIAL 出版社	Shanghai Translation Publishing House 上海译文出版社
AÑO / 出版年份	2015

AUTOR 作者	Borges, Jorge Luis 豪尔赫·路易斯·博尔赫斯
TÍTULO ORIGINAL 书名	Atlas 地图册
TRADUCTOR 译者	Wang Yongnian 王永年
EDITORIAL 出版社	Shanghai Translation Publishing House 上海译文出版社
AÑO / 出版年份	2016

AUTOR 作者	Borges, Jorge Luis 豪尔赫·路易斯·博尔赫斯
TÍTULO ORIGINAL 书名	Biblioteca personal 私人藏书
TRADUCTOR 译者	Sheng Li, Cui Hongru 盛力、崔鸿儒
EDITORIAL 出版社	Zhejiang Literature and Art Publishing House 浙江文艺出版社
AÑO / 出版年份	2008

AUTOR 作者	Borges, Jorge Luis 豪尔赫·路易斯·博尔赫斯
TÍTULO ORIGINAL 书名	Biblioteca personal. Prólogos 私人藏书：序言集
TRADUCTOR 译者	Sheng Li, Cui Hongru 盛力、崔鸿儒
EDITORIAL 出版社	Shanghai Translation Publishing House 上海译文出版社
AÑO / 出版年份	2015

AUTOR 作者	Borges, Jorge Luis; Barnstone, Willis 豪尔赫·路易斯·博尔赫斯、威利斯·巴恩斯通
TÍTULO ORIGINAL 书名	Borges at Eighty: Conversations 博尔赫斯八十忆旧
TRADUCTOR 译者	Xi Chuan 西川
EDITORIAL 出版社	China Writers Publishing House 作家出版社
AÑO / 出版年份	2004

AUTOR 作者	Borges, Jorge Luis; Barnstone, Willis 豪尔赫·路易斯·博尔赫斯、威利斯·巴恩斯通
TÍTULO ORIGINAL 书名	Borges at Eighty: Conversations 博尔赫斯谈话录
TRADUCTOR 译者	Xi Chuan 西川
EDITORIAL 出版社	Guangxi Normal University Press Group 广西师范大学出版社
AÑO / 出版年份	2014

AUTOR 作者	Borges, Jorge Luis 豪尔赫·路易斯·博尔赫斯
TÍTULO ORIGINAL 书名	Borges oral 博尔赫斯口述
TRADUCTOR 译者	Wang Yongnian, Tu Mengchao, Huang Zhiliang 王永年、屠孟超、黄志良
EDITORIAL 出版社	Zhejiang Literature and Art Publishing House 浙江文艺出版社
AÑO / 出版年份	2008

AUTOR 作者	Borges, Jorge Luis 豪尔赫·路易斯·博尔赫斯
TÍTULO ORIGINAL 书名	Borges, oral 博尔赫斯，口述
TRADUCTOR 译者	Huang Zhiliang 黄志良
EDITORIAL 出版社	Shanghai Translation Publishing House 上海译文出版社
AÑO / 出版年份	2015

AUTOR 作者	Borges, Jorge Luis 豪尔赫·路易斯·博尔赫斯
TÍTULO ORIGINAL 书名	Conversaciones 博尔赫斯谈话录
TRADUCTOR 译者	Wang Yongnian 王永年
EDITORIAL 出版社	Shanghai Translation Publishing House 上海译文出版社
AÑO / 出版年份	2008

AUTOR 作者	Borges, Jorge Luis; Bioy Casares, Adolfo 豪尔赫·路易斯·博尔赫斯、阿道夫·比奥伊·卡萨雷斯
TÍTULO ORIGINAL 书名	Crónicas de Bustos Domecq 布斯托斯·多梅克纪事
TRADUCTOR 译者	Xuan Le 轩乐
EDITORIAL 出版社	Shanghai Translation Publishing House 上海译文出版社
AÑO / 出版年份	2019

AUTOR 作者	Borges, Jorge Luis 豪尔赫·路易斯·博尔赫斯
TÍTULO ORIGINAL 书名	Discusión 讨论集
TRADUCTOR 译者	Xu Helin, Wang Yongnian 徐鹤林、王永年
EDITORIAL 出版社	Shanghai Translation Publishing House 上海译文出版社
AÑO / 出版年份	2015

AUTOR 作者	Borges, Jorge Luis 豪尔赫·路易斯·博尔赫斯
TÍTULO ORIGINAL 书名	El Aleph 阿莱夫
TRADUCTOR 译者	Wang Yongnian 王永年
EDITORIAL 出版社	Zhejiang Literature and Art Publishing House 浙江文艺出版社
AÑO / 出版年份	2008

AUTOR 作者	Borges, Jorge Luis 豪尔赫·路易斯·博尔赫斯
TÍTULO ORIGINAL 书名	El Aleph 阿莱夫
TRADUCTOR 译者	Wang Yongnian 王永年
EDITORIAL 出版社	Shanghai Translation Publishing House 上海译文出版社
AÑO / 出版年份	2015

AUTOR 作者	Borges, Jorge Luis 豪尔赫·路易斯·博尔赫斯
TÍTULO ORIGINAL 书名	El hacedor 诗人
TRADUCTOR 译者	Lin Zhimu 林之木
EDITORIAL 出版社	Shanghai Translation Publishing House 上海译文出版社
AÑO / 出版年份	2016

AUTOR 作者	Borges, Jorge Luis 豪尔赫·路易斯·博尔赫斯
TÍTULO ORIGINAL 书名	El informe de Brodie 布罗迪报告
TRADUCTOR 译者	Wang Yongnian 王永年
EDITORIAL 出版社	Shanghai Translation Publishing House 上海译文出版社
AÑO / 出版年份	2015

AUTOR 作者	Borges, Jorge Luis 豪尔赫·路易斯·博尔赫斯
TÍTULO ORIGINAL 书名	El jardín de senderos que se bifurcan 小径分岔的花园：博尔赫斯小说集
TRADUCTOR 译者	Wang Yongnian, et al. 王永年等
EDITORIAL 出版社	Zhejiang Literature and Art Publishing House 浙江文艺出版社
AÑO / 出版年份	1999

AUTOR 作者	Borges, Jorge Luis 豪尔赫·路易斯·博尔赫斯
TÍTULO ORIGINAL 书名	El jardín de senderos que se bifurcan 小径分岔的花园
TRADUCTOR 译者	Wang Yongnian 王永年
EDITORIAL 出版社	Shanghai Translation Publishing House 上海译文出版社
AÑO / 出版年份	2015

AUTOR 作者	Borges, Jorge Luis 豪尔赫·路易斯·博尔赫斯
TÍTULO ORIGINAL 书名	El jardín de senderos que se bifurcan y otros cuentos 博尔赫斯短篇小说集
TRADUCTOR 译者	Wang Yangle 王央乐
EDITORIAL 出版社	Shanghai Translation Publishing House 上海译文出版社
AÑO / 出版年份	1983

AUTOR 作者	Borges, Jorge Luis 豪尔赫·路易斯·博尔赫斯
TÍTULO ORIGINAL 书名	El libro de arena 沙之书
TRADUCTOR 译者	Wang Yongnian 王永年
EDITORIAL 出版社	Shanghai Translation Publishing House 上海译文出版社
AÑO / 出版年份	2015

AUTOR 作者	Borges, Jorge Luis 豪尔赫·路易斯·博尔赫斯
TÍTULO ORIGINAL 书名	El oro de los tigres 老虎的金黄
TRADUCTOR 译者	Lin Zhimu 林之木
EDITORIAL 出版社	Shanghai Translation Publishing House 上海译文出版社
AÑO / 出版年份	2016

AUTOR 作者	Borges, Jorge Luis 豪尔赫·路易斯·博尔赫斯
TÍTULO ORIGINAL 书名	El otro, el mismo 另一个，同一个
TRADUCTOR 译者	Wang Yongnian 王永年
EDITORIAL 出版社	Zhejiang Literature and Art Publishing House 浙江文艺出版社
AÑO / 出版年份	2008

AUTOR 作者	Borges, Jorge Luis 豪尔赫·路易斯·博尔赫斯
TÍTULO ORIGINAL 书名	El otro, el mismo 另一个，同一个
TRADUCTOR 译者	Wang Yongnian 王永年
EDITORIAL 出版社	Shanghai Translation Publishing House 上海译文出版社
AÑO / 出版年份	2016

AUTOR 作者	Borges, Jorge Luis; Ferrari, Osvaldo 豪尔赫·路易斯·博尔赫斯、奥斯瓦尔多·费拉里
TÍTULO ORIGINAL 书名	En diálogo I 最后的对话 1
TRADUCTOR 译者	Chen Dongbiao 陈东飚
EDITORIAL 出版社	New Star Press 新星出版社
AÑO / 出版年份	2018

AUTOR 作者	Borges, Jorge Luis; Ferrari, Osvaldo 豪尔赫·路易斯·博尔赫斯、奥斯瓦尔多·费拉里
TÍTULO ORIGINAL 书名	En diálogo II 最后的对话 2
TRADUCTOR 译者	Chen Dongbiao 陈东飚
EDITORIAL 出版社	New Star Press 新星出版社
AÑO / 出版年份	2018

AUTOR 作者	Borges, Jorge Luis 豪尔赫·路易斯·博尔赫斯
TÍTULO ORIGINAL 书名	Evaristo Carriego 埃瓦里斯托·卡列戈
TRADUCTOR 译者	Wang Yongnian, Tu Mengchao 王永年、屠孟超
EDITORIAL 出版社	Shanghai Translation Publishing House 上海译文出版社
AÑO / 出版年份	2015

AUTOR 作者	Borges, Jorge Luis 豪尔赫·路易斯·博尔赫斯
TÍTULO ORIGINAL 书名	Fervor de Buenos Aires 布宜诺斯艾利斯激情
TRADUCTOR 译者	Lin Zhimu 林之木
EDITORIAL 出版社	Zhejiang Literature and Art Publishing House 浙江文艺出版社
AÑO / 出版年份	2008

AUTOR 作者	Borges, Jorge Luis 豪尔赫·路易斯·博尔赫斯
TÍTULO ORIGINAL 书名	Fervor de Buenos Aires 布宜诺斯艾利斯激情
TRADUCTOR 译者	Lin Zhimu 林之木
EDITORIAL 出版社	Shanghai Translation Publishing House 上海译文出版社
AÑO / 出版年份	2016

AUTOR 作者	Borges, Jorge Luis 豪尔赫·路易斯·博尔赫斯
TÍTULO ORIGINAL 书名	Ficciones 虚构集
TRADUCTOR 译者	Wang Yongnian 王永年
EDITORIAL 出版社	Zhejiang Literature and Art Publishing House 浙江文艺出版社
AÑO / 出版年份	2008

AUTOR 作者	Borges, Jorge Luis 豪尔赫·路易斯·博尔赫斯
TÍTULO ORIGINAL 书名	Historia de la eternidad 永恒史
TRADUCTOR 译者	Liu Jingsheng, Tu Mengchao 刘京胜、屠孟超
EDITORIAL 出版社	Shanghai Translation Publishing House 上海译文出版社
AÑO / 出版年份	2015

AUTOR 作者	Borges, Jorge Luis 豪尔赫·路易斯·博尔赫斯
TÍTULO ORIGINAL 书名	Historia de la noche 夜晚的故事
TRADUCTOR 译者	Wang Yongnian 王永年
EDITORIAL 出版社	Shanghai Translation Publishing House 上海译文出版社
AÑO / 出版年份	2016

AUTOR 作者	Borges, Jorge Luis 豪尔赫·路易斯·博尔赫斯
TÍTULO ORIGINAL 书名	Historia universal de la infamia 恶棍列传
TRADUCTOR 译者	Wang Yongnian 王永年
EDITORIAL 出版社	Zhejiang Literature and Art Publishing House 浙江文艺出版社
AÑO / 出版年份	2008

AUTOR 作者	Borges, Jorge Luis 豪尔赫·路易斯·博尔赫斯
TÍTULO ORIGINAL 书名	Historia universal de la infamia 恶棍列传
TRADUCTOR 译者	Wang Yongnian 王永年
EDITORIAL 出版社	Shanghai Translation Publishing House 上海译文出版社
AÑO / 出版年份	2015

AUTOR 作者	Borges, Jorge Luis; Vázquez, María Esther 豪尔赫·路易斯·博尔赫斯、玛丽亚·埃丝特·巴斯克斯
TÍTULO ORIGINAL 书名	Introducción a la literatura inglesa 英国文学入门
TRADUCTOR 译者	Wen Xiaojing 温晓静
EDITORIAL 出版社	Shanghai Translation Publishing House 上海译文出版社
AÑO / 出版年份	2019

AUTOR 作者	Borges, Jorge Luis; Zemborain de Torres Duggan, Esther 豪尔赫·路易斯·博尔赫斯、艾斯特尔·森博莱因·德托雷斯·都甘
TÍTULO ORIGINAL 书名	Introducción a la literatura norteamericana 美国文学入门
TRADUCTOR 译者	Yu Shiyang 于施洋
EDITORIAL 出版社	Shanghai Translation Publishing House 上海译文出版社
AÑO / 出版年份	2019

151

AUTOR 作者	Borges, Jorge Luis 豪尔赫·路易斯·博尔赫斯
TÍTULO ORIGINAL 书名	J. L. Borges's Essays 博尔赫斯散文
TRADUCTOR 译者	Wang Yongnian, et al. 王永年等
EDITORIAL 出版社	Zhejiang Literature and Art Publishing House 浙江文艺出版社
AÑO / 出版年份	2001

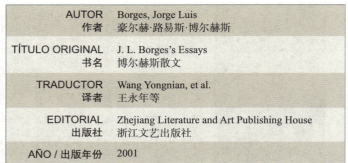

AUTOR 作者	Borges, Jorge Luis 豪尔赫·路易斯·博尔赫斯
TÍTULO ORIGINAL 书名	Jorge Luis Borges: The Last Interview and Other Conversations 博尔赫斯：最后的访谈
TRADUCTOR 译者	Tang Di 汤笛
EDITORIAL 出版社	CITIC Press Group 中信出版集团
AÑO / 出版年份	2019

AUTOR 作者	Borges, Jorge Luis 豪尔赫·路易斯·博尔赫斯
TÍTULO ORIGINAL 书名	La cifra 天数
TRADUCTOR 译者	Lin Zhimu 林之木
EDITORIAL 出版社	Shanghai Translation Publishing House 上海译文出版社
AÑO / 出版年份	2016

AUTOR 作者	Borges, Jorge Luis 博尔赫斯
TÍTULO ORIGINAL 书名	La lotería en Babilonia 巴比伦的抽签游戏
TRADUCTOR 译者	Chen Kaixian, Tu Mengchao 陈凯先、屠孟超
EDITORIAL 出版社	Flower City Publishing House 花城出版社
AÑO / 出版年份	1992

AUTOR 作者	Borges, Jorge Luis 豪尔赫·路易斯·博尔赫斯
TÍTULO ORIGINAL 书名	La lotería en Babilonia: Selección de cuentos, poemas y ensayos de J. L. Borges 巴比伦彩票：博尔赫斯小说诗文选
TRADUCTOR 译者	Wang Yongnian 王永年
EDITORIAL 出版社	Yunnan People's Publishing House 云南人民出版社
AÑO / 出版年份	1993

AUTOR 作者	Borges, Jorge Luis 豪尔赫·路易斯·博尔赫斯
TÍTULO ORIGINAL 书名	La moneda de hierro 铁币
TRADUCTOR 译者	Lin Zhimu 林之木
EDITORIAL 出版社	Shanghai Translation Publishing House 上海译文出版社
AÑO / 出版年份	2016

AUTOR 作者	Borges, Jorge Luis 豪尔赫·路易斯·博尔赫斯
TÍTULO ORIGINAL 书名	La rosa profunda 深沉的玫瑰
TRADUCTOR 译者	Wang Yongnian 王永年
EDITORIAL 出版社	Shanghai Translation Publishing House 上海译文出版社
AÑO / 出版年份	2016

AUTOR 作者	Borges, Jorge Luis 豪尔赫·路易斯·博尔赫斯
TÍTULO ORIGINAL 书名	Los conjurados 密谋
TRADUCTOR 译者	Lin Zhimu 林之木
EDITORIAL 出版社	Shanghai Translation Publishing House 上海译文出版社
AÑO / 出版年份	2016

AUTOR 作者	Borges, Jorge Luis; Bioy Casares, Adolfo 豪尔赫·路易斯·博尔赫斯、阿道夫·比奥伊·卡萨雷斯
TÍTULO ORIGINAL 书名	Los orilleros / El paraíso de los creyentes 市郊人 / 信徒天堂
TRADUCTOR 译者	Chen Quan 陈泉
EDITORIAL 出版社	Shanghai Translation Publishing House 上海译文出版社
AÑO / 出版年份	2019

AUTOR 作者	Borges, Jorge Luis 豪尔赫·路易斯·博尔赫斯
TÍTULO ORIGINAL 书名	Luna de enfrente / Cuaderno San Martín 面前的月亮 / 圣马丁札记
TRADUCTOR 译者	Wang Yongnian 王永年
EDITORIAL 出版社	Shanghai Translation Publishing House 上海译文出版社
AÑO / 出版年份	2016

AUTOR 作者	Borges, Jorge Luis 豪尔赫·路易斯·博尔赫斯
TÍTULO ORIGINAL 书名	Nueve ensayos dantescos 但丁九篇
TRADUCTOR 译者	Wang Yongnian 王永年
EDITORIAL 出版社	Shanghai Translation Publishing House 上海译文出版社
AÑO / 出版年份	2015

AUTOR 作者	Borges, Jorge Luis; Bioy Casares, Adolfo 豪尔赫·路易斯·博尔赫斯、阿道夫·比奥伊·卡萨雷斯
TÍTULO ORIGINAL 书名	Nuevos cuentos de Bustos Domecq 布斯托斯·多梅克故事新编
TRADUCTOR 译者	Chen Quan 陈泉
EDITORIAL 出版社	Shanghai Translation Publishing House 上海译文出版社
AÑO / 出版年份	2019

AUTOR 作者	Borges, Jorge Luis 豪尔赫·路易斯·博尔赫斯
TÍTULO ORIGINAL 书名	Obras completas de Jorge Luis Borges I 博尔赫斯全集：小说卷
TRADUCTOR 译者	Wang Yongnian, Chen Quan 王永年、陈泉
EDITORIAL 出版社	Zhejiang Literature and Art Publishing House 浙江文艺出版社
AÑO / 出版年份	1999

AUTOR 作者	Borges, Jorge Luis 豪尔赫·路易斯·博尔赫斯
TÍTULO ORIGINAL 书名	Obras completas de Jorge Luis Borges II 博尔赫斯全集：诗歌卷（上）
TRADUCTOR 译者	Lin Zhimu, Wang Yongnian 林之木、王永年
EDITORIAL 出版社	Zhejiang Literature and Art Publishing House 浙江文艺出版社
AÑO / 出版年份	1999

AUTOR 作者	Borges, Jorge Luis 豪尔赫·路易斯·博尔赫斯
TÍTULO ORIGINAL 书名	Obras completas de Jorge Luis Borges III 博尔赫斯全集：诗歌卷（下）
TRADUCTOR 译者	Wang Yongnian, Lin Zhimu 王永年、林之木
EDITORIAL 出版社	Zhejiang Literature and Art Publishing House 浙江文艺出版社
AÑO / 出版年份	1999

AUTOR 作者	Borges, Jorge Luis 豪尔赫·路易斯·博尔赫斯
TÍTULO ORIGINAL 书名	Obras completas de Jorge Luis Borges IV 博尔赫斯全集：散文卷（上）
TRADUCTOR 译者	Wang Yongnian, et al. 王永年等
EDITORIAL 出版社	Zhejiang Literature and Art Publishing House 浙江文艺出版社
AÑO / 出版年份	1999

AUTOR 作者	Borges, Jorge Luis 豪尔赫·路易斯·博尔赫斯
TÍTULO ORIGINAL 书名	Obras completas de Jorge Luis Borges V 博尔赫斯全集：散文卷（下）
TRADUCTOR 译者	Huang Zhiliang, et al. 黄志良等
EDITORIAL 出版社	Zhejiang Literature and Art Publishing House 浙江文艺出版社
AÑO / 出版年份	1999

AUTOR 作者	Borges, Jorge Luis 豪尔赫·路易斯·博尔赫斯
TÍTULO ORIGINAL 书名	Obras completas de Jorge Luis Borges I 博尔赫斯全集：小说卷
TRADUCTOR 译者	Wang Yongnian, Chen Quan 王永年、陈泉
EDITORIAL 出版社	Zhejiang Literature and Art Publishing House 浙江文艺出版社
AÑO / 出版年份	2006

AUTOR 作者	Borges, Jorge Luis 豪尔赫·路易斯·博尔赫斯
TÍTULO ORIGINAL 书名	Obras completas de Jorge Luis Borges II 博尔赫斯全集：诗歌卷（上）
TRADUCTOR 译者	Lin Zhimu, Wang Yongnian 林之木、王永年
EDITORIAL 出版社	Zhejiang Literature and Art Publishing House 浙江文艺出版社
AÑO / 出版年份	2006

AUTOR 作者	Borges, Jorge Luis 豪尔赫·路易斯·博尔赫斯
TÍTULO ORIGINAL 书名	Obras completas de Jorge Luis Borges III 博尔赫斯全集：诗歌卷（下）
TRADUCTOR 译者	Wang Yongnian, Lin Zhimu 王永年、林之木
EDITORIAL 出版社	Zhejiang Literature and Art Publishing House 浙江文艺出版社
AÑO / 出版年份	2006

AUTOR 作者	Borges, Jorge Luis 豪尔赫·路易斯·博尔赫斯
TÍTULO ORIGINAL 书名	Obras completas de Jorge Luis Borges IV 博尔赫斯全集：散文卷（上）
TRADUCTOR 译者	Wang Yongnian, et al. 王永年等
EDITORIAL 出版社	Zhejiang Literature and Art Publishing House 浙江文艺出版社
AÑO / 出版年份	2006

AUTOR 作者	Borges, Jorge Luis 豪尔赫·路易斯·博尔赫斯
TÍTULO ORIGINAL 书名	Obras completas de Jorge Luis Borges V 博尔赫斯全集：散文卷（下）
TRADUCTOR 译者	Huang Zhiliang, et al. 黄志良等
EDITORIAL 出版社	Zhejiang Literature and Art Publishing House 浙江文艺出版社
AÑO / 出版年份	2006

AUTOR 作者	Borges, Jorge Luis 豪尔赫·路易斯·博尔赫斯
TÍTULO ORIGINAL 书名	Otras inquisiciones 探讨别集
TRADUCTOR 译者	Wang Yongnian, Huang Jinyan, Lu Jingsheng, Pan Zhongqiu 王永年、黄锦炎、陆经生、潘仲秋
EDITORIAL 出版社	Zhejiang Literature and Art Publishing House 浙江文艺出版社
AÑO / 出版年份	2008

AUTOR 作者	Borges, Jorge Luis 豪尔赫·路易斯·博尔赫斯
TÍTULO ORIGINAL 书名	Otras inquisiciones 探讨别集
TRADUCTOR 译者	Wang Yongnian, Huang Jinyan, et al. 王永年、黄锦炎等
EDITORIAL 出版社	Shanghai Translation Publishing House 上海译文出版社
AÑO / 出版年份	2015

AUTOR 作者	Borges, Jorge Luis 豪尔赫·路易斯·博尔赫斯
TÍTULO ORIGINAL 书名	Para las seis cuerdas / Elogio de la sombra 为六弦琴而作 / 影子的颂歌
TRADUCTOR 译者	Lin Zhimu, Wang Yongnian 林之木、王永年
EDITORIAL 出版社	Shanghai Translation Publishing House 上海译文出版社
AÑO / 出版年份	2016

AUTOR 作者	Borges, Jorge Luis 豪尔赫·路易斯·博尔赫斯
TÍTULO ORIGINAL 书名	Prólogos con un prólogo de prólogos 序言集以及序言之序言
TRADUCTOR 译者	Lin Yian, Ji Tang, et al. 林一安、纪棠等
EDITORIAL 出版社	Shanghai Translation Publishing House 上海译文出版社
AÑO / 出版年份	2015

AUTOR 作者	Borges, Jorge Luis 豪尔赫·路易斯·博尔赫斯
TÍTULO ORIGINAL 书名	Selección de poemas de Borges 博尔赫斯诗选
TRADUCTOR 译者	Chen Dongbiao 陈东飚
EDITORIAL 出版社	Hebei Education Publishing House 河北教育出版社
AÑO / 出版年份	2003

AUTOR 作者	Borges, Jorge Luis; Sorrentino, Fernando 豪尔赫·路易斯·博尔赫斯、费·索伦蒂诺
TÍTULO ORIGINAL 书名	Siete conversaciones con Jorge Luis Borges 博尔赫斯七席谈
TRADUCTOR 译者	Lin Yian 林一安
EDITORIAL 出版社	Guangming Daily Publishing House 光明日报出版社
AÑO / 出版年份	2000

AUTOR 作者	Borges, Jorge Luis 豪尔赫·路易斯·博尔赫斯
TÍTULO ORIGINAL 书名	Siete noches 七夜
TRADUCTOR 译者	Chen Quan 陈泉
EDITORIAL 出版社	Shanghai Translation Publishing House 上海译文出版社
AÑO / 出版年份	2015

AUTOR 作者	Borges, Jorge Luis 豪尔赫·路易斯·博尔赫斯
TÍTULO ORIGINAL 书名	Textos cautivos 文稿拾零
TRADUCTOR 译者	Chen Quan, Xu Shaojun, et al. 陈泉、徐少军等
EDITORIAL 出版社	Shanghai Translation Publishing House 上海译文出版社
AÑO / 出版年份	2017

AUTOR 作者	Borges, Jorge Luis 豪尔赫·路易斯·博尔赫斯
TÍTULO ORIGINAL 书名	This craft of verse 博尔赫斯谈诗论艺
TRADUCTOR 译者	Chen Zhongren 陈重仁
EDITORIAL 出版社	Shanghai Translation Publishing House 上海译文出版社
AÑO / 出版年份	2002

AUTOR 作者	Borges, Jorge Luis 豪尔赫·路易斯·博尔赫斯
TÍTULO ORIGINAL 书名	This craft of verse 博尔赫斯谈诗论艺
TRADUCTOR 译者	Chen Zhongren 陈重仁
EDITORIAL 出版社	Shanghai Translation Publishing House 上海译文出版社
AÑO / 出版年份	2008

AUTOR 作者	Borges, Jorge Luis 豪尔赫·路易斯·博尔赫斯
TÍTULO ORIGINAL 书名	This craft of verse 诗艺
TRADUCTOR 译者	Chen Zhongren 陈重仁
EDITORIAL 出版社	Shanghai Translation Publishing House 上海译文出版社
AÑO / 出版年份	2011

AUTOR 作者	Borges, Jorge Luis 豪尔赫·路易斯·博尔赫斯
TÍTULO ORIGINAL 书名	This craft of verse 诗艺
TRADUCTOR 译者	Chen Zhongren 陈重仁
EDITORIAL 出版社	Shanghai Translation Publishing House 上海译文出版社
AÑO / 出版年份	2015

AUTOR 作者	Borges, Jorge Luis 豪尔赫·路易斯·博尔赫斯
TÍTULO ORIGINAL 书名	—— 博尔赫斯小说集
TRADUCTOR 译者	Wang Yongnian, Chen Quan 王永年、陈泉
EDITORIAL 出版社	Zhejiang Literature and Art Publishing House 浙江文艺出版社
AÑO / 出版年份	2005

AUTOR 作者	Borges, Jorge Luis 豪尔赫·路易斯·博尔赫斯
TÍTULO ORIGINAL 书名	—— 博尔赫斯谈艺录
TRADUCTOR 译者	Wang Yongnian, Xu Helin, Huang Jinyan, et al. 王永年、徐鹤林、黄锦炎等
EDITORIAL 出版社	Zhejiang Literature and Art Publishing House 浙江文艺出版社
AÑO / 出版年份	2005

AUTOR 作者	Borges, Jorge Luis 豪尔赫·路易斯·博尔赫斯
TÍTULO ORIGINAL 书名	—— 博尔赫斯文集：诗歌随笔卷
TRADUCTOR 译者	Chen Dongbiao, Chen Zihong, et al. 陈东飚、陈子弘等
EDITORIAL 出版社	Hainan International Publishing House 海南国际新闻出版中心
AÑO / 出版年份	1996

AUTOR 作者	Borges, Jorge Luis 豪尔赫·路易斯·博尔赫斯
TÍTULO ORIGINAL 书名	—— 博尔赫斯文集：文论自述卷
TRADUCTOR 译者	Wang Yongnian, Chen Zhongyi, et al. 王永年、陈众议等
EDITORIAL 出版社	Hainan International Publishing House 海南国际新闻出版中心
AÑO / 出版年份	1996

AUTOR 作者	Borges, Jorge Luis 豪尔赫·路易斯·博尔赫斯
TÍTULO ORIGINAL 书名	—— 博尔赫斯文集：小说卷
TRADUCTOR 译者	Wang Yongnian, Chen Zhongyi, et al. 王永年、陈众议等
EDITORIAL 出版社	Hainan International Publishing House 海南国际新闻出版中心
AÑO / 出版年份	1996

AUTOR 作者	Borges, Jorge Luis 豪尔赫·路易斯·博尔赫斯
TÍTULO ORIGINAL 书名	作家们的作家：豪·路·博尔赫斯谈创作
TRADUCTOR 译者	Ni Huadi 倪华迪
EDITORIAL 出版社	Yunnan People's Publishing House 云南人民出版社
AÑO / 出版年份	1995

AUTOR 作者	Bucay, Jorge 豪尔赫·布卡伊
TÍTULO ORIGINAL 书名	Déjame que te cuente 听我说
TRADUCTOR 译者	Ye Zi 叶孜
EDITORIAL 出版社	Shandong Literature and Art Publishing House 山东文艺出版社
AÑO / 出版年份	2014

AUTOR 作者	Caparrós, Martín 马丁·卡帕罗斯
TÍTULO ORIGINAL 书名	El hambre 饥饿
TRADUCTOR 译者	Hou Jian, Xia Tingting 侯健、夏婷婷
EDITORIAL 出版社	People's Literature Publishing House 人民文学出版社
AÑO / 出版年份	2017

AUTOR 作者	Carretero, Andrés 安德烈斯·M. 卡雷特罗
TÍTULO ORIGINAL 书名	Tango: Testigo social 探戈：社会见证者
TRADUCTOR 译者	Ou Zhanming 欧占明
EDITORIAL 出版社	Beijing Normal University Publishing Group 北京师范大学出版社
AÑO / 出版年份	2014

AUTOR 作者	Cortázar, Julio 胡利奥·科塔萨尔
TÍTULO ORIGINAL 书名	Autopista sur 南方高速公路
TRADUCTOR 译者	Lin Zhimu, et al. 林之木等
EDITORIAL 出版社	Central Compilation & Translation Press 中央编译出版社
AÑO / 出版年份	2004

AUTOR 作者	Cortázar, Julio 胡利奥·科塔萨尔
TÍTULO ORIGINAL 书名	Bestiario 动物寓言集
TRADUCTOR 译者	Li Jing 李静
EDITORIAL 出版社	People's Literature Publishing House 人民文学出版社
AÑO / 出版年份	2011

AUTOR 作者	Cortázar, Julio 胡利奥·科塔萨尔
TÍTULO ORIGINAL 书名	Final del juego 游戏的终结
TRADUCTOR 译者	Mo Yani 莫娅妮
EDITORIAL 出版社	People's Literature Publishing House 人民文学出版社
AÑO / 出版年份	2012

AUTOR 作者	Cortázar, Julio 胡里奥·科塔萨尔
TÍTULO ORIGINAL 书名	Historias de cronopios y de famas 克罗诺皮奥与法玛的故事
TRADUCTOR 译者	Fan Ye 范晔
EDITORIAL 出版社	Nanjing University Press 南京大学出版社
AÑO / 出版年份	2012

AUTOR 作者	Cortázar, Julio 胡里奥·科塔萨尔
TÍTULO ORIGINAL 书名	Julio Cortázar: Cuentos completos I 被占的宅子：科塔萨尔短篇小说全集 I
TRADUCTOR 译者	Tao Yuping, Li Jing, Mo Yani 陶玉平、李静、莫娅妮
EDITORIAL 出版社	Nanhai Publishing Company 南海出版公司
AÑO / 出版年份	2017

AUTOR 作者	Cortázar, Julio 胡里奥·科塔萨尔
TÍTULO ORIGINAL 书名	Julio Cortázar: Cuentos completos II 南方高速：科塔萨尔短篇小说全集 II
TRADUCTOR 译者	Jin Can, Lin Yeqing, Tao Yuping 金灿、林叶青、陶玉平
EDITORIAL 出版社	Nanhai Publishing Company 南海出版公司
AÑO / 出版年份	2017

AUTOR 作者	Cortázar, Julio 胡里奥·科塔萨尔
TÍTULO ORIGINAL 书名	Julio Cortázar: Cuentos completos III 有人在周围走动：科塔萨尔短篇小说全集 III
TRADUCTOR 译者	Tao Yuping, Lin Yeqing 陶玉平、林叶青
EDITORIAL 出版社	Nanhai Publishing Company 南海出版公司
AÑO / 出版年份	2018

AUTOR 作者	Cortázar, Julio 胡里奥·科塔萨尔
TÍTULO ORIGINAL 书名	Julio Cortázar: Cuentos completos IV 我们如此热爱格伦达：科塔萨尔短篇小说全集 IV
TRADUCTOR 译者	Tao Yuping, Lin Yeqing 陶玉平、林叶青
EDITORIAL 出版社	Nanhai Publishing Company 南海出版公司
AÑO / 出版年份	2019

AUTOR 作者	Cortázar, Julio 胡利奥·科塔萨尔
TÍTULO ORIGINAL 书名	Los premios 中奖彩票
TRADUCTOR 译者	Hu Zhencai 胡真才
EDITORIAL 出版社	Yunnan People's Publishing House 云南人民出版社
AÑO / 出版年份	1993

AUTOR 作者	Cortázar, Julio 胡利奥·科塔萨尔
TÍTULO ORIGINAL 书名	Rayuela 跳房子
TRADUCTOR 译者	Sun Jiameng 孙家孟
EDITORIAL 出版社	Yunnan People's Publishing House 云南人民出版社
AÑO / 出版年份	1996

AUTOR 作者	Cortázar, Julio 胡利奥·科塔萨尔
TÍTULO ORIGINAL 书名	Rayuela 跳房子
TRADUCTOR 译者	Sun Jiameng 孙家孟
EDITORIAL 出版社	Chongqing Publishing Group 重庆出版社
AÑO / 出版年份	2008

AUTOR 作者	Cortázar, Julio 胡利奥·科塔萨尔
TÍTULO ORIGINAL 书名	Todos los fuegos el fuego 万火归一
TRADUCTOR 译者	Fan Ye 范晔
EDITORIAL 出版社	People's Literature Publishing House 人民文学出版社
AÑO / 出版年份	2009

AUTOR 作者	Cortázar, Julio 胡利奥·科塔萨尔
TÍTULO ORIGINAL 书名	—— 科塔萨尔论科塔萨尔：胡利奥·科塔萨尔谈创作
TRADUCTOR 译者	Zhu Jingdong 朱景冬
EDITORIAL 出版社	Yunnan People's Publishing House 云南人民出版社
AÑO / 出版年份	1994

165

AUTOR 作者	Cuzzani, Agustín 奥古斯丁·库塞尼
TÍTULO ORIGINAL 书名	El centroforward murió al amanecer 中锋在黎明前死去
TRADUCTOR 译者	Chen Jun 陈军
EDITORIAL 出版社	China Theatre Press 中国戏剧出版社
AÑO / 出版年份	1961

AUTOR 作者	Cuzzani, Agustín 奥古斯丁·库塞尼
TÍTULO ORIGINAL 书名	Una libra de carne 一磅肉
TRADUCTOR 译者	Chen Guojian, Jiang Xuegui 陈国坚、姜学贵
EDITORIAL 出版社	China Writers Publishing House 作家出版社
AÑO / 出版年份	1964

AUTOR 作者	De Santis, Pablo 帕布罗·桑迪斯
TÍTULO ORIGINAL 书名	El enigma de París 巴黎谜案
TRADUCTOR 译者	Ye Shuyin 叶淑吟
EDITORIAL 出版社	The Chinese Overseas Publishing House 中国华侨出版社
AÑO / 出版年份	2014

AUTOR 作者	Dorfman, Ariel 阿里埃尔·多尔夫曼
TÍTULO ORIGINAL 书名	Heading South, Looking North: A Bilingual Journey 往南，望北：一段双语旅程
TRADUCTOR 译者	Zhang Jianping, Chen Yude 张建平、陈余德
EDITORIAL 出版社	Tomorrow Publishing House 明天出版社
AÑO / 出版年份	2012

AUTOR 作者	Dorfman, Ariel 阿里埃尔·多尔夫曼
TÍTULO ORIGINAL 书名	La muerte y la doncella 死神与侍女
TRADUCTOR 译者	Chen Yude 陈余德
EDITORIAL 出版社	Tomorrow Publishing House 明天出版社
AÑO / 出版年份	2012

AUTOR 作者	Domínguez, Carlos María 卡洛斯·多明盖兹
TÍTULO ORIGINAL 书名	La casa de papel 纸房子
TRADUCTOR 译者	Chen Jianming 陈建铭
EDITORIAL 出版社	Shanghai People's Publishing House 上海人民出版社
AÑO / 出版年份	2008

AUTOR 作者	Domínguez, Carlos María 卡洛斯·玛利亚·多明格斯
TÍTULO ORIGINAL 书名	La casa de papel 纸房子
TRADUCTOR 译者	Chen Jianming, Zhao Deming 陈建铭、赵德明
EDITORIAL 出版社	Shanghai People's Publishing House 上海人民出版社
AÑO / 出版年份	2015

AUTOR 作者	Dragún, Osvaldo 奥斯瓦尔多·德腊贡
TÍTULO ORIGINAL 书名	La peste viene de Melos 美洛斯来的瘟疫
TRADUCTOR 译者	Lin Guang, Xu Peiji 林光、徐培吉
EDITORIAL 出版社	China Theatre Press 中国戏剧出版社
AÑO / 出版年份	1964

AUTOR 作者	Eloy Martínez, Tomás 托马斯·埃洛伊·马丁内斯
TÍTULO ORIGINAL 书名	El vuelo de la reina 蜂王飞翔
TRADUCTOR 译者	Zhao Deming 赵德明
EDITORIAL 出版社	People's Literature Publishing House 人民文学出版社
AÑO / 出版年份	2003

AUTOR 作者	Ferrer, Horacio 奥拉西奥·费雷尔
TÍTULO ORIGINAL 书名	El tango: Su historia y evolución 探戈艺术的历史与变革
TRADUCTOR 译者	Ou Zhanming 欧占明
EDITORIAL 出版社	Beijing Normal University Publishing Group 北京师范大学出版社
AÑO / 出版年份	2014

AUTOR 作者	Gelman, Juan 胡安·赫尔曼
TÍTULO ORIGINAL 书名	Selección de poemas de Juan Gelman 胡安·赫尔曼诗选
TRADUCTOR 译者	Zhao Zhenjiang (ed.) 赵振江（编）
EDITORIAL 出版社	Qinghai People's Publishing House 青海人民出版社
AÑO / 出版年份	2009

AUTOR 作者	Giardinelli, Mempo 曼波·贾尔迪内里
TÍTULO ORIGINAL 书名	Luna caliente 热月
TRADUCTOR 译者	Long Minli 龙敏利
EDITORIAL 出版社	Lijiang Publishing House 漓江出版社
AÑO / 出版年份	2019

AUTOR 作者	Glasman, Gabriel 加布里埃尔·格拉斯曼
TÍTULO ORIGINAL 书名	Breve historia del Che Guevara 革命：切·格瓦拉
TRADUCTOR 译者	Zhang Xiao 张敩
EDITORIAL 出版社	Beijing Institute of Technology Press 北京理工大学出版社
AÑO / 出版年份	2010

AUTOR 作者	Guevara, Ernesto (Che Guevara) 切·格瓦拉
TÍTULO ORIGINAL 书名	Che said 切·格瓦拉语录
TRADUCTOR 译者	Shi Yonggang, et al. (ed.) 师永刚等（编）
EDITORIAL 出版社	SDX Joint Publishing 三联书店
AÑO / 出版年份	2007

AUTOR 作者	Guevara, Ernesto (Che Guevara) 切·格瓦拉
TÍTULO ORIGINAL 书名	Che said 切·格瓦拉语录
TRADUCTOR 译者	Shi Yonggang, et al. (ed.) 师永刚等（编）
EDITORIAL 出版社	SDX Joint Publishing 三联书店
AÑO / 出版年份	2012

AUTOR 作者	Guevara, Ernesto (Che Guevara) 切·格瓦拉
TÍTULO ORIGINAL 书名	Diario de un combatiente 格瓦拉日记
TRADUCTOR 译者	Chen Hao 陈皓
EDITORIAL 出版社	Yilin Press 译林出版社
AÑO / 出版年份	2016

AUTOR 作者	Guevara, Ernesto (Che Guevara) 切·格瓦拉
TÍTULO ORIGINAL 书名	El Diario del Che en Bolivia 切·格瓦拉在玻利维亚的日记
TRADUCTOR 译者	—— ——
EDITORIAL 出版社	SDX Joint Publishing 三联书店
AÑO / 出版年份	1971

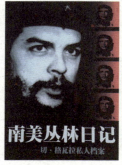

AUTOR 作者	Guevara, Ernesto (Che Guevara) 切·格瓦拉
TÍTULO ORIGINAL 书名	Notas de viaje 南美丛林日记：切·格瓦拉私人档案
TRADUCTOR 译者	Wang Xing 王星
EDITORIAL 出版社	Jiangsu People's Publishing House 江苏人民出版社
AÑO / 出版年份	2002

AUTOR 作者	Guevara, Ernesto (Che Guevara) 埃内斯托·切·格瓦拉
TÍTULO ORIGINAL 书名	Reminiscences of the Cuban Revolutionary War 古巴革命战争回忆录
TRADUCTOR 译者	复旦大学历史系拉丁美洲研究室
EDITORIAL 出版社	Shanghai People's Publishing House 上海人民出版社
AÑO / 出版年份	1975

AUTOR 作者	Guevara, Ernesto (Che Guevara) 切·格瓦拉
TÍTULO ORIGINAL 书名	The Bolivian Diary 玻利维亚日记
TRADUCTOR 译者	Guo Changhui 郭昌晖
EDITORIAL 出版社	Shanghai Translation Publishing House 上海译文出版社
AÑO / 出版年份	2014

AUTOR 作者	Guevara, Ernesto (Che Guevara) 切·格瓦拉
TÍTULO ORIGINAL 书名	The Motorcycle Diaries: Notes on a Latin American Journey 摩托日记：拉丁美洲游记
TRADUCTOR 译者	Wang Shaoxiang 王绍祥
EDITORIAL 出版社	Shanghai Translation Publishing House 上海译文出版社
AÑO / 出版年份	2012

AUTOR 作者	Guevara, Ernesto (Che Guevara) 切·格瓦拉
TÍTULO ORIGINAL 书名	The Motorcycle Diaries: Notes on a Latin American Journey 摩托日记：拉丁美洲游记
TRADUCTOR 译者	Chen Hua 陈华
EDITORIAL 出版社	Jiangsu Phoenix Literature and Art Publishing 江苏凤凰文艺出版社
AÑO / 出版年份	2018

AUTOR 作者	Guevara, Ernesto (Che Guevara) 厄内斯托·格瓦拉
TÍTULO ORIGINAL 书名	The Motorcycle Diaries: Notes on a Latin American Journey / Reminiscences of the Cuban Revolutionary War 拉丁美洲摩托骑行记·古巴革命战争回忆录
TRADUCTOR 译者	Chen Hua 陈华
EDITORIAL 出版社	The Commercial Press, China Travel & Tourism Press 商务印书馆、中国旅游出版社
AÑO / 出版年份	2018

AUTOR 作者	Guevara Lynch, Ernesto 埃内斯托·格瓦拉·林奇
TÍTULO ORIGINAL 书名	Mi hijo el Che 拉美传奇英雄格瓦拉
TRADUCTOR 译者	Xiao Fangqiong 肖芳琼
EDITORIAL 出版社	Xinhua Publishing House 新华出版社
AÑO / 出版年份	1990

AUTOR 作者	Güiraldes, Ricardo 里卡多·吉拉尔德斯
TÍTULO ORIGINAL 书名	Don Segundo Sombra 堂塞贡多·松布拉
TRADUCTOR 译者	Wang Yangle 王央乐
EDITORIAL 出版社	Shanghai Translation Publishing House 上海译文出版社
AÑO / 出版年份	1984

AUTOR 作者	Güiraldes, Ricardo 里卡多·吉拉尔德斯
TÍTULO ORIGINAL 书名	Don Segundo Sombra 堂塞贡多·松布拉
TRADUCTOR 译者	Wang Yangle 王央乐
EDITORIAL 出版社	Shanghai Translation Publishing House 上海译文出版社
AÑO / 出版年份	2000

AUTOR 作者	Hernández, José 何塞·埃尔南德斯
TÍTULO ORIGINAL 书名	Martín Fierro 马丁·菲耶罗
TRADUCTOR 译者	Zhao Zhenjiang 赵振江
EDITORIAL 出版社	Hunan People's Publishing House 湖南人民出版社
AÑO / 出版年份	1984

AUTOR 作者	Hernández, José 何塞·埃尔南德斯
TÍTULO ORIGINAL 书名	Martín Fierro 马丁·菲耶罗
TRADUCTOR 译者	Zhao Zhenjiang 赵振江
EDITORIAL 出版社	Yilin Press 译林出版社
AÑO / 出版年份	1999

AUTOR 作者	Hernández, José 何塞·埃尔南德斯
TÍTULO ORIGINAL 书名	Martín Fierro 马丁·菲耶罗
TRADUCTOR 译者	Zhao Zhenjiang 赵振江
EDITORIAL 出版社	Yilin Press 译林出版社
AÑO / 出版年份	2018

AUTOR 作者	Kordon, Bernardo 贝尔纳多·科尔顿
TÍTULO ORIGINAL 书名	Antología de cuentos de Bernardo Kordon 科尔顿中短篇小说选
TRADUCTOR 译者	Ding Yu 丁于
EDITORIAL 出版社	Daylight Publishing House 外国文学出版社（现天天出版社）
AÑO / 出版年份	1984

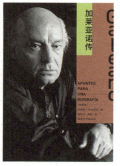

AUTOR 作者	Kovacic, Fabián 法维安·科瓦西克
TÍTULO ORIGINAL 书名	Apuntes para una biografía 加莱亚诺传
TRADUCTOR 译者	Lu Xiuchuan, Chen Hao 鹿秀川、陈豪
EDITORIAL 出版社	Nanjing University Press 南京大学出版社
AÑO / 出版年份	2019

AUTOR 作者	Larra, Raúl 劳尔·拉腊
TÍTULO ORIGINAL 书名	Gran Chaco 大厦谷
TRADUCTOR 译者	Wang Keyi 王科一
EDITORIAL 出版社	Shanghai Literature and Art Publishing House 上海文艺出版社
AÑO / 出版年份	1961

AUTOR 作者	Larra, Raúl 拉乌利·劳拉
TÍTULO ORIGINAL 书名	—— 一个阿根廷报贩
TRADUCTOR 译者	Fei Xian 费贤
EDITORIAL 出版社	Jiangsu Literature and Art Publishing House 江苏文艺出版社
AÑO / 出版年份	1959

AUTOR 作者	Larreta, Enrique 拉雷塔
TÍTULO ORIGINAL 书名	La gloria de don Ramiro 唐·拉米罗的荣耀
TRADUCTOR 译者	Ni Runhao, Xu Zhongyi 倪润浩、徐忠义
EDITORIAL 出版社	Xinhua Publishing House 新华出版社
AÑO / 出版年份	1982

AUTOR 作者	Lizarraga, Andrés 安德莱·利萨拉伽
TÍTULO ORIGINAL 书名	Santa Juana de América 美洲的圣胡安娜
TRADUCTOR 译者	Zhang Renjian 章仁鉴
EDITORIAL 出版社	China Theatre Press 中国戏剧出版社
AÑO / 出版年份	1962

AUTOR 作者	Manguel, Alberto 阿尔维托·曼古埃尔
TÍTULO ORIGINAL 书名	A History of Reading 阅读史
TRADUCTOR 译者	Wu Changjie 吴昌杰
EDITORIAL 出版社	The Commercial Press 商务印书馆
AÑO / 出版年份	2002

AUTOR 作者	Manguel, Alberto 阿尔维托·曼古埃尔
TÍTULO ORIGINAL 书名	A Reader on Reading 理想的读者
TRADUCTOR 译者	Song Weihang 宋伟航
EDITORIAL 出版社	Guangxi Normal University Press Group 广西师范大学出版社
AÑO / 出版年份	2019

AUTOR 作者	Manguel, Alberto 阿尔维托·曼古埃尔
TÍTULO ORIGINAL 书名	A Reading Diary 阅读日记：重温十二部文学经典
TRADUCTOR 译者	Yang Lixin 杨莉馨
EDITORIAL 出版社	East China Normal University Press 华东师范大学出版社
AÑO / 出版年份	2006

AUTOR 作者	Manguel, Alberto 阿尔维托·曼古埃尔
TÍTULO ORIGINAL 书名	Con Borges 和博尔赫斯在一起
TRADUCTOR 译者	Li Zhuoqun 李卓群
EDITORIAL 出版社	Nanjing University Press 南京大学出版社
AÑO / 出版年份	2019

AUTOR 作者	Manguel, Alberto 阿尔维托·曼古埃尔
TÍTULO ORIGINAL 书名	Into the Looking–Glass Wood 恋爱中的博尔赫斯
TRADUCTOR 译者	Wang Haimeng 王海萌
EDITORIAL 出版社	East China Normal University Press 华东师范大学出版社
AÑO / 出版年份	2007

AUTOR 作者	Manguel, Alberto 阿尔维托·曼古埃尔
TÍTULO ORIGINAL 书名	Reading Pictures: A History of Love and Hate 意像地图：阅读图像中的爱与憎
TRADUCTOR 译者	Xue Xuan 薛绚
EDITORIAL 出版社	Yunnan People's Publishing House 云南人民出版社
AÑO / 出版年份	2004

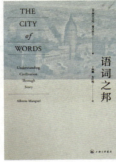

AUTOR 作者	Manguel, Alberto 阿尔维托·曼古埃尔
TÍTULO ORIGINAL 书名	The City of Words 语词之邦
TRADUCTOR 译者	Ding Linpeng, Zhu Hongmei 丁林棚、朱红梅
EDITORIAL 出版社	Shanghai Joint Publishing Press 上海三联书店
AÑO / 出版年份	2017

AUTOR 作者	Manguel, Alberto 阿尔贝托·曼古埃尔
TÍTULO ORIGINAL 书名	The Library at Night 夜晚的书斋
TRADUCTOR 译者	Yang Chuanwei 杨传纬
EDITORIAL 出版社	Shanghai People's Publishing House 上海人民出版社
AÑO / 出版年份	2008

AUTOR 作者	Manguel, Alberto 阿尔贝托·曼古埃尔
TÍTULO ORIGINAL 书名	The Library at Night 夜晚的书斋
TRADUCTOR 译者	Yang Chuanwei 杨传纬
EDITORIAL 出版社	Shanghai People's Publishing House 上海人民出版社
AÑO / 出版年份	2012

AUTOR 作者	Manguel, Alberto; Guadalupi, Gianni A. 曼古埃尔、G. 盖德鲁培
TÍTULO ORIGINAL 书名	The Dictionary of Imaginary Places 想象地名私人词典
TRADUCTOR 译者	Zhao Rong 赵蓉
EDITORIAL 出版社	East China Normal University Press 华东师范大学出版社
AÑO / 出版年份	2016

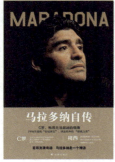

AUTOR 作者	Maradona, Diego 马拉多纳
TÍTULO ORIGINAL 书名	Touched by God: How We Won the Mexico '86 World Cup 马拉多纳自传：我的世界杯
TRADUCTOR 译者	Wu Han 吴寒
EDITORIAL 出版社	Yilin Press 译林出版社
AÑO / 出版年份	2018

AUTOR 作者	Maradona, Diego 马拉多纳
TÍTULO ORIGINAL 书名	Yo soy el Diego de la gente 我是迭戈：马拉多纳自传
TRADUCTOR 译者	Chen Kaixian, Tu Mengchao 陈凯先、屠孟超
EDITORIAL 出版社	Yilin Press 译林出版社
AÑO / 出版年份	2002

AUTOR 作者	Mármol, José 何塞·马莫尔
TÍTULO ORIGINAL 书名	Amalia 阿玛莉娅
TRADUCTOR 译者	Jiang He, Li Bian, Ling Li 江禾、李卞、凌立
EDITORIAL 出版社	Lijiang Publishing House 漓江出版社
AÑO / 出版年份	1985

AUTOR 作者	Martínez, Guillermo 吉列尔莫·马丁内斯
TÍTULO ORIGINAL 书名	Acerca de Roderer 象棋少年
TRADUCTOR 译者	Tan Wei 谭薇
EDITORIAL 出版社	People's Literature Publishing House 人民文学出版社
AÑO / 出版年份	2010

AUTOR 作者	Martínez, Guillermo 吉列尔莫·马丁内斯
TÍTULO ORIGINAL 书名	La muerte lenta de Luciana B 露西亚娜·B 的缓慢死亡
TRADUCTOR 译者	Li Jing 李静
EDITORIAL 出版社	People's Literature Publishing House 人民文学出版社
AÑO / 出版年份	2011

AUTOR 作者	Martínez, Guillermo 吉列尔莫·马丁内斯
TÍTULO ORIGINAL 书名	Los crímenes de Oxford 牛津迷案
TRADUCTOR 译者	Ma Kexing 马科星
EDITORIAL 出版社	People's Literature Publishing House 人民文学出版社
AÑO / 出版年份	2008

AUTOR 作者	Martínez, Guillermo 吉列尔莫·马丁内斯
TÍTULO ORIGINAL 书名	Los crímenes de Oxford 牛津迷案
TRADUCTOR 译者	Ma Kexing 马科星
EDITORIAL 出版社	Shanghai Literature and Art Publishing House 上海文艺出版社
AÑO / 出版年份	2016

AUTOR 作者	Martínez, Guillermo 吉列尔莫·马丁内斯
TÍTULO ORIGINAL 书名	Los crímenes de Oxford 牛津迷案
TRADUCTOR 译者	Ma Kexing 马科星
EDITORIAL 出版社	People's Literature Publishing House 人民文学出版社
AÑO / 出版年份	2018

AUTOR 作者	Martínez, Guillermo 吉列尔莫·马丁内斯
TÍTULO ORIGINAL 书名	Una felicidad repulsiva / Infierno grande 令人反感的幸福
TRADUCTOR 译者	Shi Jie 施杰
EDITORIAL 出版社	People's Literature Publishing House 人民文学出版社
AÑO / 出版年份	2018

AUTOR 作者	Mignolo, Walter D. 瓦尔特·米尼奥罗
TÍTULO ORIGINAL 书名	The Darker Side of the Renaissance 文艺复兴的隐暗面：识字教育、地域性与殖民化
TRADUCTOR 译者	Wei Ran 魏然
EDITORIAL 出版社	Peking University Press 北京大学出版社
AÑO / 出版年份	2016

AUTOR 作者	Mitre, Bartolomé 巴托洛梅·米特雷
TÍTULO ORIGINAL 书名	Historia de San Martín y de la emancipación sudamericana 圣马丁传
TRADUCTOR 译者	Qiu Xinnian 仇新年
EDITORIAL 出版社	Xinhua Publishing House 新华出版社
AÑO / 出版年份	1991

AUTOR 作者	Neuman, Andrés 安德烈斯·纽曼
TÍTULO ORIGINAL 书名	El viajero del siglo 世纪旅人
TRADUCTOR 译者	Xu Lei 徐蕾
EDITORIAL 出版社	Yilin Press 译林出版社
AÑO / 出版年份	2014

AUTOR 作者	Ocampo, Victoria 维多利亚·奥坎波
TÍTULO ORIGINAL 书名	Diálogo con Borges 对话博尔赫斯
TRADUCTOR 译者	Han Ye 韩烨
EDITORIAL 出版社	Lijiang Publishing House 漓江出版社
AÑO / 出版年份	2019

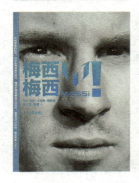

AUTOR 作者	Pasman, Juan Carlos 胡安·卡洛斯·帕斯曼
TÍTULO ORIGINAL 书名	Messi: Amor por la camiseta 梅西！梅西！
TRADUCTOR 译者	Xie Wenkan, Jiang Shan 谢文侃、姜珊
EDITORIAL 出版社	People's Daily Press 人民日报出版社
AÑO / 出版年份	2014

AUTOR 作者	Piazzolla, Diana 蒂亚娜·皮亚佐拉
TÍTULO ORIGINAL 书名	Astor 皮亚佐拉
TRADUCTOR 译者	Ou Zhanming 欧占明
EDITORIAL 出版社	People's Daily Press 人民日报出版社
AÑO / 出版年份	2019

AUTOR 作者	Piglia, Ricardo 里卡多·皮格利亚
TÍTULO ORIGINAL 书名	El camino de Ida 艾达之路
TRADUCTOR 译者	Zhao Deming 赵德明
EDITORIAL 出版社	Central Compilation & Translation Press 中央编译出版社
AÑO / 出版年份	2016

AUTOR 作者	Piglia, Ricardo 里卡多·皮格利亚
TÍTULO ORIGINAL 书名	Respiración artificial 人工呼吸
TRADUCTOR 译者	Lou Yu 楼宇
EDITORIAL 出版社	Central Compilation & Translation Press 中央编译出版社
AÑO / 出版年份	2019

AUTOR 作者	Pizarnik, Alejandra 阿莱杭德娜·皮扎尼克
TÍTULO ORIGINAL 书名	Alejandra Pizarnik: Poesía completa 夜的命名术：皮扎尼克诗合集
TRADUCTOR 译者	Wang Tianai 汪天艾
EDITORIAL 出版社	China Writers Publishing House 作家出版社
AÑO / 出版年份	2019

AUTOR 作者	Poletti, Syria 西丽亚·波莱蒂
TÍTULO ORIGINAL 书名	El misterio de las valijas verdes 木偶剧团的奇遇
TRADUCTOR 译者	Qiu Xinnian 仇新年
EDITORIAL 出版社	World Affairs Press 世界知识出版社
AÑO / 出版年份	1985

AUTOR 作者	Puig, Manuel 曼努埃尔·普伊格
TÍTULO ORIGINAL 书名	Boquitas pintadas 红红的小嘴巴
TRADUCTOR 译者	Xu Shangzhi, Zhang Zhiliang 徐尚志、张志良
EDITORIAL 出版社	Yunnan People's Publishing House 云南人民出版社
AÑO / 出版年份	1991

AUTOR 作者	Puig, Manuel 曼努埃尔·普伊格
TÍTULO ORIGINAL 书名	Boquitas pintadas 红唇
TRADUCTOR 译者	Xu Shangzhi, Zhang Zhiliang 徐尚志、张志良
EDITORIAL 出版社	Yunnan People's Publishing House 云南人民出版社
AÑO / 出版年份	1995

AUTOR 作者	Puig, Manuel 曼纽尔·普格
TÍTULO ORIGINAL 书名	El beso de la mujer araña 蜘蛛女之吻
TRADUCTOR 译者	Huang Huilan 黄辉兰
EDITORIAL 出版社	Beiyue Literature and Art Publishing House 北岳文艺出版社
AÑO / 出版年份	1988

AUTOR 作者	Puig, Manuel 曼努埃尔·普伊格
TÍTULO ORIGINAL 书名	El beso de la mujer araña 蜘蛛女之吻
TRADUCTOR 译者	Tu Mengchao 屠孟超
EDITORIAL 出版社	China Worker Publishing House 工人出版社
AÑO / 出版年份	1988

AUTOR 作者	Puig, Manuel 曼纽尔·普伊格
TÍTULO ORIGINAL 书名	El beso de la mujer araña 蜘蛛女之吻
TRADUCTOR 译者	Wu Yanju 吴艳菊
EDITORIAL 出版社	Times Literature and Art Publishing House 时代文艺出版社
AÑO / 出版年份	2001

AUTOR 作者	Puig, Manuel 曼努埃尔·普伊格
TÍTULO ORIGINAL 书名	El beso de la mujer araña 蜘蛛女之吻
TRADUCTOR 译者	Tu Mengchao 屠孟超
EDITORIAL 出版社	Yilin Press 译林出版社
AÑO / 出版年份	2004

AUTOR 作者	Puig, Manuel 曼努埃尔·普伊格
TÍTULO ORIGINAL 书名	El beso de la mujer araña 蜘蛛女之吻
TRADUCTOR 译者	Tu Mengchao 屠孟超
EDITORIAL 出版社	Yilin Press 译林出版社
AÑO / 出版年份	2008

AUTOR 作者	Puig, Manuel 曼努埃尔·普伊格
TÍTULO ORIGINAL 书名	El beso de la mujer araña 蜘蛛女之吻
TRADUCTOR 译者	Tu Mengchao 屠孟超
EDITORIAL 出版社	Yilin Press 译林出版社
AÑO / 出版年份	2013

AUTOR 作者	Roemmers, Alejandro Guillermo A.G. 罗默斯
TÍTULO ORIGINAL 书名	El regreso del joven Príncipe 小王子归来
TRADUCTOR 译者	Xu Wei 徐蔚
EDITORIAL 出版社	People's Literature Publishing House 人民文学出版社
AÑO / 出版年份	2014

AUTOR 作者	Russo, Sandra 桑德拉·卢索
TÍTULO ORIGINAL 书名	La Presidenta: Historia de una vida 女总统：一段生命历程
TRADUCTOR 译者	Wang Yang, Wei Ran 王阳、魏然
EDITORIAL 出版社	Intellectual Property Publishing House 知识产权出版社
AÑO / 出版年份	2016

AUTOR 作者	Sabato, Ernesto 埃内斯托·萨瓦托
TÍTULO ORIGINAL 书名	El túnel 暗沟
TRADUCTOR 译者	Xu Helin 徐鹤林
EDITORIAL 出版社	Lijiang Publishing House 漓江出版社
AÑO / 出版年份	1985

AUTOR 作者	Sabato, Ernesto 埃内斯托·萨瓦托
TÍTULO ORIGINAL 书名	El túnel 隧道
TRADUCTOR 译者	Xu Helin 徐鹤林
EDITORIAL 出版社	Shanghai Literature and Art Publishing House 上海文艺出版社
AÑO / 出版年份	2011

AUTOR 作者	Sabato, Ernesto 埃内斯托·萨瓦托
TÍTULO ORIGINAL 书名	Sobre héroes y tumbas 英雄与坟墓
TRADUCTOR 译者	Shen Baolou, Bian Yanyao 申宝楼、边彦耀
EDITORIAL 出版社	Yunnan People's Publishing House 云南人民出版社
AÑO / 出版年份	1993

AUTOR 作者	Sacheri, Eduardo 爱德华多·萨切里
TÍTULO ORIGINAL 书名	La noche de la Usina 电厂之夜
TRADUCTOR 译者	Li Jing 李静
EDITORIAL 出版社	People's Literature Publishing House 人民文学出版社
AÑO / 出版年份	2018

AUTOR 作者	Sacheri, Eduardo 爱德华多·萨切里
TÍTULO ORIGINAL 书名	La pregunta de sus ojos 谜一样的眼睛
TRADUCTOR 译者	Li Jing 李静
EDITORIAL 出版社	Nanhai Publishing Company 南海出版公司
AÑO / 出版年份	2013

AUTOR 作者	Schweblin, Samanta 萨曼塔·施维伯林
TÍTULO ORIGINAL 书名	Distancia de rescate 营救距离
TRADUCTOR 译者	Yao Yunqing 姚云青
EDITORIAL 出版社	People's Literature Publishing House 人民文学出版社
AÑO / 出版年份	2018

AUTOR 作者	Schweblin, Samanta 萨曼塔·施维伯林
TÍTULO ORIGINAL 书名	Pájaros en la boca 吃鸟的女孩
TRADUCTOR 译者	Yao Yunqing 姚云青
EDITORIAL 出版社	Shanghai Literature and Art Publishing House 上海文艺出版社
AÑO / 出版年份	2013

AUTOR 作者	Sivak, Martín 马丁·西瓦克
TÍTULO ORIGINAL 书名	Jefazo: Retrato íntimo de Evo Morales 第一位印第安总统：埃沃·莫拉莱斯传
TRADUCTOR 译者	Lu Siheng 芦思姮
EDITORIAL 出版社	Intellectual Property Publishing House 知识产权出版社
AÑO / 出版年份	2013

AUTOR 作者	Storni, Alfonsina 阿方斯娜·斯托尔妮
TÍTULO ORIGINAL 书名	Me atreveré a besarte 我将敢于亲吻你：阿方斯娜·斯托尔妮诗选
TRADUCTOR 译者	Wang Tianai 汪天艾
EDITORIAL 出版社	Yilin Press 译林出版社
AÑO / 出版年份	2016

AUTOR 作者	Varela, Alfredo 阿尔弗雷陀·伐莱拉
TÍTULO ORIGINAL 书名	El río oscuro 阴暗的河流
TRADUCTOR 译者	Ke Qing 柯青
EDITORIAL 出版社	People's Literature Publishing House 人民文学出版社
AÑO / 出版年份	1959

AUTOR 作者	Vigil, Leticia 雷蒂霞·比希尔
TÍTULO ORIGINAL 书名	No hay poetas en la bolsa de valores 交易所里没有诗人
TRADUCTOR 译者	Duan Ruochuan, et al. 段若川等
EDITORIAL 出版社	Shanghai Literature and Art Publishing House 上海文艺出版社
AÑO / 出版年份	2001

AUTOR 作者	Yunque, Álvaro 荣凯
TÍTULO ORIGINAL 书名	Los muchachos del sur "南方的孩子"足球队
TRADUCTOR 译者	Duan Ruochuan 段若川
EDITORIAL 出版社	Guangxi People's Publishing House 广西人民出版社
AÑO / 出版年份	1988

AUTOR 作者	Yunque, Álvaro 阿·容凯
TÍTULO ORIGINAL 书名	—— 马丁什么也没偷
TRADUCTOR 译者	Shen Xiaoxian 沈小娴
EDITORIAL 出版社	Juvenile and Children's Publishing House 少年儿童出版社
AÑO / 出版年份	1958

AUTOR 作者	Yunque, Álvaro 阿·容凯
TÍTULO ORIGINAL 书名	—— 马丁什么也没偷
TRADUCTOR 译者	Shen Xiaoxian 沈小娴
EDITORIAL 出版社	Juvenile and Children's Publishing House 少年儿童出版社
AÑO / 出版年份	1984

AUTOR 作者	Zanetti, Javier; Riotta, Gianni 哈维尔·萨内蒂、詹尼·里奥塔
TÍTULO ORIGINAL 书名	Giocare da uomo 萨内蒂自传：像男人一样踢球
TRADUCTOR 译者	Xia Weihao 夏维浩
EDITORIAL 出版社	New World Press 新世界出版社
AÑO / 出版年份	2015

AUTOR 作者	Zapp, Candelaria y Herman 坎德拉利亚·扎普、埃尔曼·扎普
TÍTULO ORIGINAL 书名	Atrapa tu sueño 一路梦想：就这样旅行一辈子
TRADUCTOR 译者	Nanxiwenhua 南西文化
EDITORIAL 出版社	Chemical Industry Press 化学工业出版社
AÑO / 出版年份	2012

Bolivia 玻利维亚

AUTOR 作者	Alfaro, Óscar 奥斯卡·阿尔法罗
TÍTULO ORIGINAL 书名	—— 神奇的魔袍
TRADUCTOR 译者	Zhang Jixin 张继馨
EDITORIAL 出版社	Juvenile and Children's Publishing House 少年儿童出版社
AÑO / 出版年份	1991

AUTOR 作者	Arguedas, Alcides 阿尔西德斯·阿格达斯
TÍTULO ORIGINAL 书名	Raza de bronce 青铜的种族
TRADUCTOR 译者	Wu Jianheng 吴健恒
EDITORIAL 出版社	People's Literature Publishing House 人民文学出版社
AÑO / 出版年份	1976

AUTOR 作者	Cespedes, Augusto 奥古斯托·塞斯佩德斯
TÍTULO ORIGINAL 书名	Metal del diablo 魔鬼的金属
TRADUCTOR 译者	Xiao Sheng, Wen Tao 啸声、问陶
EDITORIAL 出版社	Daylight Publishing House 外国文学出版社（现天天出版社）
AÑO / 出版年份	1980

AUTOR 作者	Hasbún, Rodrigo 罗德里戈·阿斯布恩
TÍTULO ORIGINAL 书名	Los afectos 寻找帕依提提
TRADUCTOR 译者	Yang Xiaochang 杨晓畅
EDITORIAL 出版社	People's Literature Publishing House 人民文学出版社
AÑO / 出版年份	2019

AUTOR 作者	Lara, Jesús 赫·拉腊
TÍTULO ORIGINAL 书名	Qheshwataki 我们的血
TRADUCTOR 译者	Li Deming, Yin Chengdong, Jiang Zongcao 李德明、尹承东、蒋宗曹
EDITORIAL 出版社	Hunan People's Publishing House 湖南人民出版社
AÑO / 出版年份	1982

AUTOR 作者	Morales Ayma, Juan Evo 埃沃·莫拉莱斯·艾玛
TÍTULO ORIGINAL 书名	Mi vida de Orinoca al Palacio Quemado 我的人生：从奥里诺卡到克马多宫
TRADUCTOR 译者	Wang Ping, et al. 王萍等
EDITORIAL 出版社	Nankai University Press 南开大学出版社
AÑO / 出版年份	2018

AUTOR 作者	Prada Oropeza, Renato 雷纳托·普拉达·奥鲁佩萨
TÍTULO ORIGINAL 书名	Los fundadores del alba 点燃朝霞的人们
TRADUCTOR 译者	Su Ling 苏龄
EDITORIAL 出版社	People's Literature Publishing House 人民文学出版社
AÑO / 出版年份	1974

AUTOR 作者	Ustariz Arze, Reginaldo 雷希纳尔多·乌斯塔里斯·阿尔塞
TÍTULO ORIGINAL 书名	Che Guevara: Vida, muerte y resurrección de un mito 切·格瓦拉：一个偶像的人生、毁灭与复活
TRADUCTOR 译者	Liu Changshen 刘长申
EDITORIAL 出版社	China Youth Publishing House 中国青年出版社
AÑO / 出版年份	2010

Brasil 巴西

AUTOR 作者	Amado, Jorge 亚马多
TÍTULO ORIGINAL 书名	A morte e a morte de Quincas Berro d'Água 金卡斯之死
TRADUCTOR 译者	—— 《世界文学》编辑部编
EDITORIAL 出版社	Guangming Daily Publishing House 光明日报出版社
AÑO / 出版年份	1985

AUTOR 作者	Amado, Jorge 若热·亚马多
TÍTULO ORIGINAL 书名	A morte e a morte de Quincas Berro d'Água 金卡斯的两次死亡
TRADUCTOR 译者	Fan Xing 樊星
EDITORIAL 出版社	Yilin Press 译林出版社
AÑO / 出版年份	2016

AUTOR 作者	Amado, Jorge 若热·亚马多
TÍTULO ORIGINAL 书名	Capitães da areia 沙滩船长
TRADUCTOR 译者	Wang Yuan 王渊
EDITORIAL 出版社	Huangshan Publishing House 黄山书社
AÑO / 出版年份	2014

AUTOR 作者	Amado, Jorge 若热·亚马多
TÍTULO ORIGINAL 书名	Dona Flor e seus dois maridos 弗洛尔和她的两个丈夫
TRADUCTOR 译者	Sun Chengao, Fan Weixin 孙成敖、范维信
EDITORIAL 出版社	Yunnan People's Publishing House 云南人民出版社
AÑO / 出版年份	1987

AUTOR 作者	Amado, Jorge 若热·亚马多
TÍTULO ORIGINAL 书名	Dona Flor e seus dois maridos 弗洛尔和她的两个丈夫
TRADUCTOR 译者	Sun Chengao, Fan Weixin 孙成敖、范维信
EDITORIAL 出版社	Yunnan People's Publishing House 云南人民出版社
AÑO / 出版年份	1994

AUTOR 作者	Amado, Jorge 若热·亚马多
TÍTULO ORIGINAL 书名	Dona Flor e seus dois maridos 弗洛尔和她的两个丈夫
TRADUCTOR 译者	Sun Chengao, Fan Weixin 孙成敖、范维信
EDITORIAL 出版社	Yilin Press 译林出版社
AÑO / 出版年份	2008

AUTOR 作者	Amado, Jorge 若热·亚马多
TÍTULO ORIGINAL 书名	Dona Flor e seus dois maridos 弗洛尔和她的两个丈夫
TRADUCTOR 译者	Sun Chengao, Fan Weixin 孙成敖、范维信
EDITORIAL 出版社	Yilin Press 译林出版社
AÑO / 出版年份	2016

AUTOR 作者	Amado, Jorge 若瑟·亚马多
TÍTULO ORIGINAL 书名	Farda, fardão e camisola de dormir 军人、女人、文人
TRADUCTOR 译者	Chen Fengwu 陈凤吾
EDITORIAL 出版社	China Federation of Literaryand Art Circles Press 中国文联出版公司
AÑO / 出版年份	1989

AUTOR 作者	Amado, Jorge 若热·亚马多
TÍTULO ORIGINAL 书名	Gabriela, cravo e canela 加布里埃拉
TRADUCTOR 译者	Xu Zenghui, Cai Huawen, Jin Erqing 徐曾惠、蔡华文、金二青
EDITORIAL 出版社	Changjiang Literature and Art Publishing House 长江文艺出版社
AÑO / 出版年份	1984

AUTOR 作者	Amado, Jorge 若热·亚马多
TÍTULO ORIGINAL 书名	Gabriela, cravo e canela 加布里埃拉
TRADUCTOR 译者	Sun Chengao 孙成敖
EDITORIAL 出版社	Shanghai Translation Publishing House 上海译文出版社
AÑO / 出版年份	1985

AUTOR 作者	Amado, Jorge 若热·亚马多
TÍTULO ORIGINAL 书名	Gabriela, cravo e canela 加布里埃拉
TRADUCTOR 译者	Sun Chengao 孙成敖
EDITORIAL 出版社	Yilin Press 译林出版社
AÑO / 出版年份	2008

AUTOR 作者	Amado, Jorge 若热·亚马多
TÍTULO ORIGINAL 书名	Gabriela, cravo e canela 味似丁香、色如肉桂的加布里埃拉
TRADUCTOR 译者	Sun Chengao 孙成敖
EDITORIAL 出版社	Yilin Press 译林出版社
AÑO / 出版年份	2016

AUTOR 作者	Amado, Jorge 若热·亚马多
TÍTULO ORIGINAL 书名	Jubiabá 拳王的觉醒
TRADUCTOR 译者	Zheng Yonghui 郑永慧
EDITORIAL 出版社	Hunan People's Publishing House 湖南人民出版社
AÑO / 出版年份	1983

AUTOR 作者	Amado, Jorge 若热·亚马多
TÍTULO ORIGINAL 书名	Mar morto 死海
TRADUCTOR 译者	Fan Weixin 范维信
EDITORIAL 出版社	Heilongjiang People's Publishing House 黑龙江人民出版社
AÑO / 出版年份	1987

AUTOR 作者	Amado, Jorge 乔治·亚马多
TÍTULO ORIGINAL 书名	O Cavaleiro da Esperança é a biografiapoética do líder revolucionário Luís Carlos Prestes 希望的骑士：路易斯·卡尔洛斯·普列斯铁斯的生平
TRADUCTOR 译者	Wang Yizhu 王以铸
EDITORIAL 出版社	People's Publishing House 人民出版社
AÑO / 出版年份	1953

AUTOR 作者	Amado, Jorge 若热·亚马多
TÍTULO ORIGINAL 书名	O gato malhado e a andorinha Sinhá: Uma história de amor 花斑猫与燕子西尼娅
TRADUCTOR 译者	Fan Xing 樊星
EDITORIAL 出版社	People's Literature Publishing House 人民文学出版社
AÑO / 出版年份	2018

AUTOR 作者	Amado, Jorge 若热·亚马多
TÍTULO ORIGINAL 书名	Os velhos marinheiros 老船长外传
TRADUCTOR 译者	Fan Weixin 范维信
EDITORIAL 出版社	Huashan Literature and Art Publishing House 花山文艺出版社
AÑO / 出版年份	1989

AUTOR 作者	Amado, Jorge 若热·亚马多
TÍTULO ORIGINAL 书名	São Jorge dos Ilhéus 黄金果的土地
TRADUCTOR 译者	Zheng Yonghui, Jin Mancheng 郑永慧、金满成
EDITORIAL 出版社	China Writers Publishing House 作家出版社
AÑO / 出版年份	1956

AUTOR 作者	Amado, Jorge 乔治·亚马多
TÍTULO ORIGINAL 书名	Seara vermelha 饥饿的道路
TRADUCTOR 译者	Zheng Yonghui 郑永慧
EDITORIAL 出版社	Pingming Publishing House 平明出版社
AÑO / 出版年份	1954

AUTOR 作者	Amado, Jorge 乔治·亚马多
TÍTULO ORIGINAL 书名	Seara vermelha 饥饿的道路
TRADUCTOR 译者	Zheng Yonghui 郑永慧
EDITORIAL 出版社	Xinwenyi Publishing House 新文艺出版社
AÑO / 出版年份	1956

AUTOR 作者	Amado, Jorge 亚马多
TÍTULO ORIGINAL 书名	Seara vermelha 饥饿的道路
TRADUCTOR 译者	Zheng Yonghui 郑永慧
EDITORIAL 出版社	China Writers Publishing House 作家出版社
AÑO / 出版年份	1957

AUTOR 作者	Amado, Jorge 若热·亚马多
TÍTULO ORIGINAL 书名	Tenda dos milagres 奇迹之篷
TRADUCTOR 译者	Fan Xing 樊星
EDITORIAL 出版社	Yilin Press 译林出版社
AÑO / 出版年份	2016

AUTOR 作者	Amado, Jorge 若热·亚马多
TÍTULO ORIGINAL 书名	Tereza Batista cansada de guerra 厌倦了妓女生活的特雷莎·巴蒂斯塔
TRADUCTOR 译者	Wenhua, Yinlun, Zhongliang 文华、音伦、忠亮
EDITORIAL 出版社	The North Literature and Art Publishing House 北方文艺出版社
AÑO / 出版年份	1988

AUTOR 作者	Amado, Jorge 亚马多
TÍTULO ORIGINAL 书名	Terras do sem fim 无边的土地
TRADUCTOR 译者	Wu Lao 吴劳
EDITORIAL 出版社	Wenhua Gongzuoshe 文化工作社
AÑO / 出版年份	1953

AUTOR 作者	Amado, Jorge 亚马多
TÍTULO ORIGINAL 书名	Terras do sem fim 无边的土地
TRADUCTOR 译者	Wu Lao 吴劳
EDITORIAL 出版社	China Writers Publishing House 作家出版社
AÑO / 出版年份	1958

AUTOR 作者	Amado, Jorge 若热·亚马多
TÍTULO ORIGINAL 书名	Terras do sem fim 无边的土地
TRADUCTOR 译者	Wu Lao 吴劳
EDITORIAL 出版社	Shanghai Translation Publishing House 上海译文出版社
AÑO / 出版年份	1992

AUTOR 作者	Amado, Jorge 若热·亚马多
TÍTULO ORIGINAL 书名	Terras do sem fim 无边的土地
TRADUCTOR 译者	Wu Lao 吴劳
EDITORIAL 出版社	Yilin Press 译林出版社
AÑO / 出版年份	2016

AUTOR 作者	Amado, Jorge 若热·亚马多
TÍTULO ORIGINAL 书名	Tieta do Agreste 浪女回归
TRADUCTOR 译者	Chen Jingyong 陈敬咏
EDITORIAL 出版社	Changjiang Literature and Art Publishing House 长江文艺出版社
AÑO / 出版年份	1986

AUTOR 作者	Amado, Jorge 若热·亚马多
TÍTULO ORIGINAL 书名	Tocaia Grande 大埋伏
TRADUCTOR 译者	Sun Chengao, Fan Weixin 孙成敖、范维信
EDITORIAL 出版社	Yunnan People's Publishing House 云南人民出版社
AÑO / 出版年份	1991

AUTOR 作者	Amado, Jorge 若热·亚马多
TÍTULO ORIGINAL 书名	Tocaia Grande 大埋伏
TRADUCTOR 译者	Sun Chengao, Fan Weixin 孙成敖、范维信
EDITORIAL 出版社	Yunnan People's Publishing House 云南人民出版社
AÑO / 出版年份	1995

AUTOR 作者	Amado, Jorge 若热·亚马多
TÍTULO ORIGINAL 书名	Três contos ilustrados: As mortes e o triunfo de Rosalinda 三个彩色故事：罗萨琳娜的死亡与胜利
TRADUCTOR 译者	Fan Xing 樊星
EDITORIAL 出版社	People's Literature Publishing House 人民文学出版社
AÑO / 出版年份	2017

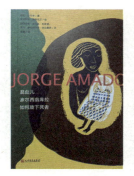

AUTOR 作者	Amado, Jorge 若热·亚马多
TÍTULO ORIGINAL 书名	Três contos ilustrados: De como o mulato Porciúncula descarregou seu defunto 三个彩色故事：混血儿波尔西翁库拉如何放下死者
TRADUCTOR 译者	Fan Xing 樊星
EDITORIAL 出版社	People's Literature Publishing House 人民文学出版社
AÑO / 出版年份	2017

AUTOR 作者	Amado, Jorge 若热·亚马多
TÍTULO ORIGINAL 书名	Três contos ilustrados: O milagre dos pássaros 三个彩色故事：群鸟的奇迹
TRADUCTOR 译者	Fan Xing 樊星
EDITORIAL 出版社	People's Literature Publishing House 人民文学出版社
AÑO / 出版年份	2017

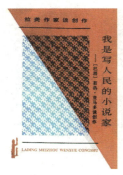

AUTOR 作者	Amado, Jorge 若热·亚马多
TÍTULO ORIGINAL 书名	—— 我是写人民的小说家：若热·亚马多谈创作
TRADUCTOR 译者	Sun Chengao 孙成敖
EDITORIAL 出版社	Yunnan People's Publishing House 云南人民出版社
AÑO / 出版年份	1997

AUTOR 作者	Batalha, Martha 玛莎·巴塔莉娅
TÍTULO ORIGINAL 书名	A vida invisível de Eurídice Gusmão 我的隐藏人生
TRADUCTOR 译者	Gong Qinyi 龚沁伊
EDITORIAL 出版社	Wenhui Press 文汇出版社
AÑO / 出版年份	2019

AUTOR 作者	Boal, Augusto 奥古斯都·波瓦
TÍTULO ORIGINAL 书名	O arco-íris do desejo: Método Boal de teatro e terapia 欲望彩虹：波瓦戏剧与治疗方法
TRADUCTOR 译者	Ma Liwen, Ou Yiwen 马利文、欧怡雯
EDITORIAL 出版社	Beijing Normal University Publishing Group 北京师范大学出版社
AÑO / 出版年份	2019

AUTOR 作者	Bonvicino, Régis 雷寄思·邦维希诺
TÍTULO ORIGINAL 书名	Blue Tile 蓝瓷砖
TRADUCTOR 译者	Yao Feng 姚风
EDITORIAL 出版社	Jiangsu Phoenix Literature and Art Publishing 江苏凤凰文艺出版社
AÑO / 出版年份	2018

AUTOR 作者	Bojunga, Lygia 莉吉亚·布咏迦·努内斯
TÍTULO ORIGINAL 书名	A bolsa amarela 黄书包
TRADUCTOR 译者	Wei Ling 蔚玲
EDITORIAL 出版社	Hebei Juvenile and Children's Publishing House 河北少年儿童出版社
AÑO / 出版年份	2002

AUTOR 作者	Castro Alves, Antônio de 卡斯特罗·阿尔维斯
TÍTULO ORIGINAL 书名	—— 卡斯特罗·阿尔维斯诗选
TRADUCTOR 译者	Yi Qian 亦潜
EDITORIAL 出版社	People's Literature Publishing House 人民文学出版社
AÑO / 出版年份	1959

AUTOR 作者	Castro, Ruy 鲁伊·卡斯特罗
TÍTULO ORIGINAL 书名	Carnaval no Fogo 里约热内卢：狂欢者的都市
TRADUCTOR 译者	Fu Shiqi, Guan Rong 傅诗淇、关蓉
EDITORIAL 出版社	New Star Press 新星出版社
AÑO / 出版年份	2007

AUTOR 作者	Coelho, Paulo 保罗·柯艾略
TÍTULO ORIGINAL 书名	A espiã 间谍
TRADUCTOR 译者	Sun Shan 孙山
EDITORIAL 出版社	Beijing October Arts & Literature Publishing House 北京十月文艺出版社
AÑO / 出版年份	2018

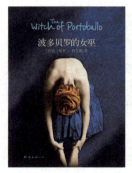

AUTOR 作者	Coelho, Paulo 保罗·柯艾略
TÍTULO ORIGINAL 书名	A bruxa de Portobello 波多贝罗的女巫
TRADUCTOR 译者	Min Xuefei 闵雪飞
EDITORIAL 出版社	Nanhai Publishing Company 南海出版公司
AÑO / 出版年份	2009

AUTOR 作者	Coelho, Paulo 保罗·柯艾略
TÍTULO ORIGINAL 书名	A bruxa de Portobello 波多贝罗女巫
TRADUCTOR 译者	Min Xuefei 闵雪飞
EDITORIAL 出版社	Nanhai Publishing Company 南海出版公司
AÑO / 出版年份	2014

AUTOR 作者	Coelho, Paulo 保罗·柯艾略
TÍTULO ORIGINAL 书名	A bruxa de Portobello 波多贝罗女巫
TRADUCTOR 译者	Min Xuefei 闵雪飞
EDITORIAL 出版社	Beijing October Arts & Literature Publishing House 北京十月文艺出版社
AÑO / 出版年份	2019

AUTOR 作者	Coelho, Paulo 保罗·柯艾略
TÍTULO ORIGINAL 书名	Adultério 背叛
TRADUCTOR 译者	Zhang Jianbo 张剑波
EDITORIAL 出版社	New Star Press 新星出版社
AÑO / 出版年份	2016

AUTOR 作者	Coelho, Paulo 保罗·柯艾略
TÍTULO ORIGINAL 书名	Brida 少女布莱达灵修之旅
TRADUCTOR 译者	Ma Lin 马琳
EDITORIAL 出版社	Nanhai Publishing Company 南海出版公司
AÑO / 出版年份	2012

AUTOR 作者	Coelho, Paulo 保罗·柯艾略
TÍTULO ORIGINAL 书名	Brida 少女布莱达灵修之旅
TRADUCTOR 译者	Ma Lin 马琳
EDITORIAL 出版社	Nanhai Publishing Company 南海出版公司
AÑO / 出版年份	2015

AUTOR 作者	Coelho, Paulo 保罗·柯艾略
TÍTULO ORIGINAL 书名	Manuscrito encontrado em Accra 阿克拉手稿
TRADUCTOR 译者	Li Yuyao 李玉瑶
EDITORIAL 出版社	Nanhai Publishing Company 南海出版公司
AÑO / 出版年份	2015

AUTOR 作者	Coelho, Paulo 保罗·科埃略
TÍTULO ORIGINAL 书名	Na margem do rio Piedra eu sentei e chorei 我坐在彼德拉河畔哭泣
TRADUCTOR 译者	Zhou Hanjun 周汉军
EDITORIAL 出版社	Shanghai Translation Publishing House 上海译文出版社
AÑO / 出版年份	2000

AUTOR 作者	Coelho, Paulo 保罗·柯艾略
TÍTULO ORIGINAL 书名	Na margem do rio Piedra eu sentei e chorei 我坐在彼德拉河畔，哭泣
TRADUCTOR 译者	Xu Yaoyun 许耀云
EDITORIAL 出版社	Nanhai Publishing Company 南海出版公司
AÑO / 出版年份	2011

AUTOR 作者	Coelho, Paulo 保罗·柯艾略
TÍTULO ORIGINAL 书名	Na margem do rio Piedra eu sentei e chorei 我坐在彼德拉河畔，哭泣
TRADUCTOR 译者	Xu Yaoyun 许耀云
EDITORIAL 出版社	Beijing October Arts & Literature Publishing House 北京十月文艺出版社
AÑO / 出版年份	2018

AUTOR 作者	Coelho, Paulo 保罗·柯艾略
TÍTULO ORIGINAL 书名	O Aleph 阿莱夫
TRADUCTOR 译者	Zhang Chen 张晨
EDITORIAL 出版社	Nanhai Publishing Company 南海出版公司
AÑO / 出版年份	2013

AUTOR 作者	Coelho, Paulo 保罗·戈埃罗
TÍTULO ORIGINAL 书名	O Alquimista 炼金术士
TRADUCTOR 译者	Sun Guoyong 孙国勇
EDITORIAL 出版社	China Literature Publishing House 中国文学出版社
AÑO / 出版年份	1997

AUTOR 作者	Coelho, Paulo 保罗·科埃略
TÍTULO ORIGINAL 书名	O Alquimista 牧羊少年奇幻之旅
TRADUCTOR 译者	Sun Chengao 孙成敖
EDITORIAL 出版社	Shanghai Translation Publishing House 上海译文出版社
AÑO / 出版年份	2001

AUTOR 作者	Coelho, Paulo 保罗·科埃略
TÍTULO ORIGINAL 书名	O Alquimista 炼金术士
TRADUCTOR 译者	Sun Chengao 孙成敖
EDITORIAL 出版社	Shanghai Translation Publishing House 上海译文出版社
AÑO / 出版年份	2004

AUTOR 作者	Coelho, Paulo 保罗·柯艾略
TÍTULO ORIGINAL 书名	O Alquimista 牧羊少年奇幻之旅
TRADUCTOR 译者	Ding Wenlin 丁文林
EDITORIAL 出版社	Nanhai Publishing Company 南海出版公司
AÑO / 出版年份	2009

AUTOR 作者	Coelho, Paulo 保罗·科埃略
TÍTULO ORIGINAL 书名	O demônio e a Srta. Prym 魔鬼与普里姆小姐
TRADUCTOR 译者	Zhou Hanjun 周汉军
EDITORIAL 出版社	Shanghai Translation Publishing House 上海译文出版社
AÑO / 出版年份	2002

AUTOR 作者	Coelho, Paulo 保罗·柯艾略
TÍTULO ORIGINAL 书名	O demônio e a Srta. Prym 魔鬼与普里姆小姐
TRADUCTOR 译者	Fan Xing 樊星
EDITORIAL 出版社	Nanhai Publishing Company 南海出版公司
AÑO / 出版年份	2011

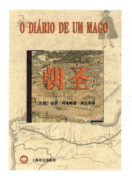

AUTOR 作者	Coelho, Paulo 保罗·科埃略
TÍTULO ORIGINAL 书名	O diário de um mago 朝圣
TRADUCTOR 译者	Zhou Hanjun 周汉军
EDITORIAL 出版社	Shanghai Translation Publishing House 上海译文出版社
AÑO / 出版年份	2003

AUTOR 作者	Coelho, Paulo 保罗·柯艾略
TÍTULO ORIGINAL 书名	O diário de um mago 朝圣
TRADUCTOR 译者	Fu Chenxi 符辰希
EDITORIAL 出版社	Nanhai Publishing Company 南海出版公司
AÑO / 出版年份	2012

AUTOR 作者	Coelho, Paulo 保罗·柯艾略
TÍTULO ORIGINAL 书名	O diário de um mago 朝圣
TRADUCTOR 译者	Fu Chenxi 符辰希
EDITORIAL 出版社	Beijing October Arts & Literature Publishing House 北京十月文艺出版社
AÑO / 出版年份	2018

AUTOR 作者	Coelho, Paulo 保罗·柯艾略
TÍTULO ORIGINAL 书名	O vencedor está só 孤独的赢家
TRADUCTOR 译者	Min Xuefei 闵雪飞
EDITORIAL 出版社	Nanhai Publishing Company 南海出版公司
AÑO / 出版年份	2011

AUTOR 作者	Coelho, Paulo 保罗·科埃略
TÍTULO ORIGINAL 书名	O Zahir 查希尔
TRADUCTOR 译者	Zhou Hanjun 周汉军
EDITORIAL 出版社	Shanghai Translation Publishing House 上海译文出版社
AÑO / 出版年份	2006

AUTOR 作者	Coelho, Paulo 保罗·科埃略	
TÍTULO ORIGINAL 书名	Onze minutos 十一分钟	
TRADUCTOR 译者	Zhou Hanjun 周汉军	
EDITORIAL 出版社	Shanghai Translation Publishing House 上海译文出版社	
AÑO / 出版年份	2004	

AUTOR 作者	Coelho, Paulo 保罗·柯艾略	
TÍTULO ORIGINAL 书名	The Magical Moment 奇妙瞬间	
TRADUCTOR 译者	Xue Zhou 薛舟	
EDITORIAL 出版社	New Star Press 新星出版社	
AÑO / 出版年份	2015	

AUTOR 作者	Coelho, Paulo 保罗·科埃略	
TÍTULO ORIGINAL 书名	Veronica decide morrer 韦罗妮卡决定去死	
TRADUCTOR 译者	Sun Chengao 孙成敖	
EDITORIAL 出版社	Shanghai Translation Publishing House 上海译文出版社	
AÑO / 出版年份	2000	

AUTOR 作者	Coelho, Paulo 保罗·柯艾略	
TÍTULO ORIGINAL 书名	Veronica decide morrer 维罗妮卡决定去死	
TRADUCTOR 译者	Min Xuefei 闵雪飞	
EDITORIAL 出版社	Nanhai Publishing Company 南海出版公司	
AÑO / 出版年份	2010	

AUTOR 作者	Coelho, Paulo 保罗·柯艾略
TÍTULO ORIGINAL 书名	Veronica decide morrer 维罗妮卡决定去死
TRADUCTOR 译者	Min Xuefei 闵雪飞
EDITORIAL 出版社	Nanhai Publishing Company 南海出版公司
AÑO / 出版年份	2013

AUTOR 作者	Coelho, Paulo 保罗·柯艾略
TÍTULO ORIGINAL 书名	Veronica decide morrer 维罗妮卡决定去死
TRADUCTOR 译者	Min Xuefei 闵雪飞
EDITORIAL 出版社	Beijing October Arts & Literature Publishing House 北京十月文艺出版社
AÑO / 出版年份	2017

AUTOR 作者	Cury, Augusto 奥古斯托·库里
TÍTULO ORIGINAL 书名	O vendedor de sonhos 卖梦人
TRADUCTOR 译者	Wei Ling, Shi Jing 蔚玲、施倞
EDITORIAL 出版社	People's Literature Publishing House 人民文学出版社
AÑO / 出版年份	2009

AUTOR 作者	Da Cunha, Euclides 欧克里德斯·达·库尼亚
TÍTULO ORIGINAL 书名	Os sertões 腹地
TRADUCTOR 译者	Bei Jin 贝金
EDITORIAL 出版社	People's Literature Publishing House 人民文学出版社
AÑO / 出版年份	1959

AUTOR 作者	De Alencar, José 阿伦卡尔
TÍTULO ORIGINAL 书名	Iracema 伊拉塞玛
TRADUCTOR 译者	Liu Huanqing 刘焕卿
EDITORIAL 出版社	People's Literature Publishing House 人民文学出版社
AÑO / 出版年份	2002

AUTOR 作者	De Alencar, José 阿伦卡尔
TÍTULO ORIGINAL 书名	O guarani 富家女郎和她的情人
TRADUCTOR 译者	Weng Yilan, Li Shulian 翁怡兰、李淑廉
EDITORIAL 出版社	World Affairs Press 世界知识出版社
AÑO / 出版年份	1989

AUTOR 作者	De Andrade, Carlos Drummond 卡洛斯·德鲁蒙德·德·安德拉德
TÍTULO ORIGINAL 书名	A flor e a náusea 花与恶心：安德拉德诗选
TRADUCTOR 译者	Hu Xudong 胡续冬
EDITORIAL 出版社	Yilin Press 译林出版社
AÑO / 出版年份	2018

AUTOR 作者	De Barros Júnior, Francisco 弗·德·儒尼奥
TÍTULO ORIGINAL 书名	Três garotos em férias no Rio Tietê 蒂埃特河上的假日
TRADUCTOR 译者	Li Changsen, Yu Huijuan 李长森、喻慧娟
EDITORIAL 出版社	Juvenile and Children's Publishing House 少年儿童出版社
AÑO / 出版年份	1986

209

AUTOR 作者	De Barros Júnior, Francisco 弗·德·儒尼奥
TÍTULO ORIGINAL 书名	Três garotos em férias no Rio Tietê 蒂埃特河历险记
TRADUCTOR 译者	Li Changsen, Yu Huijuan 李长森、喻慧娟
EDITORIAL 出版社	Juvenile and Children's Publishing House 少年儿童出版社
AÑO / 出版年份	1999

AUTOR 作者	De Queiroz, Rachel 拉谢尔·德·克罗斯
TÍTULO ORIGINAL 书名	O menino magico 会变魔术的小男孩
TRADUCTOR 译者	Sun Chengao 孙成敖
EDITORIAL 出版社	Shanghai Translation Publishing House 上海译文出版社
AÑO / 出版年份	1992

AUTOR 作者	De Vasconcelos, José Mauro 若泽·毛罗·德瓦斯康塞洛斯
TÍTULO ORIGINAL 书名	O meu pé de laranja lima 我亲爱的甜橙树
TRADUCTOR 译者	Wei Ling 蔚玲
EDITORIAL 出版社	People's Literature Publishing House, Daylight Publishing House 人民文学出版社、天天出版社
AÑO / 出版年份	2010

AUTOR 作者	De Vasconcelos, José Mauro 若泽·毛罗·德瓦斯康塞洛斯
TÍTULO ORIGINAL 书名	O meu pé de laranja lima 我亲爱的甜橙树
TRADUCTOR 译者	Shi Chuanbao 师传宝
EDITORIAL 出版社	Haichao Press 海潮出版社
AÑO / 出版年份	2014

AUTOR 作者	De Vasconcelos, José Mauro 若泽·毛罗·德瓦斯康塞洛斯
TÍTULO ORIGINAL 书名	O meu pé de laranja lima 我亲爱的甜橙树
TRADUCTOR 译者	Wei Ling 蔚玲
EDITORIAL 出版社	People's Literature Publishing House, Daylight Publishing House 人民文学出版社、天天出版社
AÑO / 出版年份	2015

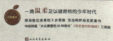

AUTOR 作者	De Vasconcelos, José Mauro 若泽·毛罗·德瓦斯康塞洛斯
TÍTULO ORIGINAL 书名	O meu pé de laranja lima / Vamos aquecer o sol / Doidão 我亲爱的甜橙树 三部曲
TRADUCTOR 译者	Wei Ling, Li Jinchuan 蔚玲、李金川
EDITORIAL 出版社	People's Literature Publishing House 人民文学出版社
AÑO / 出版年份	2013

AUTOR 作者	De Vasconcelos, José Mauro 若泽·毛罗·德瓦斯康塞洛斯
TÍTULO ORIGINAL 书名	Rosinha, minha canoa 我亲爱的小玫瑰
TRADUCTOR 译者	Wei Ling 蔚玲
EDITORIAL 出版社	People's Literature Publishing House 人民文学出版社
AÑO / 出版年份	2016

AUTOR 作者	De Vasconcelos, José Mauro 若泽·毛罗·德瓦斯康塞洛斯
TÍTULO ORIGINAL 书名	Vamos aquecer o sol 让我们温暖太阳
TRADUCTOR 译者	Wei Ling 蔚玲
EDITORIAL 出版社	People's Literature Publishing House 人民文学出版社
AÑO / 出版年份	2013

AUTOR 作者	Fagundes Telles, Lygia 莉吉娅·法贡法斯·特莱斯
TÍTULO ORIGINAL 书名	Ciranda de Pedra 石人圈
TRADUCTOR 译者	Yu Huijuan 喻慧娟
EDITORIAL 出版社	Beijing October Arts & Literature Publishing House 北京十月文艺出版社
AÑO / 出版年份	1989

AUTOR 作者	Figueiredo, Guilherme 吉里耶尔美·菲格莱德
TÍTULO ORIGINAL 书名	A rapôsa e as uvas 伊索：狐狸与葡萄
TRADUCTOR 译者	Chen Yong 陈颙
EDITORIAL 出版社	China Theatre Press 中国戏剧出版社
AÑO / 出版年份	1959

AUTOR 作者	Fonseca, Rubem 鲁本·丰塞卡
TÍTULO ORIGINAL 书名	Feliz Ano Novo 新年快乐
TRADUCTOR 译者	Fu Chenxi 符辰希
EDITORIAL 出版社	Shanghai Literature and Art Publishing House 上海文艺出版社
AÑO / 出版年份	2016

AUTOR 作者	Furiati, Claudia 克劳迪娅·福丽娅蒂
TÍTULO ORIGINAL 书名	Fidel Castro 卡斯特罗传
TRADUCTOR 译者	Weng Yilan, Li Shulian 翁怡兰、李淑廉
EDITORIAL 出版社	World Affairs Press 世界知识出版社
AÑO / 出版年份	2003

AUTOR 作者	Guimarães, Bernardo 贝纳多·吉马朗斯
TÍTULO ORIGINAL 书名	A escrava Isaura 女奴
TRADUCTOR 译者	Weng Yilan, Li Shulian 翁怡兰、李淑廉
EDITORIAL 出版社	Jiangsu People's Publishing House 江苏人民出版社
AÑO / 出版年份	1984

AUTOR 作者	Guimarães, Bernardo 贝纳多·吉马良斯
TÍTULO ORIGINAL 书名	A escrava Isaura 女奴伊佐拉
TRADUCTOR 译者	Fan Weixin 范维信
EDITORIAL 出版社	Zhejiang Literature and Art Publishing House 浙江文艺出版社
AÑO / 出版年份	1985

AUTOR 作者	Lins e Silva, Flávia 弗拉维亚·林斯·伊席尔瓦
TÍTULO ORIGINAL 书名	Caderno de viagens de Pilar 皮拉尔旅行笔记
TRADUCTOR 译者	Jin Xinyi 金心艺
EDITORIAL 出版社	Guangxi Normal University Press Group 广西师范大学出版社
AÑO / 出版年份	2015

AUTOR 作者	Lins e Silva, Flávia 弗拉维亚·林斯·伊席尔瓦
TÍTULO ORIGINAL 书名	Diário de Pilar na Amazônia 皮拉尔亚马孙河漂流记
TRADUCTOR 译者	Jin Xinyi 金心艺
EDITORIAL 出版社	Guangxi Normal University Press Group 广西师范大学出版社
AÑO / 出版年份	2015

AUTOR 作者	Lins e Silva, Flávia 弗拉维亚·林斯·伊席尔瓦
TÍTULO ORIGINAL 书名	Diário de Pilar na Grécia 皮拉尔希腊奇遇记
TRADUCTOR 译者	Jin Xinyi 金心艺
EDITORIAL 出版社	Guangxi Normal University Press Group 广西师范大学出版社
AÑO / 出版年份	2015

AUTOR 作者	Lins e Silva, Flávia 弗拉维亚·林斯·伊席尔瓦
TÍTULO ORIGINAL 书名	Diário de Pilar no Egito 皮拉尔埃及历险记
TRADUCTOR 译者	Jin Xinyi 金心艺
EDITORIAL 出版社	Guangxi Normal University Press Group 广西师范大学出版社
AÑO / 出版年份	2015

AUTOR 作者	Lisboa, Adriana 阿德里安娜·里斯本
TÍTULO ORIGINAL 书名	Azul corvo 蓝鸦
TRADUCTOR 译者	Huang Ting 黄婷
EDITORIAL 出版社	Central Compilation & Translation Press 中央编译出版社
AÑO / 出版年份	2019

AUTOR 作者	Lispector, Clarice 克拉丽丝·李斯佩克朵
TÍTULO ORIGINAL 书名	A hora da Estrela 星辰时刻
TRADUCTOR 译者	Min Xuefei 闵雪飞
EDITORIAL 出版社	Shanghai Literature and Art Publishing House 上海文艺出版社
AÑO / 出版年份	2013

AUTOR 作者	Lispector, Clarice 克拉丽丝·李斯佩克朵
TÍTULO ORIGINAL 书名	A hora da Estrela 星辰时刻
TRADUCTOR 译者	Min Xuefei 闵雪飞
EDITORIAL 出版社	People's Literature Publishing House 人民文学出版社
AÑO / 出版年份	2019

AUTOR 作者	Lispector, Clarice 克拉丽丝·李斯佩克朵
TÍTULO ORIGINAL 书名	Felicidade clandestina 隐秘的幸福
TRADUCTOR 译者	Min Xuefei 闵雪飞
EDITORIAL 出版社	Shanghai Literature and Art Publishing House 上海文艺出版社
AÑO / 出版年份	2016

AUTOR 作者	Lispector, Clarice 克拉丽丝·李斯佩克朵
TÍTULO ORIGINAL 书名	Felicidade clandestina 隐秘的幸福
TRADUCTOR 译者	Min Xuefei 闵雪飞
EDITORIAL 出版社	People's Literature Publishing House 人民文学出版社
AÑO / 出版年份	2018

AUTOR 作者	Lobato, Monteiro 蒙特伊鲁·洛巴图
TÍTULO ORIGINAL 书名	Histórias de tia Nastácia 娜丝塔霞姑姑讲的故事
TRADUCTOR 译者	Yang Yong, Yang Tao 杨永、杨涛
EDITORIAL 出版社	Juvenile and Children's Publishing House 少年儿童出版社
AÑO / 出版年份	1959

AUTOR 作者	Lobato, Monteiro 蒙太罗·洛巴托
TÍTULO ORIGINAL 书名	Sítio do Picapau Amarelo 童话国的小客人
TRADUCTOR 译者	Sun Youjun 孙幼军
EDITORIAL 出版社	New Buds Publishing House 新蕾出版社
AÑO / 出版年份	1982

AUTOR 作者	Lobato, Monteiro 蒙太罗·洛巴托
TÍTULO ORIGINAL 书名	Sítio do Picapau Amarelo 黄啄木鸟小屋
TRADUCTOR 译者	Sun Youjun 孙幼军
EDITORIAL 出版社	21st Century Publishing House 二十一世纪出版社
AÑO / 出版年份	2007

AUTOR 作者	Lobato, Monteiro 蒙特洛·罗巴托
TÍTULO ORIGINAL 书名	树精
TRADUCTOR 译者	Li Shulian, Weng Yilan 李淑廉、翁怡兰
EDITORIAL 出版社	China International Radio Press 中国国际广播出版社
AÑO / 出版年份	1990

AUTOR 作者	Lobato, Monteiro, et al. 洛巴托等
TÍTULO ORIGINAL 书名	—— 淘气的小鼻子：外国当代童话故事
TRADUCTOR 译者	Li Shulian, Weng Yilan, et al. 李淑廉、翁怡兰等
EDITORIAL 出版社	China Radio Film & TV Press 中国广播电视出版社
AÑO / 出版年份	1990

AUTOR 作者	Machado de Assis 马查多·德·阿西斯
TÍTULO ORIGINAL 书名	Contos escolhidos o alienista e outras histórias 精神病医生
TRADUCTOR 译者	Li Junbao 李均报
EDITORIAL 出版社	People's Literature Publishing House 人民文学出版社
AÑO / 出版年份	2004

AUTOR 作者	Machado de Assis 马查多·德·阿西斯
TÍTULO ORIGINAL 书名	Dom Casmurro 沉默先生
TRADUCTOR 译者	Li Junbao 李均报
EDITORIAL 出版社	Foreign Languages Press 外文出版社
AÑO / 出版年份	2001

AUTOR 作者	Machado de Assis 马沙多·德·阿西斯
TÍTULO ORIGINAL 书名	Memórias póstumas de Brás Cubas / Quincas Borba / Dom Casmurro 幻灭三部曲
TRADUCTOR 译者	Weng Yilan, Li Shulian, Jing Qinsun 翁怡兰、李淑廉、井勤荪
EDITORIAL 出版社	Lijiang Publishing House 漓江出版社
AÑO / 出版年份	1992

AUTOR 作者	Machado de Assis 马查多·德·阿西斯
TÍTULO ORIGINAL 书名	Quincas Borba 金卡斯·博尔巴
TRADUCTOR 译者	Sun Chengao 孙成敖
EDITORIAL 出版社	Shanghai Translation Publishing House 上海译文出版社
AÑO / 出版年份	1999

AUTOR 作者	Machado de Assis 马查多·德·阿西斯
TÍTULO ORIGINAL 书名	Quincas Borba 金卡斯·博尔巴
TRADUCTOR 译者	Sun Chengao 孙成敖
EDITORIAL 出版社	Inner Mongolia People's Publishing House 内蒙古人民出版社
AÑO / 出版年份	2001

AUTOR 作者	Machado, Ana Maria 安娜·玛丽亚·马查多
TÍTULO ORIGINAL 书名	Bisa Bia, Bisa Bel 碧婆婆贝婆婆
TRADUCTOR 译者	Chen Jingshu 陈静抒
EDITORIAL 出版社	Anhui Children's Publishing House 安徽少年儿童出版社
AÑO / 出版年份	2014

AUTOR 作者	Machado, Ana Maria 安娜·玛丽亚·马查多
TÍTULO ORIGINAL 书名	Mensagem para você 神秘留言
TRADUCTOR 译者	Ruan Dan 阮丹
EDITORIAL 出版社	Gansu Juvenile and Children's Publishing House 甘肃少年儿童出版社
AÑO / 出版年份	2016

AUTOR 作者	Machado, Ana Maria 安娜·玛丽亚·马查多
TÍTULO ORIGINAL 书名	Raul da ferrugem azul 蓝锈人劳尔
TRADUCTOR 译者	Liu Chao 刘超
EDITORIAL 出版社	Hunan Education Publishing House 湖南教育出版社
AÑO / 出版年份	2014

218

AUTOR 作者	Machado, Ana Maria 安娜·玛丽亚·马查多
TÍTULO ORIGINAL 书名	Raul da ferrugem azul 蓝锈人劳尔
TRADUCTOR 译者	Liu Chao 刘超
EDITORIAL 出版社	Gansu Juvenile and Children's Publishing House 甘肃少年儿童出版社
AÑO / 出版年份	2017

AUTOR 作者	Milan, Betty 贝蒂·米兰
TÍTULO ORIGINAL 书名	Quando Paris cintila 风情万种是巴黎
TRADUCTOR 译者	Yang Qi, Mei Yibai 杨起、梅贻白
EDITORIAL 出版社	Liaoning Education Press 辽宁教育出版社
AÑO / 出版年份	2005

AUTOR 作者	Montello, Josué 若苏埃·蒙特罗
TÍTULO ORIGINAL 书名	O silêncio da confissão 默默的招供
TRADUCTOR 译者	Yu Huijuan 喻慧娟
EDITORIAL 出版社	Yunnan People's Publishing House 云南人民出版社
AÑO / 出版年份	1993

AUTOR 作者	Nabuco, Carolina 卡洛利娜·纳布科
TÍTULO ORIGINAL 书名	A sucessora 庄园之梦
TRADUCTOR 译者	Fan Weixin, Ke Ning 范维信、克宁
EDITORIAL 出版社	Huashan Literature and Art Publishing House 花山文艺出版社
AÑO / 出版年份	1988

AUTOR 作者	Paim, Alina 阿琳娜·巴依姆
TÍTULO ORIGINAL 书名	A hora próxima 时候就要到了
TRADUCTOR 译者	Qin Shui 秦水
EDITORIAL 出版社	People's Literature Publishing House 人民文学出版社
AÑO / 出版年份	1958

AUTOR 作者	Paim, Alina 阿琳娜·巴依姆
TÍTULO ORIGINAL 书名	A hora próxima 时候就要到了
TRADUCTOR 译者	Qin Shui 秦水
EDITORIAL 出版社	People's Literature Publishing House 人民文学出版社
AÑO / 出版年份	1959

AUTOR 作者	Sales, Herberto 埃尔贝托·萨莱斯
TÍTULO ORIGINAL 书名	Cascalho 钻石梦
TRADUCTOR 译者	Wei Ling 蔚玲
EDITORIAL 出版社	Huashan Literature and Art Publishing House 花山文艺出版社
AÑO / 出版年份	1991

AUTOR 作者	Salgado, Sebastião 塞巴斯蒂昂·萨尔加多
TÍTULO ORIGINAL 书名	De ma terre à la terre 萨尔加多传
TRADUCTOR 译者	Zhao Yingxin 赵迎新
EDITORIAL 出版社	China Photographic Publishing House 中国摄影出版社
AÑO / 出版年份	2018

AUTOR 作者	Santoro, Paulo, et al. 保罗·桑托鲁等
TÍTULO ORIGINAL 书名	Teatro brasileiro contemporâneo 巴西当代戏剧选
TRADUCTOR 译者	Ma Lin 马琳
EDITORIAL 出版社	People's Literature Publishing House 人民文学出版社
AÑO / 出版年份	2015

AUTOR 作者	Sarney, José 萨尔内
TÍTULO ORIGINAL 书名	Norte das águas 水之北
TRADUCTOR 译者	Zhang Yu, et al. 张宇等
EDITORIAL 出版社	People's Literature Publishing House 人民文学出版社
AÑO / 出版年份	1988

AUTOR 作者	Schmidt, Afonso 阿丰索·斯密特
TÍTULO ORIGINAL 书名	A Marcha / São Paulo de meus Amores 远征 / 圣保罗的秘密
TRADUCTOR 译者	Wu Yulian, Chen Mian 吴玉莲、陈绵
EDITORIAL 出版社	People's Literature Publishing House 人民文学出版社
AÑO / 出版年份	1960

AUTOR 作者	Scliar, Moacyr 莫瓦西尔·斯克利亚
TÍTULO ORIGINAL 书名	Max e os felinos / Os leopardos de Kafka 马科斯与猫科动物
TRADUCTOR 译者	Bi Mengyin 毕梦吟
EDITORIAL 出版社	People's Literature Publishing House 人民文学出版社
AÑO / 出版年份	2018

221

AUTOR 作者	Secchin, Antônio Carlos (ed.) 安东尼奥·卡洛斯·塞克琴（编）
TÍTULO ORIGINAL 书名	Antologia da poesia brasileira 巴西诗选
TRADUCTOR 译者	Zhao Deming 赵德明
EDITORIAL 出版社	Foreign Languages Press 外文出版社
AÑO / 出版年份	1994

AUTOR 作者	Tahan, Malba 马尔巴·塔罕
TÍTULO ORIGINAL 书名	O Homem que Calculava: Aventuras de um singular calculista persa 数学天方夜谭：奇幻的经典数学冒险故事
TRADUCTOR 译者	Zheng Mingxuan 郑明萱
EDITORIAL 出版社	Hainan Publishing House 海南出版社
AÑO / 出版年份	2018

AUTOR 作者	Tezza, Cristóvão 克里斯托旺·泰扎
TÍTULO ORIGINAL 书名	O filho eterno 永远的菲利普
TRADUCTOR 译者	Ma Lin 马琳
EDITORIAL 出版社	People's Literature Publishing House 人民文学出版社
AÑO / 出版年份	2014

AUTOR 作者	Veríssimo, Érico 埃里科·维利希莫
TÍTULO ORIGINAL 书名	Incidente em Antares 安塔列斯事件
TRADUCTOR 译者	Fan Weixin, Chen Fengwu 范维信、陈凤吾
EDITORIAL 出版社	Flower City Publishing House 花城出版社
AÑO / 出版年份	1983

AUTOR 作者	Veríssimo, Érico 埃里科·维利希莫
TÍTULO ORIGINAL 书名	O senhor embaixador 大使先生
TRADUCTOR 译者	Fan Weixin 范维信
EDITORIAL 出版社	Yunnan People's Publishing House 云南人民出版社
AÑO / 出版年份	1988

AUTOR 作者	—— ——
TÍTULO ORIGINAL 书名	绿色舞会之前：巴西短篇小说选
TRADUCTOR 译者	Zhu Jingdong 朱景冬
EDITORIAL 出版社	Beijing Publishing House 北京出版社
AÑO / 出版年份	1987

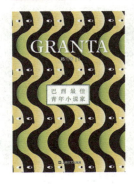

AUTOR 作者	—— ——
TÍTULO ORIGINAL 书名	—— 格兰塔：巴西最佳青年小说家
TRADUCTOR 译者	Min Xuefei, et al. 闵雪飞等
EDITORIAL 出版社	Shanghai Literature and Art Publishing House 上海文艺出版社
AÑO / 出版年份	2015

Chile 智利

AUTOR 作者	Alegría, Fernando 费尔南多·阿雷格利亚
TÍTULO ORIGINAL 书名	Lautaro, joven Libertador de Arauco 英雄劳塔罗
TRADUCTOR 译者	Shen Jiasong 沈家松
EDITORIAL 出版社	Xinhua Publishing House 新华出版社
AÑO / 出版年份	1985

AUTOR 作者	Allende, Isabel 伊莎贝尔·阿连德
TÍTULO ORIGINAL 书名	Afrodita: Cuentos, recetas y otros afrodisíacos 阿佛洛狄特：感官回忆录
TRADUCTOR 译者	Zhang Dingqi 张定绮
EDITORIAL 出版社	Yilin Press 译林出版社
AÑO / 出版年份	2007

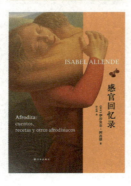

AUTOR 作者	Allende, Isabel 伊莎贝尔·阿连德
TÍTULO ORIGINAL 书名	Afrodita: Cuentos, recetas y otros afrodisíacos 感官回忆录
TRADUCTOR 译者	Zhang Dingqi 张定绮
EDITORIAL 出版社	Yilin Press 译林出版社
AÑO / 出版年份	2016

AUTOR 作者	Allende, Isabel 伊莎贝尔·阿连德
TÍTULO ORIGINAL 书名	De amor y de sombra 爱情与阴影
TRADUCTOR 译者	Chen Kaixian 陈凯先
EDITORIAL 出版社	Yunnan People's Publishing House 云南人民出版社
AÑO / 出版年份	1991

AUTOR 作者	Allende, Isabel 伊莎贝尔·阿连德
TÍTULO ORIGINAL 书名	De amor y de sombra 爱情与阴影
TRADUCTOR 译者	Chen Kaixian 陈凯先
EDITORIAL 出版社	Yunnan People's Publishing House 云南人民出版社
AÑO / 出版年份	1995

AUTOR 作者	Allende, Isabel 伊莎贝尔·阿连德
TÍTULO ORIGINAL 书名	De amor y de sombra 爱情与阴影
TRADUCTOR 译者	Chen Kaixian 陈凯先
EDITORIAL 出版社	Yilin Press 译林出版社
AÑO / 出版年份	2018

AUTOR 作者	Allende, Isabel 伊莎贝尔·阿连德
TÍTULO ORIGINAL 书名	El bosque de los pigmeos 矮人森林：阿连德少年探险奇幻三部
TRADUCTOR 译者	Chen Zhengfang 陈正芳
EDITORIAL 出版社	Yilin Press 译林出版社
AÑO / 出版年份	2010

AUTOR / 作者	Allende, Isabel / 伊莎贝尔·阿连德
TÍTULO ORIGINAL / 书名	El Reino del Dragón de Oro / 金龙王国：阿连德少年探险奇幻三部
TRADUCTOR / 译者	Zhang Shuying, Dai Yufen / 张淑英、戴毓芬
EDITORIAL / 出版社	Yilin Press / 译林出版社
AÑO / 出版年份	2010

AUTOR / 作者	Allende, Isabel / 伊萨贝尔·阿连德
TÍTULO ORIGINAL / 书名	El Zorro: Comienza la leyenda / 佐罗：一个传奇的开始
TRADUCTOR / 译者	Zhao Deming / 赵德明
EDITORIAL / 出版社	Yilin Press / 译林出版社
AÑO / 出版年份	2006

AUTOR / 作者	Allende, Isabel / 伊萨贝尔·阿连德
TÍTULO ORIGINAL / 书名	El Zorro: Comienza la leyenda / 佐罗：一个传奇的开始
TRADUCTOR / 译者	Zhao Deming / 赵德明
EDITORIAL / 出版社	Yilin Press / 译林出版社
AÑO / 出版年份	2011

AUTOR / 作者	Allende, Isabel / 伊莎贝尔·阿连德
TÍTULO ORIGINAL / 书名	Eva Luna / 月亮部落的夏娃
TRADUCTOR / 译者	Chai Yuling, et al. / 柴玉玲等
EDITORIAL / 出版社	China International Radio Press / 中国国际广播出版社
AÑO / 出版年份	1990

AUTOR 作者	Allende, Isabel 伊莎贝尔·阿连德
TÍTULO ORIGINAL 书名	La casa de los espíritus 幽灵之家
TRADUCTOR 译者	Liu Xiliang, Sun Jiying 刘习良、笋季英
EDITORIAL 出版社	Beijing October Arts & Literature Publishing House 北京十月文艺出版社
AÑO / 出版年份	1991

AUTOR 作者	Allende, Isabel 伊萨贝尔·阿连德
TÍTULO ORIGINAL 书名	La casa de los espíritus 幽灵之家
TRADUCTOR 译者	Liu Xiliang, Sun Jiying 刘习良、笋季英
EDITORIAL 出版社	Yilin Press 译林出版社
AÑO / 出版年份	2007

AUTOR 作者	Allende, Isabel 伊莎贝尔·阿连德
TÍTULO ORIGINAL 书名	La casa de los espíritus 幽灵之家
TRADUCTOR 译者	Liu Xiliang, Sun Jiying 刘习良、笋季英
EDITORIAL 出版社	Yilin Press 译林出版社
AÑO / 出版年份	2011

AUTOR 作者	Allende, Isabel 伊莎贝尔·阿连德
TÍTULO ORIGINAL 书名	La ciudad de las bestias 怪兽之城：阿连德少年探险奇幻三部
TRADUCTOR 译者	Zhang Wenyuan 张雯媛
EDITORIAL 出版社	Yilin Press 译林出版社
AÑO / 出版年份	2010

AUTOR 作者	Ampuero, Roberto 罗伯特·安布埃罗
TÍTULO ORIGINAL 书名	El caso Neruda 聂鲁达的情人
TRADUCTOR 译者	Zhao Deming 赵德明
EDITORIAL 出版社	Shanghai Translation Publishing House 上海译文出版社
AÑO / 出版年份	2015

AUTOR 作者	Ampuero, Roberto 罗伯特·安布埃罗
TÍTULO ORIGINAL 书名	Los amantes de Estocolmo 斯德哥尔摩情人
TRADUCTOR 译者	Zhao Deming 赵德明
EDITORIAL 出版社	Changjiang Literature and Art Publishing House 长江文艺出版社
AÑO / 出版年份	2005

AUTOR 作者	Ampuero, Roberto 罗伯特·安布埃罗
TÍTULO ORIGINAL 书名	Pasiones griegas 希腊激情
TRADUCTOR 译者	Zhao Deming 赵德明
EDITORIAL 出版社	People's Literature Publishing House 人民文学出版社
AÑO / 出版年份	2008

AUTOR 作者	Barrios, Enrique 恩里克·巴里奥斯
TÍTULO ORIGINAL 书名	Ami I: El niño de las estrellas 阿米 I：星星的孩子
TRADUCTOR 译者	Zhao Deming 赵德明
EDITORIAL 出版社	Tianjin Education Press 天津教育出版社
AÑO / 出版年份	2008

AUTOR 作者	Barrios, Enrique 恩里克·巴里奥斯
TÍTULO ORIGINAL 书名	Ami II: Ami regresa 阿米Ⅱ：宇宙之心
TRADUCTOR 译者	Zhao Deming 赵德明
EDITORIAL 出版社	Tianjin Education Press 天津教育出版社
AÑO / 出版年份	2008

AUTOR 作者	Barrios, Enrique 恩里克·巴里奥斯
TÍTULO ORIGINAL 书名	Ami III: Civilizaciones internas 阿米Ⅲ：爱的文明
TRADUCTOR 译者	Zhao Deming 赵德明
EDITORIAL 出版社	Tianjin Education Press 天津教育出版社
AÑO / 出版年份	2008

AUTOR 作者	Barrios, Enrique 恩里克·巴里奥斯
TÍTULO ORIGINAL 书名	Ami I: El niño de las estrellas 阿米Ⅰ：星星的孩子
TRADUCTOR 译者	Zeng Zhuoqi 曾卓琪
EDITORIAL 出版社	Guangxi Science and Technology Press 广西科学技术出版社
AÑO / 出版年份	2015

AUTOR 作者	Barrios, Enrique 恩里克·巴里奥斯
TÍTULO ORIGINAL 书名	Ami II: Ami regresa 阿米Ⅱ：宇宙之心
TRADUCTOR 译者	Zeng Zhuoqi 曾卓琪
EDITORIAL 出版社	Guangxi Science and Technology Press 广西科学技术出版社
AÑO / 出版年份	2016

AUTOR 作者	Barrios, Enrique 恩里克·巴里奥斯
TÍTULO ORIGINAL 书名	Ami III: Civilizaciones internas 阿米 III：爱的文明
TRADUCTOR 译者	Zeng Zhuoqi 曾卓琪
EDITORIAL 出版社	Guangxi Science and Technology Press 广西科学技术出版社
AÑO / 出版年份	2016

AUTOR 作者	Bello, Javier 哈维尔·贝略
TÍTULO ORIGINAL 书名	I Decided to Dissolve 我已决定溶解自己
TRADUCTOR 译者	Hu Xudong, Yuan Jing 胡续冬、袁婧
EDITORIAL 出版社	Jiangsu Phoenix Literature and Art Publishing 江苏凤凰文艺出版社
AÑO / 出版年份	2018

AUTOR 作者	Blest Gana, Alberto 布莱斯特·加纳
TÍTULO ORIGINAL 书名	Martín Rivas 马丁·里瓦斯
TRADUCTOR 译者	Zhao Deming 赵德明
EDITORIAL 出版社	Peking University Press 北京大学出版社
AÑO / 出版年份	1981

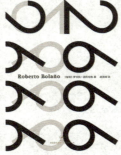

AUTOR 作者	Bolaño, Roberto 罗贝托·波拉尼奥
TÍTULO ORIGINAL 书名	2666 2666
TRADUCTOR 译者	Zhao Deming 赵德明
EDITORIAL 出版社	Shanghai People's Publishing House 上海人民出版社
AÑO / 出版年份	2012

AUTOR 作者	Bolaño, Roberto 罗贝托·波拉尼奥
TÍTULO ORIGINAL 书名	2666 2666
TRADUCTOR 译者	Zhao Deming 赵德明
EDITORIAL 出版社	Shanghai People's Publishing House 上海人民出版社
AÑO / 出版年份	2018

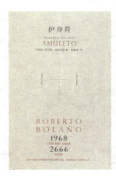

AUTOR 作者	Bolaño, Roberto 罗贝托·波拉尼奥
TÍTULO ORIGINAL 书名	Amuleto 护身符
TRADUCTOR 译者	Zhao Deming 赵德明
EDITORIAL 出版社	Shanghai People's Publishing House 上海人民出版社
AÑO / 出版年份	2013

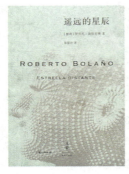

AUTOR 作者	Bolaño, Roberto 罗贝托·波拉尼奥
TÍTULO ORIGINAL 书名	Estrella distante 遥远的星辰
TRADUCTOR 译者	Zhang Huiling 张慧玲
EDITORIAL 出版社	Shanghai People's Publishing House 上海人民出版社
AÑO / 出版年份	2016

AUTOR 作者	Bolaño, Roberto 罗贝托·波拉尼奥
TÍTULO ORIGINAL 书名	La literatura nazi en América 美洲纳粹文学
TRADUCTOR 译者	Zhao Deming 赵德明
EDITORIAL 出版社	Shanghai People's Publishing House 上海人民出版社
AÑO / 出版年份	2014

AUTOR 作者	Bolaño, Roberto 罗贝托·波拉尼奥
TÍTULO ORIGINAL 书名	La universidad desconocida 未知大学
TRADUCTOR 译者	Fan Ye, Yang Ling 范晔、杨玲
EDITORIAL 出版社	Shanghai People's Publishing House 上海人民出版社
AÑO / 出版年份	2017

AUTOR 作者	Bolaño, Roberto 罗贝托·波拉尼奥
TÍTULO ORIGINAL 书名	Los detectives salvajes 荒野侦探
TRADUCTOR 译者	Yang Xiangrong 杨向荣
EDITORIAL 出版社	Shanghai People's Publishing House 上海人民出版社
AÑO / 出版年份	2009

AUTOR 作者	Bolaño, Roberto 罗贝托·波拉尼奥
TÍTULO ORIGINAL 书名	Los detectives salvajes 荒野侦探
TRADUCTOR 译者	Yang Xiangrong 杨向荣
EDITORIAL 出版社	Shanghai People's Publishing House 上海人民出版社
AÑO / 出版年份	2013

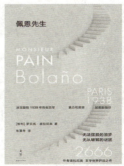

AUTOR 作者	Bolaño, Roberto 罗贝托·波拉尼奥
TÍTULO ORIGINAL 书名	Monsieur Pain 佩恩先生
TRADUCTOR 译者	Zhu Jingdong 朱景冬
EDITORIAL 出版社	Shanghai People's Publishing House 上海人民出版社
AÑO / 出版年份	2019

AUTOR 作者	Bolaño, Roberto 罗贝托·波拉尼奥
TÍTULO ORIGINAL 书名	Nocturno de Chile 智利之夜
TRADUCTOR 译者	Xu Quan 徐泉
EDITORIAL 出版社	Shanghai People's Publishing House 上海人民出版社
AÑO / 出版年份	2018

AUTOR 作者	Bolaño, Roberto 罗贝托·波拉尼奥
TÍTULO ORIGINAL 书名	Roberto Bolaño: The Last Interview and Other Conversations 波拉尼奥：最后的访谈
TRADUCTOR 译者	Pu Zhao 普照
EDITORIAL 出版社	CITIC Press Group 中信出版集团
AÑO / 出版年份	2019

AUTOR 作者	Bolaño, Roberto 罗贝托·波拉尼奥
TÍTULO ORIGINAL 书名	Últimos atardeceres en la tierra 地球上最后的夜晚
TRADUCTOR 译者	Zhao Deming 赵德明
EDITORIAL 出版社	Shanghai People's Publishing House 上海人民出版社
AÑO / 出版年份	2013

AUTOR 作者	Budge, María Teresa 玛丽亚·特雷莎·布德赫
TÍTULO ORIGINAL 书名	Nuestras sombras 一个少女的日记
TRADUCTOR 译者	Mao Cui, Tong Xin 毛毳、童欣
EDITORIAL 出版社	Sichuan Minorities Press 四川民族出版社
AÑO / 出版年份	1991

AUTOR 作者	De Rokha, Pablo 巴勃罗·德·罗卡
TÍTULO ORIGINAL 书名	China Roja 献给北京的颂歌
TRADUCTOR 译者	Zhao Jinping 赵金平
EDITORIAL 出版社	China Writers Publishing House 作家出版社
AÑO / 出版年份	1965

AUTOR 作者	Donoso, José 何塞·多诺索
TÍTULO ORIGINAL 书名	Casa de campo 别墅
TRADUCTOR 译者	Duan Ruochuan, Luo Haiyan 段若川、罗海燕
EDITORIAL 出版社	Times Literature and Art Publishing House 时代文艺出版社
AÑO / 出版年份	1992

AUTOR 作者	Donoso, José 何塞·多诺索
TÍTULO ORIGINAL 书名	Coronación 加冕礼
TRADUCTOR 译者	Duan Ruochuan, Luo Haiyan 段若川、罗海燕
EDITORIAL 出版社	Beiyue Literature and Art Publishing House 北岳文艺出版社
AÑO / 出版年份	1987

AUTOR 作者	Donoso, José 何塞·多诺索
TÍTULO ORIGINAL 书名	Cuentos de José Donoso 避暑
TRADUCTOR 译者	Zhao Deming 赵德明
EDITORIAL 出版社	People's Literature Publishing House 人民文学出版社
AÑO / 出版年份	2012

AUTOR 作者	Donoso, José 何塞·多诺索
TÍTULO ORIGINAL 书名	El jardín de al lado 旁边的花园
TRADUCTOR 译者	Duan Ruochuan, Luo Haiyan 段若川、罗海燕
EDITORIAL 出版社	Yunnan People's Publishing House 云南人民出版社
AÑO / 出版年份	1988

AUTOR 作者	Donoso, José 何塞·多诺索
TÍTULO ORIGINAL 书名	El jardín de al lado 旁边的花园
TRADUCTOR 译者	Duan Ruochuan, Luo Haiyan 段若川、罗海燕
EDITORIAL 出版社	Yunnan People's Publishing House 云南人民出版社
AÑO / 出版年份	1995

AUTOR 作者	Donoso, José 何塞·多诺索
TÍTULO ORIGINAL 书名	El lugar sin límites 奇异的女人
TRADUCTOR 译者	Zhou Yiqin, Li Hongqin 周义琴、李红琴
EDITORIAL 出版社	Culture and Art Publishing House 文化艺术出版社
AÑO / 出版年份	1987

AUTOR 作者	Donoso, José 何塞·多诺索
TÍTULO ORIGINAL 书名	El obsceno pájaro de la noche 污秽的夜鸟
TRADUCTOR 译者	Shen Genfa, Zhang Yongtai 沈根发、张永泰
EDITORIAL 出版社	Times Literature and Art Publishing House 时代文艺出版社
AÑO / 出版年份	1990

AUTOR 作者	Donoso, José 何塞·多诺索
TÍTULO ORIGINAL 书名	El obsceno pájaro de la noche 污秽的夜鸟
TRADUCTOR 译者	Shen Genfa, Zhang Yongtai 沈根发、张永泰
EDITORIAL 出版社	Times Literature and Art Publishing House 时代文艺出版社
AÑO / 出版年份	1995

AUTOR 作者	Donoso, José 何塞·多诺索
TÍTULO ORIGINAL 书名	Este domingo 周末逸事
TRADUCTOR 译者	Ruochuan, Shuijun 若川、水军
EDITORIAL 出版社	The North Literature and Art Publishing House 北方文艺出版社
AÑO / 出版年份	1986

AUTOR 作者	Donoso, José 何塞·多诺索
TÍTULO ORIGINAL 书名	Historia personal del boom "文学爆炸"亲历记：何塞·多诺索谈创作
TRADUCTOR 译者	Duan Ruochuan 段若川
EDITORIAL 出版社	Yunnan People's Publishing House 云南人民出版社
AÑO / 出版年份	1993

AUTOR 作者	Dorfman, Ariel 阿里埃尔·多尔夫曼
TÍTULO ORIGINAL 书名	Heading South, Looking North: A Bilingual Journey 往南，望北：一段双语旅程
TRADUCTOR 译者	Zhang Jianping, Chen Yude 张建平、陈余德
EDITORIAL 出版社	Tomorrow Publishing House 明天出版社
AÑO / 出版年份	2012

AUTOR 作者	Dorfman, Ariel 阿里埃尔·多尔夫曼
TÍTULO ORIGINAL 书名	La muerte y la doncella 死神与侍女
TRADUCTOR 译者	Chen Yude 陈余德
EDITORIAL 出版社	Tomorrow Publishing House 明天出版社
AÑO / 出版年份	2012

AUTOR 作者	Flores, Paulina 保丽娜·弗洛雷斯
TÍTULO ORIGINAL 书名	Qué vergüenza 最后假期
TRADUCTOR 译者	Pei Feng, Hou Jian 裴枫、侯健
EDITORIAL 出版社	People's Literature Publishing House 人民文学出版社
AÑO / 出版年份	2018

AUTOR 作者	Franz, Carlos 卡洛斯·弗朗茨
TÍTULO ORIGINAL 书名	El lugar donde estuvo el paraíso 曾是天堂的地方
TRADUCTOR 译者	Yin Chengdong 尹承东
EDITORIAL 出版社	Yilin Press 译林出版社
AÑO / 出版年份	1999

AUTOR 作者	Lillo, Baldomero 巴尔多迈罗·利约
TÍTULO ORIGINAL 书名	Cuentos. Baldomero Lillo 利约短篇小说集
TRADUCTOR 译者	Mei Ren 梅仁
EDITORIAL 出版社	China Writers Publishing House 作家出版社
AÑO / 出版年份	1961

AUTOR 作者	Lillo, Baldomero B. 利约
TÍTULO ORIGINAL 书名	El Chiflón del Diablo 魔鬼巷道
TRADUCTOR 译者	Jiang He, Zhang Yunyi 江禾、张云义
EDITORIAL 出版社	The Commercial Press 商务印书馆
AÑO / 出版年份	1979

AUTOR 作者	Mistral, Gabriela 米斯特拉尔
TÍTULO ORIGINAL 书名	Antología de Gabriela Mistral 露珠：米斯特拉尔诗歌散文集
TRADUCTOR 译者	Wang Yongnian 王永年
EDITORIAL 出版社	Shanghai Translation Publishing House 上海译文出版社
AÑO / 出版年份	1988

AUTOR 作者	Mistral, Gabriela 卡夫列拉·米斯特拉尔
TÍTULO ORIGINAL 书名	Antología de Gabriela Mistral 卡夫列拉·米斯特拉尔诗选
TRADUCTOR 译者	Zhao Zhenjiang 赵振江
EDITORIAL 出版社	Hebei Education Publishing House 河北教育出版社
AÑO / 出版年份	2004

AUTOR 作者	Mistral, Gabriela 加夫列拉·米斯特拉尔
TÍTULO ORIGINAL 书名	Cartas de amor 爱情书简
TRADUCTOR 译者	Duan Ruochuan 段若川
EDITORIAL 出版社	Lijiang Publishing House 漓江出版社
AÑO / 出版年份	2019

AUTOR 作者	Mistral, Gabriela 米斯特拉尔
TÍTULO ORIGINAL 书名	La promesa de las estrellas 对星星的诺言：米斯特拉尔诗选
TRADUCTOR 译者	Wang Yangle 王央乐
EDITORIAL 出版社	People's Literature Publishing House 人民文学出版社
AÑO / 出版年份	2018

AUTOR 作者	Mistral, Gabriela 加夫列拉·米斯特拉尔
TÍTULO ORIGINAL 书名	Lagar 葡萄压榨机
TRADUCTOR 译者	Wang Huanhuan 王欢欢
EDITORIAL 出版社	Beijing Institute of Technology Press 北京理工大学出版社
AÑO / 出版年份	2015

AUTOR 作者	Mistral, Gabriela 加夫列拉·米斯特拉尔
TÍTULO ORIGINAL 书名	Los cabellos de los niños 孩子的头发
TRADUCTOR 译者	Zhu Jinyu 朱金玉
EDITORIAL 出版社	Jiangsu Phoenix Literature and Art Publishing 江苏凤凰文艺出版社
AÑO / 出版年份	2017

AUTOR 作者	Mistral, Gabriela 米斯特拉尔
TÍTULO ORIGINAL 书名	Ternura 柔情
TRADUCTOR 译者	Zhao Zhenjiang, Chen Meng 赵振江、陈孟
EDITORIAL 出版社	Lijiang Publishing House 漓江出版社
AÑO / 出版年份	1986

AUTOR 作者	Mistral, Gabriela 加夫列拉·米斯特拉尔
TÍTULO ORIGINAL 书名	Ternura 柔情
TRADUCTOR 译者	Zhao Zhenjiang, et al. 赵振江等
EDITORIAL 出版社	Lijiang Publishing House 漓江出版社
AÑO / 出版年份	1992

AUTOR 作者	Mistral, Gabriela 米斯特拉尔
TÍTULO ORIGINAL 书名	Ternura 柔情集
TRADUCTOR 译者	Zhao Zhenjiang 赵振江
EDITORIAL 出版社	Orient Press 东方出版社
AÑO / 出版年份	2011

AUTOR 作者	Mistral, Gabriela 加夫列拉·米斯特拉尔
TÍTULO ORIGINAL 书名	Ternura 柔情
TRADUCTOR 译者	Zhao Zhenjiang 赵振江
EDITORIAL 出版社	Lijiang Publishing House 漓江出版社
AÑO / 出版年份	2019

AUTOR 作者	Mistral, Gabriela 米斯特拉尔
TÍTULO ORIGINAL 书名	Tú eres un agua de cienojos 你是一百只眼睛的水面
TRADUCTOR 译者	Zhao Zhenjiang 赵振江
EDITORIAL 出版社	Beijing Yanshan Press 北京燕山出版社
AÑO / 出版年份	2017

AUTOR 作者	Mistral, Gabriela 加夫列拉·米斯特拉尔
TÍTULO ORIGINAL 书名	—— 米斯特拉尔散文选
TRADUCTOR 译者	Sun Baichang 孙柏昌
EDITORIAL 出版社	Baihua Literature and Art Publishing House 百花文艺出版社
AÑO / 出版年份	1997

AUTOR 作者	Mistral, Gabriela 密丝特拉儿
TÍTULO ORIGINAL 书名	—— 密丝特拉儿诗集
TRADUCTOR 译者	Chen Li, Zhang Fenling 陈黎、张芬龄
EDITORIAL 出版社	The North Literature and Art Publishing House 北方文艺出版社
AÑO / 出版年份	2017

AUTOR 作者	Mistral, Gabriela 加夫列拉·米斯特拉尔
TÍTULO ORIGINAL 书名	—— 爱的幻想曲
TRADUCTOR 译者	Zhu Jinyu 朱金玉
EDITORIAL 出版社	Jiangsu Phoenix Literature and Art Publishing 江苏凤凰文艺出版社
AÑO / 出版年份	2017

AUTOR 作者	Muñoz Valenzuela, Diego 迭戈·穆尼奥斯·瓦伦苏埃拉
TÍTULO ORIGINAL 书名	Venta de ilusiones 出售幻觉
TRADUCTOR 译者	Fan Tongxin 范童心
EDITORIAL 出版社	Lijiang Publishing House 漓江出版社
AÑO / 出版年份	2019

AUTOR / 作者	Neruda, Pablo 巴勃罗·聂鲁达
TÍTULO ORIGINAL / 书名	Amores y revolución 山岩上的肖像：聂鲁达的爱情·诗·革命
TRADUCTOR / 译者	Zhao Zhenjiang, Teng Wei (ed.) 赵振江、滕威（编著）
EDITORIAL / 出版社	Shanghai People's Publishing House 上海人民出版社
AÑO / 出版年份	2004

AUTOR / 作者	Neruda, Pablo 巴勃罗·聂鲁达
TÍTULO ORIGINAL / 书名	Antología de Pablo Neruda 聂鲁达诗文集
TRADUCTOR / 译者	Yuan Shuipai 袁水拍
EDITORIAL / 出版社	People's Literature Publishing House 人民文学出版社
AÑO / 出版年份	1951

AUTOR / 作者	Neruda, Pablo 巴勃罗·聂鲁达
TÍTULO ORIGINAL / 书名	Antología de Pablo Neruda 聂鲁达诗文集
TRADUCTOR / 译者	Yuan Shuipai 袁水拍
EDITORIAL / 出版社	People's Literature Publishing House 人民文学出版社
AÑO / 出版年份	1953

AUTOR / 作者	Neruda, Pablo 聂鲁达
TÍTULO ORIGINAL / 书名	Antología de Pablo Neruda 聂鲁达集
TRADUCTOR / 译者	Zhao Zhenjiang (ed.) 赵振江（主编）
EDITORIAL / 出版社	Flower City Publishing House 花城出版社
AÑO / 出版年份	2008

AUTOR 作者	Neruda, Pablo 巴勃罗·聂鲁达
TÍTULO ORIGINAL 书名	Canción de gesta 英雄事业的赞歌
TRADUCTOR 译者	Wang Yangle 王央乐
EDITORIAL 出版社	China Writers Publishing House 作家出版社
AÑO / 出版年份	1961

AUTOR 作者	Neruda, Pablo 巴勃罗·聂鲁达
TÍTULO ORIGINAL 书名	Canto general 诗歌总集
TRADUCTOR 译者	Wang Yangle 王央乐
EDITORIAL 出版社	Shanghai Literature and Art Publishing House 上海文艺出版社
AÑO / 出版年份	1984

AUTOR 作者	Neruda, Pablo 巴勃罗·聂鲁达
TÍTULO ORIGINAL 书名	Canto general 漫歌
TRADUCTOR 译者	Jiang Zhishui, Lin Zhimu 江之水、林之木
EDITORIAL 出版社	Yunnan People's Publishing House 云南人民出版社
AÑO / 出版年份	1995

AUTOR 作者	Neruda, Pablo 聂鲁达
TÍTULO ORIGINAL 书名	Confieso que he vivido 我曾历尽沧桑：聂鲁达回忆录
TRADUCTOR 译者	Liu Jingsheng 刘京胜
EDITORIAL 出版社	Lijiang Publishing House 漓江出版社
AÑO / 出版年份	1992

AUTOR 作者	Neruda, Pablo 聂鲁达
TÍTULO ORIGINAL 书名	Confieso que he vivido 回首话沧桑：聂鲁达回忆录
TRADUCTOR 译者	Lin Guang 林光
EDITORIAL 出版社	Knowledge Publishing House 知识出版社
AÑO / 出版年份	1993

AUTOR 作者	Neruda, Pablo 巴勃罗·聂鲁达
TÍTULO ORIGINAL 书名	Confieso que he vivido 聂鲁达自传
TRADUCTOR 译者	Lin Guang 林光
EDITORIAL 出版社	Orient Publishing Center 东方出版中心
AÑO / 出版年份	1993

AUTOR 作者	Neruda, Pablo 聂鲁达
TÍTULO ORIGINAL 书名	Confieso que he vivido 我坦言我曾历尽沧桑
TRADUCTOR 译者	Lin Guang 林光
EDITORIAL 出版社	Nanhai Publishing Company 南海出版公司
AÑO / 出版年份	2015

AUTOR 作者	Neruda, Pablo 巴勃罗·聂鲁达
TÍTULO ORIGINAL 书名	Las uvas y el viento 葡萄园和风
TRADUCTOR 译者	Zou Jiang, et al. 邹绛等
EDITORIAL 出版社	Shanghai Literature and Art Publishing House 上海文艺出版社
AÑO / 出版年份	1959

AUTOR 作者	Neruda, Pablo 聂鲁达
TÍTULO ORIGINAL 书名	Libro de las preguntas 疑问集
TRADUCTOR 译者	Chen Li, Zhang Fenling 陈黎、张芬龄
EDITORIAL 出版社	Nanhai Publishing Company 南海出版公司
AÑO / 出版年份	2015

AUTOR 作者	Neruda, Pablo 聂鲁达
TÍTULO ORIGINAL 书名	Para nacer he nacido / Confieso que he vivido 聂鲁达散文选
TRADUCTOR 译者	Jiang Zhifang, Jiang He, Lin Yian, Lin Guang, Wang Xiaofang 江志方、江禾、林一安、林光、王小方
EDITORIAL 出版社	Baihua Literature and Art Publishing House 百花文艺出版社
AÑO / 出版年份	1987

AUTOR 作者	Neruda, Pablo 聂鲁达
TÍTULO ORIGINAL 书名	Para nacer he nacido / Confieso que he vivido 聂鲁达散文选
TRADUCTOR 译者	Jiang Zhifang, Jiang He, Lin Yian, Lin Guang, Wang Xiaofang 江志方、江禾、林一安、林光、王小方
EDITORIAL 出版社	Baihua Literature and Art Publishing House 百花文艺出版社
AÑO / 出版年份	1987

AUTOR 作者	Neruda, Pablo 聂鲁达
TÍTULO ORIGINAL 书名	Para nacer he nacido / Confieso que he vivido 聂鲁达散文选
TRADUCTOR 译者	Jiang Zhifang, Jiang He, Lin Yian, Lin Guang, Wang Xiaofang 江志方、江禾、林一安、林光、王小方
EDITORIAL 出版社	Baihua Literature and Art Publishing House 百花文艺出版社
AÑO / 出版年份	1994

AUTOR 作者	Neruda, Pablo 巴勃罗·聂鲁达
TÍTULO ORIGINAL 书名	Que despierte el leñador 让那伐木者醒来
TRADUCTOR 译者	Yuan Shuipai 袁水拍
EDITORIAL 出版社	Xinqun Press 新群出版社
AÑO / 出版年份	1950

AUTOR 作者	Neruda, Pablo 巴勃罗·聂鲁达
TÍTULO ORIGINAL 书名	Que despierte el leñador 伐木者，醒来吧！
TRADUCTOR 译者	Yuan Shuipai 袁水拍
EDITORIAL 出版社	People's Literature Publishing House 人民文学出版社
AÑO / 出版年份	1958

AUTOR 作者	Neruda, Pablo 聂鲁达
TÍTULO ORIGINAL 书名	Veinte poemas de amor y una canción desesperada 二十首情诗与绝望的歌
TRADUCTOR 译者	Li Zongrong 李宗荣
EDITORIAL 出版社	China Social Sciences Press 中国社会科学出版社
AÑO / 出版年份	2003

AUTOR 作者	Neruda, Pablo 聂鲁达
TÍTULO ORIGINAL 书名	Veinte poemas de amor y una canción desesperada 二十首情诗和一首绝望的歌
TRADUCTOR 译者	Chen Li, Zhang Fenling 陈黎、张芬龄
EDITORIAL 出版社	Nanhai Publishing Company 南海出版公司
AÑO / 出版年份	2014

AUTOR 作者	Neruda, Pablo 巴勃罗·聂鲁达
TÍTULO ORIGINAL 书名	El fugitivo 流亡者
TRADUCTOR 译者	Zou Lüzhi 邹绿芷
EDITORIAL 出版社	Wenhua Gongzuoshe 文化工作社
AÑO / 出版年份	1951

AUTOR 作者	Neruda, Pablo 聂鲁达
TÍTULO ORIGINAL 书名	—— 聂鲁达诗选
TRADUCTOR 译者	Zou Jiang, Cai Qijiao, et al. 邹绛、蔡其矫等
EDITORIAL 出版社	Sichuan People's Publishing House 四川人民出版社
AÑO / 出版年份	1983

AUTOR 作者	Neruda, Pablo 聂鲁达
TÍTULO ORIGINAL 书名	—— 聂鲁达诗选
TRADUCTOR 译者	Chen Shi 陈实
EDITORIAL 出版社	Hunan People's Publishing House 湖南人民出版社
AÑO / 出版年份	1985

AUTOR 作者	Neruda, Pablo 聂鲁达
TÍTULO ORIGINAL 书名	—— 诗与颂歌
TRADUCTOR 译者	Yuan Shuipai, Wang Yangle 袁水拍、王央乐
EDITORIAL 出版社	People's Literature Publishing House 人民文学出版社
AÑO / 出版年份	1987

AUTOR 作者	Neruda, Pablo 聂鲁达
TÍTULO ORIGINAL 书名	—— 聂鲁达抒情诗选
TRADUCTOR 译者	Chen Shi 陈实
EDITORIAL 出版社	Hunan Literature and Art Publishing House 湖南文艺出版社
AÑO / 出版年份	1992

AUTOR 作者	Neruda, Pablo 聂鲁达
TÍTULO ORIGINAL 书名	—— 聂鲁达抒情诗选
TRADUCTOR 译者	Zou Jiang, Cai Qijiao, et al. 邹绛、蔡其矫等
EDITORIAL 出版社	Sichuan Literature and Art Publishing House 四川文艺出版社
AÑO / 出版年份	1992

AUTOR 作者	Neruda, Pablo 聂鲁达
TÍTULO ORIGINAL 书名	—— 聂鲁达爱情诗选
TRADUCTOR 译者	Cheng Bukui 程步奎
EDITORIAL 出版社	Sichuan Literature and Art Publishing House 四川文艺出版社
AÑO / 出版年份	1992

AUTOR 作者	Neruda, Pablo 巴勃罗·聂鲁达
TÍTULO ORIGINAL 书名	—— 情诗·哀诗·赞诗
TRADUCTOR 译者	Zhao Deming, et al. 赵德明等
EDITORIAL 出版社	Lijiang Publishing House 漓江出版社
AÑO / 出版年份	1992

AUTOR 作者	Neruda, Pablo 聂鲁达
TÍTULO ORIGINAL 书名	—— 聂鲁达诗选
TRADUCTOR 译者	Huang Canran 黄灿然
EDITORIAL 出版社	Hebei Education Publishing House 河北教育出版社
AÑO / 出版年份	2003

AUTOR 作者	Neruda, Pablo, et al. 巴勃罗·聂鲁达等
TÍTULO ORIGINAL 书名	España en el corazón 西班牙在心中
TRADUCTOR 译者	Zhao Zhenjiang 赵振江
EDITORIAL 出版社	China Writers Publishing House 作家出版社
AÑO / 出版年份	2015

AUTOR 作者	Politzer, Patricia 帕特里夏·波利策
TÍTULO ORIGINAL 书名	Bachelet en tierra de hombres 智利女总统巴切莱特：绽放的铿锵玫瑰
TRADUCTOR 译者	Lu Siheng, Li Hui, Han Han 芦思姮、李慧、韩晗
EDITORIAL 出版社	China Social Sciences Press 中国社会科学出版社
AÑO / 出版年份	2017

AUTOR 作者	Prieto, Jenaro 赫纳罗·普列托
TÍTULO ORIGINAL 书名	El socio 合伙人
TRADUCTOR 译者	Xu Yuming 徐玉明
EDITORIAL 出版社	Jiangsu People's Publishing House 江苏人民出版社
AÑO / 出版年份	1981

AUTOR 作者	Rivera Letelier, Hernán 埃尔南·里维拉·莱特列尔
TÍTULO ORIGINAL 书名	El arte de la resurrección 复活的艺术
TRADUCTOR 译者	Cui Yan 崔燕
EDITORIAL 出版社	People's Literature Publishing House 人民文学出版社
AÑO / 出版年份	2011

AUTOR 作者	Rivera Letelier, Hernán 埃尔南·里维拉·莱特利尔
TÍTULO ORIGINAL 书名	La contadora de películas 电影女孩
TRADUCTOR 译者	Ye Shuyin 叶淑吟
EDITORIAL 出版社	People's Literature Publishing House 人民文学出版社
AÑO / 出版年份	2012

AUTOR 作者	Rojas, Gonzalo 贡萨洛·罗哈斯
TÍTULO ORIGINAL 书名	El soles la únicas emilla 太阳是唯一的种子：贡萨洛·罗哈斯诗选
TRADUCTOR 译者	Zhao Zhenjiang 赵振江
EDITORIAL 出版社	The Commercial Press 商务印书馆
AÑO / 出版年份	2017

AUTOR 作者	Sepúlveda, Luis 路易斯·塞普尔维达
TÍTULO ORIGINAL 书名	Historia de una gaviota y del gato que le enseñó a volar 教海鸥飞翔的猫
TRADUCTOR 译者	Song Jindong 宋尽冬
EDITORIAL 出版社	Yilin Press 译林出版社
AÑO / 出版年份	2001

AUTOR 作者	Sepúlveda, Luis 路易斯·塞普尔维达
TÍTULO ORIGINAL 书名	Historia de una gaviota y del gato que le enseñó a volar 教海鸥飞翔的猫
TRADUCTOR 译者	Song Jindong 宋尽冬
EDITORIAL 出版社	People's Literature Publishing House 人民文学出版社
AÑO / 出版年份	2011

AUTOR 作者	Sepúlveda, Luis 路易斯·塞普尔维达
TÍTULO ORIGINAL 书名	Historias marginales 边缘故事集
TRADUCTOR 译者	Shi Jie, Li Xuefei 施杰、李雪菲
EDITORIAL 出版社	People's Literature Publishing House 人民文学出版社
AÑO / 出版年份	2017

AUTOR 作者	Sepúlveda, Luis 路易斯·塞普尔维达
TÍTULO ORIGINAL 书名	Mundo del fin del mundo 世界尽头的世界
TRADUCTOR 译者	Shi Jie, Zhang Li 施杰、张力
EDITORIAL 出版社	People's Literature Publishing House 人民文学出版社
AÑO / 出版年份	2017

AUTOR 作者	Sepúlveda, Luis 路易斯·塞普尔维达
TÍTULO ORIGINAL 书名	Nombre de torero 斗牛士之名
TRADUCTOR 译者	Zhang Li 张力
EDITORIAL 出版社	People's Literature Publishing House 人民文学出版社
AÑO / 出版年份	2017

AUTOR 作者	Sepúlveda, Luis 路易斯·塞普尔维达
TÍTULO ORIGINAL 书名	Últimas noticias del sur 失落的南方
TRADUCTOR 译者	Xuan Le 轩乐
EDITORIAL 出版社	Shanghai Literature and Art Publishing House 上海文艺出版社
AÑO / 出版年份	2011

AUTOR 作者	Sepúlveda, Luis 路易斯·塞普尔维达
TÍTULO ORIGINAL 书名	Últimas noticias del sur 失落的南方
TRADUCTOR 译者	Xuan Le 轩乐
EDITORIAL 出版社	Shanghai Literature and Art Publishing House 上海文艺出版社
AÑO / 出版年份	2015

AUTOR 作者	Sepúlveda, Luis 路易斯·塞普尔维达
TÍTULO ORIGINAL 书名	Últimas noticias del sur 失落的南方
TRADUCTOR 译者	Xuan Le 轩乐
EDITORIAL 出版社	People's Literature Publishing House 人民文学出版社
AÑO / 出版年份	2018

AUTOR 作者	Sepúlveda, Luis 路易斯·塞普尔维达
TÍTULO ORIGINAL 书名	Un viejo que leía novelas de amor 读爱情故事的老人
TRADUCTOR 译者	Wu Daishi 伍代什
EDITORIAL 出版社	Yilin Press 译林出版社
AÑO / 出版年份	2002

AUTOR 作者	Sepúlveda, Luis 路易斯·塞普尔维达
TÍTULO ORIGINAL 书名	Un viejo que leía novelas de amor 读爱情故事的老人
TRADUCTOR 译者	Tang Xiru 唐郗汝
EDITORIAL 出版社	People's Literature Publishing House 人民文学出版社
AÑO / 出版年份	2011

AUTOR 作者	Sepúlveda, Luis 路易斯·塞普尔维达
TÍTULO ORIGINAL 书名	Un viejo que leía novelas de amor 读爱情故事的老人
TRADUCTOR 译者	Tang Xiru 唐郗汝
EDITORIAL 出版社	People's Literature Publishing House 人民文学出版社
AÑO / 出版年份	2017

AUTOR 作者	Sepúlveda, Luis 路易斯·塞普尔维达
TÍTULO ORIGINAL 书名	Un viejo que leía novelas de amor 读爱情故事的老人
TRADUCTOR 译者	Tang Xiru 唐郗汝
EDITORIAL 出版社	Shanghai Literature and Art Publishing House 上海文艺出版社
AÑO / 出版年份	2019

AUTOR 作者	Serrano, Marcela 马塞拉·塞拉诺
TÍTULO ORIGINAL 书名	Diez mujeres 十个女人
TRADUCTOR 译者	Mou Xinyu 牟馨玉
EDITORIAL 出版社	Central Compilation & Translation Press 中央编译出版社
AÑO / 出版年份	2018

AUTOR 作者	Serrano, Marcela 马塞拉·塞拉诺
TÍTULO ORIGINAL 书名	Nosotras que nos queremos tanto 我们如此相爱
TRADUCTOR 译者	Zhang Yuemiao 张月淼
EDITORIAL 出版社	Central Compilation & Translation Press 中央编译出版社
AÑO / 出版年份	2018

AUTOR 作者	Skármeta, Antonio 安东尼奥·斯卡尔梅达
TÍTULO ORIGINAL 书名	El baile de la victoria 为爱而偷
TRADUCTOR 译者	Yuchi Xiu 尉迟秀
EDITORIAL 出版社	Chongqing Publishing Group 重庆出版社
AÑO / 出版年份	2012

AUTOR 作者	Skármeta, Antonio 安东尼奥·斯卡尔梅达
TÍTULO ORIGINAL 书名	El cartero de Neruda 邮差
TRADUCTOR 译者	Li Hongqin 李红琴
EDITORIAL 出版社	Chongqing Publishing Group 重庆出版社
AÑO / 出版年份	2007

AUTOR 作者	Skármeta, Antonio 斯卡尔梅达
TÍTULO ORIGINAL 书名	La insurrección 叛乱
TRADUCTOR 译者	Li Hongqin, Liu Jiamin 李红琴、刘佳民
EDITORIAL 出版社	Yunnan People's Publishing House 云南人民出版社
AÑO / 出版年份	1993

AUTOR 作者	Torres-Ríoseco, Arturo 阿图罗·托雷斯 - 里奥塞科
TÍTULO ORIGINAL 书名	The epic of Latin American Literature 拉丁美洲文学简史
TRADUCTOR 译者	Wu Jianheng 吴健恒
EDITORIAL 出版社	People's Literature Publishing House 人民文学出版社
AÑO / 出版年份	1978

AUTOR 作者	Venturelli, José 何塞·万徒勒里
TÍTULO ORIGINAL 书名	—— 拉丁美洲旅行记
TRADUCTOR 译者	Wu Mingqi 吴名祺
EDITORIAL 出版社	World Affairs Press 世界知识出版社
AÑO / 出版年份	1960

AUTOR 作者	Vidal, Virginia 维吉尼亚·维达尔
TÍTULO ORIGINAL 书名	Neruda: Memoria crepitante 聂鲁达传：闪烁的记忆
TRADUCTOR 译者	Cui Zilin 崔子琳
EDITORIAL 出版社	Yilin Press 译林出版社
AÑO / 出版年份	2017

AUTOR 作者	Zambra, Alejandro 亚历杭德罗·桑布拉
TÍTULO ORIGINAL 书名	Bonsái / La vida privada de los árboles 盆栽
TRADUCTOR 译者	Yuan Zhongshi 袁仲实
EDITORIAL 出版社	People's Literature Publishing House 人民文学出版社
AÑO / 出版年份	2016

AUTOR 作者	Zambra, Alejandro 亚历杭德罗·桑布拉
TÍTULO ORIGINAL 书名	Facsímil 多项选择
TRADUCTOR 译者	Tong Yaxing 童亚星
EDITORIAL 出版社	People's Literature Publishing House 人民文学出版社
AÑO / 出版年份	2019

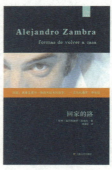

AUTOR 作者	Zambra, Alejandro 亚历杭德罗·桑布拉
TÍTULO ORIGINAL 书名	Formas de volver a casa 回家的路
TRADUCTOR 译者	Tong Yaxing 童亚星
EDITORIAL 出版社	Shanghai Literature and Art Publishing House 上海文艺出版社
AÑO / 出版年份	2013

AUTOR 作者	Zambra, Alejandro 亚历杭德罗·桑布拉
TÍTULO ORIGINAL 书名	Formas de volver a casa 回家的路
TRADUCTOR 译者	Tong Yaxing 童亚星
EDITORIAL 出版社	People's Literature Publishing House 人民文学出版社
AÑO / 出版年份	2018

AUTOR 作者	Zambra, Alejandro 亚历杭德罗·桑布拉
TÍTULO ORIGINAL 书名	Mis documentos 我的文档
TRADUCTOR 译者	Tong Yaxing 童亚星
EDITORIAL 出版社	People's Literature Publishing House 人民文学出版社
AÑO / 出版年份	2016

AUTOR 作者	Zurita, Raúl 拉乌尔·苏里达
TÍTULO ORIGINAL 书名	Selección de poemas de Raúl Zurita 渴望自由
TRADUCTOR 译者	Zhao Deming 赵德明
EDITORIAL 出版社	Yunnan People's Publishing House 云南人民出版社.
AÑO / 出版年份	2001

AUTOR 作者	Zurita, Raúl 劳尔·朱利塔
TÍTULO ORIGINAL 书名	The Sea 大海
TRADUCTOR 译者	Liang Xiaoman 梁小曼
EDITORIAL 出版社	Jiangsu Phoenix Literature and Art Publishing 江苏凤凰文艺出版社
AÑO / 出版年份	2018

Colombia 哥伦比亚

AUTOR 作者	Abad Faciolince, Héctor 埃克托尔·阿瓦德·法西奥林塞
TÍTULO ORIGINAL 书名	Angosta 深谷幽城
TRADUCTOR 译者	Zhang Guangsen 张广森
EDITORIAL 出版社	People's Literature Publishing House 人民文学出版社
AÑO / 出版年份	2005

AUTOR 作者	Afanador, Luis Fernando (ed.) 路易斯·费尔南多·阿法纳多尔（编）
TÍTULO ORIGINAL 书名	El nuevo cuento latinoamericano 匆匆半生路：拉丁美洲最新短篇小说集
TRADUCTOR 译者	Dalian University of Foreign Languages 大连外国语大学
EDITORIAL 出版社·	Central Compilation & Translation Press 中央编译出版社
AÑO / 出版年份	2015

AUTOR 作者	Becerra, Ángela 安赫拉·贝塞拉
TÍTULO ORIGINAL 书名	El penúltimo sueño 倒数第二梦
TRADUCTOR 译者	Zhao Deming 赵德明
EDITORIAL 出版社	People's Literature Publishing House 人民文学出版社
AÑO / 出版年份	2007

AUTOR 作者	Caballero Calderón, Eduardo 卡瓦列罗·卡尔德龙
TÍTULO ORIGINAL 书名	Siervo sin tierra 老兵与寡妇
TRADUCTOR 译者	Jiang Fengguang 姜风光
EDITORIAL 出版社	Shanghai Translation Publishing House 上海译文出版社
AÑO / 出版年份	1991

AUTOR 作者	Castro Caycedo, Germán 赫尔曼·卡斯特罗·凯塞多
TÍTULO ORIGINAL 书名	Mi alma se la dejo al diablo 我把灵魂交给魔鬼
TRADUCTOR 译者	Deng Yidi, Wang Guanyu 邓伊迪、王冠宇
EDITORIAL 出版社	Central Compilation & Translation Press 中央编译出版社
AÑO / 出版年份	2017

AUTOR 作者	García Márquez, Gabriel 加西亚·马尔克斯
TÍTULO ORIGINAL 书名	Cien años de soledad 百年孤独
TRADUCTOR 译者	Huang Jinyan, Shen Guozheng, Chen Quan 黄锦炎、沈国正、陈泉
EDITORIAL 出版社	Shanghai Translation Publishing House 上海译文出版社
AÑO / 出版年份	1984

AUTOR 作者	García Márquez, Gabriel 加西亚·马尔克斯
TÍTULO ORIGINAL 书名	Cien años de soledad 百年孤独
TRADUCTOR 译者	Gao Changrong 高长荣
EDITORIAL 出版社	Beijing October Arts & Literature Publishing House 北京十月文艺出版社
AÑO / 出版年份	1984

AUTOR 作者	García Márquez, Gabriel 加西亚·马尔克斯
TÍTULO ORIGINAL 书名	Cien años de soledad 百年孤独
TRADUCTOR 译者	Huang Jinyan, Shen Guozheng, Chen Quan 黄锦炎、沈国正、陈泉
EDITORIAL 出版社	Shanghai Translation Publishing House 上海译文出版社
AÑO / 出版年份	1989

AUTOR 作者	García Márquez, Gabriel 加西亚·马尔克斯
TÍTULO ORIGINAL 书名	Cien años de soledad 百年孤独
TRADUCTOR 译者	Huang Jinyan, Shen Guozheng, Chen Quan 黄锦炎、沈国正、陈泉
EDITORIAL 出版社	Zhejiang Literature and Art Publishing House 浙江文艺出版社
AÑO / 出版年份	1991

AUTOR 作者	García Márquez, Gabriel 加西亚·马尔克斯
TÍTULO ORIGINAL 书名	Cien años de soledad 百年孤独
TRADUCTOR 译者	Wu Jianheng 吴健恒
EDITORIAL 出版社	Yunnan People's Publishing House 云南人民出版社
AÑO / 出版年份	1993

AUTOR 作者	García Márquez, Gabriel 加西亚·马尔克斯
TÍTULO ORIGINAL 书名	Cien años de soledad 百年孤独
TRADUCTOR 译者	Gao Changrong 高长荣
EDITORIAL 出版社	Beijing October Arts & Literature Publishing House 北京十月文艺出版社
AÑO / 出版年份	1993

AUTOR 作者	García Márquez, Gabriel 加西亚·马尔克斯
TÍTULO ORIGINAL 书名	Cien años de soledad 百年孤独
TRADUCTOR 译者	Gao Changrong 高长荣
EDITORIAL 出版社	China Federation of Literary and Art Circles Press 中国文联出版公司
AÑO / 出版年份	1994

AUTOR 作者	García Márquez, Gabriel 加西亚·马尔克斯
TÍTULO ORIGINAL 书名	Cien años de soledad 百年孤独
TRADUCTOR 译者	Huang Jinyan, Shen Guozheng, Chen Quan 黄锦炎、沈国正、陈泉
EDITORIAL 出版社	Zhejiang Literature and Art Publishing House 浙江文艺出版社
AÑO / 出版年份	1994

AUTOR 作者	García Márquez, Gabriel 加西亚·马尔克斯
TÍTULO ORIGINAL 书名	Cien años de soledad 百年孤独
TRADUCTOR 译者	Wu Jianheng 吴健恒
EDITORIAL 出版社	Yunnan People's Publishing House 云南人民出版社
AÑO / 出版年份	1994

AUTOR 作者	García Márquez, Gabriel 加西亚·马尔克斯
TÍTULO ORIGINAL 书名	Cien años de soledad 百年孤独
TRADUCTOR 译者	Huang Jinyan 黄锦炎
EDITORIAL 出版社	Lijiang Publishing House 漓江出版社
AÑO / 出版年份	1999

AUTOR 作者	García Márquez, Gabriel 加西亚·马尔克斯
TÍTULO ORIGINAL 书名	Cien años de soledad 百年孤独
TRADUCTOR 译者	Tong Yanfang, Yao Xiaobo, Li Jianguo 仝彦芳、要晓波、李建国
EDITORIAL 出版社	Inner Mongolia People's Publishing House 内蒙古人民出版社
AÑO / 出版年份	2000

AUTOR 作者	García Márquez, Gabriel 加西亚·马尔克斯
TÍTULO ORIGINAL 书名	Cien años de soledad 百年孤独
TRADUCTOR 译者	Xiao Li 晓丽
EDITORIAL 出版社	Yili People's Publishing House 伊犁人民出版社
AÑO / 出版年份	2000

AUTOR 作者	García Márquez, Gabriel 加西亚·马尔克斯
TÍTULO ORIGINAL 书名	Cien años de soledad 百年孤独
TRADUCTOR 译者	Ji Jianghong 纪江红
EDITORIAL 出版社	Jinghua Publishing House 京华出版社
AÑO / 出版年份	2001

AUTOR 作者	García Márquez, Gabriel 加西亚·马尔克斯
TÍTULO ORIGINAL 书名	Cien años de soledad 百年孤独
TRADUCTOR 译者	Yu Na 于娜
EDITORIAL 出版社	Inner Mongolia Culture Publishing House 内蒙古文化出版社
AÑO / 出版年份	2001

AUTOR 作者	García Márquez, Gabriel 加西亚·马尔克斯
TÍTULO ORIGINAL 书名	Cien años de soledad 百年孤独
TRADUCTOR 译者	Song Hongyuan 宋鸿远
EDITORIAL 出版社	Beiyue Literature and Art Publishing House 北岳文艺出版社
AÑO / 出版年份	2001

AUTOR 作者	García Márquez, Gabriel 加西亚·马尔克斯
TÍTULO ORIGINAL 书名	Cien años de soledad 百年孤独
TRADUCTOR 译者	Gao Changrong 高长荣
EDITORIAL 出版社	Dunhuang Literature and Art Publishing House 敦煌文艺出版社
AÑO / 出版年份	2001

AUTOR 作者	García Márquez, Gabriel 加西亚·马尔克斯
TÍTULO ORIGINAL 书名	Cien años de soledad 百年孤独
TRADUCTOR 译者	Shu Jinxiu 舒锦秀
EDITORIAL 出版社	China Theatre Press 中国戏剧出版社
AÑO / 出版年份	2002

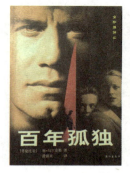

AUTOR 作者	García Márquez, Gabriel 加西亚·马尔克斯
TÍTULO ORIGINAL 书名	Cien años de soledad 百年孤独
TRADUCTOR 译者	Huang Jinyan 黄锦炎
EDITORIAL 出版社	Lijiang Publishing House 漓江出版社
AÑO / 出版年份	2003

AUTOR 作者	García Márquez, Gabriel 加西亚·马尔克斯
TÍTULO ORIGINAL 书名	Cien años de soledad 百年孤独
TRADUCTOR 译者	Pan Limin 潘立民
EDITORIAL 出版社	Xiyuan Publishing House 西苑出版社
AÑO / 出版年份	2003

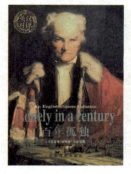

AUTOR 作者	García Márquez, Gabriel 加西亚·马尔克斯
TÍTULO ORIGINAL 书名	Cien años de soledad 百年孤独
TRADUCTOR 译者	Li Wenjun 李文军
EDITORIAL 出版社	China Theatre Press 中国戏剧出版社
AÑO / 出版年份	2005

AUTOR 作者	García Márquez, Gabriel 加西亚·马尔克斯
TÍTULO ORIGINAL 书名	Cien años de soledad 百年孤独
TRADUCTOR 译者	Chen Chen 陈辰
EDITORIAL 出版社	China Theatre Press 中国戏剧出版社
AÑO / 出版年份	2006

AUTOR 作者	García Márquez, Gabriel 加西亚·马尔克斯
TÍTULO ORIGINAL 书名	Cien años de soledad 百年孤独
TRADUCTOR 译者	Huang Jinyan 黄锦炎
EDITORIAL 出版社	Nanhai Publishing Company 南海出版公司
AÑO / 出版年份	2007

AUTOR 作者	García Márquez, Gabriel 加西亚·马尔克斯
TÍTULO ORIGINAL 书名	Cien años de soledad 百年孤独
TRADUCTOR 译者	Song Ruifen 宋瑞芬
EDITORIAL 出版社	China Theatre Press 中国戏剧出版社
AÑO / 出版年份	2008

AUTOR 作者	García Márquez, Gabriel 加西亚·马尔克斯
TÍTULO ORIGINAL 书名	Cien años de soledad 百年孤独
TRADUCTOR 译者	Yan Rui 闫瑞
EDITORIAL 出版社	Beijing Yanshan Press 北京燕山出版社
AÑO / 出版年份	2011

AUTOR 作者	García Márquez, Gabriel 加西亚·马尔克斯
TÍTULO ORIGINAL 书名	Cien años de soledad 百年孤独
TRADUCTOR 译者	Fan Ye 范晔
EDITORIAL 出版社	Nanhai Publishing Company 南海出版公司
AÑO / 出版年份	2011

AUTOR 作者	García Márquez, Gabriel 加西亚·马尔克斯
TÍTULO ORIGINAL 书名	Cien años de soledad 百年孤独
TRADUCTOR 译者	Fan Ye 范晔
EDITORIAL 出版社	Nanhai Publishing Company 南海出版公司
AÑO / 出版年份	2017

AUTOR 作者	García Márquez, Gabriel 加西亚·马尔克斯
TÍTULO ORIGINAL 书名	Crónica de una muerte anunciada 一桩事先张扬的凶杀案
TRADUCTOR 译者	Li Deming, Jiang Zongcao, et al. 李德明、蒋宗曹等
EDITORIAL 出版社	Central Compilation & Translation Press 中央编译出版社
AÑO / 出版年份	2004

AUTOR 作者	García Márquez, Gabriel 加西亚·马尔克斯
TÍTULO ORIGINAL 书名	Crónica de una muerte anunciada 一桩事先张扬的凶杀案
TRADUCTOR 译者	Wei Ran 魏然
EDITORIAL 出版社	Nanhai Publishing Company 南海出版公司
AÑO / 出版年份	2013

AUTOR 作者	García Márquez, Gabriel 加西亚·马尔克斯
TÍTULO ORIGINAL 书名	Crónica de una muerte anunciada 一桩事先张扬的凶杀案
TRADUCTOR 译者	Wei Ran 魏然
EDITORIAL 出版社	Nanhai Publishing Company 南海出版公司
AÑO / 出版年份	2018

AUTOR 作者	García Márquez, Gabriel 加西亚·马尔克斯
TÍTULO ORIGINAL 书名	Cuentos de García Márquez 马尔克斯中短篇小说集
TRADUCTOR 译者	He Shang 何裳
EDITORIAL 出版社	Times Literature and Art Publishing House 时代文艺出版社
AÑO / 出版年份	1999

AUTOR 作者	García Márquez, Gabriel 加西亚·马尔克斯
TÍTULO ORIGINAL 书名	Cuentos de García Márquez 超越爱情的永恒之死：马尔克斯小说
TRADUCTOR 译者	Wang Yinfu, Shi Ling 王银福、石灵
EDITORIAL 出版社	Zhejiang Literature and Art Publishing House 浙江文艺出版社
AÑO / 出版年份	2001

AUTOR 作者	García Márquez, Gabriel 加西亚·马尔克斯
TÍTULO ORIGINAL 书名	Del amor y otros demonios 爱情和其他魔鬼
TRADUCTOR 译者	Zhu Jingdong, Li Deming, Jiang Zongcao 朱景冬、李德明、蒋宗曹
EDITORIAL 出版社	Shandong Literature and Art Publishing House 山东文艺出版社
AÑO / 出版年份	1999

AUTOR 作者	García Márquez, Gabriel 加西亚·马尔克斯
TÍTULO ORIGINAL 书名	Del amor y otros demonios 爱情和其他魔鬼
TRADUCTOR 译者	Tao Yuping 陶玉平
EDITORIAL 出版社	Nanhai Publishing Company 南海出版公司
AÑO / 出版年份	2015

AUTOR 作者	García Márquez, Gabriel 加西亚·马尔克斯
TÍTULO ORIGINAL 书名	Doce cuentos peregrinos 梦中的欢快葬礼和十二个异乡故事
TRADUCTOR 译者	Luo Xiu 罗秀
EDITORIAL 出版社	Nanhai Publishing Company 南海出版公司
AÑO / 出版年份	2015

AUTOR 作者	García Márquez, Gabriel 加西亚·马尔克斯
TÍTULO ORIGINAL 书名	El ahogado más hermoso del mundo 世上最美的溺水者
TRADUCTOR 译者	Tao Yuping 陶玉平
EDITORIAL 出版社	Nanhai Publishing Company 南海出版公司
AÑO / 出版年份	2015

AUTOR 作者	García Márquez, Gabriel 加西亚·马尔克斯
TÍTULO ORIGINAL 书名	El amor en los tiempos del cólera 霍乱时期的爱情
TRADUCTOR 译者	Jiang Zongcao, Jiang Fengguang 蒋宗曹、姜风光
EDITORIAL 出版社	Heilongjiang People's Publishing House 黑龙江人民出版社
AÑO / 出版年份	1987

AUTOR 作者	García Márquez, Gabriel 加西亚·马尔克斯
TÍTULO ORIGINAL 书名	El amor en los tiempos del cólera 霍乱时期的爱情
TRADUCTOR 译者	Xu Helin, Wei Min 徐鹤林、魏民
EDITORIAL 出版社	Lijiang Publishing House 漓江出版社
AÑO / 出版年份	1987

AUTOR 作者	García Márquez, Gabriel 加西亚·马尔克斯
TÍTULO ORIGINAL 书名	El amor en los tiempos del cólera 霍乱时期的爱情
TRADUCTOR 译者	Jiang Zongcao, Jiang Fengguang 蒋宗曹、姜凤光
EDITORIAL 出版社	Heilongjiang People's Publishing House 黑龙江人民出版社
AÑO / 出版年份	1988

AUTOR 作者	García Márquez, Gabriel 加西亚·马尔克斯
TÍTULO ORIGINAL 书名	El amor en los tiempos del cólera 霍乱时期的爱情
TRADUCTOR 译者	Ji Minghui 纪明荟
EDITORIAL 出版社	Dunhuang Literature and Art Publishing House 敦煌文艺出版社
AÑO / 出版年份	1999

AUTOR 作者	García Márquez, Gabriel 加西亚·马尔克斯
TÍTULO ORIGINAL 书名	El amor en los tiempos del cólera 霍乱时期的爱情
TRADUCTOR 译者	Zhang Libo 张立波
EDITORIAL 出版社	Jilin Photography Publishing House 吉林摄影出版社
AÑO / 出版年份	2001

AUTOR 作者	García Márquez, Gabriel 加西亚·马尔克斯
TÍTULO ORIGINAL 书名	El amor en los tiempos del cólera 霍乱时期的爱情
TRADUCTOR 译者	Luo Fang 罗芳
EDITORIAL 出版社	Xiyuan Publishing House 西苑出版社
AÑO / 出版年份	2003

AUTOR 作者	García Márquez, Gabriel 加西亚·马尔克斯
TÍTULO ORIGINAL 书名	El amor en los tiempos del cólera 霍乱时期的爱情
TRADUCTOR 译者	Ji Xiaohong 纪晓红
EDITORIAL 出版社	Yuanfang Press 远方出版社
AÑO / 出版年份	2004

AUTOR 作者	García Márquez, Gabriel 加西亚·马尔克斯
TÍTULO ORIGINAL 书名	El amor en los tiempos del cólera 霍乱时期的爱情
TRADUCTOR 译者	Jiang Zongcao, Jiang Fengguang 蒋宗曹、姜风光
EDITORIAL 出版社	Nanhai Publishing Company 南海出版公司
AÑO / 出版年份	2008

AUTOR 作者	García Márquez, Gabriel 加西亚·马尔克斯
TÍTULO ORIGINAL 书名	El amor en los tiempos del cólera 霍乱时期的爱情
TRADUCTOR 译者	Yang Ling 杨玲
EDITORIAL 出版社	Nanhai Publishing Company 南海出版公司
AÑO / 出版年份	2012

AUTOR 作者	García Márquez, Gabriel 加西亚·马尔克斯
TÍTULO ORIGINAL 书名	El amor en los tiempos del cólera 霍乱时期的爱情
TRADUCTOR 译者	Yang Ling 杨玲
EDITORIAL 出版社	Nanhai Publishing Company 南海出版公司
AÑO / 出版年份	2015

AUTOR 作者	García Márquez, Gabriel 加西亚·马尔克斯
TÍTULO ORIGINAL 书名	El coronel no tiene quien le escriba 上校无人来信：加西亚·马尔克斯小说集
TRADUCTOR 译者	Tao Yuping 陶玉平
EDITORIAL 出版社	The Commercial Press 商务印书馆
AÑO / 出版年份	1985

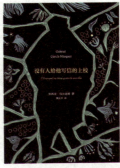

AUTOR 作者	García Márquez, Gabriel 加西亚·马尔克斯
TÍTULO ORIGINAL 书名	El coronel no tiene quien le escriba 没有人给他写信的上校
TRADUCTOR 译者	Tao Yuping 陶玉平
EDITORIAL 出版社	Nanhai Publishing Company 南海出版公司
AÑO / 出版年份	2013

AUTOR 作者	García Márquez, Gabriel 加西亚·马尔克斯
TÍTULO ORIGINAL 书名	El coronel no tiene quien le escriba 没有人给他写信的上校
TRADUCTOR 译者	Tao Yuping 陶玉平
EDITORIAL 出版社	Nanhai Publishing Company 南海出版公司
AÑO / 出版年份	2018

AUTOR 作者	García Márquez, Gabriel 加西亚·马尔克斯
TÍTULO ORIGINAL 书名	El general en su laberinto 将军和他的情妇：迷宫中的将军
TRADUCTOR 译者	Shen Baolou, Yin Chengdong, Jiang Zongcao 申宝楼、尹承东、蒋宗曹
EDITORIAL 出版社	Nanhai Publishing Company 南海出版公司
AÑO / 出版年份	1990

AUTOR 作者	García Márquez, Gabriel 加西亚·马尔克斯
TÍTULO ORIGINAL 书名	El general en su laberinto 迷宫中的将军
TRADUCTOR 译者	Wang Yongnian 王永年
EDITORIAL 出版社	Nanhai Publishing Company 南海出版公司
AÑO / 出版年份	2014

AUTOR 作者	García Márquez, Gabriel 加西亚·马尔克斯
TÍTULO ORIGINAL 书名	El otoño del patriarca 族长的没落
TRADUCTOR 译者	Yi Xin 伊信
EDITORIAL 出版社	Shandong Literature and Art Publishing House 山东文艺出版社
AÑO / 出版年份	1985

AUTOR 作者	García Márquez, Gabriel 加西亚·马尔克斯
TÍTULO ORIGINAL 书名	El otoño del patriarca 族长的秋天
TRADUCTOR 译者	Xuan Le 轩乐
EDITORIAL 出版社	Nanhai Publishing Company 南海出版公司
AÑO / 出版年份	2014

AUTOR 作者	García Márquez, Gabriel 加西亚·马尔克斯
TÍTULO ORIGINAL 书名	El secuestro: Guión cinematográfico 劫持
TRADUCTOR 译者	Yang Wei 杨威
EDITORIAL 出版社	China Film Press 中国电影出版社
AÑO / 出版年份	1990

AUTOR 作者	García Márquez, Gabriel 加西亚·马尔克斯
TÍTULO ORIGINAL 书名	Gabriel García Márquez: The Last Interview and Other Conversations 马尔克斯：最后的访谈
TRADUCTOR 译者	Tang Lu 汤璐
EDITORIAL 出版社	CITIC Press Group 中信出版集团
AÑO / 出版年份	2019

AUTOR 作者	García Márquez, Gabriel 加西亚·马尔克斯
TÍTULO ORIGINAL 书名	La aventura de Miguel Littín, clandestino en Chile 电影导演历险记
TRADUCTOR 译者	Lin Jiaqun 蔺家群
EDITORIAL 出版社	Wenhui Press 文汇出版社
AÑO / 出版年份	1988

AUTOR 作者	García Márquez, Gabriel 加西亚·马尔克斯
TÍTULO ORIGINAL 书名	La aventura de Miguel Littín, clandestino en Chile 米格尔在智利的地下行动
TRADUCTOR 译者	Wei Ran 魏然
EDITORIAL 出版社	Nanhai Publishing Company 南海出版公司
AÑO / 出版年份	2019

AUTOR 作者	García Márquez, Gabriel 加西亚·马尔克斯
TÍTULO ORIGINAL 书名	La hojarasca 枯枝败叶
TRADUCTOR 译者	Liu Xiliang, Sun Jiying 刘习良、笋季英
EDITORIAL 出版社	Nanhai Publishing Company 南海出版公司
AÑO / 出版年份	2013

AUTOR 作者	García Márquez, Gabriel 加西亚·马尔克斯
TÍTULO ORIGINAL 书名	La hojarasca 枯枝败叶
TRADUCTOR 译者	Liu Xiliang, Sun Jiying 刘习良、笋季英
EDITORIAL 出版社	Nanhai Publishing Company 南海出版公司
AÑO / 出版年份	2018

AUTOR 作者	García Márquez, Gabriel 加西亚·马尔克斯
TÍTULO ORIGINAL 书名	La mala hora 恶时辰
TRADUCTOR 译者	Liu Xiliang, Sun Jiying 刘习良、笋季英
EDITORIAL 出版社	Nanhai Publishing Company 南海出版公司
AÑO / 出版年份	2013

AUTOR 作者	García Márquez, Gabriel 加西亚·马尔克斯
TÍTULO ORIGINAL 书名	Los funerales de la Mamá Grande 礼拜二午睡时刻
TRADUCTOR 译者	Liu Xiliang, Sun Jiying 刘习良、笋季英
EDITORIAL 出版社	Nanhai Publishing Company 南海出版公司
AÑO / 出版年份	2015

AUTOR 作者	García Márquez, Gabriel 加西亚·马尔克斯
TÍTULO ORIGINAL 书名	Memoria de mis putas tristes 苦妓回忆录
TRADUCTOR 译者	Xuan Le 轩乐
EDITORIAL 出版社	Nanhai Publishing Company 南海出版公司
AÑO / 出版年份	2015

AUTOR 作者	García Márquez, Gabriel 加西亚·马尔克斯
TÍTULO ORIGINAL 书名	Memoria de mis putas tristes 苦妓回忆录（典藏版）
TRADUCTOR 译者	Xuan Le 轩乐
EDITORIAL 出版社	Nanhai Publishing Company 南海出版公司
AÑO / 出版年份	2018

AUTOR 作者	García Márquez, Gabriel 加西亚·马尔克斯
TÍTULO ORIGINAL 书名	Noticia de un secuestro 一起连环绑架案的新闻
TRADUCTOR 译者	Lin Yeqing 林叶青
EDITORIAL 出版社	Nanhai Publishing Company 南海出版公司
AÑO / 出版年份	2018

AUTOR 作者	García Márquez, Gabriel 加夫列尔·加西亚·马尔克斯
TÍTULO ORIGINAL 书名	Ojo de perro azul y otros cuentos 加西亚·马尔克斯中短篇小说集
TRADUCTOR 译者	Zhao Deming, Liu Ying, et al. 赵德明、刘瑛等
EDITORIAL 出版社	Shanghai Translation Publishing House 上海译文出版社
AÑO / 出版年份	1982

AUTOR 作者	García Márquez, Gabriel 加西亚·马尔克斯
TÍTULO ORIGINAL 书名	Ojos de perro azul 蓝狗的眼睛
TRADUCTOR 译者	Tao Yuping 陶玉平
EDITORIAL 出版社	Nanhai Publishing Company 南海出版公司
AÑO / 出版年份	2015

AUTOR 作者	García Márquez, Gabriel 加西亚·马尔克斯
TÍTULO ORIGINAL 书名	Ojos de perro azul 蓝狗的眼睛
TRADUCTOR 译者	Tao Yuping 陶玉平
EDITORIAL 出版社	Nanhai Publishing Company 南海出版公司
AÑO / 出版年份	2018

AUTOR 作者	García Márquez, Gabriel 加西亚·马尔克斯
TÍTULO ORIGINAL 书名	Relato de un náufrago 一个遇难者的故事
TRADUCTOR 译者	Wang Yinfu 王银福
EDITORIAL 出版社	Yunnan People's Publishing House 云南人民出版社
AÑO / 出版年份	1991

AUTOR 作者	García Márquez, Gabriel 加西亚·马尔克斯
TÍTULO ORIGINAL 书名	Relato de un náufrago 一个遇难者的故事
TRADUCTOR 译者	Wang Yinfu 王银福
EDITORIAL 出版社	Yunnan People's Publishing House 云南人民出版社
AÑO / 出版年份	1995

AUTOR 作者	García Márquez, Gabriel 加西亚·马尔克斯
TÍTULO ORIGINAL 书名	Relato de un náufrago 一个海难幸存者的故事
TRADUCTOR 译者	Tao Yuping 陶玉平
EDITORIAL 出版社	Nanhai Publishing Company 南海出版公司
AÑO / 出版年份	2017

AUTOR 作者	García Márquez, Gabriel 加西亚·马尔克斯
TÍTULO ORIGINAL 书名	Vivir para contarla 活着为了讲述
TRADUCTOR 译者	Li Jing 李静
EDITORIAL 出版社	Nanhai Publishing Company 南海出版公司
AÑO / 出版年份	2015

AUTOR 作者	García Márquez, Gabriel 加西亚·马尔克斯
TÍTULO ORIGINAL 书名	Yo no vengo a decir un discurso 我不是来演讲的
TRADUCTOR 译者	Li Jing 李静
EDITORIAL 出版社	Nanhai Publishing Company 南海出版公司
AÑO / 出版年份	2012

AUTOR 作者	García Márquez, Gabriel 加西亚·马尔克斯
TÍTULO ORIGINAL 书名	—— 两百年的孤独：加西亚·马尔克斯谈创作
TRADUCTOR 译者	Zhu Jingdong, et al. 朱景冬等
EDITORIAL 出版社	Yunnan People's Publishing House 云南人民出版社
AÑO / 出版年份	1997

AUTOR 作者	García Márquez, Gabriel 加西亚·马尔克斯
TÍTULO ORIGINAL 书名	—— 马尔克斯散文精选
TRADUCTOR 译者	Zhu Jingdong 朱景冬
EDITORIAL 出版社	People's Daily Press 人民日报出版社
AÑO / 出版年份	1999

AUTOR 作者	García Márquez, Gabriel 加西亚·马尔克斯
TÍTULO ORIGINAL 书名	—— 诺贝尔奖的幽灵：马尔克斯散文精选
TRADUCTOR 译者	Zhu Jingdong 朱景冬
EDITORIAL 出版社	Central Compilation & Translation Press 中央编译出版社
AÑO / 出版年份	2001

AUTOR 作者	García Márquez, Gabriel 加西亚·马尔克斯
TÍTULO ORIGINAL 书名	—— 马尔克斯的心灵世界：与记者对话
TRADUCTOR 译者	Yin Chengdong, Shen Baolou 尹承东、申宝楼
EDITORIAL 出版社	Central Compilation & Translation Press 中央编译出版社
AÑO / 出版年份	2015

AUTOR 作者	García Márquez; Plinio Apuleyo Mendoza 加西亚·马尔克斯、普利尼奥·阿·门多萨
TÍTULO ORIGINAL 书名	El olor de la guayaba 番石榴飘香
TRADUCTOR 译者	Lin Yian 林一安
EDITORIAL 出版社	SDX Joint Publishing 三联书店
AÑO / 出版年份	1987

AUTOR 作者	García Márquez; Plinio Apuleyo Mendoza 加西亚·马尔克斯、普利尼奥·阿·门多萨
TÍTULO ORIGINAL 书名	El olor de la guayaba 番石榴飘香
TRADUCTOR 译者	Lin Yian 林一安
EDITORIAL 出版社	Nanhai Publishing Company 南海出版公司
AÑO / 出版年份	2015

AUTOR 作者	García Robayo, Margarita 玛格丽塔·加西亚·罗瓦约
TÍTULO ORIGINAL 书名	Hay ciertas cosas que una no puede hacer descalza 有些事赤脚女人不能做
TRADUCTOR 译者	Ouyang Zhuxuan 欧阳竹萱
EDITORIAL 出版社	Central Compilation & Translation Press 中央编译出版社
AÑO / 出版年份	2019

AUTOR 作者	Gardeazábal, Gustavo 古斯塔沃·加尔德阿萨瓦尔
TÍTULO ORIGINAL 书名	El bazar de los idiotas 白痴市场
TRADUCTOR 译者	Shen Baolou, Yu Xiaohu, Bian Yanyao 申宝楼、余小虎、边彦耀
EDITORIAL 出版社	Yunnan People's Publishing House 云南人民出版社
AÑO / 出版年份	1994

AUTOR 作者	Isaacs, Jorge 伊萨克斯
TÍTULO ORIGINAL 书名	María 玛丽亚
TRADUCTOR 译者	Zhu Jingdong, Shen Genfa 朱景冬、沈根发
EDITORIAL 出版社	People's Literature Publishing House 人民文学出版社
AÑO / 出版年份	1985

AUTOR 作者	Isaacs, Jorge / Altamirano, Ignacio Manuel 伊萨克斯 / 阿尔塔米拉诺
TÍTULO ORIGINAL 书名	María / El zarco 玛丽亚 / 蓝眼睛
TRADUCTOR 译者	Zhu Jingdong, Shen Genfa; Bian Shuangcheng 朱景冬、沈根发；卞双成
EDITORIAL 出版社	People's Literature Publishing House 人民文学出版社
AÑO / 出版年份	1994

AUTOR 作者	Montoya, Pablo 巴布罗·蒙托亚
TÍTULO ORIGINAL 书名	Tríptico de la infamia 三段不光彩的时光
TRADUCTOR 译者	Gao Yu 高羽
EDITORIAL 出版社	Central Compilation & Translation Press 中央编译出版社
AÑO / 出版年份	2019

AUTOR 作者	Mutis, Álvaro 阿尔瓦罗·穆蒂斯
TÍTULO ORIGINAL 书名	La mansión de Araucaíma 阿劳卡依玛山庄
TRADUCTOR 译者	Li Deming 李德明
EDITORIAL 出版社	Yunnan People's Publishing House 云南人民出版社
AÑO / 出版年份	1997

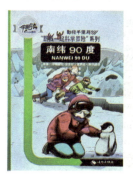

AUTOR 作者	Posada Swafford, Ángela 安吉拉·波萨达·斯沃福德
TÍTULO ORIGINAL 书名	90º de latitud sur 南纬 90 度
TRADUCTOR 译者	Rightol Media 锐拓传媒
EDITORIAL 出版社	Hainan Publishing House 海南出版社
AÑO / 出版年份	2018

AUTOR 作者	Posada Swafford, Ángela 安吉拉·波萨达·斯沃福德
TÍTULO ORIGINAL 书名	Detectives del ADN DNA 侦探
TRADUCTOR 译者	Rightol Media 锐拓传媒
EDITORIAL 出版社	Hainan Publishing House 海南出版社
AÑO / 出版年份	2018

AUTOR 作者	Posada Swafford, Ángela 安吉拉·波萨达·斯沃福德
TÍTULO ORIGINAL 书名	Dinosaurios sumergidos 沉没的恐龙
TRADUCTOR 译者	Rightol Media 锐拓传媒
EDITORIAL 出版社	Hainan Publishing House 海南出版社
AÑO / 出版年份	2018

AUTOR 作者	Posada Swafford, Ángela 安吉拉·波萨达·斯沃福德
TÍTULO ORIGINAL 书名	El dragón del espacio 太空龙
TRADUCTOR 译者	Rightol Media 锐拓传媒
EDITORIAL 出版社	Hainan Publishing House 海南出版社
AÑO / 出版年份	2018

AUTOR 作者	Posada Swafford, Ángela 安吉拉·波萨达·斯沃福德
TÍTULO ORIGINAL 书名	En busca del calamar del abismo 寻找深海乌贼
TRADUCTOR 译者	Rightol Media 锐拓传媒
EDITORIAL 出版社	Hainan Publishing House 海南出版社
AÑO / 出版年份	2018

AUTOR 作者	Posada Swafford, Ángela 安吉拉·波萨达·斯沃福德
TÍTULO ORIGINAL 书名	En el corazón de las ballenas 鲸鱼心脏
TRADUCTOR 译者	Rightol Media 锐拓传媒
EDITORIAL 出版社	Hainan Publishing House 海南出版社
AÑO / 出版年份	2018

AUTOR 作者	Posada Swafford, Ángela 安吉拉·波萨达·斯沃福德
TÍTULO ORIGINAL 书名	Terror en el cosmos 宇宙恐慌
TRADUCTOR 译者	Rightol Media 锐拓传媒
EDITORIAL 出版社	Hainan Publishing House 海南出版社
AÑO / 出版年份	2018

AUTOR 作者	Posada Swafford, Ángela 安吉拉·波萨达·斯沃福德
TÍTULO ORIGINAL 书名	Un enemigo invisible 隐形的敌人
TRADUCTOR 译者	Rightol Media 锐拓传媒
EDITORIAL 出版社	Hainan Publishing House 海南出版社
AÑO / 出版年份	2018

AUTOR 作者	Redón Merino, Fernando 费尔南多·任东·梅里诺
TÍTULO ORIGINAL 书名	En flotación 漂浮：费尔南多·任东·梅里诺诗选
TRADUCTOR 译者	Han Lu 韩璐
EDITORIAL 出版社	Qinghai People's Publishing House 青海人民出版社
AÑO / 出版年份	2014

AUTOR 作者	Reyes, Emma 艾玛·雷耶斯
TÍTULO ORIGINAL 书名	Memoria por correspondencia 我在秘密生长
TRADUCTOR 译者	Xu Ying 徐颖
EDITORIAL 出版社	Nanhai Publishing Company 南海出版公司
AÑO / 出版年份	2017

AUTOR 作者	Rivera, José Eustasio 里维拉
TÍTULO ORIGINAL 书名	La vorágine 旋涡
TRADUCTOR 译者	Wu Yan 吴岩
EDITORIAL 出版社	Shanghai Translation Publishing House 上海译文出版社
AÑO / 出版年份	1981

AUTOR 作者	Rivera, José Eustasio 里维拉
TÍTULO ORIGINAL 书名	La vorágine 旋涡
TRADUCTOR 译者	Wu Yan 吴岩
EDITORIAL 出版社	Shanghai Translation Publishing House 上海译文出版社
AÑO / 出版年份	2000

AUTOR 作者	Rivera, José Eustasio 列维拉
TÍTULO ORIGINAL 书名	Tierra de promisión 草原林莽恶旋风
TRADUCTOR 译者	Wu Yan 吴岩
EDITORIAL 出版社	Xinwenyi Publishing House 新文艺出版社
AÑO / 出版年份	1957

AUTOR 作者	Saldívar, Dasso 达索·萨尔迪瓦尔
TÍTULO ORIGINAL 书名	García Márquez: El viaje a la semilla 回归本源：加西亚·马尔克斯传
TRADUCTOR 译者	Bian Shuangcheng, Hu Zhencai 卞双成、胡真才
EDITORIAL 出版社	Daylight Publishing House 外国文学出版社（现天天出版社）
AÑO / 出版年份	2001

AUTOR 作者	Saldívar, Dasso 达索·萨尔迪瓦尔
TÍTULO ORIGINAL 书名	García Márquez: El viaje a la semilla 马尔克斯传
TRADUCTOR 译者	Bian Shuangcheng, Hu Zhencai 卞双成、胡真才
EDITORIAL 出版社	Shanghai People's Publishing House 上海人民出版社
AÑO / 出版年份	2008

AUTOR 作者	Salom Becerra, Álvaro 阿尔瓦罗·萨洛姆·贝赛拉
TÍTULO ORIGINAL 书名	Un tal Bernabé Bernal 窝囊废
TRADUCTOR 译者	Liu Xiliang, Sun Jiying 刘习良、笋季英
EDITORIAL 出版社	Beijing October Arts & Literature Publishing House 北京十月文艺出版社
AÑO / 出版年份	1988

AUTOR 作者	Sánchez Juliao, David 戴维·桑切斯·胡利奥
TÍTULO ORIGINAL 书名	Pero sigo siendo el rey 老子仍是王
TRADUCTOR 译者	Wang Zhiquan 王治权
EDITORIAL 出版社	The North Literature and Art Publishing House 北方文艺出版社
AÑO / 出版年份	1985

AUTOR 作者	Sánchez Juliao, David 戴维·桑切斯·胡利奥
TÍTULO ORIGINAL 书名	Mi sangre aunque plebeya / Pero sigo siendo el rey "狼群"酒吧 / 血色之鸽
TRADUCTOR 译者	Wang Zhiquan, Ding Yanling 王治权、丁艳玲
EDITORIAL 出版社	Yunnan People's Publishing House 云南人民出版社
AÑO / 出版年份	1992

AUTOR 作者	Sánchez Juliao, David 戴维·桑切斯·胡利奥
TÍTULO ORIGINAL 书名	El país más hermoso del mundo 美丽的十二月国
TRADUCTOR 译者	Du Xuefeng 杜雪峰
EDITORIAL 出版社	Yunnan Juvenile and Children's Publishing House 云南少年儿童出版社
AÑO / 出版年份	1993

AUTOR 作者	Sanín Echeverri, Jaime 海梅·萨宁·埃切维里
TÍTULO ORIGINAL 书名	Una mujer de cuatro en conducta 红颜薄命
TRADUCTOR 译者	Zhi Quan, Zong Chao 志泉、宗朝
EDITORIAL 出版社	Heilongjiang People's Publishing House 黑龙江人民出版社
AÑO / 出版年份	1989

AUTOR 作者	Soto Aparicio, Fernando 阿帕里西奥
TÍTULO ORIGINAL 书名	La rebelión de las ratas 尘世艰难
TRADUCTOR 译者	Jiang Zongcao, Yin Chengdong 蒋宗曹、尹承东
EDITORIAL 出版社	Heilongjiang People's Publishing House 黑龙江人民出版社
AÑO / 出版年份	1984

AUTOR 作者	Soto Aparicio, Fernando 费尔南多·索托·阿巴里西奥
TÍTULO ORIGINAL 书名	Mientras llueve 吞噬少女的魔窟
TRADUCTOR 译者	Li Chunlei 李春雷
EDITORIAL 出版社	Harbin Publishing House 哈尔滨出版社
AÑO / 出版年份	1989

AUTOR 作者	Tanco Armero, Nicolás 唐可·阿尔梅洛
TÍTULO ORIGINAL 书名	Viaje de Nueva Granada a China y de China a Francia 穿过鸦片的硝烟
TRADUCTOR 译者	Zheng Kejun 郑柯军
EDITORIAL 出版社	Beijing Library Press 北京图书馆出版社
AÑO / 出版年份	2006

AUTOR 作者	Vásquez, Juan Gabriel 胡安·加夫列尔·巴斯克斯
TÍTULO ORIGINAL 书名	Las reputaciones 名誉
TRADUCTOR 译者	Ouyang Shixiao 欧阳石晓
EDITORIAL 出版社	Shanghai Literature and Art Publishing House 上海文艺出版社
AÑO / 出版年份	2016

AUTOR 作者	Vásquez, Juan Gabriel 胡安·加夫列尔·巴斯克斯
TÍTULO ORIGINAL 书名	Las reputaciones 名誉
TRADUCTOR 译者	Ouyang Shixiao 欧阳石晓
EDITORIAL 出版社	People's Literature Publishing House 人民文学出版社
AÑO / 出版年份	2019

AUTOR 作者	Vásquez, Juan Gabriel 胡安·加夫列尔·巴斯克斯
TÍTULO ORIGINAL 书名	Los informantes 告密者
TRADUCTOR 译者	Gu Jiawei 谷佳维
EDITORIAL 出版社	People's Literature Publishing House 人民文学出版社
AÑO / 出版年份	2012

AUTOR 作者	Vélez, Rubén 鲁文·贝莱斯
TÍTULO ORIGINAL 书名	Hip, hipopótamo vagabundo 流浪的河马
TRADUCTOR 译者	Ye Maogen 叶茂根
EDITORIAL 出版社	Shanghai Translation Publishing House 上海译文出版社
AÑO / 出版年份	1992

Costa Rica 哥斯达黎加

AUTOR 作者	Fallas, Carlos Luis 法拉斯
TÍTULO ORIGINAL 书名	El infierno verde 绿地狱
TRADUCTOR 译者	Hou Junji 侯浚吉
EDITORIAL 出版社	Xinwenyi Publishing House 新文艺出版社
AÑO / 出版年份	1958

AUTOR 作者	Fallas, Carlos Luis 卡洛斯·路易斯·法利亚斯
TÍTULO ORIGINAL 书名	Mi madrina 我的教母
TRADUCTOR 译者	Wu Yiqiong, Duan Yuran 吴宜琼、段玉然
EDITORIAL 出版社	The Commercial Press 商务印书馆
AÑO / 出版年份	1983

AUTOR 作者	Gutiérrez, Joaquín 华金·古铁雷斯
TÍTULO ORIGINAL 书名	Cocorí 小黑人柯柯里
TRADUCTOR 译者	Yue Heng 岳恒
EDITORIAL 出版社	Jiangsu People's Publishing House 江苏人民出版社
AÑO / 出版年份	1980

AUTOR 作者	Gutiérrez, Joaquín 霍阿金·古铁雷斯
TÍTULO ORIGINAL 书名	Cocorí 柯柯立
TRADUCTOR 译者	Duan Ruochuan, Ding Wenlin 段若川、丁文林
EDITORIAL 出版社	The Commercial Press 商务印书馆
AÑO / 出版年份	1984

Cuba 古巴

AUTOR 作者	Blanco Castiñeira, Katiuska 卡秋斯卡·布兰科·卡斯蒂涅拉
TÍTULO ORIGINAL 书名	Fidel Castro Ruz: Guerrillero del tiempo 菲德尔·卡斯特罗·鲁斯：时代游击队员
TRADUCTOR 译者	Xu Shicheng, Song Xiaoping 徐世澄、宋晓平
EDITORIAL 出版社	People's Daily Presse 人民日报出版社
AÑO / 出版年份	2015

AUTOR 作者	Calderón, Yasef Ananda 亚瑟夫·阿南达·卡尔德隆
TÍTULO ORIGINAL 书名	Abril en mayo: Antología poética de Yasef Ananda 五月中的四月：亚瑟夫·阿南达诗选
TRADUCTOR 译者	Zhao Zhenjiang 赵振江
EDITORIAL 出版社	Jiangsu Literature and Art Publishing House 江苏文艺出版社
AÑO / 出版年份	2018

AUTOR 作者	Cardoso, Onelio Jorge 奥内略·豪尔赫·卡尔多索
TÍTULO ORIGINAL 书名	La rueda de la fortuna 幸运之轮
TRADUCTOR 译者	Zhao Qingshen, et al. 赵清慎等
EDITORIAL 出版社	China Writers Publishing House 作家出版社
AÑO / 出版年份	1964

AUTOR 作者	Carpentier, Alejo 阿莱霍·卡彭铁尔
TÍTULO ORIGINAL 书名	Antología de Alejo Carpentier 卡彭铁尔作品集
TRADUCTOR 译者	Liu Yushu, He Xiao 刘玉树、贺晓
EDITORIAL 出版社	Yunnan People's Publishing House 云南人民出版社
AÑO / 出版年份	1993

AUTOR 作者	Carpentier, Alejo 卡彭铁尔
TÍTULO ORIGINAL 书名	El acoso / Guerra del tiempo 追击 / 时间之战
TRADUCTOR 译者	Chen Zhongyi, Zhao Ying 陈众议、赵英
EDITORIAL 出版社	Flower City Publishing House 花城出版社
AÑO / 出版年份	1992

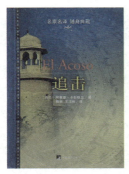

AUTOR 作者	Carpentier, Alejo 阿莱霍·卡彭铁尔
TÍTULO ORIGINAL 书名	El acoso 追击
TRADUCTOR 译者	Xiao Lin, Wang Yulin 晓林、王玉林
EDITORIAL 出版社	Central Compilation & Translation Press 中央编译出版社
AÑO / 出版年份	2004

AUTOR 作者	Carpentier, Alejo 阿莱霍·卡彭铁尔
TÍTULO ORIGINAL 书名	El siglo de las luces 光明世纪
TRADUCTOR 译者	Liu Yushu 刘玉树
EDITORIAL 出版社	People's Literature Publishing House 人民文学出版社
AÑO / 出版年份	2013

AUTOR 作者	Carpentier, Alejo 阿莱霍·卡彭铁尔
TÍTULO ORIGINAL 书名	Guerra del tiempo y otros relatos 时间之战
TRADUCTOR 译者	Chen Hao 陈皓
EDITORIAL 出版社	Shanghai Literature and Art Publishing House 上海文艺出版社
AÑO / 出版年份	2015

AUTOR 作者	Carpentier, Alejo 卡彭铁尔
TÍTULO ORIGINAL 书名	—— 小说是一种需要：阿莱霍·卡彭铁尔谈创作
TRADUCTOR 译者	Chen Zhongyi 陈众议
EDITORIAL 出版社	Yunnan People's Publishing House 云南人民出版社
AÑO / 出版年份	1995

AUTOR 作者	Castellanos, Jesús, et al. 卡斯蒂里耶诺斯等
TÍTULO ORIGINAL 书名	—— 旗帜集：古巴短篇小说集
TRADUCTOR 译者	Wei Yi, et al. 维益等
EDITORIAL 出版社	Shanghai Literature and Art Publishing House 上海文艺出版社
AÑO / 出版年份	1961

AUTOR 作者	Castro, Fidel 菲德尔·卡斯特罗
TÍTULO ORIGINAL 书名	Che: A Memoir 切·格瓦拉：卡斯特罗的回忆
TRADUCTOR 译者	Zou Fanfan 邹凡凡
EDITORIAL 出版社	Yilin Press 译林出版社
AÑO / 出版年份	2009

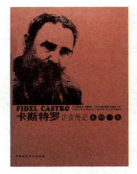

AUTOR 作者	Castro, Fidel; Ramonet, Ignacio 菲德尔·卡斯特罗、伊格纳西奥·拉莫内
TÍTULO ORIGINAL 书名	Cien horas con Fidel: Conversaciones con Ignacio Ramonet 我的一生：卡斯特罗访谈传记
TRADUCTOR 译者	ILAS-CASS 中国社会科学院拉丁美洲研究所
EDITORIAL 出版社	China Social Sciences Press 中国社会科学出版社
AÑO / 出版年份	2008

AUTOR 作者	Castro, Fidel; Ramonet, Ignacio 菲德尔·卡斯特罗、伊格纳西奥·拉莫内
TÍTULO ORIGINAL 书名	Cien horas con Fidel: Conversaciones con Ignacio Ramonet 我的一生：卡斯特罗访谈传记
TRADUCTOR 译者	ILAS-CASS 中国社会科学院拉丁美洲研究所
EDITORIAL 出版社	World Culture Books 国际文化出版公司
AÑO / 出版年份	2016

AUTOR 作者	Cupull, Adys; González, Froilán 阿蒂斯·库普尔、弗罗伊兰·冈萨雷斯
TÍTULO ORIGINAL 书名	Cálida presencia: Cartas del Che a Tita Infante 见证热情：切·格瓦拉致女友书
TRADUCTOR 译者	Wang Yang 王洋
EDITORIAL 出版社	New World Press 新世界出版社
AÑO / 出版年份	2008

AUTOR 作者	Cupull, Adys; González, Froilán 阿迪斯·库普尔、弗洛伊兰·贡萨雷斯
TÍTULO ORIGINAL 书名	Canto inconcluso: Una vida dedicada al Che 一首未唱完的歌：献给切·格瓦拉
TRADUCTOR 译者	Wang Mei, Deng Lanzhen 王玫、邓兰珍
EDITORIAL 出版社	Orient Press 东方出版社
AÑO / 出版年份	2000

AUTOR 作者	De Carrión, Miguel 米格尔·德·卡里翁
TÍTULO ORIGINAL 书名	Las impuras 不体面的女人
TRADUCTOR 译者	Jiang He 江禾
EDITORIAL 出版社	Shandong Literature and Art Publishing House 山东文艺出版社
AÑO / 出版年份	1986

AUTOR 作者	De Diego García Marruz, Eliseo Alberto 耶里谢鸥·阿尔贝多
TÍTULO ORIGINAL 书名	Caracol Beach 蜗牛海滩，一只孟加拉虎
TRADUCTOR 译者	Du Dongmen, Xu Qiyu 杜东璊、许琦瑜
EDITORIAL 出版社	Hunan Literature and Art Publishing House 湖南文艺出版社
AÑO / 出版年份	2004

AUTOR 作者	De Leuchsenring, Emilio 艾米里奥·罗依格·德·卢其森林
TÍTULO ORIGINAL 书名	Martí antimperialista 何塞·马蒂：反帝国主义战士
TRADUCTOR 译者	Ding Dong 丁冬
EDITORIAL 出版社	SDX Joint Publishing 三联书店
AÑO / 出版年份	1965

AUTOR 作者	Fuentes, Norberto 诺韦尔托·富恩特斯
TÍTULO ORIGINAL 书名	The Autobiography of Fidel Castro 最后一个游击战士：卡斯特罗传
TRADUCTOR 译者	Liu Haiqing, Li Jiangbin 刘海清、李江滨
EDITORIAL 出版社	Law Press 法律出版社
AÑO / 出版年份	2013

AUTOR 作者	González de Cascorro, Raúl 拉·贡·卡斯柯洛
TÍTULO ORIGINAL 书名	Gente de Playa Girón 吉隆滩的人们
TRADUCTOR 译者	Zheng Xiaorong, et al. 郑小榕等
EDITORIAL 出版社	China Youth Publishing House 中国青年出版社
AÑO / 出版年份	1963

AUTOR 作者	González, Froilán; Cupull, Adys 弗罗伊兰·冈萨雷斯、阿蒂斯·库普尔
TÍTULO ORIGINAL 书名	Sin olvido: Crímenes en La Higuera 切·格瓦拉之死
TRADUCTOR 译者	Xu Wenyuan 徐文渊
EDITORIAL 出版社	New World Press 新世界出版社
AÑO / 出版年份	2008

AUTOR 作者	Guevara, Ernesto (Che Guevara) 切·格瓦拉
TÍTULO ORIGINAL 书名	Che said 切·格瓦拉语录
TRADUCTOR 译者	Shi Yonggang, et al. (ed.) 师永刚等（编）
EDITORIAL 出版社	SDX Joint Publishing 三联书店
AÑO / 出版年份	2007

AUTOR 作者	Guevara, Ernesto (Che Guevara) 切·格瓦拉
TÍTULO ORIGINAL 书名	Che said 切·格瓦拉语录
TRADUCTOR 译者	Shi Yonggang, et al. (ed.) 师永刚等（编）
EDITORIAL 出版社	SDX Joint Publishing 三联书店
AÑO / 出版年份	2012

AUTOR 作者	Guevara, Ernesto (Che Guevara) 切·格瓦拉
TÍTULO ORIGINAL 书名	Diario de un combatiente 格瓦拉日记
TRADUCTOR 译者	Chen Hao 陈皓
EDITORIAL 出版社	Yilin Press 译林出版社
AÑO / 出版年份	2016

AUTOR 作者	Guevara, Ernesto (Che Guevara) 切·格瓦拉
TÍTULO ORIGINAL 书名	El Diario del Che en Bolivia 切·格瓦拉在玻利维亚的日记
TRADUCTOR 译者	—— ——
EDITORIAL 出版社	SDX Joint Publishing 三联书店
AÑO / 出版年份	1971

AUTOR 作者	Guevara, Ernesto (Che Guevara) 切·格瓦拉
TÍTULO ORIGINAL 书名	Notas de viaje 南美丛林日记：切·格瓦拉私人档案
TRADUCTOR 译者	Wang Xing 王星
EDITORIAL 出版社	Jiangsu People's Publishing House 江苏人民出版社
AÑO / 出版年份	2002

AUTOR 作者	Guevara, Ernesto (Che Guevara) 埃内斯托·切·格瓦拉
TÍTULO ORIGINAL 书名	Reminiscences of the Cuban Revolutionary War 古巴革命战争回忆录
TRADUCTOR 译者	—— 复旦大学历史系拉丁美洲研究室
EDITORIAL 出版社	Shanghai People's Publishing House 上海人民出版社
AÑO / 出版年份	1975

AUTOR 作者	Guevara, Ernesto (Che Guevara) 切·格瓦拉
TÍTULO ORIGINAL 书名	The Bolivian Diary 玻利维亚日记
TRADUCTOR 译者	Guo Changhui 郭昌晖
EDITORIAL 出版社	Shanghai Translation Publishing House 上海译文出版社
AÑO / 出版年份	2014

AUTOR 作者	Guevara, Ernesto (Che Guevara) 切·格瓦拉
TÍTULO ORIGINAL 书名	The Motorcycle Diaries: Notes on a Latin American Journey 摩托日记：拉丁美洲游记
TRADUCTOR 译者	Wang Shaoxiang 王绍祥
EDITORIAL 出版社	Shanghai Translation Publishing House 上海译文出版社
AÑO / 出版年份	2012

AUTOR 作者	Guevara, Ernesto (Che Guevara) 切·格瓦拉
TÍTULO ORIGINAL 书名	The Motorcycle Diaries: Notes on a Latin American Journey 摩托日记：拉丁美洲游记
TRADUCTOR 译者	Chen Hua 陈华
EDITORIAL 出版社	Jiangsu Phoenix Literature and Art Publishing 江苏凤凰文艺出版社
AÑO / 出版年份	2018

AUTOR 作者	Guevara, Ernesto (Che Guevara) 厄内斯托·格瓦拉
TÍTULO ORIGINAL 书名	The Motorcycle Diaries: Notes on a Latin American Journey / Reminiscences of the Cuban Revolutionary War 拉丁美洲摩托骑行记·古巴革命战争回忆录
TRADUCTOR 译者	Chen Hua 陈华
EDITORIAL 出版社	The Commercial Press, China Travel & Tourism Press 商务印书馆、中国旅游出版社
AÑO / 出版年份	2018

AUTOR 作者	Guillén, Nicolás 尼古拉斯·纪廉
TÍTULO ORIGINAL 书名	Poesías 纪廉诗选
TRADUCTOR 译者	Yi Qian 亦潜
EDITORIAL 出版社	People's Literature Publishing House 人民文学出版社
AÑO / 出版年份	1959

AUTOR 作者	Guillén, Nicolás 尼古拉斯·纪廉
TÍTULO ORIGINAL 书名	—— 汗和鞭子
TRADUCTOR 译者	Yi Qian 亦潜
EDITORIAL 出版社	People's Literature Publishing House 人民文学出版社
AÑO / 出版年份	1959

AUTOR 作者	Guillén, Nicolás, et al. 尼古拉·纪廉等
TÍTULO ORIGINAL 书名	—— 愤怒与战斗
TRADUCTOR 译者	Ling Ke, et al. 凌柯等
EDITORIAL 出版社	Shanghai Literature and Art Publishing House 上海文艺出版社
AÑO / 出版年份	1959

AUTOR 作者	Hernández, Paco Alfonso 巴格·阿尔丰索
TÍTULO ORIGINAL 书名	Cañaveral 甘蔗田
TRADUCTOR 译者	Ying Ruocheng 英若诚
EDITORIAL 出版社	China Theatre Press 中国戏剧出版社
AÑO / 出版年份	1962

AUTOR 作者	Jamís, Fayad 法雅德·哈米斯
TÍTULO ORIGINAL 书名	Por esta libertad 为了这样的自由
TRADUCTOR 译者	Zhao Jinping 赵金平
EDITORIAL 出版社	China Writers Publishing House 作家出版社
AÑO / 出版年份	1964

AUTOR 作者	March, Aleida 阿莱伊达·马奇
TÍTULO ORIGINAL 书名	Evocación: Mi vida junto al Che 玫瑰与革命：我的丈夫切·格瓦拉
TRADUCTOR 译者	Xu Lei 徐蕾
EDITORIAL 出版社	Beijing United Publishing Co., Ltd. 北京联合出版公司
AÑO / 出版年份	2014

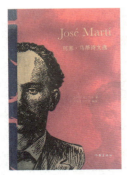

AUTOR 作者	Martí, José 何塞·马蒂
TÍTULO ORIGINAL 书名	Antología de José Martí 何塞·马蒂诗文选
TRADUCTOR 译者	Mao Jinli, Xu Shicheng 毛金里、徐世澄
EDITORIAL 出版社	China Writers Publishing House 作家出版社
AÑO / 出版年份	2015

AUTOR 作者	Martí, José 何塞·马蒂
TÍTULO ORIGINAL 书名	José Martí: Poesías 马蒂诗选
TRADUCTOR 译者	Lu Yong, et al. 卢永等
EDITORIAL 出版社	People's Literature Publishing House 人民文学出版社
AÑO / 出版年份	1958

AUTOR 作者	Martí, José 何塞·马蒂
TÍTULO ORIGINAL 书名	—— 长笛与利剑：何塞·马蒂诗文选
TRADUCTOR 译者	Mao Jinli, Xu Shicheng 毛金里、徐世澄
EDITORIAL 出版社	Yunnan People's Publishing House 云南人民出版社
AÑO / 出版年份	1995

AUTOR 作者	Olema García, Daura 奥莱玛·伽尔西亚
TÍTULO ORIGINAL 书名	Maestra voluntaria 志愿女教师
TRADUCTOR 译者	Jingyan, Zhiliang 静言、志良
EDITORIAL 出版社	China Writers Publishing House 作家出版社
AÑO / 出版年份	1964

AUTOR 作者	Padura, Leonardo 莱昂纳多·帕杜拉
TÍTULO ORIGINAL 书名	Adiós, Hemingway 再见，海明威
TRADUCTOR 译者	Hua Hui 华慧
EDITORIAL 出版社	Zhejiang Literature and Art Publishing House 浙江文艺出版社
AÑO / 出版年份	2008

AUTOR 作者	Pausides, Alex 阿莱克斯·鲍希德斯
TÍTULO ORIGINAL 书名	Habitante del viento 风中的居民
TRADUCTOR 译者	Zhao Zhenjiang 赵振江
EDITORIAL 出版社	Sichuan Minorities Press 四川民族出版社
AÑO / 出版年份	2018

AUTOR 作者	Pita Rodríguez, Félix 比达·罗德里格斯
TÍTULO ORIGINAL 书名	Manos del pueblo chino 中国人民的手
TRADUCTOR 译者	Zhao Jinping 赵金平
EDITORIAL 出版社	China Writers Publishing House 作家出版社
AÑO / 出版年份	1964

AUTOR 作者	Portuondo, José Antonio 何塞·安东尼奥·波尔图翁多
TÍTULO ORIGINAL 书名	Bosquejo histórico de las letras cubanas 古巴文学简史
TRADUCTOR 译者	Wang Yangle 王央乐
EDITORIAL 出版社	China Writers Publishing House 作家出版社
AÑO / 出版年份	1962

AUTOR 作者	Rodríguez Núñez, Víctor 维克托·罗德里格斯·努涅斯
TÍTULO ORIGINAL 书名	Ceniza de infinito 无限灰
TRADUCTOR 译者	Yuan Jing 袁婧
EDITORIAL 出版社	East China Normal University Press 华东师范大学出版社
AÑO / 出版年份	2019

AUTOR 作者	Rojas, Marta 玛尔塔·罗哈斯
TÍTULO ORIGINAL 书名	El juicio del Moncada 蒙卡达审判
TRADUCTOR 译者	Xu Shicheng 徐世澄
EDITORIAL 出版社	Sino-Culture Press, China Intercontinental Press 华文出版社、五洲传播出版社
AÑO / 出版年份	2014

AUTOR 作者	Rojas, Marta 玛尔塔·罗哈斯
TÍTULO ORIGINAL 书名	El equipaje amarillo 黄色行李
TRADUCTOR 译者	Zhang Peng 张鹏
EDITORIAL 出版社	China Intercontinental Press 五洲传播出版社
AÑO / 出版年份	2012

AUTOR 作者	Rojas, Marta 玛尔塔·罗哈斯
TÍTULO ORIGINAL 书名	El equipaje amarillo 一个华人的古巴历险记
TRADUCTOR 译者	Zhang Peng 张鹏
EDITORIAL 出版社	China Intercontinental Press 五洲传播出版社
AÑO / 出版年份	2015

AUTOR 作者	Sánchez Guevara, Canek 卡内克·桑切斯·格瓦拉
TÍTULO ORIGINAL 书名	33 revoluciones 33 场革命
TRADUCTOR 译者	Hou Jian 侯健
EDITORIAL 出版社	Shanghai People's Publishing House 上海人民出版社
AÑO / 出版年份	2019

AUTOR 作者	Shnookal, Deborah; Álvarez Tabío, Pedro (eds.) D. 施诺卡尔、P.A. 塔维奥（编）
TÍTULO ORIGINAL 书名	Fidel en la memoria del joven que es 古巴雄狮卡斯特罗的青少年时代
TRADUCTOR 译者	Song Xiaoping, Yang Zhonglin 宋晓平、杨仲林
EDITORIAL 出版社	Social Sciences Academic Press 社会科学文献出版社
AÑO / 出版年份	2000

AUTOR 作者	Soler Puig, José 何塞·索莱尔·普依格
TÍTULO ORIGINAL 书名	Bertillón 166 贝尔蒂雄 166
TRADUCTOR 译者	Yu Zhifen 于之汾
EDITORIAL 出版社	China Writers Publishing House 作家出版社
AÑO / 出版年份	1962

AUTOR 作者	Toledo Sande, Luis 路易斯·托莱多·桑德
TÍTULO ORIGINAL 书名	Cesto de llamas: Biografía de José Martí 激情似火：何塞·马蒂传
TRADUCTOR 译者	Huang Zhiliang, Huang Yazhong 黄志良、黄亚中
EDITORIAL 出版社	World Affairs Press 世界知识出版社
AÑO / 出版年份	2003

AUTOR 作者	Villaverde, Cirilo 比利亚维德
TÍTULO ORIGINAL 书名	Cecilia Valdés o la Loma del Ángel 塞西莉亚姑娘
TRADUCTOR 译者	Pan Chuji, Guan Yanzhong 潘楚基、管彦忠
EDITORIAL 出版社	People's Literature Publishing House 人民文学出版社
AÑO / 出版年份	1986

AUTOR 作者	Villaverde, Cirilo 西里洛·比利亚维尔德
TÍTULO ORIGINAL 书名	Cecilia Valdés o la Loma del Ángel 塞西莉亚·巴尔德斯
TRADUCTOR 译者	Mao Jinli, Gu Shunfang 毛金里、顾舜芳
EDITORIAL 出版社	Shanghai Foreign Language Education 上海外语教育出版社
AÑO / 出版年份	1986

AUTOR 作者	Villaverde, Cirilo 西里洛·维亚贝尔德
TÍTULO ORIGINAL 书名	Cecilia Valdés o la Loma del Ángel 塞西丽娅·巴尔德斯（天使山）
TRADUCTOR 译者	Zhao Deming 赵德明
EDITORIAL 出版社	People's Daily Press, China Intercontinental Press 人民日报出版社、五洲传播出版社
AÑO / 出版年份	2018

AUTOR 作者	—— 特拉乌格特（编）
TÍTULO ORIGINAL 书名	—— 古巴民间故事
TRADUCTOR 译者	Zhang Fusheng 张福生
EDITORIAL 出版社	Hunan Children's Publishing House 湖南少年儿童出版社
AÑO / 出版年份	1989

Ecuador 厄瓜多尔

AUTOR 作者	Gil Gilbert, Enrique 恩利凯·希尔·希尔贝尔特
TÍTULO ORIGINAL 书名	Nuestro pan 我们的粮食
TRADUCTOR 译者	Hou Junji 侯浚吉
EDITORIAL 出版社	Shanghai Literature and Art Publishing House 上海文艺出版社
AÑO / 出版年份	1962

AUTOR 作者	Icaza, Jorge 豪尔赫·伊卡萨
TÍTULO ORIGINAL 书名	Huasipungo 养身地
TRADUCTOR 译者	Lin Zhimu 林之木
EDITORIAL 出版社	Shanghai Translation Publishing House 上海译文出版社
AÑO / 出版年份	1986

AUTOR 作者	Arteaga, Rosalía 萝莎莉亚·阿特亚加
TÍTULO ORIGINAL 书名	Jerónimo 赫罗尼莫我的小天使
TRADUCTOR 译者	Liu Yushu 刘玉树
EDITORIAL 出版社	People's Literature Publishing House 人民文学出版社
AÑO / 出版年份	1998

AUTOR 作者	Pérez Torres, Raúl, et al. 劳尔·佩雷斯·托雷斯等
TÍTULO ORIGINAL 书名	Amor y desamor en la mitad del mundo 世界中心的情与怨：厄瓜多尔当代短篇小说选
TRADUCTOR 译者	Zhang Ke 张珂
EDITORIAL 出版社	People's Literature Publishing House 人民文学出版社
AÑO / 出版年份	2018

AUTOR 作者	Rumazo González, Alfonso 阿·鲁玛索·冈萨雷斯
TÍTULO ORIGINAL 书名	Bolívar 西蒙·博利瓦尔
TRADUCTOR 译者	Qi Yi 齐毅
EDITORIAL 出版社	Xinhua Publishing House 新华出版社
AÑO / 出版年份	1980

AUTOR 作者	Astudillo, Rubén 鲁文·阿斯图迪略
TÍTULO ORIGINAL 书名	Celebración de los instantes 瞬息颂
TRADUCTOR 译者	Zhang Guangsen 张广森
EDITORIAL 出版社	World Affairs Press 世界知识出版社
AÑO / 出版年份	1997

Guatemala 危地马拉

AUTOR 作者	Asturias, Miguel Ángel 阿斯图里亚斯
TÍTULO ORIGINAL 书名	El Señor Presidente 总统先生
TRADUCTOR 译者	Huang Zhiliang, Liu Jingyan 黄志良、刘静言
EDITORIAL 出版社	Daylight Publishing House 外国文学出版社（现天天出版社）
AÑO / 出版年份	1980

AUTOR 作者	Asturias, Miguel Ángel 米盖尔·安赫尔·阿斯图里亚斯
TÍTULO ORIGINAL 书名	El Señor Presidente 总统先生
TRADUCTOR 译者	Dong Yansheng 董燕生
EDITORIAL 出版社	Yunnan People's Publishing House 云南人民出版社
AÑO / 出版年份	1994

AUTOR 作者	Asturias, Miguel Ángel 米盖尔·安赫尔·阿斯图里亚斯
TÍTULO ORIGINAL 书名	El Señor Presidente 总统先生
TRADUCTOR 译者	Huang Zhiliang, Liu Jingyan 黄志良、刘静言
EDITORIAL 出版社	Shanghai Translation Publishing House 上海译文出版社
AÑO / 出版年份	2013

AUTOR 作者	Asturias, Miguel Ángel 阿斯图里亚斯
TÍTULO ORIGINAL 书名	Hombres de maíz 玉米人
TRADUCTOR 译者	Liu Xiliang, Sun Jiying 刘习良、笋季英
EDITORIAL 出版社	Lijiang Publishing House 漓江出版社
AÑO / 出版年份	1986

AUTOR 作者	Asturias, Miguel Ángel 阿斯图里亚斯
TÍTULO ORIGINAL 书名	Hombres de maíz 玉米人
TRADUCTOR 译者	Liu Xiliang, Sun Jiying 刘习良、笋季英
EDITORIAL 出版社	Lijiang Publishing House 漓江出版社
AÑO / 出版年份	1992

AUTOR 作者	Asturias, Miguel Ángel 米盖尔·安赫尔·阿斯图里亚斯
TÍTULO ORIGINAL 书名	Hombres de maíz 玉米人
TRADUCTOR 译者	Liu Xiliang, Sun Jiying 刘习良、笋季英
EDITORIAL 出版社	Shanghai Translation Publishing House 上海译文出版社
AÑO / 出版年份	2013

AUTOR 作者	Asturias, Miguel Ángel 米盖尔·安赫尔·阿斯图里亚斯
TÍTULO ORIGINAL 书名	Leyendas de Guatemala 危地马拉传说
TRADUCTOR 译者	Mei Ying 梅莹
EDITORIAL 出版社	Shanghai Translation Publishing House 上海译文出版社
AÑO / 出版年份	2016

AUTOR 作者	Asturias, Miguel Ángel 阿斯杜里亚斯
TÍTULO ORIGINAL 书名	Week-end en Guatemala 危地马拉的周末
TRADUCTOR 译者	—— 南开大学外文系俄文教研组
EDITORIAL 出版社	People's Literature Publishing House 人民文学出版社
AÑO / 出版年份	1959

AUTOR 作者	Galich, Manuel 曼努埃尔·加利奇
TÍTULO ORIGINAL 书名	El pescado indigesto 难消化的鱼
TRADUCTOR 译者	Zhang Renjian 章仁鉴
EDITORIAL 出版社	China Writers Publishing House 作家出版社
AÑO / 出版年份	1964

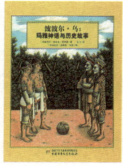

AUTOR 作者	Montejo, Víctor 维克多·蒙特霍
TÍTULO ORIGINAL 书名	Popol Vuh 波波尔·乌：玛雅神话与历史故事
TRADUCTOR 译者	Ai Fei 艾飞
EDITORIAL 出版社	China Children's Press 中国少年儿童出版社
AÑO / 出版年份	2016

AUTOR 作者	Monterroso, Augusto 奥古斯托·蒙特罗索
TÍTULO ORIGINAL 书名	La oveja negra y demás fábulas 黑羊
TRADUCTOR 译者	Wu Caijuan 吴彩娟
EDITORIAL 出版社	Shanghai People's Publishing House 上海人民出版社
AÑO / 出版年份	2015

AUTOR 作者	Rey Rosa, Rodrigo 罗德里格·雷耶·罗萨
TÍTULO ORIGINAL 书名	Los sordos 聋儿
TRADUCTOR 译者	Xu Shaojun 徐少军
EDITORIAL 出版社	People's Literature Publishing House 人民文学出版社
AÑO / 出版年份	2013

AUTOR 作者	Unger, David 大卫·昂格
TÍTULO ORIGINAL 书名	Life in the Damn Tropics: A Novel 天杀的热带日子
TRADUCTOR 译者	Wang Yun 汪芸
EDITORIAL 出版社	Hunan Education Publishing House 湖南教育出版社
AÑO / 出版年份	2007

Guyana 圭亚那

AUTOR 作者	Carter, Martín 马丁·卡特
TÍTULO ORIGINAL 书名	Poems of resistance 反抗诗集
TRADUCTOR 译者	Shui Jianfu 水建馥
EDITORIAL 出版社	China Writers Publishing House 作家出版社
AÑO / 出版年份	1956

Haití 海地

AUTOR 作者	Alexis, Jacques Stephen 雅克·斯蒂芬·阿列克西斯
TÍTULO ORIGINAL 书名	Compère Général Soleil 太阳老爷
TRADUCTOR 译者	Liu Yu, Zhang Zhaomin 刘煜、张昭民
EDITORIAL 出版社	People's Literature Publishing House 人民文学出版社
AÑO / 出版年份	1959

AUTOR 作者	Roumain, Jacques 若克·罗曼
TÍTULO ORIGINAL 书名	Gobernadores del rocío 露水的主人
TRADUCTOR 译者	Wang Chonglian 王崇廉
EDITORIAL 出版社	China Youth Publishing House 中国青年出版社
AÑO / 出版年份	1959

AUTOR 作者	Roumain, Jacques 雅各·路曼
TÍTULO ORIGINAL 书名	Gobernadores del rocío 统治泉水的人
TRADUCTOR 译者	Meng An 孟安
EDITORIAL 出版社	Shanghai Literature and Art Publishing House 上海文艺出版社
AÑO / 出版年份	1959

Honduras 洪都拉斯

AUTOR 作者	Amaya Amador, Ramón 拉蒙·阿马亚·阿马多尔
TÍTULO ORIGINAL 书名	Prisión verde 绿色的监狱
TRADUCTOR 译者	Wang Kecheng, Han Shizhong 王克澄、韩世钟
EDITORIAL 出版社	Shanghai Literature and Art Publishing House 上海文艺出版社
AÑO / 出版年份	1961

Jamaica 牙买加

AUTOR 作者	James, Marlon 马龙·詹姆斯
TÍTULO ORIGINAL 书名	A Brief History of Seven Killings 七杀简史
TRADUCTOR 译者	Yao Xianghui 姚向辉
EDITORIAL 出版社	Jiangsu Phoenix Literature and Art Publishing 江苏凤凰文艺出版社
AÑO / 出版年份	2017

AUTOR 作者	Mckenzie, Alecia, et al. 阿莱西亚·麦肯齐等
TÍTULO ORIGINAL 书名	Queen's Case: A Collection of Contemporary Jamaican Short Stories 女王案：当代牙买加短篇小说集
TRADUCTOR 译者	Chen Yongguo, Shen Xinyue 陈永国、沈新月
EDITORIAL 出版社	Peking University Press 北京大学出版社
AÑO / 出版年份	2018

AUTOR 作者	Reid, Victor 维克·里德
TÍTULO ORIGINAL 书名	The Young Warriors 小战士汤米
TRADUCTOR 译者	Liu Dao 柳岛
EDITORIAL 出版社	Shandong People's Publishing House 山东人民出版社
AÑO / 出版年份	1983

México 墨西哥

AUTOR 作者	Abreu Gómez, Ermilo (ed.) 埃尔米洛·阿夫雷乌·戈麦斯（编）
TÍTULO ORIGINAL 书名	Popol Vuh 波波尔·乌：拉美神话经典
TRADUCTOR 译者	Mei Zhe 梅哲
EDITORIAL 出版社	Lijiang Publishing House 漓江出版社
AÑO / 出版年份	1996

AUTOR 作者	Altamirano, Ignacio Manuel 伊·马·阿尔塔米拉诺
TÍTULO ORIGINAL 书名	El zarco 蓝眼人
TRADUCTOR 译者	Tu Mengchao 屠孟超
EDITORIAL 出版社	Shanghai Foreign Language Education Press 上海外语教育出版社
AÑO / 出版年份	1984

AUTOR 作者	Altamirano, Ignacio Manuel 伊·曼努埃尔·阿尔塔米拉诺
TÍTULO ORIGINAL 书名	El zarco 蓝眼睛
TRADUCTOR 译者	Bian Shuangcheng 卞双成
EDITORIAL 出版社	Central Compilation & Translation Press 中央编译出版社
AÑO / 出版年份	2004

AUTOR 作者	Altamirano, Ignacio Manuel / Isaacs, Jorge 阿尔塔米拉诺 / 伊萨克斯
TÍTULO ORIGINAL 书名	El zarco / María 蓝眼睛 / 玛丽亚
TRADUCTOR 译者	Bian Shuangcheng; Zhu Jingdong, Shen Genfa 卞双成；朱景冬、沈根发
EDITORIAL 出版社	People's Literature Publishing House 人民文学出版社
AÑO / 出版年份	1994

AUTOR 作者	Altamirano, Ignacio Manuel, et al. 伊·玛·阿塔米拉诺等
TÍTULO ORIGINAL 书名	Clemencia 爱河迷茫
TRADUCTOR 译者	Duan Yuran, Bian Shuangcheng, et al. 段玉然、卞双成等
EDITORIAL 出版社	Hunan People's Publishing House 湖南人民出版社
AÑO / 出版年份	1988

AUTOR 作者	Arreola, Juan José 胡安·何塞·阿雷奥拉
TÍTULO ORIGINAL 书名	Bestiario 动物集
TRADUCTOR 译者	Xuan Le 轩乐
EDITORIAL 出版社	Shanghai Translation Publishing House 上海译文出版社
AÑO / 出版年份	2017

AUTOR 作者	Arreola, Juan José 胡安·何塞·阿雷奥拉
TÍTULO ORIGINAL 书名	Confabulario 寓言集
TRADUCTOR 译者	Liang Qianru, Liu Jingsheng 梁倩如、刘京胜
EDITORIAL 出版社	Shanghai Translation Publishing House 上海译文出版社
AÑO / 出版年份	2017

AUTOR 作者	Arriaga, Guillermo 吉勒莫·阿里加
TÍTULO ORIGINAL 书名	El búfalo de la noche 我死去的挚友
TRADUCTOR 译者	Liu Jiaheng 刘家亨
EDITORIAL 出版社	CITIC Press Group 中信出版集团
AÑO / 出版年份	2018

AUTOR 作者	Arriaga, Guillermo 吉勒莫·阿里加
TÍTULO ORIGINAL 书名	Un dulce olor a muerte 甜蜜的死亡气息
TRADUCTOR 译者	Liu Jiaheng 刘家亨
EDITORIAL 出版社	CITIC Press Group 中信出版集团
AÑO / 出版年份	2018

AUTOR 作者	Azuela, Mariano 马里亚诺·阿苏埃拉
TÍTULO ORIGINAL 书名	Los caciques 财阀
TRADUCTOR 译者	Yang Wan 杨万
EDITORIAL 出版社	Shanghai Literature and Art Publishing House 上海文艺出版社
AÑO / 出版年份	1960

AUTOR 作者	Azuela, Mariano 阿苏埃拉
TÍTULO ORIGINAL 书名	Los de abajo 在底层的人们
TRADUCTOR 译者	Wu Guangxiao 吴广孝
EDITORIAL 出版社	Daylight Publishing House 外国文学出版社（现天天出版社）
AÑO / 出版年份	1981

AUTOR 作者	Baranda, María 玛丽娅·巴兰达
TÍTULO ORIGINAL 书名	If We Have Lost Our Oldest Tales 迷失者的寓言
TRADUCTOR 译者	Zhao Zhenjiang 赵振江
EDITORIAL 出版社	Jiangsu Phoenix Literature and Art Publishing 江苏凤凰文艺出版社
AÑO / 出版年份	2018

AUTOR 作者	Berman, Sabina 萨维娜·贝尔曼
TÍTULO ORIGINAL 书名	La mujer que buceó dentro del corazón del mundo 在世界中心潜游的女孩
TRADUCTOR 译者	Tan Wei 谭薇
EDITORIAL 出版社	Huangshan Publishing House 黄山书社
AÑO / 出版年份	2015

AUTOR 作者	Bracho, Coral 卡柔·布拉乔
TÍTULO ORIGINAL 书名	En la entraña del tiempo 在时间的核中
TRADUCTOR 译者	Cheng Yiyang 程弋洋
EDITORIAL 出版社	Yilin Press 译林出版社
AÑO / 出版年份	2019

AUTOR 作者	Castañeda, Jorge G. 卡斯塔涅达
TÍTULO ORIGINAL 书名	La vida en rojo: Una biografía del Che Guevara 切·格瓦拉传
TRADUCTOR 译者	Bai Fengsen 白凤森
EDITORIAL 出版社	People's Literature Publishing House 人民文学出版社
AÑO / 出版年份	2012

AUTOR 作者	Cisneros, Sandra 桑德拉·希斯内罗丝
TÍTULO ORIGINAL 书名	A House of My Own: Stories from My Life 芒果街，我自己的小屋
TRADUCTOR 译者	Cheng Yingzhu 程应铸
EDITORIAL 出版社	Nanhai Publishing Company 南海出版公司
AÑO / 出版年份	2017

AUTOR 作者	Cisneros, Sandra 桑德拉·希斯内罗丝
TÍTULO ORIGINAL 书名	Caramelo 拉拉的褐色披肩
TRADUCTOR 译者	Chang Wenqi 常文祺
EDITORIAL 出版社	Zhejiang Literature and Art Publishing House 浙江文艺出版社
AÑO / 出版年份	2010

AUTOR 作者	Cisneros, Sandra 桑德拉·希斯内罗丝
TÍTULO ORIGINAL 书名	Caramelo 拉拉的褐色披肩
TRADUCTOR 译者	Chang Wenqi 常文祺
EDITORIAL 出版社	Zhejiang Literature and Art Publishing House 浙江文艺出版社
AÑO / 出版年份	2012

AUTOR 作者	Cisneros, Sandra 桑德拉·希斯内罗丝
TÍTULO ORIGINAL 书名	The House on Mango Street 芒果街上的小屋
TRADUCTOR 译者	Pan Pa 潘帕
EDITORIAL 出版社	Yilin Press 译林出版社
AÑO / 出版年份	2006

AUTOR 作者	Cisneros, Sandra 桑德拉·希斯内罗丝
TÍTULO ORIGINAL 书名	Woman Hollering Creek and Other Stories 喊女溪
TRADUCTOR 译者	Xia Mo 夏末
EDITORIAL 出版社	Yilin Press 译林出版社
AÑO / 出版年份	2010

AUTOR 作者	Cisneros, Sandra 桑德拉·希斯内罗丝
TÍTULO ORIGINAL 书名	Woman Hollering Creek and Other Stories 芒果街上的小屋 2
TRADUCTOR 译者	Xia Mo 夏末
EDITORIAL 出版社	Yilin Press 译林出版社
AÑO / 出版年份	2018

AUTOR 作者	Clement, Jennifer 詹妮弗·克莱门特
TÍTULO ORIGINAL 书名	The Poison that Fascinates 迷药
TRADUCTOR 译者	Kuang Yongmei 匡咏梅
EDITORIAL 出版社	Zhejiang Literature and Art Publishing House 浙江文艺出版社
AÑO / 出版年份	2013

AUTOR 作者	Clement, Jennifer 詹妮弗·克莱门特
TÍTULO ORIGINAL 书名	Prayers for the Stole 兔子洞女孩
TRADUCTOR 译者	Jiao Xiaoju 焦晓菊
EDITORIAL 出版社	Shanghai People's Publishing House 上海人民出版社
AÑO / 出版年份	2019

AUTOR 作者	Del Paso, Fernando 费尔南多·德尔·帕索
TÍTULO ORIGINAL 书名	Noticias del Imperio 帝国轶闻
TRADUCTOR 译者	Lin Zhimu, He Xiao 林之木、贺晓
EDITORIAL 出版社	Yunnan People's Publishing House 云南人民出版社
AÑO / 出版年份	1994

AUTOR 作者	Del Paso, Fernando 费尔南多·德尔·帕索
TÍTULO ORIGINAL 书名	Noticias del Imperio 帝国轶闻
TRADUCTOR 译者	Zhang Guangsen 张广森
EDITORIAL 出版社	Sichuan People's Publishing House 四川人民出版社
AÑO / 出版年份	2019

AUTOR 作者	Del Toro, Guillermo; Funke, Cornelia 吉尔莫·德尔·托罗、柯奈莉亚·冯克
TÍTULO ORIGINAL 书名	Pan's Labyrinth 潘神的迷宫
TRADUCTOR 译者	Sun Lu 孙璐
EDITORIAL 出版社	Shanghai Literature and Art Publishing House 上海文艺出版社
AÑO / 出版年份	2019

AUTOR 作者	Del Toro, Guillermo; Hogan, Chuck 吉尔莫·德尔·托罗、查克·霍根
TÍTULO ORIGINAL 书名	The Strain 血族1：侵袭
TRADUCTOR 译者	Ye Yanling 叶妍伶
EDITORIAL 出版社	Lijiang Publishing House 漓江出版社
AÑO / 出版年份	2014

AUTOR 作者	Del Toro, Guillermo; Hogan, Chuck 吉尔莫·德尔·托罗、查克·霍根
TÍTULO ORIGINAL 书名	The Fall: Book Two of the Strain Trilogy 血族 2：坠落
TRADUCTOR 译者	Ye Yanling 叶妍伶
EDITORIAL 出版社	Lijiang Publishing House 漓江出版社
AÑO / 出版年份	2014

AUTOR 作者	Del Toro, Guillermo; Hogan, Chuck 吉尔莫·德尔·托罗、查克·霍根
TÍTULO ORIGINAL 书名	The Night Eternal: Book Three of the Strain Trilogy 血族 3：永夜
TRADUCTOR 译者	Ye Yanling 叶妍伶
EDITORIAL 出版社	Lijiang Publishing House 漓江出版社
AÑO / 出版年份	2014

AUTOR 作者	Del Toro, Guillermo; Kraus, Daniel 吉尔莫·德尔·托罗、丹尼·克劳斯
TÍTULO ORIGINAL 书名	The Shape of Water 水形物语
TRADUCTOR 译者	Wu Hua 吴华
EDITORIAL 出版社	Jiangsu Phoenix Literature and Art Publishing 江苏凤凰文艺出版社
AÑO / 出版年份	2019

AUTOR 作者	Del Toro, Guillermo; Kraus, Daniel 吉尔莫·德尔·托罗、丹尼·克劳斯
TÍTULO ORIGINAL 书名	Trollhunters 巨怪猎人
TRADUCTOR 译者	Zhou Xi 周茜
EDITORIAL 出版社	Tiandi Press 天地出版社
AÑO / 出版年份	2017

AUTOR 作者	Del Toro, Guillermo; Zicree, Marc 吉尔莫·德尔·托罗、马克·斯科特·齐克瑞
TÍTULO ORIGINAL 书名	Guillermo del Toro Cabinet of Curiosities: My Notebooks, Collections, and Other Obsessions 吉尔莫·德尔·托罗的奇思妙想：我的私人笔记、收藏品和其他爱好
TRADUCTOR 译者	Pan Zhijian 潘志剑
EDITORIAL 出版社	China Changan Publishing House 中国长安出版社
AÑO / 出版年份	2015

AUTOR 作者	Delgado, Rafael 拉斐尔·德尔加多
TÍTULO ORIGINAL 书名	La calandria 云雀姑娘
TRADUCTOR 译者	Duan Yuran, Zhang Rui 段玉然、张瑞
EDITORIAL 出版社	Hunan People's Publishing House 湖南人民出版社
AÑO / 出版年份	1986

AUTOR 作者	Enrigue, Álvaro 阿尔瓦罗·恩里克
TÍTULO ORIGINAL 书名	Muerte súbita 突然死亡
TRADUCTOR 译者	Zheng Nan 郑楠
EDITORIAL 出版社	CITIC Press Group 中信出版集团
AÑO / 出版年份	2018

AUTOR 作者	Esquivel, Laura 劳拉·埃斯基韦尔
TÍTULO ORIGINAL 书名	Como agua para chocolate 恰似水之于巧克力
TRADUCTOR 译者	Zhu Jingdong 朱景冬
EDITORIAL 出版社	Jieli Publishing House 接力出版社
AÑO / 出版年份	2007

AUTOR 作者	Esquivel, Laura 劳拉·埃斯基韦尔
TÍTULO ORIGINAL 书名	Como agua para chocolate 恰似水于巧克力
TRADUCTOR 译者	Duan Ruochuan 段若川
EDITORIAL 出版社	Yilin Press 译林出版社
AÑO / 出版年份	2015

AUTOR 作者	Esquivel, Laura 劳拉·埃斯基韦尔
TÍTULO ORIGINAL 书名	La ley del amor 爱情法则
TRADUCTOR 译者	Zhang Yan 张琰
EDITORIAL 出版社	Yilin Press 译林出版社
AÑO / 出版年份	2015

AUTOR 作者	Esquivel, Laura 劳拉·埃斯基韦尔
TÍTULO ORIGINAL 书名	Tan veloz como el deseo 像欲望一样快
TRADUCTOR 译者	Wang Tianai 汪天艾
EDITORIAL 出版社	Yilin Press 译林出版社
AÑO / 出版年份	2015

AUTOR 作者	Fernández de Lizardi 利萨尔迪
TÍTULO ORIGINAL 书名	El periquillo sarniento 癞皮鹦鹉
TRADUCTOR 译者	Zhou Mo, Yi You 周末、怡友
EDITORIAL 出版社	People's Literature Publishing House 人民文学出版社
AÑO / 出版年份	1986

AUTOR 作者	Fernández de Lizardi 费尔南德斯·德·利萨尔迪
TÍTULO ORIGINAL 书名	Vida y hechos del famoso caballero Don Catrín de la Fachenda 堂卡特林
TRADUCTOR 译者	Wang Yangle 王央乐
EDITORIAL 出版社	Shanghai Translation Publishing House 上海译文出版社
AÑO / 出版年份	1982

AUTOR 作者	Fernández, Bernardo 贝尔纳多·费尔南德斯
TÍTULO ORIGINAL 书名	Ojos de lagarto 蜥蜴的眼睛
TRADUCTOR 译者	Lü Wenna 吕文娜
EDITORIAL 出版社	People's Literature Publishing House 人民文学出版社
AÑO / 出版年份	2013

AUTOR 作者	Fuentes, Carlos 卡洛斯·富恩特斯
TÍTULO ORIGINAL 书名	Aura 欧拉
TRADUCTOR 译者	Zhu Jingdong, et al. 朱景冬等
EDITORIAL 出版社	Central Compilation & Translation Press 中央编译出版社
AÑO / 出版年份	2004

AUTOR 作者	Fuentes, Carlos 卡洛斯·富恩特斯
TÍTULO ORIGINAL 书名	Aura / Cantar de ciegos 奥拉 / 盲人之歌
TRADUCTOR 译者	Zhao Ying, et al. 赵英等
EDITORIAL 出版社	Flower City Publishing House 花城出版社
AÑO / 出版年份	1992

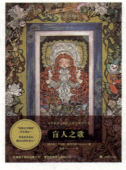

AUTOR 作者	Fuentes, Carlos 卡洛斯·富恩特斯
TÍTULO ORIGINAL 书名	Cantar de ciegos 盲人之歌
TRADUCTOR 译者	Yuan Jing 袁婧
EDITORIAL 出版社	Shanghai Translation Publishing House 上海译文出版社
AÑO / 出版年份	2019

AUTOR 作者	Fuentes, Carlos 卡洛斯·富恩特斯
TÍTULO ORIGINAL 书名	Diana o la cazadora solitaria 狄安娜，孤寂的女猎手
TRADUCTOR 译者	Tu Mengchao 屠孟超
EDITORIAL 出版社	Yilin Press 译林出版社
AÑO / 出版年份	1999

AUTOR 作者	Fuentes, Carlos 卡洛斯·富恩特斯
TÍTULO ORIGINAL 书名	En esto creo 我相信
TRADUCTOR 译者	Zhang Weijie, Li Yifei 张伟劼、李易非
EDITORIAL 出版社	Yilin Press 译林出版社
AÑO / 出版年份	2007

AUTOR 作者	Fuentes, Carlos 卡洛斯·富恩特斯
TÍTULO ORIGINAL 书名	En esto creo 我相信
TRADUCTOR 译者	Zhang Weijie, Li Yifei 张伟劼、李易非
EDITORIAL 出版社	Yilin Press 译林出版社
AÑO / 出版年份	2012

AUTOR 作者	Fuentes, Carlos 卡洛斯·富恩特斯
TÍTULO ORIGINAL 书名	La muerte de Artemio Cruz 阿尔特米奥·克罗斯之死
TRADUCTOR 译者	Yi Qian 亦潜
EDITORIAL 出版社	Daylight Publishing House 外国文学出版社（现天天出版社）
AÑO / 出版年份	1983

AUTOR 作者	Fuentes, Carlos 卡洛斯·富恩特斯
TÍTULO ORIGINAL 书名	La muerte de Artemio Cruz 阿尔特米奥·克罗斯之死
TRADUCTOR 译者	Yi Qian 亦潜
EDITORIAL 出版社	Yilin Press 译林出版社
AÑO / 出版年份	1999

AUTOR 作者	Fuentes, Carlos 卡洛斯·富恩特斯
TÍTULO ORIGINAL 书名	La muerte de Artemio Cruz 阿尔特米奥·克罗斯之死
TRADUCTOR 译者	Yi Qian 亦潜
EDITORIAL 出版社	People's Literature Publishing House 人民文学出版社
AÑO / 出版年份	2011

AUTOR 作者	Fuentes, Carlos 卡洛斯·富恩特斯
TÍTULO ORIGINAL 书名	La muerte de Artemio Cruz 阿尔特米奥·克罗斯之死
TRADUCTOR 译者	Yi Qian 亦潜
EDITORIAL 出版社	People's Literature Publishing House 人民文学出版社
AÑO / 出版年份	2019

AUTOR 作者	Fuentes, Carlos 卡洛斯·富恩特斯
TÍTULO ORIGINAL 书名	La región más transparente 最明净的地区
TRADUCTOR 译者	Xu Shaojun, Wang Xiaofang 徐少军、王小芳
EDITORIAL 出版社	Yunnan People's Publishing House 云南人民出版社
AÑO / 出版年份	1993

AUTOR 作者	Fuentes, Carlos 卡洛斯·富恩特斯
TÍTULO ORIGINAL 书名	La región más transparente 最明净的地区
TRADUCTOR 译者	Xu Shaojun, Wang Xiaofang 徐少军、王小芳
EDITORIAL 出版社	Yilin Press 译林出版社
AÑO / 出版年份	1998

AUTOR 作者	Fuentes, Carlos 卡洛斯·富恩特斯
TÍTULO ORIGINAL 书名	La región más transparente 最明净的地区
TRADUCTOR 译者	Xu Shaojun, Wang Xiaofang 徐少军、王小芳
EDITORIAL 出版社	Yilin Press 译林出版社
AÑO / 出版年份	2008

AUTOR 作者	Fuentes, Carlos 卡洛斯·富恩特斯
TÍTULO ORIGINAL 书名	La región más transparente 最明净的地区
TRADUCTOR 译者	Xu Shaojun, Wang Xiaofang 徐少军、王小芳
EDITORIAL 出版社	Yilin Press 译林出版社
AÑO / 出版年份	2012

AUTOR 作者	Fuentes, Carlos 卡洛斯·富恩特斯
TÍTULO ORIGINAL 书名	La silla del águila 鹰的王座
TRADUCTOR 译者	Zhao Deming 赵德明
EDITORIAL 出版社	China Writers Publishing House 作家出版社
AÑO / 出版年份	2017

AUTOR 作者	Fuentes, Carlos 卡洛斯·富恩特斯
TÍTULO ORIGINAL 书名	Los años con Laura Díaz 与劳拉·迪亚斯共度的岁月
TRADUCTOR 译者	Pei Daren 裴达仁
EDITORIAL 出版社	Yilin Press 译林出版社
AÑO / 出版年份	2005

AUTOR 作者	Fuentes, Carlos 卡洛斯·富恩特斯
TÍTULO ORIGINAL 书名	Los años con Laura Díaz 与劳拉·迪亚斯共度的岁月
TRADUCTOR 译者	Pei Daren 裴达仁
EDITORIAL 出版社	Yilin Press 译林出版社
AÑO / 出版年份	2012

AUTOR 作者	Fuentes, Carlos 卡洛斯·富恩特斯
TÍTULO ORIGINAL 书名	Los cinco soles de México 墨西哥的五个太阳
TRADUCTOR 译者	Zhang Weijie, Gu Jiawei 张伟劼、谷佳维
EDITORIAL 出版社	Yilin Press 译林出版社
AÑO / 出版年份	2009

AUTOR 作者	Fuentes, Carlos 卡洛斯·富恩特斯
TÍTULO ORIGINAL 书名	Los cinco soles de México 墨西哥的五个太阳
TRADUCTOR 译者	Zhang Weijie, Gu Jiawei 张伟劫、谷佳维
EDITORIAL 出版社	Yilin Press 译林出版社
AÑO / 出版年份	2012

AUTOR 作者	Fuentes, Carlos 卡洛斯·富恩特斯
TÍTULO ORIGINAL 书名	Los días enmascarados 戴面具的日子
TRADUCTOR 译者	Yu Shiyang 于施洋
EDITORIAL 出版社	Shanghai Translation Publishing House 上海译文出版社
AÑO / 出版年份	2019

AUTOR 作者	Gamboa, Federico 甘博亚
TÍTULO ORIGINAL 书名	Santa 圣女桑塔
TRADUCTOR 译者	Meng Xiancheng, Zhou Yiqin 孟宪臣、周义琴
EDITORIAL 出版社	Daylight Publishing House 外国文学出版社（现天天出版社）
AÑO / 出版年份	2002

AUTOR 作者	Garro, Elena 埃莱娜·加罗
TÍTULO ORIGINAL 书名	Memorias de España 1937 1937年西班牙回忆
TRADUCTOR 译者	Lü Wenna 吕文娜
EDITORIAL 出版社	Lijiang Publishing House 漓江出版社
AÑO / 出版年份	2014

AUTOR 作者	Guzmán, Martín Luis 马丁·路易斯·古斯曼
TÍTULO ORIGINAL 书名	La sombra del caudillo 元首的阴影
TRADUCTOR 译者	Zhao Deming, Han Shuijun 赵德明、韩水军
EDITORIAL 出版社	The North Literature and Art Publishing House 北方文艺出版社
AÑO / 出版年份	1984

AUTOR 作者	Haghenbeck, Francisco Gerardo F.G. 哈根贝克
TÍTULO ORIGINAL 书名	El libro de Hierba Santa 薄荷心：弗里达·卡罗的秘密笔记
TRADUCTOR 译者	Mo Yani 莫娅妮
EDITORIAL 出版社	People's Literature Publishing House 人民文学出版社
AÑO / 出版年份	2012

AUTOR 作者	Ibargüengoitia, Jorge 霍尔赫·伊瓦衮果蒂亚
TÍTULO ORIGINAL 书名	Las Muertas / Dos crímenes 死去的女人 / 双罪记
TRADUCTOR 译者	Jiang Zongcao 蒋宗曹
EDITORIAL 出版社	Heilongjiang People's Publishing House 黑龙江人民出版社
AÑO / 出版年份	1988

AUTOR 作者	Jufresa, Laia 莱娅·胡芙蕾莎
TÍTULO ORIGINAL 书名	Umami 生命的滋味
TRADUCTOR 译者	He Yujia 何雨珈
EDITORIAL 出版社	Strait Literature and Art Publishing House 海峡文艺出版社
AÑO / 出版年份	2019

AUTOR 作者	León-Portilla, Miguel 米格尔·雷昂 - 波尔蒂利亚
TÍTULO ORIGINAL 书名	Visión de los vencidos 战败者见闻录
TRADUCTOR 译者	Sun Jiakun, Li Ni 孙家堃、黎妮
EDITORIAL 出版社	The Commercial Press 商务印书馆
AÑO / 出版年份	2017

AUTOR 作者	López Portillo, José 洛佩斯·波蒂略
TÍTULO ORIGINAL 书名	Quetzalcóatl 羽蛇
TRADUCTOR 译者	Ning Xi 宁希
EDITORIAL 出版社	People's Literature Publishing House 人民文学出版社
AÑO / 出版年份	1978

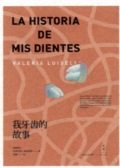

AUTOR 作者	Luiselli, Valeria 瓦莱里娅·路易塞利
TÍTULO ORIGINAL 书名	La historia de mis dientes 我牙齿的故事
TRADUCTOR 译者	Zheng Nan 郑楠
EDITORIAL 出版社	Shanghai People's Publishing House 上海人民出版社
AÑO / 出版年份	2018

AUTOR 作者	Luiselli, Valeria 瓦莱里娅·路易塞利
TÍTULO ORIGINAL 书名	Papeles falsos 假证件
TRADUCTOR 译者	Zhang Weijie 张伟劼
EDITORIAL 出版社	Shanghai People's Publishing House 上海人民出版社
AÑO / 出版年份	2018

AUTOR 作者	Mancisidor, José 曼西西杜尔
TÍTULO ORIGINAL 书名	De una madre española 一位西班牙母亲
TRADUCTOR 译者	Wu Liqing, Xu Yanwen 吴丽卿、徐彦文
EDITORIAL 出版社	Foreign Language Teaching and Research Press 外语教学与研究出版社
AÑO / 出版年份	1980

AUTOR 作者	Mancisidor, José 曼西西杜尔
TÍTULO ORIGINAL 书名	El alba en las simas 深渊上的黎明
TRADUCTOR 译者	Bei Jin 贝金
EDITORIAL 出版社	People's Literature Publishing House 人民文学出版社
AÑO / 出版年份	1958

AUTOR 作者	Mancisidor, José 曼西西杜尔
TÍTULO ORIGINAL 书名	El alba en las simas 深渊上的黎明
TRADUCTOR 译者	Lin Yincheng, Jiang Zhenying 林荫成、姜震瀛
EDITORIAL 出版社	People's Literature Publishing House 人民文学出版社
AÑO / 出版年份	1959

AUTOR 作者	Mancisidor, José 何塞·曼西西多尔
TÍTULO ORIGINAL 书名	En la rosa de los vientos 风向所趋
TRADUCTOR 译者	Yuan Xiangsheng 袁湘生
EDITORIAL 出版社	Xinwenyi Publishing House 新文艺出版社
AÑO / 出版年份	1956

AUTOR 作者	Mastretta, Ángeles 安赫莱斯·玛斯特尔塔
TÍTULO ORIGINAL 书名	Arráncame la vida 普埃布拉情歌
TRADUCTOR 译者	Li Jing 李静
EDITORIAL 出版社	Nanhai Publishing Company 南海出版公司
AÑO / 出版年份	2010

AUTOR 作者	Mastretta, Ángeles 安赫莱斯·玛斯特尔塔
TÍTULO ORIGINAL 书名	Mal de amores 爱之恶
TRADUCTOR 译者	Cheng Yiyang 程弋洋
EDITORIAL 出版社	Nanhai Publishing Company 南海出版公司
AÑO / 出版年份	2012

AUTOR 作者	Mastretta, Ángeles 安赫莱斯·玛斯特尔塔
TÍTULO ORIGINAL 书名	Mujeres de ojos grandes 大眼睛的女人们
TRADUCTOR 译者	Zhan Ling 詹玲
EDITORIAL 出版社	Beijing October Arts & Literature Publishing House 北京十月文艺出版社
AÑO / 出版年份	2003

AUTOR 作者	Mastretta, Ángeles 安赫莱斯·玛斯特尔塔
TÍTULO ORIGINAL 书名	Mujeres de ojos grandes 大眼睛的女人
TRADUCTOR 译者	Zhan Ling 詹玲
EDITORIAL 出版社	Nanhai Publishing Company 南海出版公司
AÑO / 出版年份	2010

AUTOR 作者	Mauries, Blanca B. 布兰卡·勃·毛雷斯
TÍTULO ORIGINAL 书名	La vida y yo 多难丽人
TRADUCTOR 译者	Shuangyu 双玉
EDITORIAL 出版社	The North Literature and Art Publishing House 北方文艺出版社
AÑO / 出版年份	1984

AUTOR 作者	Payno, Manuel 曼努埃尔·派诺
TÍTULO ORIGINAL 书名	Los bandidos de Río Frío 寒水岭匪帮
TRADUCTOR 译者	Bian Shuangcheng, Hu Zhencai, Zhao Deming 卞双成、胡真才、赵德明
EDITORIAL 出版社	Shanghai Translation Publishing House 上海译文出版社
AÑO / 出版年份	1997

AUTOR 作者	Paz, Octavio 奥克塔维奥·帕斯
TÍTULO ORIGINAL 书名	Children of the Mire: Modern Poetry from Romanticism to the Avant-Garde 泥淖之子：现代诗歌从浪漫主义到先锋派（扩充版）
TRADUCTOR 译者	Chen Dongbiao 陈东飚
EDITORIAL 出版社	Guangxi People's Publishing House 广西人民出版社
AÑO / 出版年份	2018

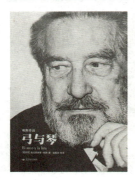

AUTOR 作者	Paz, Octavio 奥克塔维奥·帕斯
TÍTULO ORIGINAL 书名	El arco y la lira 弓与琴
TRADUCTOR 译者	Zhao Zhenjiang, et al. 赵振江等
EDITORIAL 出版社	Beijing Yanshan Press 北京燕山出版社
AÑO / 出版年份	2014

AUTOR 作者	Paz, Octavio 奥克塔维奥·帕斯
TÍTULO ORIGINAL 书名	El laberinto de la soledad 孤独的迷宫
TRADUCTOR 译者	Zhao Zhenjiang, Wang Qiushi, et al. 赵振江、王秋石等
EDITORIAL 出版社	Beijing Yanshan Press 北京燕山出版社
AÑO / 出版年份	2014

AUTOR 作者	Paz, Octavio 奥克塔维奥·帕斯
TÍTULO ORIGINAL 书名	In light of India 印度札记
TRADUCTOR 译者	Cai Minsheng 蔡悯生
EDITORIAL 出版社	Nanjing University Press 南京大学出版社
AÑO / 出版年份	2010

AUTOR 作者	Paz, Octavio 奥·帕斯
TÍTULO ORIGINAL 书名	Pasión crítica 批评的激情：奥·帕斯谈创作
TRADUCTOR 译者	Zhao Zhenjiang 赵振江
EDITORIAL 出版社	Yunnan People's Publishing House 云南人民出版社
AÑO / 出版年份	1995

AUTOR 作者	Paz, Octavio 奥克塔维奥·帕斯
TÍTULO ORIGINAL 书名	Pasión crítica 批评的激情
TRADUCTOR 译者	Zhao Zhenjiang, et al. 赵振江等
EDITORIAL 出版社	Beijing Yanshan Press 北京燕山出版社
AÑO / 出版年份	2015

AUTOR 作者	Paz, Octavio 奥克塔维奥·帕斯
TÍTULO ORIGINAL 书名	Piedra de sol 太阳石
TRADUCTOR 译者	Zhu Jingdong, et al. 朱景冬等
EDITORIAL 出版社	Lijiang Publishing House 漓江出版社
AÑO / 出版年份	1992

AUTOR 作者	Paz, Octavio 奥克塔维奥·帕斯
TÍTULO ORIGINAL 书名	Piedra de sol 太阳石
TRADUCTOR 译者	Zhao Zhenjiang 赵振江
EDITORIAL 出版社	Flower City Publishing House 花城出版社
AÑO / 出版年份	1992

AUTOR 作者	Paz, Octavio 奥克塔维奥·帕斯
TÍTULO ORIGINAL 书名	Piedra de sol 太阳石
TRADUCTOR 译者	Zhao Zhenjiang 赵振江
EDITORIAL 出版社	Beijing Yanshan Press 北京燕山出版社
AÑO / 出版年份	2014

AUTOR 作者	Paz, Octavio 奥克塔维奥·帕斯
TÍTULO ORIGINAL 书名	Selección de poemas de Octavio Paz 奥克塔维奥·帕斯诗选
TRADUCTOR 译者	Zhu Jingdong 朱景冬
EDITORIAL 出版社	Hebei Education Publishing House 河北教育出版社
AÑO / 出版年份	2003

AUTOR 作者	Paz, Octavio 奥克塔维奥·帕斯
TÍTULO ORIGINAL 书名	Selected Works of Paz I 帕斯选集（上）
TRADUCTOR 译者	Zhao Zhenjiang, et al. 赵振江等
EDITORIAL 出版社	China Writers Publishing House 作家出版社
AÑO / 出版年份	2006

AUTOR 作者	Paz, Octavio 奥克塔维奥·帕斯
TÍTULO ORIGINAL 书名	Selected Works of Paz II 帕斯选集（下）
TRADUCTOR 译者	Zhao Zhenjiang 赵振江
EDITORIAL 出版社	China Writers Publishing House 作家出版社
AÑO / 出版年份	2006

AUTOR 作者	Paz, Octavio 奥克塔维奥·帕斯
TÍTULO ORIGINAL 书名	The double flame 双重火焰：爱与欲
TRADUCTOR 译者	Jiang Xianjing, Zhen Manya 蒋显璟、真漫亚
EDITORIAL 出版社	Orient Press 东方出版社
AÑO / 出版年份	1998

AUTOR 作者	Paz, Octavio 帕斯
TÍTULO ORIGINAL 书名	—— 奥克塔维奥·帕斯诗选
TRADUCTOR 译者	Dong Jiping 董继平
EDITORIAL 出版社	The North Literature and Art Publishing House 北方文艺出版社
AÑO / 出版年份	1991

AUTOR 作者	Paz, Octavio 帕斯
TÍTULO ORIGINAL 书名	—— 帕斯作品选
TRADUCTOR 译者	Zhao Zhenjiang 赵振江
EDITORIAL 出版社	Yunnan People's Publishing House 云南人民出版社
AÑO / 出版年份	1993

AUTOR 作者	Pitol, Sergio 塞尔西奥·皮托尔
TÍTULO ORIGINAL 书名	El arte de la fuga 逃亡的艺术：塞尔西奥·皮托尔随笔集
TRADUCTOR 译者	Zhao Deming 赵德明
EDITORIAL 出版社	Nanhai Publishing Company 南海出版公司
AÑO / 出版年份	2006

AUTOR 作者	Pitol, Sergio 塞尔西奥·皮托尔
TÍTULO ORIGINAL 书名	La vida conyugal 夫妻生活
TRADUCTOR 译者	Zhao Ying 赵英
EDITORIAL 出版社	Nanhai Publishing Company 南海出版公司
AÑO / 出版年份	2005

AUTOR 作者	Poniatowska, Elena 波尼亚托夫斯卡
TÍTULO ORIGINAL 书名	La piel del cielo 天空的皮肤
TRADUCTOR 译者	Zhang Guangsen 张广森
EDITORIAL 出版社	People's Literature Publishing House 人民文学出版社
AÑO / 出版年份	2002

AUTOR 作者	Reyes, Alfonso 阿尔丰索·雷耶斯
TÍTULO ORIGINAL 书名	Cartones de Madrid 马德里画稿
TRADUCTOR 译者	Zhao Deming 赵德明
EDITORIAL 出版社	Lijiang Publishing House 漓江出版社
AÑO / 出版年份	2015

AUTOR 作者	Reyes, Alfonso 阿尔丰索·雷耶斯
TÍTULO ORIGINAL 书名	Cartones de Madrid 马德里画稿
TRADUCTOR 译者	Zhao Deming 赵德明
EDITORIAL 出版社	Lijiang Publishing House 漓江出版社
AÑO / 出版年份	2017

AUTOR 作者	Reyes, Alfonso 阿尔丰索·雷耶斯
TÍTULO ORIGINAL 书名	El plano oblicuo 斜面
TRADUCTOR 译者	Zhao Deming 赵德明
EDITORIAL 出版社	Lijiang Publishing House 漓江出版社
AÑO / 出版年份	2015

AUTOR 作者	Reyes, Alfonso 阿尔丰索·雷耶斯
TÍTULO ORIGINAL 书名	El plano oblicuo 斜面
TRADUCTOR 译者	Zhao Deming 赵德明
EDITORIAL 出版社	Lijiang Publishing House 漓江出版社
AÑO / 出版年份	2017

AUTOR 作者	Rodena, Inés 伊奈斯·罗德那
TÍTULO ORIGINAL 书名	Bianca Vidal 卞卡
TRADUCTOR 译者	—— ——
EDITORIAL 出版社	Huayue Literature and Art Publishing House 华岳文艺出版社
AÑO / 出版年份	1988

AUTOR 作者	Rulfo, Juan 胡安·鲁尔弗
TÍTULO ORIGINAL 书名	Antología de cuentos de Juan Rulfo 胡安·鲁尔弗中短篇小说集
TRADUCTOR 译者	Tu Mengchao, Ni Huadi, Xu Helin, et al. 屠孟超、倪华迪、徐鹤林等
EDITORIAL 出版社	Daylight Publishing House 外国文学出版社（现天天出版社）
AÑO / 出版年份	1980

AUTOR 作者	Rulfo, Juan 胡安·鲁尔福
TÍTULO ORIGINAL 书名	El llano en llamas 燃烧的原野：胡安·鲁尔福短篇小说集
TRADUCTOR 译者	Zhang Weijie 张伟劼
EDITORIAL 出版社	Yilin Press 译林出版社
AÑO / 出版年份	2010

AUTOR 作者	Rulfo, Juan 胡安·鲁尔弗
TÍTULO ORIGINAL 书名	Pedro Páramo 人鬼之间
TRADUCTOR 译者	Tu Mengchao 屠孟超
EDITORIAL 出版社	People's Literature Publishing House 人民文学出版社
AÑO / 出版年份	1986

AUTOR / 作者	Rulfo, Juan / 胡安·鲁尔福
TÍTULO ORIGINAL / 书名	Pedro Páramo / 佩德罗·巴拉莫：胡安·鲁尔福小说
TRADUCTOR / 译者	Tu Mengchao / 屠孟超
EDITORIAL / 出版社	Zhejiang Literature and Art Publishing House / 浙江文艺出版社
AÑO / 出版年份	2001

AUTOR / 作者	Rulfo, Juan / 胡安·鲁尔福
TÍTULO ORIGINAL / 书名	Pedro Páramo / 佩德罗·巴拉莫
TRADUCTOR / 译者	Tu Mengchao / 屠孟超
EDITORIAL / 出版社	Yilin Press / 译林出版社
AÑO / 出版年份	2007

AUTOR / 作者	Rulfo, Juan / 胡安·鲁尔福
TÍTULO ORIGINAL / 书名	Pedro Páramo / 佩德罗·巴拉莫
TRADUCTOR / 译者	Tu Mengchao / 屠孟超
EDITORIAL / 出版社	Yilin Press / 译林出版社
AÑO / 出版年份	2011

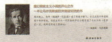

AUTOR / 作者	Rulfo, Juan / 胡安·鲁尔福
TÍTULO ORIGINAL / 书名	Pedro Páramo / 佩德罗·巴拉莫
TRADUCTOR / 译者	Tu Mengchao / 屠孟超
EDITORIAL / 出版社	Yilin Press / 译林出版社
AÑO / 出版年份	2016

AUTOR 作者	Rulfo, Juan 胡安·鲁尔福
TÍTULO ORIGINAL 书名	Obras completas de Juan Rulfo 胡安·鲁尔福全集
TRADUCTOR 译者	Tu Mengchao, Zhao Zhenjiang 屠孟超、赵振江
EDITORIAL 出版社	Yunnan People's Publishing House 云南人民出版社
AÑO / 出版年份	1993

AUTOR 作者	Rulfo, Juan 胡安·鲁尔福
TÍTULO ORIGINAL 书名	Obras completas de Juan Rulfo 胡安·鲁尔福全集
TRADUCTOR 译者	Tu Mengchao 屠孟超
EDITORIAL 出版社	Yunnan People's Publishing House 云南人民出版社
AÑO / 出版年份	1995

AUTOR 作者	Spota, Luis 路易斯·思波达
TÍTULO ORIGINAL 书名	Casi el paraíso 近乎天堂
TRADUCTOR 译者	Ding Wenlin 丁文林
EDITORIAL 出版社	Yunnan People's Publishing House 云南人民出版社
AÑO / 出版年份	1991

AUTOR 作者	Spota, Luis 路易斯·斯波塔
TÍTULO ORIGINAL 书名	Casi el paraíso 咫尺天堂
TRADUCTOR 译者	Liu Yushu, Jiang He, Lin Guang 刘玉树、江禾、林光
EDITORIAL 出版社	Daylight Publishing House 外国文学出版社（现天天出版社）
AÑO / 出版年份	1991

339

AUTOR 作者	Subcomandante Marcos 副司令马科斯
TÍTULO ORIGINAL 书名	Antología de Subcomandante Marcos 蒙面骑士：墨西哥副司令马科斯文集
TRADUCTOR 译者	Dai Jinhua, Liu Jianzhi (ed.) 戴锦华、刘健芝（主编）
EDITORIAL 出版社	Shanghai People's Publishing House 上海人民出版社
AÑO / 出版年份	2006

AUTOR 作者	Traven, Bruno 特雷文
TÍTULO ORIGINAL 书名	El general: Tierra y libertad 草莽将军
TRADUCTOR 译者	Wang Zhongnian 王仲年
EDITORIAL 出版社	Xinwenyi Publishing House 新文艺出版社
AÑO / 出版年份	1958

AUTOR 作者	Traven, Bruno 特雷文
TÍTULO ORIGINAL 书名	El general: Tierra y libertad 草莽将军
TRADUCTOR 译者	Wang Zhongnian 王仲年
EDITORIAL 出版社	Shanghai Literature and Art Publishing House 上海文艺出版社
AÑO / 出版年份	1959

AUTOR 作者	Traven, Bruno 特雷文
TÍTULO ORIGINAL 书名	La rebelión de los colgados 伐木工的反叛
TRADUCTOR 译者	Zou Lüzhi 邹绿芷
EDITORIAL 出版社	Xinwenyi Publishing House 新文艺出版社
AÑO / 出版年份	1957

AUTOR 作者	Traven, Bruno 特雷文
TÍTULO ORIGINAL 书名	La rebelión de los colgados 伐木工的反叛
TRADUCTOR 译者	Zou Lüzhi 邹绿芷
EDITORIAL 出版社	Shanghai Translation Publishing House 上海译文出版社
AÑO / 出版年份	1982

AUTOR 作者	Volpi, Jorge 豪尔赫·博尔皮
TÍTULO ORIGINAL 书名	En busca de Klingsor 追寻克林索尔
TRADUCTOR 译者	Wang Ying, Song Jindong 王莹、宋尽冬
EDITORIAL 出版社	Yilin Press 译林出版社
AÑO / 出版年份	2004

AUTOR 作者	Yáñez, Agustín 阿古斯丁·亚涅斯
TÍTULO ORIGINAL 书名	Al filo del agua 山雨欲来
TRADUCTOR 译者	Gu Wenbo 顾文波
EDITORIAL 出版社	People's Literature Publishing House 人民文学出版社
AÑO / 出版年份	2010

AUTOR 作者	—— 大卫·巴特尔
TÍTULO ORIGINAL 书名	El Templo del Pueblo 人民圣殿教内幕
TRADUCTOR 译者	Zheng Chang 郑畅
EDITORIAL 出版社	Changjiang Literature and Art Publishing House 长江文艺出版社
AÑO / 出版年份	1986

AUTOR 作者	米莱雅·古埃多·米勒
TÍTULO ORIGINAL 书名	—— 雪山上的火焰
TRADUCTOR 译者	Shu Lin, Zhong Shigui 舒林、钟士贵
EDITORIAL 出版社	Henan People's Publishing House 河南人民出版社
AÑO / 出版年份	1981

AUTOR 作者	——
TÍTULO ORIGINAL 书名	Antología de la poesía mexicana 墨西哥诗选
TRADUCTOR 译者	Zhao Zhenjiang, Duan Jicheng 赵振江、段继承
EDITORIAL 出版社	People's Literature Publishing House 人民文学出版社
AÑO / 出版年份	2012

AUTOR 作者	——
TÍTULO ORIGINAL 书名	—— 墨西哥中短篇小说集
TRADUCTOR 译者	Sang Yuan, Xi Jiao 桑苑、奚皎
EDITORIAL 出版社	People's Literature Publishing House 人民文学出版社
AÑO / 出版年份	1980

Nicaragua 尼加拉瓜

AUTOR 作者	Darío, Rubén 鲁文·达里奥
TÍTULO ORIGINAL 书名	Antología de Rubén Darío 鲁文·达里奥诗选
TRADUCTOR 译者	Zhao Zhenjiang 赵振江
EDITORIAL 出版社	Hebei Education Publishing House 河北教育出版社
AÑO / 出版年份	2003

AUTOR 作者	Darío, Rubén 鲁文·达里奥
TÍTULO ORIGINAL 书名	Cantos de vida y esperanza 生命与希望之歌：拉美诗圣鲁文·达里奥诗文选
TRADUCTOR 译者	Zhao Zhenjiang, Wu Jianheng 赵振江、吴健恒
EDITORIAL 出版社	Yunnan People's Publishing House 云南人民出版社
AÑO / 出版年份	1997

AUTOR 作者	Darío, Rubén 鲁文·达里奥
TÍTULO ORIGINAL 书名	Cantos de vida y esperanza 生命与希望之歌
TRADUCTOR 译者	Zhao Zhenjiang 赵振江
EDITORIAL 出版社	Shanghai Translation Publishing House 上海译文出版社
AÑO / 出版年份	2013

AUTOR 作者	Darío, Rubén 鲁文·达里奥
TÍTULO ORIGINAL 书名	Cuentos de Rubén Darío 鲁文·达里奥短篇小说选
TRADUCTOR 译者	Dai Yonghu 戴永沪
EDITORIAL 出版社	Lijiang Publishing House 漓江出版社
AÑO / 出版年份	2013

AUTOR 作者	Darío, Rubén 鲁文·达里奥
TÍTULO ORIGINAL 书名	Prosas profanas 世俗的圣歌
TRADUCTOR 译者	Zhao Zhenjiang 赵振江
EDITORIAL 出版社	Shanghai Translation Publishing House 上海译文出版社
AÑO / 出版年份	2013

AUTOR 作者	Darío, Rubén 鲁文·达里奥
TÍTULO ORIGINAL 书名	Selección de prosas de Rubén Darío 达里奥散文选
TRADUCTOR 译者	Liu Yushu 刘玉树
EDITORIAL 出版社	Baihua Literature and Art Publishing House 百花文艺出版社
AÑO / 出版年份	1997

AUTOR 作者	Darío, Rubén 鲁文·达里奥
TÍTULO ORIGINAL 书名	Selección de prosas de Rubén Darío 达里奥散文选
TRADUCTOR 译者	Liu Yushu 刘玉树
EDITORIAL 出版社	Baihua Literature and Art Publishing House 百花文艺出版社
AÑO / 出版年份	2009

AUTOR 作者	Ramírez, Sergio 塞尔希奥·拉米雷斯
TÍTULO ORIGINAL 书名	Castigo divino 天谴
TRADUCTOR 译者	Liu Xiliang, Sun Jiying 刘习良、笋季英
EDITORIAL 出版社	Yunnan People's Publishing House 云南人民出版社
AÑO / 出版年份	1994

AUTOR 作者	Ramírez, Sergio 塞尔希奥·拉米雷斯
TÍTULO ORIGINAL 书名	Castigo divino 天谴
TRADUCTOR 译者	Liu Xiliang, Sun Jiying 刘习良、笋季英
EDITORIAL 出版社	Shanghai Translation Publishing House 上海译文出版社
AÑO / 出版年份	2017

AUTOR 作者	Ramírez, Sergio 塞尔希奥·拉米雷斯
TÍTULO ORIGINAL 书名	Mil y una muertes 一千零一次死亡
TRADUCTOR 译者	Xu Qiyu 许琦瑜
EDITORIAL 出版社	Sichuan People's Publishing House 四川人民出版社
AÑO / 出版年份	2018

AUTOR 作者	Ramírez, Sergio 塞尔希奥·拉米雷斯
TÍTULO ORIGINAL 书名	Ya nadie llora por mí 已无人为我哭泣
TRADUCTOR 译者	Li Jing 李静
EDITORIAL 出版社	People's Literature Publishing House 人民文学出版社
AÑO / 出版年份	2019

Paraguay 巴拉圭

AUTOR 作者	Marcos, Juan Manuel 胡安·曼努埃尔·马科斯
TÍTULO ORIGINAL 书名	El invierno de Gunter 甘特的冬天
TRADUCTOR 译者	Yin Chengdong, Wang Xiaocui 尹承东、王小翠
EDITORIAL 出版社	Central Compilation & Translation Press 中央编译出版社
AÑO / 出版年份	2015

AUTOR 作者	Marcos, Juan Manuel 胡安·曼努埃尔·马科斯
TÍTULO ORIGINAL 书名	Poemas y canciones 诗与歌
TRADUCTOR 译者	Yin Chengdong, Wang Xiaocui 尹承东、王小翠
EDITORIAL 出版社	Central Compilation & Translation Press 中央编译出版社
AÑO / 出版年份	2016

AUTOR 作者	Pérez Cáceres, Lita 丽塔·佩雷斯·卡塞雷斯
TÍTULO ORIGINAL 书名	Cuentos crueles 残酷的故事
TRADUCTOR 译者	Wei Yuanyuan 魏媛媛
EDITORIAL 出版社	Central Compilation & Translation Press 中央编译出版社
AÑO / 出版年份	2019

AUTOR 作者	Roa Bastos, Augusto 罗亚·巴斯托斯
TÍTULO ORIGINAL 书名	Hijo de hombre 人子
TRADUCTOR 译者	Lü Chen 吕晨
EDITORIAL 出版社	Daylight Publishing House 外国文学出版社（现天天出版社）
AÑO / 出版年份	1984

AUTOR 作者	Romero, Elvio 埃尔维奥·罗梅罗
TÍTULO ORIGINAL 书名	Soldados de la aurora: Poesías de Elvio Romero 黎明的战士
TRADUCTOR 译者	Zhao Jinping 赵金平
EDITORIAL 出版社	China Writers Publishing House 作家出版社
AÑO / 出版年份	1964

Perú 秘鲁

AUTOR 作者	Alegría, Ciro 阿莱格里亚
TÍTULO ORIGINAL 书名	Los perros hambrientos 饥饿的狗
TRADUCTOR 译者	He Xiao 贺晓
EDITORIAL 出版社	Daylight Publishing House 外国文学出版社（现天天出版社）
AÑO / 出版年份	1982

AUTOR 作者	Alegría, Ciro 西罗·阿莱格里亚
TÍTULO ORIGINAL 书名	Los perros hambrientos 饿狗
TRADUCTOR 译者	Zhao Shuqi 赵淑奇
EDITORIAL 出版社	Huashan Literature and Art Publishing House 花山文艺出版社
AÑO / 出版年份	1982

AUTOR 作者	Alegría, Ciro 阿莱格里亚
TÍTULO ORIGINAL 书名	El mundo es ancho y ajeno 广漠的世界
TRADUCTOR 译者	Wu Jianheng 吴健恒
EDITORIAL 出版社	Daylight Publishing House 外国文学出版社（现天天出版社）
AÑO / 出版年份	1985

AUTOR 作者	Arguedas, José María 阿格达斯
TÍTULO ORIGINAL 书名	Los ríos profundos 深沉的河流
TRADUCTOR 译者	Zhang Renjian 章仁鉴
EDITORIAL 出版社	Daylight Publishing House 外国文学出版社（现天天出版社）
AÑO / 出版年份	1982

AUTOR 作者	Chang-Rogríguez, Eugenio 欧亨尼奥·陈 - 罗德里格斯
TÍTULO ORIGINAL 书名	Latinoamérica: Su civilización y cultura 拉丁美洲的文明与文化
TRADUCTOR 译者	Bai Fengsen, et al. 白凤森等
EDITORIAL 出版社	The Commercial Press 商务印书馆
AÑO / 出版年份	1990

AUTOR 作者	Cueto, Alonso 阿隆索·奎托
TÍTULO ORIGINAL 书名	La hora azul 蓝色时刻
TRADUCTOR 译者	Liu Jingsheng 刘京胜
EDITORIAL 出版社	People's Literature Publishing House 人民文学出版社
AÑO / 出版年份	2007

AUTOR 作者	Dañino, Guillermo 吉叶墨
TÍTULO ORIGINAL 书名	Desde China: Un país fascinante y misterioso 来自中国：迷人之境的报道
TRADUCTOR 译者	Xi Xiaoqing 奚晓清
EDITORIAL 出版社	China Intercontinental Press 五洲传播出版社
AÑO / 出版年份	2016

AUTOR 作者	De Trazegnies, Fernando 费尔南多·德特拉塞格涅斯
TÍTULO ORIGINAL 书名	En el país de las Colinas de Arena 沙国之梦：契约华工在秘鲁的命运
TRADUCTOR 译者	Zhubi, Lamei 竹碧、腊梅
EDITORIAL 出版社	World Affairs Press 世界知识出版社
AÑO / 出版年份	1999

AUTOR 作者	Inca Garcilaso de la Vega 印卡·加西拉索·德拉维加
TÍTULO ORIGINAL 书名	Comentarios reales de los Incas 印卡王室述评
TRADUCTOR 译者	Bai Fengsen, Yang Yanyong 白凤森、杨衍永
EDITORIAL 出版社	The Commercial Press 商务印书馆
AÑO / 出版年份	1993

AUTOR 作者	Inca Garcilaso de la Vega 印卡·加西拉索·德拉维加
TÍTULO ORIGINAL 书名	Comentarios reales de los Incas 印卡王室述评
TRADUCTOR 译者	Bai Fengsen, Yang Yanyong 白凤森、杨衍永
EDITORIAL 出版社	The Commercial Press 商务印书馆
AÑO / 出版年份	2011

AUTOR 作者	Inca Garcilaso de la Vega 印卡·加西拉索·德拉维加
TÍTULO ORIGINAL 书名	Comentarios reales de los Incas 印卡王室述评
TRADUCTOR 译者	Bai Fengsen, Yang Yanyong 白凤森、杨衍永
EDITORIAL 出版社	The Commercial Press 商务印书馆
AÑO / 出版年份	2018

AUTOR 作者	Montoro, Isaac Felipe 伊萨克·费利佩·蒙托罗
TÍTULO ORIGINAL 书名	Los peces de oro 金鱼
TRADUCTOR 译者	Universidad de Estudios Internacionales de Shanghai 上海外国语学院西班牙语专业集体翻译
EDITORIAL 出版社	People's Literature Publishing House 人民文学出版社
AÑO / 出版年份	1977

AUTOR 作者	Palma, Ricardo 里卡陀·巴尔玛
TÍTULO ORIGINAL 书名	Tradiciones peruanas 秘鲁传说
TRADUCTOR 译者	Bai Ying 白婴
EDITORIAL 出版社	People's Literature Publishing House 人民文学出版社
AÑO / 出版年份	1959

AUTOR 作者	Palma, Ricardo 帕尔马
TÍTULO ORIGINAL 书名	Tradiciones peruanas 秘鲁传说
TRADUCTOR 译者	Bai Fengsen 白凤森
EDITORIAL 出版社	People's Literature Publishing House 人民文学出版社
AÑO / 出版年份	1997

AUTOR 作者	Palma, Ricardo 帕尔马
TÍTULO ORIGINAL 书名	Tradiciones peruanas 秘鲁传说
TRADUCTOR 译者	Bai Fengsen 白凤森
EDITORIAL 出版社	China Social Sciences Press 中国社会科学出版社
AÑO / 出版年份	2007

AUTOR 作者	Palma, Ricardo 里卡多·帕尔马
TÍTULO ORIGINAL 书名	Ricardo Palma: Humorous Works 帕尔马幽默作品选
TRADUCTOR 译者	Bai Fengsen 白凤森
EDITORIAL 出版社	People's Literature Publishing House 人民文学出版社
AÑO / 出版年份	2007

AUTOR 作者	Ribeyro, Julio Ramón 胡·拉·里贝罗
TÍTULO ORIGINAL 书名	El chaco 围捕
TRADUCTOR 译者	Lin Yian 林一安
EDITORIAL 出版社	The Commercial Press 商务印书馆
AÑO / 出版年份	1983

351

AUTOR 作者	Roncagliolo, Santiago 圣地亚哥·龙卡略洛
TÍTULO ORIGINAL 书名	Abril rojo 红色四月
TRADUCTOR 译者	Ye Beilei 叶蓓蕾
EDITORIAL 出版社	Shandong Literature and Art Publishing House 山东文艺出版社
AÑO / 出版年份	2014

AUTOR 作者	Vallejo, César 塞萨·瓦叶霍
TÍTULO ORIGINAL 书名	El tungsteno 钨矿
TRADUCTOR 译者	Mei Ren 梅仁
EDITORIAL 出版社	China Writers Publishing House 作家出版社
AÑO / 出版年份	1963

AUTOR 作者	Vallejo, César 巴列霍
TÍTULO ORIGINAL 书名	César Vallejo: Selected Poems 巴列霍诗选
TRADUCTOR 译者	Huang Canran 黄灿然
EDITORIAL 出版社	Huaxia Publishing House 华夏出版社
AÑO / 出版年份	2007

AUTOR 作者	Vallejo, César 塞萨尔·巴略霍
TÍTULO ORIGINAL 书名	Antología poética: César Vallejo 人类的诗篇：塞萨尔·巴略霍诗选
TRADUCTOR 译者	Zhao Zhenjiang 赵振江
EDITORIAL 出版社	China Writers Publishing House 作家出版社
AÑO / 出版年份	2014

AUTOR 作者	Vallejo, César 塞萨尔·巴列霍
TÍTULO ORIGINAL 书名	—— 白石上的黑石：巴列霍诗选
TRADUCTOR 译者	Chen Li, Zhang Fenlin 陈黎、张芬龄
EDITORIAL 出版社	Foreign Language Teaching and Research Press 外语教学与研究出版社
AÑO / 出版年份	2017

AUTOR 作者	Vargas Llosa, Mario 马里奥·巴尔加斯·略萨
TÍTULO ORIGINAL 书名	Cartas a un joven novelista 中国套盒：致一位青年小说家
TRADUCTOR 译者	Zhao Deming 赵德明
EDITORIAL 出版社	Baihua Literature and Art Publishing House 百花文艺出版社
AÑO / 出版年份	2000

AUTOR 作者	Vargas Llosa, Mario 马里奥·巴尔加斯·略萨
TÍTULO ORIGINAL 书名	Cartas a un joven novelista 给青年小说家的信
TRADUCTOR 译者	Zhao Deming 赵德明
EDITORIAL 出版社	Shanghai Translation Publishing House 上海译文出版社
AÑO / 出版年份	2004

AUTOR 作者	Vargas Llosa, Mario 马里奥·巴尔加斯·略萨
TÍTULO ORIGINAL 书名	Cartas a un joven novelista 给青年小说家的信
TRADUCTOR 译者	Zhao Deming 赵德明
EDITORIAL 出版社	Shanghai Literature and Art Publishing House 上海文艺出版社
AÑO / 出版年份	2016

AUTOR 作者	Vargas Llosa, Mario 马里奥·巴尔加斯·略萨
TÍTULO ORIGINAL 书名	Cartas a un joven novelista 给青年小说家的信
TRADUCTOR 译者	Zhao Deming 赵德明
EDITORIAL 出版社	People's Literature Publishing House 人民文学出版社
AÑO / 出版年份	2017

AUTOR 作者	Vargas Llosa, Mario 马里奥·巴尔加斯·略萨
TÍTULO ORIGINAL 书名	Cinco esquinas 五个街角
TRADUCTOR 译者	Hou Jian 侯健
EDITORIAL 出版社	People's Literature Publishing House 人民文学出版社
AÑO / 出版年份	2018

AUTOR 作者	Vargas Llosa, Mario 马里奥·巴尔加斯·略萨
TÍTULO ORIGINAL 书名	Contra viento y marea 顶风破浪
TRADUCTOR 译者	Zhao Deming 赵德明
EDITORIAL 出版社	Times Literature and Art Publishing House 时代文艺出版社
AÑO / 出版年份	2000

AUTOR 作者	Vargas Llosa, Mario 马里奥·巴尔加斯·略萨
TÍTULO ORIGINAL 书名	Conversación en La Catedral 酒吧长谈
TRADUCTOR 译者	Sun Jiameng 孙家孟
EDITORIAL 出版社	Yunnan People's Publishing House 云南人民出版社
AÑO / 出版年份	1993

AUTOR 作者	Vargas Llosa, Mario 马里奥·巴尔加斯·略萨
TÍTULO ORIGINAL 书名	Conversación en La Catedral 酒吧长谈
TRADUCTOR 译者	Sun Jiameng 孙家孟
EDITORIAL 出版社	Times Literature and Art Publishing House 时代文艺出版社
AÑO / 出版年份	1996

AUTOR 作者	Vargas Llosa, Mario 马里奥·巴尔加斯·略萨
TÍTULO ORIGINAL 书名	Conversación en La Catedral 酒吧长谈
TRADUCTOR 译者	Sun Jiameng 孙家孟
EDITORIAL 出版社	Times Literature and Art Publishing House 时代文艺出版社
AÑO / 出版年份	2000

AUTOR 作者	Vargas Llosa, Mario 马里奥·巴尔加斯·略萨
TÍTULO ORIGINAL 书名	Conversación en La Catedral 酒吧长谈
TRADUCTOR 译者	Sun Jiameng 孙家孟
EDITORIAL 出版社	People's Literature Publishing House 人民文学出版社
AÑO / 出版年份	2011

AUTOR 作者	Vargas Llosa, Mario 马里奥·巴尔加斯·略萨
TÍTULO ORIGINAL 书名	Conversación en La Catedral 酒吧长谈
TRADUCTOR 译者	Sun Jiameng 孙家孟
EDITORIAL 出版社	Shanghai Literature and Art Publishing House 上海文艺出版社
AÑO / 出版年份	2015

AUTOR 作者	Vargas Llosa, Mario 马里奥·巴尔加斯·略萨
TÍTULO ORIGINAL 书名	Conversación en La Catedral 酒吧长谈
TRADUCTOR 译者	Sun Jiameng 孙家孟
EDITORIAL 出版社	People's Literature Publishing House 人民文学出版社
AÑO / 出版年份	2017

AUTOR 作者	Vargas Llosa, Mario 马里奥·巴尔加斯·略萨
TÍTULO ORIGINAL 书名	El héroe discreto 卑微的英雄
TRADUCTOR 译者	Mo Yani 莫娅妮
EDITORIAL 出版社	Shanghai Literature and Art Publishing House 上海文艺出版社
AÑO / 出版年份	2016

AUTOR 作者	Vargas Llosa, Mario 马里奥·巴尔加斯·略萨
TÍTULO ORIGINAL 书名	El héroe discreto 卑微的英雄
TRADUCTOR 译者	Mo Yani 莫娅妮
EDITORIAL 出版社	People's Literature Publishing House 人民文学出版社
AÑO / 出版年份	2017

AUTOR 作者	Vargas Llosa, Mario 马里奥·巴尔加斯·略萨
TÍTULO ORIGINAL 书名	El paraíso en la otra esquina 天堂在另外那个街角
TRADUCTOR 译者	Zhao Deming 赵德明
EDITORIAL 出版社	Shanghai Translation Publishing House 上海译文出版社
AÑO / 出版年份	2009

AUTOR 作者	Vargas Llosa, Mario 马里奥·巴尔加斯·略萨
TÍTULO ORIGINAL 书名	El pez en el agua 水中鱼
TRADUCTOR 译者	Zhao Deming 赵德明
EDITORIAL 出版社	Times Literature and Art Publishing House 时代文艺出版社
AÑO / 出版年份	1996

AUTOR 作者	Vargas Llosa, Mario 马里奥·巴尔加斯·略萨
TÍTULO ORIGINAL 书名	El pez en el agua 水中鱼
TRADUCTOR 译者	Zhao Deming 赵德明
EDITORIAL 出版社	Times Literature and Art Publishing House 时代文艺出版社
AÑO / 出版年份	2000

AUTOR 作者	Vargas Llosa, Mario 马里奥·巴尔加斯·略萨
TÍTULO ORIGINAL 书名	El pez en el agua 水中鱼：巴尔加斯·略萨回忆录
TRADUCTOR 译者	Zhao Deming 赵德明
EDITORIAL 出版社	East China Normal University Press 华东师范大学出版社
AÑO / 出版年份	2016

AUTOR 作者	Vargas Llosa, Mario 马里奥·巴尔加斯·略萨
TÍTULO ORIGINAL 书名	El pez en el agua 水中鱼：略萨回忆录
TRADUCTOR 译者	Zhao Deming 赵德明
EDITORIAL 出版社	People's Literature Publishing House 人民文学出版社
AÑO / 出版年份	2018

AUTOR 作者	Vargas Llosa, Mario 马里奥·巴尔加斯·略萨
TÍTULO ORIGINAL 书名	El sueño del celta 凯尔特人之梦
TRADUCTOR 译者	Sun Jiameng 孙家孟
EDITORIAL 出版社	Shanghai Literature and Art Publishing House 上海文艺出版社
AÑO / 出版年份	2016

AUTOR 作者	Vargas Llosa, Mario 马里奥·巴尔加斯·略萨
TÍTULO ORIGINAL 书名	El sueño del celta 凯尔特人之梦
TRADUCTOR 译者	Sun Jiameng 孙家孟
EDITORIAL 出版社	People's Literature Publishing House 人民文学出版社
AÑO / 出版年份	2017

AUTOR 作者	Vargas Llosa, Mario 马里奥·巴尔加斯·略萨
TÍTULO ORIGINAL 书名	Elogio de la madrastra / Los cuadernos de Don Rigoberto 继母颂 / 情爱笔记
TRADUCTOR 译者	Meng Xianchen, Zhao Deming 孟宪臣、赵德明
EDITORIAL 出版社	Times Literature and Art Publishing House 时代文艺出版社
AÑO / 出版年份	2000

AUTOR 作者	Vargas Llosa, Mario 马里奥·巴尔加斯·略萨
TÍTULO ORIGINAL 书名	Historia de Mayta 狂人玛伊塔
TRADUCTOR 译者	Meng Xianchen, Wang Chengjia 孟宪臣、王成家
EDITORIAL 出版社	Yunnan People's Publishing House 云南人民出版社
AÑO / 出版年份	1988

AUTOR 作者	Vargas Llosa, Mario 马里奥·巴尔加斯·略萨
TÍTULO ORIGINAL 书名	Historia de Mayta 狂人玛伊塔
TRADUCTOR 译者	Meng Xianchen, Wang Chengjia 孟宪臣、王成家
EDITORIAL 出版社	Yunnan People's Publishing House 云南人民出版社
AÑO / 出版年份	1995

AUTOR 作者	Vargas Llosa, Mario 马里奥·巴尔加斯·略萨
TÍTULO ORIGINAL 书名	Historia de Mayta 狂人玛伊塔
TRADUCTOR 译者	Meng Xianchen, Wang Chengjia 孟宪臣、王成家
EDITORIAL 出版社	Times Literature and Art Publishing House 时代文艺出版社
AÑO / 出版年份	1996

AUTOR 作者	Vargas Llosa, Mario 马里奥·巴尔加斯·略萨
TÍTULO ORIGINAL 书名	Historia de Mayta 狂人玛伊塔
TRADUCTOR 译者	Meng Xianchen, Wang Chengjia 孟宪臣、王成家
EDITORIAL 出版社	Times Literature and Art Publishing House 时代文艺出版社
AÑO / 出版年份	2000

AUTOR 作者	Vargas Llosa, Mario 马里奥·巴尔加斯·略萨
TÍTULO ORIGINAL 书名	La casa verde 青楼
TRADUCTOR 译者	Wei Ping, Wei Tuo 韦平、韦拓
EDITORIAL 出版社	Yunnan People's Publishing House 云南人民出版社
AÑO / 出版年份	1982

AUTOR 作者	Vargas Llosa, Mario 马里奥·巴尔加斯·略萨
TÍTULO ORIGINAL 书名	La casa verde 绿房子
TRADUCTOR 译者	Sun Jiameng, Ma Linchun 孙家孟、马林春
EDITORIAL 出版社	Daylight Publishing House 外国文学出版社（现天天出版社）
AÑO / 出版年份	1983

AUTOR 作者	Vargas Llosa, Mario 马里奥·巴尔加斯·略萨
TÍTULO ORIGINAL 书名	La casa verde 绿房子
TRADUCTOR 译者	Sun Jiameng 孙家孟
EDITORIAL 出版社	Times Literature and Art Publishing House 时代文艺出版社
AÑO / 出版年份	1996

AUTOR 作者	Vargas Llosa, Mario 马里奥·巴尔加斯·略萨
TÍTULO ORIGINAL 书名	La casa verde 绿房子
TRADUCTOR 译者	Sun Jiameng 孙家孟
EDITORIAL 出版社	Yunnan People's Publishing House 云南人民出版社
AÑO / 出版年份	1996

AUTOR 作者	Vargas Llosa, Mario 马里奥·巴尔加斯·略萨
TÍTULO ORIGINAL 书名	La casa verde 绿房子
TRADUCTOR 译者	Sun Jiameng 孙家孟
EDITORIAL 出版社	Times Literature and Art Publishing House 时代文艺出版社
AÑO / 出版年份	2000

AUTOR 作者	Vargas Llosa, Mario 马里奥·巴尔加斯·略萨
TÍTULO ORIGINAL 书名	La casa verde 绿房子
TRADUCTOR 译者	Sun Jiameng 孙家孟
EDITORIAL 出版社	People's Literature Publishing House 人民文学出版社
AÑO / 出版年份	2009

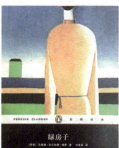

AUTOR 作者	Vargas Llosa, Mario 马里奥·巴尔加斯·略萨
TÍTULO ORIGINAL 书名	La casa verde 绿房子
TRADUCTOR 译者	Sun Jiameng 孙家孟
EDITORIAL 出版社	Shanghai Literature and Art Publishing House 上海文艺出版社
AÑO / 出版年份	2014

AUTOR 作者	Vargas Llosa, Mario 马里奥·巴尔加斯·略萨
TÍTULO ORIGINAL 书名	La casa verde 绿房子
TRADUCTOR 译者	Sun Jiameng 孙家孟
EDITORIAL 出版社	People's Literature Publishing House 人民文学出版社
AÑO / 出版年份	2017

AUTOR 作者	Vargas Llosa, Mario 马里奥·巴尔加斯·略萨
TÍTULO ORIGINAL 书名	La ciudad y los perros 城市与狗
TRADUCTOR 译者	Zhao Shaotian 赵绍天
EDITORIAL 出版社	Daylight Publishing House 外国文学出版社（现天天出版社）
AÑO / 出版年份	1981

AUTOR 作者	Vargas Llosa, Mario 马里奥·巴尔加斯·略萨
TÍTULO ORIGINAL 书名	La ciudad y los perros 城市与狗
TRADUCTOR 译者	Zhao Deming 赵德明
EDITORIAL 出版社	Times Literature and Art Publishing House 时代文艺出版社
AÑO / 出版年份	1996

AUTOR 作者	Vargas Llosa, Mario 马里奥·巴尔加斯·略萨
TÍTULO ORIGINAL 书名	La ciudad y los perros 城市与狗
TRADUCTOR 译者	Zhao Deming 赵德明
EDITORIAL 出版社	Times Literature and Art Publishing House 时代文艺出版社
AÑO / 出版年份	2000

AUTOR 作者	Vargas Llosa, Mario 马里奥·巴尔加斯·略萨
TÍTULO ORIGINAL 书名	La ciudad y los perros 城市与狗
TRADUCTOR 译者	Zhao Deming 赵德明
EDITORIAL 出版社	Shanghai Translation Publishing House 上海译文出版社
AÑO / 出版年份	2009

AUTOR 作者	Vargas Llosa, Mario 马里奥·巴尔加斯·略萨
TÍTULO ORIGINAL 书名	La ciudad y los perros 城市与狗
TRADUCTOR 译者	Zhao Deming 赵德明
EDITORIAL 出版社	Shanghai Literature and Art Publishing House 上海文艺出版社
AÑO / 出版年份	2016

AUTOR 作者	Vargas Llosa, Mario 马里奥·巴尔加斯·略萨
TÍTULO ORIGINAL 书名	La ciudad y los perros 城市与狗
TRADUCTOR 译者	Zhao Deming 赵德明
EDITORIAL 出版社	People's Literature Publishing House 人民文学出版社
AÑO / 出版年份	2017

AUTOR 作者	Vargas Llosa, Mario 马里奥·巴尔加斯·略萨
TÍTULO ORIGINAL 书名	La Fiesta del Chivo 公羊的节日
TRADUCTOR 译者	Zhao Deming 赵德明
EDITORIAL 出版社	Shanghai Translation Publishing House 上海译文出版社
AÑO / 出版年份	2009

AUTOR 作者	Vargas Llosa, Mario 马里奥·巴尔加斯·略萨
TÍTULO ORIGINAL 书名	La Fiesta del Chivo 公羊的节日
TRADUCTOR 译者	Zhao Deming 赵德明
EDITORIAL 出版社	Shanghai Literature and Art Publishing House 上海文艺出版社
AÑO / 出版年份	2016

AUTOR 作者	Vargas Llosa, Mario 马里奥·巴尔加斯·略萨
TÍTULO ORIGINAL 书名	La Fiesta del Chivo 公羊的节日
TRADUCTOR 译者	Zhao Deming 赵德明
EDITORIAL 出版社	People's Literature Publishing House 人民文学出版社
AÑO / 出版年份	2017

AUTOR 作者	Vargas Llosa, Mario 马里奥·巴尔加斯·略萨
TÍTULO ORIGINAL 书名	La guerra del fin del mundo 世界末日之战
TRADUCTOR 译者	Zhao Deming, Duan Yuran, Zhao Zhenjiang 赵德明、段玉然、赵振江
EDITORIAL 出版社	Jiangsu People's Publishing House 江苏人民出版社
AÑO / 出版年份	1983

AUTOR 作者	Vargas Llosa, Mario 马里奥·巴尔加斯·略萨
TÍTULO ORIGINAL 书名	La guerra del fin del mundo 世界末日之战
TRADUCTOR 译者	Zhao Deming, Duan Yuran, Zhao Zhenjiang 赵德明、段玉然、赵振江
EDITORIAL 出版社	Times Literature and Art Publishing House 时代文艺出版社
AÑO / 出版年份	1996

AUTOR 作者	Vargas Llosa, Mario 马里奥·巴尔加斯·略萨
TÍTULO ORIGINAL 书名	La guerra del fin del mundo 世界末日之战
TRADUCTOR 译者	Zhao Deming, Duan Yuran, Zhao Zhenjiang 赵德明、段玉然、赵振江
EDITORIAL 出版社	Times Literature and Art Publishing House 时代文艺出版社
AÑO / 出版年份	2000

AUTOR 作者	Vargas Llosa, Mario 马里奥·巴尔加斯·略萨
TÍTULO ORIGINAL 书名	La guerra del fin del mundo 世界末日之战
TRADUCTOR 译者	Zhao Deming, Duan Yuran, Zhao Zhenjiang 赵德明、段玉然、赵振江
EDITORIAL 出版社	People's Literature Publishing House 人民文学出版社
AÑO / 出版年份	2011

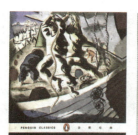

AUTOR 作者	Vargas Llosa, Mario 马里奥·巴尔加斯·略萨
TÍTULO ORIGINAL 书名	La guerra del fin del mundo 世界末日之战
TRADUCTOR 译者	Zhao Deming, Duan Yuran, Zhao Zhenjiang 赵德明、段玉然、赵振江
EDITORIAL 出版社	Shanghai Literature and Art Publishing House 上海文艺出版社
AÑO / 出版年份	2015

AUTOR 作者	Vargas Llosa, Mario 马里奥·巴尔加斯·略萨
TÍTULO ORIGINAL 书名	La guerra del fin del mundo 世界末日之战
TRADUCTOR 译者	Zhao Deming, Duan Yuran, Zhao Zhenjiang 赵德明、段玉然、赵振江
EDITORIAL 出版社	People's Literature Publishing House 人民文学出版社
AÑO / 出版年份	2017

AUTOR 作者	Vargas Llosa, Mario 马里奥·巴尔加斯·略萨
TÍTULO ORIGINAL 书名	La orgía perpetua / Cartas a un joven novelista 无休止的纵欲 / 致青年小说家
TRADUCTOR 译者	Zhao Deming 赵德明
EDITORIAL 出版社	Times Literature and Art Publishing House 时代文艺出版社
AÑO / 出版年份	2000

AUTOR 作者	Vargas Llosa, Mario 马里奥·巴尔加斯·略萨
TÍTULO ORIGINAL 书名	La señorita de Tacna 塔克纳小姐
TRADUCTOR 译者	Shen Baolou, Liu Su 申宝楼、柳苏
EDITORIAL 出版社	Times Literature and Art Publishing House 时代文艺出版社
AÑO / 出版年份	2000

AUTOR 作者	Vargas Llosa, Mario 马里奥·巴尔加斯·略萨
TÍTULO ORIGINAL 书名	La tía Julia y el escribidor 胡利娅姨妈与作家
TRADUCTOR 译者	Zhao Deming, Li Deming, Jiang Zongcao, Yin Chengdong 赵德明、李德明、蒋宗曹、尹承东
EDITORIAL 出版社	Yunnan People's Publishing House 云南人民出版社
AÑO / 出版年份	1982

AUTOR 作者	Vargas Llosa, Mario 马里奥·巴尔加斯·略萨
TÍTULO ORIGINAL 书名	La tía Julia y el escribidor 胡利娅姨妈与作家
TRADUCTOR 译者	Zhao Deming, Li Deming, Jiang Zongcao, Yin Chengdong 赵德明、李德明、蒋宗曹、尹承东
EDITORIAL 出版社	Yunnan People's Publishing House 云南人民出版社
AÑO / 出版年份	1986

AUTOR 作者	Vargas Llosa, Mario 马里奥·巴尔加斯·略萨
TÍTULO ORIGINAL 书名	La tía Julia y el escribidor 胡利娅姨妈与作家 / 作家与胡利娅姨妈
TRADUCTOR 译者	Zhao Deming, Li Deming, Jiang Zongcao, Yin Chengdong 赵德明、李德明、蒋宗曹、尹承东
EDITORIAL 出版社	Yunnan People's Publishing House 云南人民出版社
AÑO / 出版年份	1993

AUTOR 作者	Vargas Llosa, Mario 马里奥·巴尔加斯·略萨
TÍTULO ORIGINAL 书名	La tía Julia y el escribidor 胡利娅姨妈与作家
TRADUCTOR 译者	Zhao Deming, Li Deming, Jiang Zongcao, Yin Chengdong 赵德明、李德明、蒋宗曹、尹承东
EDITORIAL 出版社	Times Literature and Art Publishing House 时代文艺出版社
AÑO / 出版年份	1996

AUTOR 作者	Vargas Llosa, Mario 马里奥·巴尔加斯·略萨
TÍTULO ORIGINAL 书名	La tía Julia y el escribidor 胡莉娅姨妈与作家
TRADUCTOR 译者	Zhao Deming, Li Deming, Jiang Zongcao, Yin Chengdong 赵德明、李德明、蒋宗曹、尹承东
EDITORIAL 出版社	Times Literature and Art Publishing House 时代文艺出版社
AÑO / 出版年份	2000

AUTOR 作者	Vargas Llosa, Mario 马里奥·巴尔加斯·略萨
TÍTULO ORIGINAL 书名	La tía Julia y el escribidor 胡利娅姨妈与作家
TRADUCTOR 译者	Zhao Deming, Li Deming, Jiang Zongcao, Yin Chengdong 赵德明、李德明、蒋宗曹、尹承东
EDITORIAL 出版社	People's Literature Publishing House 人民文学出版社
AÑO / 出版年份	2009

AUTOR 作者	Vargas Llosa, Mario 马里奥·巴尔加斯·略萨
TÍTULO ORIGINAL 书名	La tía Julia y el escribidor 胡利娅姨妈和作家
TRADUCTOR 译者	Zhao Deming, Li Deming, Jiang Zongcao, Yin Chengdong 赵德明、李德明、蒋宗曹、尹承东
EDITORIAL 出版社	Shanghai Literature and Art Publishing House 上海文艺出版社
AÑO / 出版年份	2015

AUTOR 作者	Vargas Llosa, Mario 马里奥·巴尔加斯·略萨
TÍTULO ORIGINAL 书名	La tía Julia y el escribidor 胡利娅姨妈和作家
TRADUCTOR 译者	Zhao Deming, Li Deming, Jiang Zongcao, Yin Chengdong 赵德明、李德明、蒋宗曹、尹承东
EDITORIAL 出版社	People's Literature Publishing House 人民文学出版社
AÑO / 出版年份	2017

AUTOR 作者	Vargas Llosa, Mario 马里奥·巴尔加斯·略萨
TÍTULO ORIGINAL 书名	La verdad de las mentiras 谎言中的真实：巴尔加斯·略萨谈创作
TRADUCTOR 译者	Zhao Deming 赵德明
EDITORIAL 出版社	Yunnan People's Publishing House 云南人民出版社
AÑO / 出版年份	1997

AUTOR 作者	Vargas Llosa, Mario 马里奥·巴尔加斯·略萨
TÍTULO ORIGINAL 书名	Lituma en Los Andes 利图马在安第斯山
TRADUCTOR 译者	Li Deming 李德明
EDITORIAL 出版社	Times Literature and Art Publishing House 时代文艺出版社
AÑO / 出版年份	2000

AUTOR 作者	Vargas Llosa, Mario 马里奥·巴尔加斯·略萨
TÍTULO ORIGINAL 书名	Lituma en Los Andes 利图马在安第斯山
TRADUCTOR 译者	Li Deming 李德明
EDITORIAL 出版社	Shanghai Literature and Art Publishing House 上海文艺出版社
AÑO / 出版年份	2016

AUTOR 作者	Vargas Llosa, Mario 马里奥·巴尔加斯·略萨
TÍTULO ORIGINAL 书名	Lituma en Los Andes 利图马在安第斯山
TRADUCTOR 译者	Li Deming 李德明
EDITORIAL 出版社	People's Literature Publishing House 人民文学出版社
AÑO / 出版年份	2017

AUTOR 作者	Vargas Llosa, Mario 马里奥·巴尔加斯·略萨	
TÍTULO ORIGINAL 书名	Los cuadernos de Don Rigoberto 情爱笔记	
TRADUCTOR 译者	Zhao Deming 赵德明	
EDITORIAL 出版社	Baihua Literature and Art Publishing House 百花文艺出版社	
AÑO / 出版年份	1999	

AUTOR 作者	Vargas Llosa, Mario 马里奥·巴尔加斯·略萨	
TÍTULO ORIGINAL 书名	Los cuadernos de Don Rigoberto 情爱笔记	
TRADUCTOR 译者	Meng Xianchen, Zhao Deming 孟宪臣、赵德明	
EDITORIAL 出版社	Times Literature and Art Publishing House 时代文艺出版社	
AÑO / 出版年份	2000	

AUTOR 作者	Vargas Llosa, Mario 马里奥·巴尔加斯·略萨	
TÍTULO ORIGINAL 书名	Los jefes / El combate imaginario: Las cartas de batalla de Joanot Martorell 首领们 / 替白郎·蒂朗下战书	
TRADUCTOR 译者	Zhu Jingdong, Yin Chengdong 朱景冬、尹承东	
EDITORIAL 出版社	Times Literature and Art Publishing House 时代文艺出版社	
AÑO / 出版年份	2000	

AUTOR 作者	Vargas Llosa, Mario 马里奥·巴尔加斯·略萨	
TÍTULO ORIGINAL 书名	Los jefes / Los cachorros 首领们	
TRADUCTOR 译者	Yin Chengdong 尹承东	
EDITORIAL 出版社	People's Literature Publishing House 人民文学出版社	
AÑO / 出版年份	2018	

AUTOR 作者	Vargas Llosa, Mario 马里奥·巴尔加斯·略萨
TÍTULO ORIGINAL 书名	Pantaleón y las visitadoras 潘达雷昂上尉与劳军女郎
TRADUCTOR 译者	Sun Jiameng 孙家孟
EDITORIAL 出版社	Beijing October Arts & Literature Publishing House 北京十月文艺出版社
AÑO / 出版年份	1986

AUTOR 作者	Vargas Llosa, Mario 马里奥·巴尔加斯·略萨
TÍTULO ORIGINAL 书名	Pantaleón y las visitadoras 潘上尉与劳军女郎
TRADUCTOR 译者	Sun Jiameng 孙家孟
EDITORIAL 出版社	Times Literature and Art Publishing House 时代文艺出版社
AÑO / 出版年份	1996

AUTOR 作者	Vargas Llosa, Mario 马里奥·巴尔加斯·略萨
TÍTULO ORIGINAL 书名	Pantaleón y las visitadoras 潘上尉与劳军女郎
TRADUCTOR 译者	Sun Jiameng 孙家孟
EDITORIAL 出版社	Times Literature and Art Publishing House 时代文艺出版社
AÑO / 出版年份	2000

AUTOR 作者	Vargas Llosa, Mario 马里奥·巴尔加斯·略萨
TÍTULO ORIGINAL 书名	Pantaleón y las visitadoras 潘上尉与劳军女郎
TRADUCTOR 译者	Sun Jiameng 孙家孟
EDITORIAL 出版社	Times Literature and Art Publishing House 时代文艺出版社
AÑO / 出版年份	2000

AUTOR 作者	Vargas Llosa, Mario 马里奥·巴尔加斯·略萨
TÍTULO ORIGINAL 书名	Pantaleón y las visitadoras 潘上尉与劳军女郎
TRADUCTOR 译者	Sun Jiameng 孙家孟
EDITORIAL 出版社	Times Literature and Art Publishing House 时代文艺出版社
AÑO / 出版年份	2001

AUTOR 作者	Vargas Llosa, Mario 马里奥·巴尔加斯·略萨
TÍTULO ORIGINAL 书名	Pantaleón y las visitadoras 潘达雷昂上尉与劳军女郎
TRADUCTOR 译者	Sun Jiameng 孙家孟
EDITORIAL 出版社	People's Literature Publishing House 人民文学出版社
AÑO / 出版年份	2009

AUTOR 作者	Vargas Llosa, Mario 马里奥·巴尔加斯·略萨
TÍTULO ORIGINAL 书名	Pantaleón y las visitadoras 潘达雷昂上尉和劳军女郎
TRADUCTOR 译者	Sun Jiameng 孙家孟
EDITORIAL 出版社	Shanghai Literature and Art Publishing House 上海文艺出版社
AÑO / 出版年份	2015

AUTOR 作者	Vargas Llosa, Mario 马里奥·巴尔加斯·略萨
TÍTULO ORIGINAL 书名	Pantaleón y las visitadoras 潘达雷昂上尉和劳军女郎
TRADUCTOR 译者	Sun Jiameng 孙家孟
EDITORIAL 出版社	People's Literature Publishing House 人民文学出版社
AÑO / 出版年份	2017

AUTOR 作者	Vargas Llosa, Mario 马里奥·巴尔加斯·略萨
TÍTULO ORIGINAL 书名	¿Quién mató a Palomino Molero? / El hablador 谁是杀人犯 / 叙事人
TRADUCTOR 译者	Sun Jiameng 孙家孟
EDITORIAL 出版社	Times Literature and Art Publishing House 时代文艺出版社
AÑO / 出版年份	1996

AUTOR 作者	Vargas Llosa, Mario 马里奥·巴尔加斯·略萨
TÍTULO ORIGINAL 书名	¿Quién mató a Palomino Molero? / El hablador 谁是杀人犯 / 叙事人
TRADUCTOR 译者	Sun Jiameng 孙家孟
EDITORIAL 出版社	Times Literature and Art Publishing House 时代文艺出版社
AÑO / 出版年份	2000

AUTOR 作者	Vargas Llosa, Mario 马里奥·巴尔加斯·略萨
TÍTULO ORIGINAL 书名	¿Quién mató a Palomino Molero? 谁是杀人犯
TRADUCTOR 译者	Sun Jiameng 孙家孟
EDITORIAL 出版社	Central Compilation & Translation Press 中央编译出版社
AÑO / 出版年份	2004

AUTOR 作者	Vargas Llosa, Mario 马里奥·巴尔加斯·略萨
TÍTULO ORIGINAL 书名	Travesuras de la niña mala 坏女孩的恶作剧
TRADUCTOR 译者	Yin Chengdong 尹承东
EDITORIAL 出版社	People's Literature Publishing House 人民文学出版社
AÑO / 出版年份	2010

AUTOR 作者	Vargas Llosa, Mario 马里奥·巴尔加斯·略萨
TÍTULO ORIGINAL 书名	Travesuras de la niña mala 坏女孩的恶作剧
TRADUCTOR 译者	Yin Chengdong 尹承东
EDITORIAL 出版社	Shanghai Literature and Art Publishing House 上海文艺出版社
AÑO / 出版年份	2015

AUTOR 作者	Vargas Llosa, Mario 马里奥·巴尔加斯·略萨
TÍTULO ORIGINAL 书名	Travesuras de la niña mala 坏女孩的恶作剧
TRADUCTOR 译者	Yin Chengdong 尹承东
EDITORIAL 出版社	People's Literature Publishing House 人民文学出版社
AÑO / 出版年份	2017

Puerto Rico 波多黎各

AUTOR 作者	Cantre, James R. 詹姆斯·R. 坎特雷
TÍTULO ORIGINAL 书名	Cincel 凿
TRADUCTOR 译者	Wang Tianai 汪天艾
EDITORIAL 出版社	Pulsasir 泼先生
AÑO / 出版年份	2012

República Dominicana 多米尼加

AUTOR 作者	Álvarez, Julia 茱莉娅·阿尔瓦雷斯
TÍTULO ORIGINAL 书名	Before We Were Free 我们自由之前
TRADUCTOR 译者	Li Baojie 李保杰
EDITORIAL 出版社	Yilin Press 译林出版社
AÑO / 出版年份	2014

AUTOR 作者	Álvarez, Julia 茱莉娅·阿尔瓦雷斯
TÍTULO ORIGINAL 书名	How the García Girls Lost Their Accents 加西亚家的女孩不再带口音
TRADUCTOR 译者	Lin Wenjing 林文静
EDITORIAL 出版社	Yilin Press 译林出版社
AÑO / 出版年份	2014

AUTOR 作者	Álvarez, Julia 茱莉娅·阿尔瓦雷斯
TÍTULO ORIGINAL 书名	In the Time of Butterflies 蝴蝶飞舞时
TRADUCTOR 译者	Lin Wenjing 林文静
EDITORIAL 出版社	Yilin Press 译林出版社
AÑO / 出版年份	2014

AUTOR 作者	Díaz, Junot 胡诺特·迪亚斯
TÍTULO ORIGINAL 书名	Drown 沉溺
TRADUCTOR 译者	Pan Pa 潘帕
EDITORIAL 出版社	Shanghai People's Publishing House 上海人民出版社
AÑO / 出版年份	2011

AUTOR 作者	Díaz, Junot 朱诺·迪亚斯
TÍTULO ORIGINAL 书名	The Brief Wondrous Life of Oscar Wao 奥斯卡·瓦奥短暂而奇妙的一生
TRADUCTOR 译者	Wu Qiyao 吴其尧
EDITORIAL 出版社	Yilin Press 译林出版社
AÑO / 出版年份	2010

AUTOR 作者	Díaz, Junot 朱诺·迪亚斯
TÍTULO ORIGINAL 书名	The Brief Wondrous Life of Oscar Wao 奥斯卡·瓦奥短暂而奇妙的一生
TRADUCTOR 译者	Wu Qiyao 吴其尧
EDITORIAL 出版社	Yilin Press 译林出版社
AÑO / 出版年份	2016

AUTOR 作者	Díaz, Junot 朱诺·迪亚斯
TÍTULO ORIGINAL 书名	This is How You Lose Her 你就这样失去了她
TRADUCTOR 译者	Lu Dapeng 陆大鹏
EDITORIAL 出版社	Yilin Press 译林出版社
AÑO / 出版年份	2016

Santa Lucía 圣卢西亚

AUTOR 作者	Walcott, Derek 德里克·沃尔科特
TÍTULO ORIGINAL 书名	Omeros 奥麦罗斯
TRADUCTOR 译者	Yang Tiejun 杨铁军
EDITORIAL 出版社	Guangxi People's Publishing House 广西人民出版社
AÑO / 出版年份	2018

AUTOR 作者	Walcott, Derek 德里克·沃尔科特
TÍTULO ORIGINAL 书名	White Egrets: Poems 白鹭
TRADUCTOR 译者	Cheng Yishen 程一身
EDITORIAL 出版社	Guangxi People's Publishing House 广西人民出版社
AÑO / 出版年份	2018

AUTOR 作者	Walcott, Derek 德里克·沃尔科特
TÍTULO ORIGINAL 书名	What the Twilight Says 黄昏的诉说
TRADUCTOR 译者	Liu Zhigang, Ma Shaobo 刘志刚、马绍博
EDITORIAL 出版社	Guangxi People's Publishing House 广西人民出版社
AÑO / 出版年份	2019

AUTOR 作者	Walcott, Derek 德瑞克·沃尔科特
TÍTULO ORIGINAL 书名	The Poetry of Derek Walcott 德瑞克·沃尔科特诗选
TRADUCTOR 译者	Fu Hao 傅浩
EDITORIAL 出版社	Hebei Education Publishing House 河北教育出版社
AÑO / 出版年份	2004

Trinidad y Tobago 特立尼达和多巴哥

AUTOR 作者	De Boissière, Ralph 波西埃
TÍTULO ORIGINAL 书名	Crown Jewel 王冠上的宝石
TRADUCTOR 译者	Shi Xianrong 施咸荣
EDITORIAL 出版社	Xinwenyi Publishing House 新文艺出版社
AÑO / 出版年份	1958

AUTOR 作者	De Boissière, Ralph 波西埃
TÍTULO ORIGINAL 书名	Calypso Isle 卡列泼索岛的斗争
TRADUCTOR 译者	Zou Lüzhi, Zhang Jue 邹绿芷、张珏
EDITORIAL 出版社	Shanghai Literature and Art Publishing House 上海文艺出版社
AÑO / 出版年份	1960

AUTOR 作者	De Boissière, Ralph 波西埃
TÍTULO ORIGINAL 书名	Rum and Coca-Cola 甜酒与可口可乐
TRADUCTOR 译者	Shi Xianrong 施咸荣
EDITORIAL 出版社	China Writers Publishing House 作家出版社
AÑO / 出版年份	1964

Uruguay 乌拉圭

AUTOR 作者	Benedetti, Mario 马里奥·贝内德蒂
TÍTULO ORIGINAL 书名	Antología de Mario Benedetti 让我们坠入诱感
TRADUCTOR 译者	Zhu Jingdong 朱景冬
EDITORIAL 出版社	Yunnan People's Publishing House 云南人民出版社
AÑO / 出版年份	1999

AUTOR 作者	Benedetti, Mario 马里奥·贝内德蒂
TÍTULO ORIGINAL 书名	Antología de Mario Benedetti 马里奥·贝内德蒂诗选
TRADUCTOR 译者	Zhu Jingdong 朱景冬
EDITORIAL 出版社	Hebei Education Publishing House 河北教育出版社
AÑO / 出版年份	2004

AUTOR 作者	Benedetti, Mario 马里奥·贝内德蒂
TÍTULO ORIGINAL 书名	La tregua 情断
TRADUCTOR 译者	Liu Ying 刘瑛
EDITORIAL 出版社	China International Radio Press 中国国际广播出版社
AÑO / 出版年份	1990

AUTOR 作者	Domínguez, Carlos María 卡洛斯·多明盖兹
TÍTULO ORIGINAL 书名	La casa de papel 纸房子
TRADUCTOR 译者	Chen Jianming 陈建铭
EDITORIAL 出版社	Shanghai People's Publishing House 上海人民出版社
AÑO / 出版年份	2008

AUTOR 作者	Domínguez, Carlos María 卡洛斯·玛利亚·多明格斯
TÍTULO ORIGINAL 书名	La casa de papel 纸房子
TRADUCTOR 译者	Chen Jianming, Zhao Deming 陈建铭、赵德明
EDITORIAL 出版社	Shanghai People's Publishing House 上海人民出版社
AÑO / 出版年份	2015

AUTOR 作者	Galeano, Eduardo 爱德华多·加莱亚诺
TÍTULO ORIGINAL 书名	Bocas del tiempo 时间之口
TRADUCTOR 译者	Han Mengye 韩蒙晔
EDITORIAL 出版社	China Writers Publishing House 作家出版社
AÑO / 出版年份	2014

AUTOR 作者	Galeano, Eduardo 爱德华多·加莱亚诺
TÍTULO ORIGINAL 书名	Días y noches de amor y de guerra 爱与战争的日日夜夜
TRADUCTOR 译者	Wang Tianai 汪天艾
EDITORIAL 出版社	Baihua Literature and Art Publishing House 百花文艺出版社
AÑO / 出版年份	2016

AUTOR 作者	Galeano, Eduardo 爱德华多·加莱亚诺
TÍTULO ORIGINAL 书名	El fútbol a sol y sombra 足球往事：那些阳光与阴影下的美丽和忧伤
TRADUCTOR 译者	Zhang Jun 张俊
EDITORIAL 出版社	Guangxi Normal University Press Group 广西师范大学出版社
AÑO / 出版年份	2010

AUTOR 作者	Galeano, Eduardo 爱德华多·加莱亚诺
TÍTULO ORIGINAL 书名	El fútbol a sol y sombra 足球往事：那些阳光与阴影下的美丽和忧伤
TRADUCTOR 译者	Zhang Jun 张俊
EDITORIAL 出版社	Guangxi Normal University Press Group 广西师范大学出版社
AÑO / 出版年份	2014

AUTOR 作者	Galeano, Eduardo 爱德华多·加莱亚诺
TÍTULO ORIGINAL 书名	El libro de los abrazos 拥抱之书
TRADUCTOR 译者	Lu Yanping 路燕萍
EDITORIAL 出版社	China Writers Publishing House 作家出版社
AÑO / 出版年份	2013

AUTOR 作者	Galeano, Eduardo 爱德华多·加莱亚诺
TÍTULO ORIGINAL 书名	Espejos: Una historia casi universal 镜子：照出你看不见的世界史
TRADUCTOR 译者	Zhang Weijie 张伟劼
EDITORIAL 出版社	Guangxi Normal University Press Group 广西师范大学出版社
AÑO / 出版年份	2012

AUTOR 作者	Galeano, Eduardo 爱德华多·加莱亚诺
TÍTULO ORIGINAL 书名	Las palabras andantes 行走的话语
TRADUCTOR 译者	Zhang Fangzheng 张方正
EDITORIAL 出版社	Guangxi Normal University Press Group 广西师范大学出版社
AÑO / 出版年份	2018

AUTOR 作者	Galeano, Eduardo 爱德华多·加莱亚诺
TÍTULO ORIGINAL 书名	Las venas abiertas de América Latina 拉丁美洲被切开的血管
TRADUCTOR 译者	Wang Mei, et al. 王玫等
EDITORIAL 出版社	People's Literature Publishing House 人民文学出版社
AÑO / 出版年份	2001

AUTOR 作者	Galeano, Eduardo 爱德华多·加莱亚诺
TÍTULO ORIGINAL 书名	Las venas abiertas de América Latina 拉丁美洲被切开的血管
TRADUCTOR 译者	Wang Mei, et al. 王玫等
EDITORIAL 出版社	Nanjing University Press 南京大学出版社
AÑO / 出版年份	2018

AUTOR 作者	Galeano, Eduardo 爱德华多·加莱亚诺
TÍTULO ORIGINAL 书名	Los hijos de los días 时日之子
TRADUCTOR 译者	Lu Yanping 路燕萍
EDITORIAL 出版社	China Writers Publishing House 作家出版社
AÑO / 出版年份	2015

AUTOR 作者	Galeano, Eduardo 爱德华多·加莱亚诺
TÍTULO ORIGINAL 书名	Memoria del fuego I: Los nacimientos 火的记忆 I：创世纪
TRADUCTOR 译者	Lu Yanping 路燕萍
EDITORIAL 出版社	China Writers Publishing House 作家出版社
AÑO / 出版年份	2014

AUTOR 作者	Galeano, Eduardo 爱德华多·加莱亚诺
TÍTULO ORIGINAL 书名	Memoria del fuego II: Las caras y las máscaras 火的记忆 II：面具与面孔
TRADUCTOR 译者	Lu Yanping 路燕萍
EDITORIAL 出版社	China Writers Publishing House 作家出版社
AÑO / 出版年份	2018

AUTOR 作者	Galeano, Eduardo 爱德华多·加莱亚诺
TÍTULO ORIGINAL 书名	Memoria del fuego III: El siglo del viento 火的记忆 III：风的世纪
TRADUCTOR 译者	Lu Yanping, et al. 路燕萍等
EDITORIAL 出版社	China Writers Publishing House 作家出版社
AÑO / 出版年份	2019

AUTOR 作者	Gravina, Alfredo 阿尔弗雷陀·格拉维那
TÍTULO ORIGINAL 书名	Fronteras al viento 风暴中的庄园
TRADUCTOR 译者	—— 河北大学俄语教研室
EDITORIAL 出版社	China Writers Publishing House 作家出版社
AÑO / 出版年份	1962

AUTOR 作者	Levrero, Mario 马里奥·莱夫雷罗
TÍTULO ORIGINAL 书名	La novela luminosa 发光的小说
TRADUCTOR 译者	Shi Jie 施杰
EDITORIAL 出版社	Hunan Literature and Art Publishing House 湖南文艺出版社
AÑO / 出版年份	2019

AUTOR 作者	Onetti, Juan Carlos 胡安·卡洛斯·奥内蒂
TÍTULO ORIGINAL 书名	Dejemos hablar al viento 请听清风倾诉
TRADUCTOR 译者	Xu Helin 徐鹤林
EDITORIAL 出版社	Yunnan People's Publishing House 云南人民出版社
AÑO / 出版年份	1995

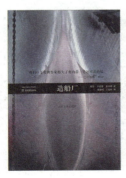

AUTOR 作者	Onetti, Juan Carlos 胡安·卡洛斯·奥内蒂
TÍTULO ORIGINAL 书名	El astillero 造船厂
TRADUCTOR 译者	Zhao Deming, Wang Zhiquan 赵德明、王治权
EDITORIAL 出版社	People's Literature Publishing House 人民文学出版社
AÑO / 出版年份	2010

AUTOR 作者	Parrado, Nando 南度·帕拉多
TÍTULO ORIGINAL 书名	Milagro en los Andes 我不会死在这里
TRADUCTOR 译者	Huang Fangtian 黄芳田
EDITORIAL 出版社	Jiangsu Literature and Art Publishing House 江苏文艺出版社
AÑO / 出版年份	2010

AUTOR 作者	Posadas, Carmen 卡门·波萨达斯
TÍTULO ORIGINAL 书名	Pequeñas infamias 名厨之死
TRADUCTOR 译者	Hu Zhencai 胡真才
EDITORIAL 出版社	People's Literature Publishing House 人民文学出版社
AÑO / 出版年份	2009

AUTOR 作者	Quiroga, Horacio 奥拉西奥·基罗加
TÍTULO ORIGINAL 书名	Antología de cuentos de Horacio Quiroga 基罗加短篇小说选
TRADUCTOR 译者	Dai Yonghu 戴永沪
EDITORIAL 出版社	Lijiang Publishing House 漓江出版社
AÑO / 出版年份	2014

AUTOR 作者	Quiroga, Horacio 奥拉西奥·基罗加
TÍTULO ORIGINAL 书名	Cuentos de amor, de locura y de muerte 爱情、疯狂和死亡的故事
TRADUCTOR 译者	Lin Guang 林光
EDITORIAL 出版社	Xinhua Publishing House 新华出版社
AÑO / 出版年份	2011

AUTOR 作者	Quiroga, Horacio 奥拉西奥·基罗加
TÍTULO ORIGINAL 书名	Cuentos de amor, de locura y de muerte 爱情、疯狂和死亡的故事
TRADUCTOR 译者	Zhu Jingdong 朱景冬
EDITORIAL 出版社	Zhejiang Literature and Art Publishing House 浙江文艺出版社
AÑO / 出版年份	2015

AUTOR 作者	Quiroga, Horacio 奥拉西奥·基罗加
TÍTULO ORIGINAL 书名	Cuentos de amor, de locura y de muerte 爱情、疯狂和死亡的故事
TRADUCTOR 译者	Lin Guang 林光
EDITORIAL 出版社	Sichuan Literature and Art Publishing House 四川文艺出版社
AÑO / 出版年份	2018

AUTOR 作者	Quiroga, Horacio 奥拉西奥·基罗加
TÍTULO ORIGINAL 书名	Cuentos de amor, de locura y de muerte / Cuentos de la selva 基罗加作品选
TRADUCTOR 译者	Lin Guang 林光
EDITORIAL 出版社	Yunnan People's Publishing House 云南人民出版社
AÑO / 出版年份	1997

AUTOR 作者	Quiroga, Horacio 霍·基洛加
TÍTULO ORIGINAL 书名	Cuentos de la selva 森林里的故事
TRADUCTOR 译者	Meng Fu 孟复
EDITORIAL 出版社	Juvenile and Children's Publishing House 少年儿童出版社
AÑO / 出版年份	1958

AUTOR 作者	Quiroga, Horacio 奥·基罗加
TÍTULO ORIGINAL 书名	Cuentos de la selva 丛林中的故事
TRADUCTOR 译者	Wu Guangxiao 吴广孝
EDITORIAL 出版社	Jilin People's Publishing House 吉林人民出版社
AÑO / 出版年份	1984

AUTOR 作者	Quiroga, Horacio 奥拉西奥·基罗加
TÍTULO ORIGINAL 书名	Cuentos de la selva 热带雨林故事
TRADUCTOR 译者	Wu Guangxiao 吴广孝
EDITORIAL 出版社	Zhejiang Literature and Art Publishing House 浙江文艺出版社
AÑO / 出版年份	2009

AUTOR 作者	Quiroga, Horacio 奥拉西奥·基罗加
TÍTULO ORIGINAL 书名	El solitario: Cuentos de Horacio Quiroga 独粒钻石
TRADUCTOR 译者	Liu Yushu 刘玉树
EDITORIAL 出版社	Daylight Publishing House 外国文学出版社（现天天出版社）
AÑO / 出版年份	2002

AUTOR 作者	Quiroga, Horacio 奥拉西奥·基罗加
TÍTULO ORIGINAL 书名	Las medias de los flamencos 火烈鸟的长袜
TRADUCTOR 译者	Fei Qin 非琴
EDITORIAL 出版社	Zhejiang Juvenile and Children's Publishing House 浙江少年儿童出版社
AÑO / 出版年份	1993

AUTOR / 作者	Rodríguez Monegal, Emir 埃米尔·罗德里格斯·莫内加尔
TÍTULO ORIGINAL / 书名	Jorge Luis Borges: A Literary Biography 博尔赫斯传
TRADUCTOR / 译者	Chen Shu, Li Dian 陈舒、李点
EDITORIAL / 出版社	Orient Publishing Center 东方出版中心
AÑO / 出版年份	1994

AUTOR / 作者	Rodríguez Monegal, Emir 埃米尔·罗德里格斯·莫内加尔
TÍTULO ORIGINAL / 书名	Jorge Luis Borges: A Literary Biography 生活在迷宫：博尔赫斯传
TRADUCTOR / 译者	Chen Shu, Li Dian 陈舒、李点
EDITORIAL / 出版社	Knowledge Publishing House 知识出版社
AÑO / 出版年份	1994

AUTOR / 作者	Sánchez, Florencio 桑切斯
TÍTULO ORIGINAL / 书名	La gringa 外国姑娘
TRADUCTOR / 译者	Wu Jianheng 吴健恒
EDITORIAL / 出版社	Shanghai Translation Publishing House 上海译文出版社
AÑO / 出版年份	1994

AUTOR / 作者	Suárez, Luis 路易斯·苏亚雷斯
TÍTULO ORIGINAL / 书名	Luis Suárez: Crossing the Line - My Story 苏亚雷斯自传：超越界限
TRADUCTOR / 译者	Yu Qing, Tang Mengqiu, Zhong Jian 俞青、唐梦秋、钟健
EDITORIAL / 出版社	Beijing Publishing House 北京出版社
AÑO / 出版年份	2016

Venezuela 委内瑞拉

AUTOR 作者	Barrera Tyzka, Alberto 巴雷拉·蒂斯卡
TÍTULO ORIGINAL 书名	La enfermedad 病魔
TRADUCTOR 译者	Wang Junning 王军宁
EDITORIAL 出版社	People's Literature Publishing House 人民文学出版社
AÑO / 出版年份	2008

AUTOR 作者	Barrios, Enrique 恩里克·巴里奥斯
TÍTULO ORIGINAL 书名	Ami I: El niño de las estrellas 阿米 I：星星的孩子
TRADUCTOR 译者	Zhao Deming 赵德明
EDITORIAL 出版社	Tianjin Education Press 天津教育出版社
AÑO / 出版年份	2008

AUTOR 作者	Barrios, Enrique 恩里克·巴里奥斯
TÍTULO ORIGINAL 书名	Ami II: Ami regresa 阿米 II：宇宙之心
TRADUCTOR 译者	Zhao Deming 赵德明
EDITORIAL 出版社	Tianjin Education Press 天津教育出版社
AÑO / 出版年份	2008

AUTOR 作者	Barrios, Enrique 恩里克·巴里奥斯
TÍTULO ORIGINAL 书名	Ami III: Civilizaciones internas 阿米 III：爱的文明
TRADUCTOR 译者	Zhao Deming 赵德明
EDITORIAL 出版社	Tianjin Education Press 天津教育出版
AÑO / 出版年份	2008

AUTOR 作者	Barrios, Enrique 恩里克·巴里奥斯
TÍTULO ORIGINAL 书名	Ami I: El niño de las estrellas 阿米 I：星星的孩子
TRADUCTOR 译者	Zeng Zhuoqi 曾卓琪
EDITORIAL 出版社	Guangxi Science and Technology Press 广西科学技术出版社
AÑO / 出版年份	2015

AUTOR 作者	Barrios, Enrique 恩里克·巴里奥斯
TÍTULO ORIGINAL 书名	Ami II: Ami regresa 阿米 II：宇宙之心
TRADUCTOR 译者	Zeng Zhuoqi 曾卓琪
EDITORIAL 出版社	Guangxi Science and Technology Press 广西科学技术出版社
AÑO / 出版年份	2016

AUTOR 作者	Barrios, Enrique 恩里克·巴里奥斯
TÍTULO ORIGINAL 书名	Ami III: Civilizaciones internas 阿米 III：爱的文明
TRADUCTOR 译者	Zeng Zhuoqi 曾卓琪
EDITORIAL 出版社	Guangxi Science and Technology Press 广西科学技术出版社
AÑO / 出版年份	2016

AUTOR 作者	Blanco-Fombona, Rufino 布兰科·丰博纳
TÍTULO ORIGINAL 书名	El hombre de oro 人杰
TRADUCTOR 译者	Jiang Shan 江山
EDITORIAL 出版社	Daylight Publishing House 外国文学出版社（现天天出版社）
AÑO / 出版年份	1985

AUTOR 作者	Bolívar, Simón 玻利瓦尔
TÍTULO ORIGINAL 书名	Documentos de Simón Bolívar 玻利瓦尔文选
TRADUCTOR 译者	ILAS-CASS 中国社会科学院拉丁美洲研究所
EDITORIAL 出版社	China Social Sciences Press 中国社会科学出版社
AÑO / 出版年份	1983

AUTOR 作者	Chávez, Hugo 乌戈·查韦斯
TÍTULO ORIGINAL 书名	Desde la primera línea 从第一行开始：查韦斯随笔
TRADUCTOR 译者	Liu Bo, Fan Lei, Wang Shuai 刘波、范蕾、王帅
EDITORIAL 出版社	Intellectual Property Publishing House 知识产权出版社
AÑO / 出版年份	2013

AUTOR 作者	Gallegos, Rómulo 罗慕洛·加列戈斯
TÍTULO ORIGINAL 书名	Doña Bárbara 堂娜芭芭拉
TRADUCTOR 译者	Bai Ying, Wang Xiang 白婴、王相
EDITORIAL 出版社	People's Literature Publishing House 人民文学出版社
AÑO / 出版年份	1979

AUTOR 作者	Gómez Jiménez, Jorge (ed.) 霍尔赫·戈麦斯·希门内斯（选编）
TÍTULO ORIGINAL 书名	Próximos: Antología de la nueva narrativa venezolana 新生代作家：委内瑞拉新小说选
TRADUCTOR 译者	Zhao Deming 赵德明
EDITORIAL 出版社	Embajada de Venezuela en China 委内瑞拉驻华大使馆
AÑO / 出版年份	2006

AUTOR 作者	León, Carlos Augusto 卡洛斯·奥古斯都·利昂
TÍTULO ORIGINAL 书名	Canto de paz 和平纪事
TRADUCTOR 译者	Li Yimang, Zhang Qi 李一氓、张奇
EDITORIAL 出版社	People's Literature Publishing House 人民文学出版社
AÑO / 出版年份	1954

AUTOR 作者	Mijares, Augusto 奥古斯托·米哈雷斯
TÍTULO ORIGINAL 书名	Simón Bolívar: El Libertador 解放者
TRADUCTOR 译者	Yang Enrui, Chen Yongyi, et al. 杨恩瑞、陈用仪等
EDITORIAL 出版社	China Translation and Publishing Corporation 中国对外翻译出版有限公司
AÑO / 出版年份	1983

AUTOR 作者	Mijares, Augusto 奥古斯托·米哈雷斯
TÍTULO ORIGINAL 书名	Simón Bolívar: El Libertador 解放者玻利瓦尔
TRADUCTOR 译者	Yang Enrui, Chen Yongyi, et al. 杨恩瑞、陈用仪等
EDITORIAL 出版社	China Translation and Publishing Corporation 中国对外翻译出版有限公司
AÑO / 出版年份	1984

AUTOR 作者	Otero Silva, Miguel 米盖尔·奥特罗·西尔瓦
TÍTULO ORIGINAL 书名	Casas muertas / Oficina Nº1 死屋 / 一号办公室
TRADUCTOR 译者	Wang Zhi, Hu Zhencai, Li Jifeng 王之、胡真才、李疾风
EDITORIAL 出版社	Yunnan People's Publishing House 云南人民出版社
AÑO / 出版年份	1993

AUTOR 作者	Rodríguez, Simón 西蒙·罗德里格斯
TÍTULO ORIGINAL 书名	Defensa de Bolívar 为玻利瓦尔辩护
TRADUCTOR 译者	Xu Shicheng 徐世澄
EDITORIAL 出版社	China Intercontinental Press 五洲传播出版社
AÑO / 出版年份	2014

AUTOR 作者	Rodríguez, Simón 西蒙·罗德里格斯
TÍTULO ORIGINAL 书名	Luces y virtudes sociales 社会启蒙与品德
TRADUCTOR 译者	Song Xiaoping 宋晓平
EDITORIAL 出版社	China Intercontinental Press 五洲传播出版社
AÑO / 出版年份	2014

AUTOR 作者	Rodríguez, Simón 西蒙·罗德里格斯
TÍTULO ORIGINAL 书名	Sociedades americanas 美洲社会
TRADUCTOR 译者	Bai Fengsen, Hao Mingwei 白凤森、郝名玮
EDITORIAL 出版社	China Intercontinental Press 五洲传播出版社
AÑO / 出版年份	2014

AUTOR 作者	Saab, Tarek William 塔雷克·威廉·萨阿布
TÍTULO ORIGINAL 书名	Los niños del infortunio: Memorias de la misión médica cubana en Pakistán 不幸的孩子们：古巴医疗队在巴基斯坦
TRADUCTOR 译者	Yan Meihua, Xu Yilin 严美华、徐宜林
EDITORIAL 出版社	Central Compilation & Translation Press 中央编译出版社
AÑO / 出版年份	2006

AUTOR 作者	Salcedo Bastardo, José Luis J.L. 萨尔塞多 - 巴斯塔多
TÍTULO ORIGINAL 书名	Bolívar: Un continente y un destino 博利瓦尔：一个大陆和一种前途
TRADUCTOR 译者	Yang Enrui, Zhao Mingxian 杨恩瑞、赵铭贤
EDITORIAL 出版社	The Commercial Press 商务印书馆
AÑO / 出版年份	1983

AUTOR 作者	Uslar Pietri, Arturo 乌斯拉尔·彼特里
TÍTULO ORIGINAL 书名	Oficio de difuntos 独裁者的葬礼
TRADUCTOR 译者	Tu Mengchao 屠孟超
EDITORIAL 出版社	Yunnan People's Publishing House 云南人民出版社
AÑO / 出版年份	1991

AUTOR 作者	Uslar Pietri, Arturo 乌斯拉尔·彼特里
TÍTULO ORIGINAL 书名	Oficio de difuntos 独裁者的葬礼
TRADUCTOR 译者	Tu Mengchao 屠孟超
EDITORIAL 出版社	Yunnan People's Publishing House 云南人民出版社
AÑO / 出版年份	1995

AUTOR 作者	——
TÍTULO ORIGINAL 书名	Antología de poesía venezolana contemporánea 委内瑞拉当代诗选
TRADUCTOR 译者	——
EDITORIAL 出版社	China Today Press 今日中国出版社
AÑO / 出版年份	1993

Catálogo de obras de antologías (autores de varios países)
选集（多国别）类作品书目

书名	美国人，滚回去！（拉丁美洲诗选）
TRADUCTOR 译者	Yuan Shuipai, et al. 袁水拍等
EDITORIAL 出版社	People's Literature Publishing House 人民文学出版社
AÑO / 出版年份	1958

书名	拉丁美洲现代短篇小说选
TRADUCTOR 译者	Mai Wen, et al. 麦文等
EDITORIAL 出版社	China Youth Publishing House 中国青年出版社
AÑO / 出版年份	1958

书名	我们的怒吼（拉丁美洲诗集之一）
TRADUCTOR 译者	Wang Hongxun, et al. 王洪勋等
EDITORIAL 出版社	Shanghai Literature and Art Publishing House 上海文艺出版社
AÑO / 出版年份	1960

书名	要古巴，不要美国佬！（拉丁美洲诗集之二）
TRADUCTOR 译者	Wang Zhongnian, et al. 王仲年等
EDITORIAL 出版社	Shanghai Literature and Art Publishing House 上海文艺出版社
AÑO / 出版年份	1961

书名	我们必胜（拉丁美洲诗集之三）
TRADUCTOR 译者	Wang Zhongnian, et al. 王仲年等
EDITORIAL 出版社	Shanghai Literature and Art Publishing House 上海文艺出版社
AÑO / 出版年份	1962

书名	拉丁美洲现代独幕剧选
TRADUCTOR 译者	Wang Yangle 王央乐
EDITORIAL 出版社	People's Literature Publishing House 人民文学出版社
AÑO / 出版年份	1978

书名	拉丁美洲短篇小说选
TRADUCTOR 译者	Dong Yansheng, et al. 董燕生等
EDITORIAL 出版社	People's Literature Publishing House 人民文学出版社
AÑO / 出版年份	1981

书名	当代拉丁美洲短篇小说集
TRADUCTOR 译者	—— 《世界文学》编辑部编
EDITORIAL 出版社	China Social Sciences Press 中国社会科学出版社
AÑO / 出版年份	1982

书名	拉丁美洲名作家短篇小说选
TRADUCTOR 译者	Zhu Jingdong, Shen Genfa 朱景冬、沈根发
EDITORIAL 出版社	Changjiang Literature and Art Publishing House 长江文艺出版社
AÑO / 出版年份	1982

书名	南美洲童话
TRADUCTOR 译者	Huang Yushan 黄玉山
EDITORIAL 出版社	Beijing Publishing House 北京出版社
AÑO / 出版年份	1982

书名	静思姑娘:《译林》拉丁美洲文学专辑
TRADUCTOR 译者	—— ——
EDITORIAL 出版社	Jiangsu People's Publishing House 江苏人民出版社
AÑO / 出版年份	1983

书名	拉丁美洲短篇小说选
TRADUCTOR 译者	Zhu Jingdong 朱景冬
EDITORIAL 出版社	China Youth Publishing House 中国青年出版社
AÑO / 出版年份	1983

书名	拉丁美洲儿童小说选
TRADUCTOR 译者	Zhu Jingdong 朱景冬
EDITORIAL 出版社	Guizhou People's Publishing House 贵州人民出版社
AÑO / 出版年份	1983

书名	书念处女:拉美著名作家短篇小说选
TRADUCTOR 译者	Zhao Deming, Song Yunqing (ed.) 赵德明、宋云清(编)
EDITORIAL 出版社	Heilongjiang People's Publishing House 黑龙江人民出版社
AÑO / 出版年份	1983

书名	爱情的季节：拉美短篇小说集
TRADUCTOR 译者	Zhou Jiaxing, et al. 周家星等
EDITORIAL 出版社	Shaanxi People's Publishing House 陕西人民出版社
AÑO / 出版年份	1984

书名	拉丁美洲民间故事
TRADUCTOR 译者	Qiu Xinnian, Zhang Wenying 仇新年、张文英
EDITORIAL 出版社	World Affairs Press 世界知识出版社
AÑO / 出版年份	1984

书名	镜中的小姑娘：拉丁美洲优秀儿童小说选
TRADUCTOR 译者	Zhu Jingdong, et al. 朱景冬等
EDITORIAL 出版社	Heilongjiang Juvenile and Children's Publishing House 黑龙江少年儿童出版社
AÑO / 出版年份	1985

书名	拉丁美洲抒情诗选
TRADUCTOR 译者	Chen Guangfu, Zhao Zhenjiang, et al. 陈光孚、赵振江等
EDITORIAL 出版社	Jiangsu People's Publishing House 江苏人民出版社
AÑO / 出版年份	1985

书名	文身女的传说：墨西哥、中美洲及加勒比地区短篇小说集
TRADUCTOR 译者	Ni Huadi 倪华迪
EDITORIAL 出版社	The Commercial Press 商务印书馆
AÑO / 出版年份	1985

书名	印第安神话和传说
TRADUCTOR 译者	A Ping 阿平
EDITORIAL 出版社	China Folklore Publishing House 中国民间文艺出版社
AÑO / 出版年份	1985

书名	外国中篇小说（第七卷·拉美）
TRADUCTOR 译者	Zhao Deming (ed.) 赵德明（选编）
EDITORIAL 出版社	Yunnan People's Publishing House 云南人民出版社
AÑO / 出版年份	1986

书名	拉丁美洲爱情小说选
TRADUCTOR 译者	Zhu Jingdong 朱景冬
EDITORIAL 出版社	Changjiang Literature and Art Publishing House 长江文艺出版社
AÑO / 出版年份	1987

399

书名	拉丁美洲微型小说选
TRADUCTOR 译者	Chen Guangfu (ed.) 陈光孚（编）
EDITORIAL 出版社	Yunnan People's Publishing House 云南人民出版社
AÑO / 出版年份	1988

书名	拉丁美洲历代名家诗选
TRADUCTOR 译者	Zhao Zhenjiang (ed.) 赵振江（编）
EDITORIAL 出版社	Yunnan People's Publishing House 云南人民出版社
AÑO / 出版年份	1988

书名	拉丁美洲当代文学论评
TRADUCTOR 译者	Chen Guangfu (ed.) 陈光孚（编）
EDITORIAL 出版社	Lijiang Publishing House 漓江出版社
AÑO / 出版年份	1988

书名	魔幻现实主义小说
TRADUCTOR 译者	Wu Liang, Zhang Ping, et al.(ed.) 吴亮、章平等（编）
EDITORIAL 出版社	Times Literature and Art Publishing House 时代文艺出版社
AÑO / 出版年份	1988

书名	球星在情网中死去
TRADUCTOR 译者	Li Deming, et al. 李德明等
EDITORIAL 出版社	Hunan People's Publishing House 湖南人民出版社
AÑO / 出版年份	1988

书名	被凌辱的少女
TRADUCTOR 译者	Zhang Chunqing, et al. 张纯青等
EDITORIAL 出版社	Guizhou People's Publishing House 贵州人民出版社
AÑO / 出版年份	1989

书名	我爱过而又失去的女人
TRADUCTOR 译者	Wang Yangle, et al. 王央乐等
EDITORIAL 出版社	Daylight Publishing House 外国文学出版社（现天天出版社）
AÑO / 出版年份	1989

书名	拉丁美洲散文选
TRADUCTOR 译者	Lin Fangren (ed.) 林方仁（编）
EDITORIAL 出版社	Yunnan People's Publishing House 云南人民出版社
AÑO / 出版年份	1990

书名	印第安神话精选
TRADUCTOR 译者	A Ping 阿平
EDITORIAL 出版社	China Children's Press 中国少年儿童出版社
AÑO / 出版年份	1990

书名	世界心理小说名著选：拉美部分
TRADUCTOR 译者	Chen Zhongyi (ed.) 陈众议（选编）
EDITORIAL 出版社	Guizhou People's Publishing House 贵州人民出版社
AÑO / 出版年份	1991

书名	20世纪外国中篇小说精选·拉美卷：一桩事先张扬的凶杀案
TRADUCTOR 译者	Bai Ye, et al. (ed.) 白烨等（编选）
EDITORIAL 出版社	China Federation of Literary and Art Circles Press 中国文联出版公司
AÑO / 出版年份	1992

书名	世界文学精品大系：拉美文学（第19卷）
TRADUCTOR 译者	—— 《世界文学精品大系》编委会
EDITORIAL 出版社	Chunfeng Literature and Art Publishing House 春风文艺出版社
AÑO / 出版年份	1992

书名	世界散文随笔精品文库·拉美卷：我承认，我历尽沧桑
TRADUCTOR 译者	Zhu Jingdong (ed.) 朱景冬（选编）
EDITORIAL 出版社	China Social Sciences Press 中国社会科学出版社
AÑO / 出版年份	1993

书名	拉丁美洲诗集
TRADUCTOR 译者	Sheng Baolou, et al. 申宝楼等
EDITORIAL 出版社	Foreign Language Teaching and Research Press 外语教学与研究出版社
AÑO / 出版年份	1994

书名	拉美四作家作品精粹
TRADUCTOR 译者	Chen Xumin, et al. (ed.) 陈叙敏等（选编）
EDITORIAL 出版社	Hebei Education Publishing House 河北教育出版社
AÑO / 出版年份	1994

书名	世界短篇小说经典：西班牙及拉美卷
TRADUCTOR 译者	Zhu Jingdong (ed.) 朱景冬（选编）
EDITORIAL 出版社	Chunfeng Literature and Art Publishing House 春风文艺出版社
AÑO / 出版年份	1994

书名	永远是未婚妻：世界婚恋小说丛书拉美卷
TRADUCTOR 译者	Zhu Jingdong, et al. 朱景冬等
EDITORIAL 出版社	Huaxia Publishing House 华夏出版社
AÑO / 出版年份	1994

书名	拉丁美洲的孤独
TRADUCTOR 译者	Lü Tongliu (ed.) 吕同六（选编）
EDITORIAL 出版社	Times Literature and Art Publishing House 时代文艺出版社
AÑO / 出版年份	1995

书名	"蓝袜子丛书"拉美南欧卷：温柔的激情
TRADUCTOR 译者	Duan Ruochuan, Wu Zhengyi (ed.) 段若川、吴正仪（选编）
EDITORIAL 出版社	Hebei Education Publishing House 河北教育出版社
AÑO / 出版年份	1995

书名	魔幻现实主义经典小说选
TRADUCTOR 译者	Liu Mingjiu (ed.) 柳鸣九（主编）
EDITORIAL 出版社	Beiyue Literature and Art Publishing House 北岳文艺出版社
AÑO / 出版年份	1995

书名	南美洲童话
TRADUCTOR 译者	Yi Wenshi (ed.) 易文诗（编）
EDITORIAL 出版社	Beijing Childrens Publishing House 北京少年儿童出版社
AÑO / 出版年份	1995

书名	幽幽离情：世界当代中短篇小说精选（拉美卷 西班牙卷）
TRADUCTOR 译者	Zhu Jingdong (ed.) 朱景冬（编选）
EDITORIAL 出版社	Unity Press 团结出版社
AÑO / 出版年份	1995

书名	获西班牙塞万提斯奖作家作品选
TRADUCTOR 译者	Chen Zhongyi (ed.) 陈众议（主编）
EDITORIAL 出版社	Lijiang Publishing House 漓江出版社
AÑO / 出版年份	1996

书名	拉丁美洲短篇小说选
TRADUCTOR 译者	Chen Guangfu, Liu Cunpei (ed.) 陈光孚、刘存沛（编）
EDITORIAL 出版社	Yunnan People's Publishing House 云南人民出版社
AÑO / 出版年份	1996

书名	拉丁美洲散文选
TRADUCTOR 译者	Lin Guang (ed.) 林光（主编）
EDITORIAL 出版社	Yunnan People's Publishing House 云南人民出版社
AÑO / 出版年份	1996

书名	拉丁美洲诗选
TRADUCTOR 译者	Zhao Zhenjiang (ed.) 赵振江（编）
EDITORIAL 出版社	Yunnan People's Publishing House 云南人民出版社
AÑO / 出版年份	1996

书名	拉丁美洲中篇小说选
TRADUCTOR 译者	Zhao Deming (ed.) 赵德明（编）
EDITORIAL 出版社	Yunnan People's Publishing House 云南人民出版社
AÑO / 出版年份	1996

书名	世界中篇小说经典：拉美卷
TRADUCTOR 译者	Chen Zhongyi (ed.) 陈众议（主编）
EDITORIAL 出版社	Chunfeng Literature and Art Publishing House 春风文艺出版社
AÑO / 出版年份	1996

书名	世界散文经典：西班牙及拉美卷
TRADUCTOR 译者	Zhu Jingdong (ed.) 朱景冬（选编）
EDITORIAL 出版社	Chunfeng Literature and Art Publishing House 春风文艺出版社
AÑO / 出版年份	1997

书名	拉丁美洲文学选集
TRADUCTOR 译者	Zheng Shujiu, Chang Shiru (ed.) 郑书九、常世儒（编著）
EDITORIAL 出版社	Foreign Language Teaching and Research Press 外语教学与研究出版社
AÑO / 出版年份	1997

书名	插图本拉美西葡文学大家精品丛书：第一卷
TRADUCTOR 译者	Lin Zhimu, et al. 林之木等
EDITORIAL 出版社	Yunnan People's Publishing House 云南人民出版社
AÑO / 出版年份	1998

书名	我爱过而又失去的女人
TRADUCTOR 译者	Wang Yangle, et al. 王央乐等
EDITORIAL 出版社	Daylight Publishing House 外国文学出版社（现天天出版社）
AÑO / 出版年份	1998

书名	摆脱孤独：世界经典散文新编
TRADUCTOR 译者	Zhao Deming 赵德明
EDITORIAL 出版社	Baihua Literature and Art Publishing House 百花文艺出版社
AÑO / 出版年份	2001

书名	拉美散文经典
TRADUCTOR 译者	Feng Guochao (ed.) 冯国超（主编）
EDITORIAL 出版社	Inner Mongolia Juvenile and Children's Publishing House 内蒙古少年儿童出版社
AÑO / 出版年份	2001

书名	美洲译诗文选
TRADUCTOR 译者	Cai Tianxin 蔡天新
EDITORIAL 出版社	Hebei Education Publishing House 河北教育出版社
AÑO / 出版年份	2003

书名	拉丁美洲散文诗选
TRADUCTOR 译者	Chen Shi 陈实
EDITORIAL 出版社	Flower City Publishing House 花城出版社
AÑO / 出版年份	2007

书名	拉丁美洲文学大花园
TRADUCTOR 译者	Zhao Zhenjiang, Teng Wei, Hu Xudong (ed.) 赵振江、滕威、胡续冬（选编）
EDITORIAL 出版社	Hubei Education Press 湖北教育出版社
AÑO / 出版年份	2007

书名	镜中的孤独迷宫：拉美文学选集
TRADUCTOR 译者	Fan Ye (ed.) 范晔（编）
EDITORIAL 出版社	The Chinese Overseas Publishing House 中国华侨出版社
AÑO / 出版年份	2008

书名	拉丁美洲文学名著便览
TRADUCTOR 译者	Lu Jingsheng (ed.) 陆经生、倪茂华（主编）
EDITORIAL 出版社	Shanghai Foreign Language Education Press 上海外语教育出版社
AÑO / 出版年份	2009

书名	拉美散文经典
TRADUCTOR 译者	Xie Daguang (ed.) 谢大光（主编）
EDITORIAL 出版社	Xuelin Press 学林出版社
AÑO / 出版年份	2011

书名	女朋友们：西班牙语短篇小说经典
TRADUCTOR 译者	Wu Jianheng 吴健恒
EDITORIAL 出版社	Xinhua Publishing House 新华出版社
AÑO / 出版年份	2014

书名	戏剧的毒药：西班牙及拉丁美洲戏剧选
TRADUCTOR 译者	Ma Zhenghong 马政红
EDITORIAL 出版社	Shanghai People's Publishing House 上海人民出版社
AÑO / 出版年份	2015

书名	镜中的孤独迷宫：拉美文学选集
TRADUCTOR 译者	Fan Ye (ed.) 范晔（编）
EDITORIAL 出版社	Flower City Publishing House 花城出版社
AÑO / 出版年份	2019

附录二 中国作者编著的拉美文学书目（按出版年份排序）
Anexo II
Catálogo bibliográfico de las obras de autores chinos sobre la literatura latinoamericana
(por el orden cronológico de publicación)

AUTOR 作者	Wang Yangle 王央乐
TÍTULO 书名	—— 拉丁美洲文学
EDITORIAL 出版社	China Writers Publishing House 作家出版社
AÑO / 出版年份	1963

AUTOR 作者	Li Guangxi (ed.) 李广熙（编译）
TÍTULO 书名	—— 拉丁美洲文学大事年表（1493—1978）
EDITORIAL 出版社	—— 山东师范学院聊城分院中文系外国文学教研室
AÑO / 出版年份	1979

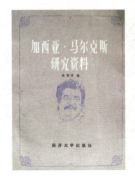

AUTOR 作者	Zhang Guopei (ed.) 张国培（编选）
TÍTULO 书名	—— 加西亚·马尔克斯研究资料
EDITORIAL 出版社	Nankai University Press 南开大学出版社
AÑO / 出版年份	1984

AUTOR 作者	Wu Shoulin (ed.) 吴守琳（编著）
TÍTULO 书名	—— 拉丁美洲文学简史
EDITORIAL 出版社	China Renmin University Press 中国人民大学出版社
AÑO / 出版年份	1985

AUTOR 作者	Chen Guangfu 陈光孚
TÍTULO 书名	—— 魔幻现实主义
EDITORIAL 出版社	Flower City Publishing House 花城出版社
AÑO / 出版年份	1986

AUTOR 作者	Xu Yuming (ed.) 徐玉明（编著）
TÍTULO 书名	—— 拉丁美洲的"爆炸"文学
EDITORIAL 出版社	Fudan University Press 复旦大学出版社
AÑO / 出版年份	1987

AUTOR 作者	Chen Zhongyi 陈众议
TÍTULO 书名	—— 魔幻现实主义大师：加西亚·马尔克斯
EDITORIAL 出版社	Huanghe Literature and Art Publishing House 黄河文艺出版社
AÑO / 出版年份	1988

AUTOR 作者	Asociación China de Estudios de la Literatura Española, Portuguesa y Latinoamericana (ed.) 西葡拉美文学研究会（编）
TÍTULO 书名	世界文学的奇葩：拉丁美洲文学研究
EDITORIAL 出版社	Tourism Education Press 旅游教育出版社
AÑO / 出版年份	1989

AUTOR 作者	Zhao Deming, Zhao Zhenjiang, Sun Chengao 赵德明、赵振江、孙成敖
TÍTULO 书名	拉丁美洲文学史
EDITORIAL 出版社	Peking University Press 北京大学出版社
AÑO / 出版年份	1989

AUTOR 作者	Yu Fengchuan 于凤川
TÍTULO 书名	二十世纪拉美著名诗人与作家
EDITORIAL 出版社	Xinhua Publishing House 新华出版社
AÑO / 出版年份	1992

AUTOR 作者	Fu Jingchuan (ed.) 付景川（主编）
TÍTULO 书名	拉美文学辞典
EDITORIAL 出版社	Jilin Education Publishing House 吉林教育出版社
AÑO / 出版年份	1992

413

AUTOR 作者	Chen Zhongyi 陈众议
TÍTULO 书名	—— 南美的辉煌：魔幻现实主义文学
EDITORIAL 出版社	Hainan Publishing House 海南出版社
AÑO / 出版年份	1993

AUTOR 作者	Lin Yian 林一安
TÍTULO 书名	—— 加西亚·马尔克斯研究
EDITORIAL 出版社	Yunnan People's Publishing House 云南人民出版社
AÑO / 出版年份	1993

AUTOR 作者	Ma Xiangwu, Liu Yue 马相武、刘岳
TÍTULO 书名	—— 拉丁美洲文学简史
EDITORIAL 出版社	Hainan Publishing House 海南出版社
AÑO / 出版年份	1993

AUTOR 作者	Zhang Zhiqiang 张志强
TÍTULO 书名	—— 世纪的孤独：马尔克斯与《百年孤独》
EDITORIAL 出版社	Hainan Publishing House 海南出版社
AÑO / 出版年份	1993

AUTOR 作者	Fang Ying 方瑛
TÍTULO 书名	—— 略论拉丁美洲文学
EDITORIAL 出版社	Beijing Language and Culture University Press 北京语言学院出版社
AÑO / 出版年份	1994

AUTOR 作者	Chen Zhongyi 陈众议
TÍTULO 书名	拉美当代小说流派
EDITORIAL 出版社	Social Sciences Academic Press 社会科学文献出版社
AÑO / 出版年份	1995

AUTOR 作者	Zhu Jingdong 朱景冬
TÍTULO 书名	Gabriel García Márquez 马尔克斯：魔幻现实主义巨擘
EDITORIAL 出版社	Changchun Publishing House 长春出版社
AÑO / 出版年份	1995

AUTOR 作者	Li De'en 李德恩
TÍTULO 书名	—— 拉美文学流派的嬗变与趋势
EDITORIAL 出版社	Shanghai Translation Publishing House 上海译文出版社
AÑO / 出版年份	1996

415

AUTOR 作者	Luo Haiyan 罗海燕
TÍTULO 书名	Pablo Neruda 聂鲁达：大海的儿子
EDITORIAL 出版社	Changchun Publishing House 长春出版社
AÑO / 出版年份	1996

AUTOR 作者	Duan Ruochuan 段若川
TÍTULO 书名	Gabriela Mistral 米斯特拉尔：高山的女儿
EDITORIAL 出版社	Changchun Publishing House 长春出版社
AÑO / 出版年份	1997

AUTOR 作者	Luo Lanqiu, Liu Wei (ed.) 罗兰秋、刘伟（编著）
TÍTULO 书名	____ 魔幻现实主义的杰作：《百年孤独》导读
EDITORIAL 出版社	Sichuan Education Publishing House 四川教育出版社
AÑO / 出版年份	1997

AUTOR 作者	Ran Yunfei 冉云飞
TÍTULO 书名	Jorge Luis Borges: A Pioneer in Dilemma 陷阱里的先锋：博尔赫斯
EDITORIAL 出版社	Sichuan People's Publishing House 四川人民出版社
AÑO / 出版年份	1998

AUTOR 作者	Chen Zhongyi 陈众议
TÍTULO 书名	—— 20世纪墨西哥文学史
EDITORIAL 出版社	Qingdao Publishing House 青岛出版社
AÑO / 出版年份	1998

AUTOR 作者	Ren Fangping 任芳萍
TÍTULO 书名	Gabriel García Márquez 马尔克斯
EDITORIAL 出版社	Haitian Publishing House 海天出版社
AÑO / 出版年份	1998

AUTOR 作者	Yu Fengchuan 于凤川
TÍTULO 书名	Gabriel García Márquez 马尔克斯
EDITORIAL 出版社	Liaohai Publishing House 辽海出版社
AÑO / 出版年份	1998

AUTOR 作者	Chen Zhongyi 陈众议
TÍTULO 书名	—— 加西亚·马尔克斯评传
EDITORIAL 出版社	Zhejiang Literature and Art Publishing House 浙江文艺出版社
AÑO / 出版年份	1999

AUTOR 作者	Liu Xiaomei 刘晓眉
TÍTULO 书名	La literatura peruana 秘鲁文学
EDITORIAL 出版社	Foreign Language Teaching and Research Press 外语教学与研究出版社
AÑO / 出版年份	1999

AUTOR 作者	Liu Changshen 刘长申
TÍTULO 书名	—— 拉美短篇小说结构赏析
EDITORIAL 出版社	Huashan Literature and Art Publishing House 花山文艺出版社
AÑO / 出版年份	1999

AUTOR 作者	Sheng Li 盛力
TÍTULO 书名	Literatura argentina 阿根廷文学
EDITORIAL 出版社	Foreign Language Teaching and Research Press 外语教学与研究出版社
AÑO / 出版年份	1999

AUTOR 作者	Sun Chengao 孙成敖
TÍTULO 书名	Literatura brasileira 巴西文学
EDITORIAL 出版社	Foreign Language Teaching and Research Press 外语教学与研究出版社
AÑO / 出版年份	1999

AUTOR 作者	Zhu Jingdong 朱景冬
TÍTULO 书名	Gabriel García Márquez 加西亚·马尔克斯
EDITORIAL 出版社	Sichuan People's Publishing House 四川人民出版社
AÑO / 出版年份	1999

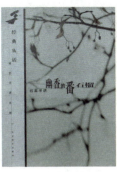

AUTOR 作者	Xu Yuming (ed.) 徐玉明（选编）
TÍTULO 书名	____ 幽香的番石榴：拉美书话
EDITORIAL 出版社	Jiangxi Education Publishing House 江西教育出版社
AÑO / 出版年份	1999

AUTOR 作者	Ran Yunfei 冉云飞
TÍTULO 书名	Jorge Luis Borges: A Pioneer in Dilemma 陷阱里的先锋：博尔赫斯
EDITORIAL 出版社	Sichuan People's Publishing House 四川人民出版社
AÑO / 出版年份	2000

AUTOR 作者	Can Xue 残雪
TÍTULO 书名	____ 解读博尔赫斯
EDITORIAL 出版社	People's Literature Publishing House 人民文学出版社
AÑO / 出版年份	2000

AUTOR 作者	Duan Ruochuan 段若川
TÍTULO 书名	—— 安第斯山上的神鹰：诺贝尔奖与魔幻现实主义
EDITORIAL 出版社	Wuhan Publishing House 武汉出版社
AÑO / 出版年份	2000

AUTOR 作者	Shen Jieling 申洁玲
TÍTULO 书名	—— 博尔赫斯是怎样读书写作的
EDITORIAL 出版社	Changjiang Literature and Art Publishing House 长江文艺出版社
AÑO / 出版年份	2000

AUTOR 作者	Zhao Deming (ed.) 赵德明（主编）
TÍTULO 书名	—— 我们看拉美文学
EDITORIAL 出版社	Yunnan People's Publishing House 云南人民出版社
AÑO / 出版年份	2000

AUTOR 作者	Chen Zhongyi 陈众议
TÍTULO 书名	Jorge Luis Borges 博尔赫斯
EDITORIAL 出版社	Huaxia Publishing House 华夏出版社
AÑO / 出版年份	2001

AUTOR 作者	Chen Zhongyi 陈众议
TÍTULO 书名	—— 魔幻现实主义
EDITORIAL 出版社	Liaoning University Publishing House 辽宁大学出版社
AÑO / 出版年份	2001

AUTOR 作者	Li De'en 李德恩
TÍTULO 书名	La literatura mexicana 墨西哥文学
EDITORIAL 出版社	Foreign Language Teaching and Research Press 外语教学与研究出版社
AÑO / 出版年份	2001

AUTOR 作者	Zhao Deming, Zhao Zhenjiang, Sun Chengao, Duan Ruochuan 赵德明、赵振江、孙成敖、段若川
TÍTULO 书名	—— 拉丁美洲文学史
EDITORIAL 出版社	Peking University Press 北京大学出版社
AÑO / 出版年份	2001

AUTOR 作者	Lin Yian 林一安
TÍTULO 书名	—— 奇葩拾零
EDITORIAL 出版社	Hubei Education Press 湖北教育出版社
AÑO / 出版年份	2002

AUTOR 作者	Zhao Zhenjiang 赵振江
TÍTULO 书名	—— 西班牙与西班牙语美洲诗歌导论
EDITORIAL 出版社	Peking University Press 北京大学出版社
AÑO / 出版年份	2002

AUTOR 作者	Chen Zhongyi 陈众议
TÍTULO 书名	Gabriel García Márquez 加西亚·马尔克斯传
EDITORIAL 出版社	New World Press 新世界出版社
AÑO / 出版年份	2003

AUTOR 作者	Zhao Deming 赵德明
TÍTULO 书名	—— 20世纪拉丁美洲小说
EDITORIAL 出版社	Yunnan People's Publishing House 云南人民出版社
AÑO / 出版年份	2003

AUTOR 作者	Zheng Shujiu 郑书九
TÍTULO 书名	La búsqueda constante del paraíso en Pedro Páramo de Juan Rulfo 执著地寻找天堂：墨西哥作家胡安·鲁尔福中篇小说《佩德罗·巴拉莫》解析
EDITORIAL 出版社	Foreign Language Teaching and Research Press 外语教学与研究出版社
AÑO / 出版年份	2003

AUTOR 作者	Wang Jun
	王军
TÍTULO 书名	——
	诗与思的激情对话：论奥克塔维奥·帕斯的诗歌艺术
EDITORIAL 出版社	Peking University Press
	北京大学出版社
AÑO / 出版年份	2004

AUTOR 作者	Zhu Jingdong
	朱景冬
TÍTULO 书名	——
	诺贝尔奖百年英杰：加西亚·马尔克斯
EDITORIAL 出版社	Changchun Publishing House
	长春出版社
AÑO / 出版年份	2004

AUTOR 作者	Zhu Jingdong, Sun Chengao
	朱景冬、孙成敖
TÍTULO 书名	——
	拉丁美洲小说史
EDITORIAL 出版社	Baihua Literature and Art Publishing House
	百花文艺出版社
AÑO / 出版年份	2004

AUTOR 作者	Zhao Deming
	赵德明
TÍTULO 书名	——
	巴尔加斯·略萨传
EDITORIAL 出版社	New World Press
	新世界出版社
AÑO / 出版年份	2005

AUTOR 作者	Ren Fangping 任芳萍
TÍTULO 书名	Gabriel García Márquez 马尔克斯
EDITORIAL 出版社	Haitian Publishing House 海天出版社
AÑO / 出版年份	2006

AUTOR 作者	Zeng Lijun 曾利君
TÍTULO 书名	—— 魔幻现实主义在中国的影响与接受
EDITORIAL 出版社	China Social Sciences Press 中国社会科学出版社
AÑO / 出版年份	2007

AUTOR 作者	Duan Ruochuan 段若川
TÍTULO 书名	—— 遭贬谪的缪斯：玛利亚·路易莎·邦巴尔
EDITORIAL 出版社	Henan Literature and Art Publishing House 河南文艺出版社
AÑO / 出版年份	2007

AUTOR 作者	Zhang Deming 张德明
TÍTULO 书名	—— 流散族群的身份建构：当代加勒比英语文学研究
EDITORIAL 出版社	Zhejiang University Press 浙江大学出版社
AÑO / 出版年份	2007

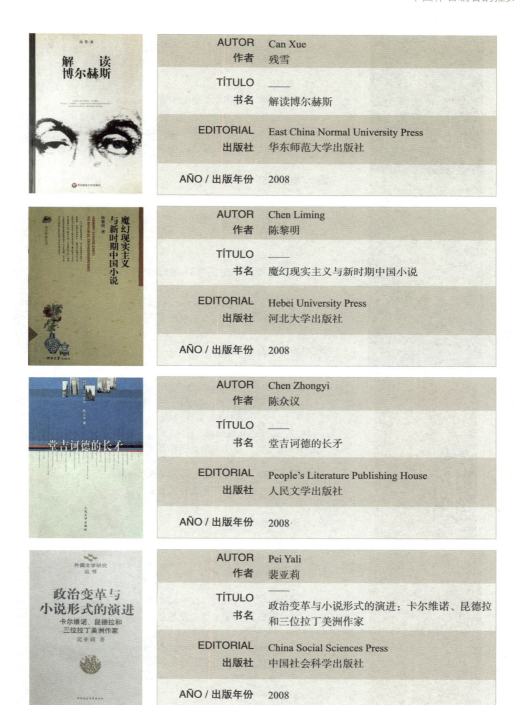

AUTOR 作者	Can Xue 残雪
TÍTULO 书名	解读博尔赫斯
EDITORIAL 出版社	East China Normal University Press 华东师范大学出版社
AÑO / 出版年份	2008

AUTOR 作者	Chen Liming 陈黎明
TÍTULO 书名	魔幻现实主义与新时期中国小说
EDITORIAL 出版社	Hebei University Press 河北大学出版社
AÑO / 出版年份	2008

AUTOR 作者	Chen Zhongyi 陈众议
TÍTULO 书名	堂吉诃德的长矛
EDITORIAL 出版社	People's Literature Publishing House 人民文学出版社
AÑO / 出版年份	2008

AUTOR 作者	Pei Yali 裴亚莉
TÍTULO 书名	政治变革与小说形式的演进：卡尔维诺、昆德拉和三位拉丁美洲作家
EDITORIAL 出版社	China Social Sciences Press 中国社会科学出版社
AÑO / 出版年份	2008

AUTOR 作者	Li De'en, Sun Chengao 李德恩、孙成敖
TÍTULO 书名	—— 插图本拉美文学史
EDITORIAL 出版社	Peking University Press 北京大学出版社
AÑO / 出版年份	2009

AUTOR 作者	Xu Zhiqiang 许志强
TÍTULO 书名	—— 马孔多神话与魔幻现实主义
EDITORIAL 出版社	China Social Sciences Press 中国社会科学出版社
AÑO / 出版年份	2009

AUTOR 作者	Lu Jingsheng, Ni Maohua (ed.) 陆经生、倪茂华（主编）
TÍTULO 书名	A Guide to the Masterpieces in Latin American Literature 拉丁美洲文学名著便览
EDITORIAL 出版社	Shanghai Foreign Language Education Press 上海外语教育出版社
AÑO / 出版年份	2009

AUTOR 作者	Li De'en 李德恩
TÍTULO 书名	A Study of Hispanic American Literature and Culture 拉美文学流派与文化
EDITORIAL 出版社	Shanghai Foreign Language Education Press 上海外语教育出版社
AÑO / 出版年份	2010

AUTOR 作者	Wang Tong 王彤
TÍTULO 书名	—— 从身份游离到话语突围：智利文学的女性书写
EDITORIAL 出版社	Bashu Book 巴蜀书社
AÑO / 出版年份	2010

AUTOR 作者	Zhu Jingdong 朱景冬
TÍTULO 书名	A Critical Biography of José Julián Martí 何塞·马蒂评传
EDITORIAL 出版社	Social Sciences Academic Press 社会科学文献出版社
AÑO / 出版年份	2010

AUTOR 作者	Zeng Lijun 曾利君
TÍTULO 书名	—— 加西亚·马尔克斯作品的汉译传播与接受
EDITORIAL 出版社	Zhonghua Book Company 中华书局
AÑO / 出版年份	2011

AUTOR 作者	Chen Zhongyi 陈众议
TÍTULO 书名	Gabriel García Márquez 加西亚·马尔克斯传
EDITORIAL 出版社	China Changan Publishing House 中国长安出版社
AÑO / 出版年份	2011

427

AUTOR 作者	Chen Zhongyi 陈众议
TÍTULO 书名	—— 游心集：陈众议自选集
EDITORIAL 出版社	Henan University Press 河南大学出版社
AÑO / 出版年份	2011

AUTOR 作者	Teng Wei 滕威
TÍTULO 书名	—— "边境"之南：拉丁美洲文学汉译与中国当代文学（1949—1999）
EDITORIAL 出版社	Peking University Press 北京大学出版社
AÑO / 出版年份	2011

AUTOR 作者	Zhao Deming 赵德明
TÍTULO 书名	Mario Vargas Llosa 略萨传
EDITORIAL 出版社	China Changan Publishing House 中国长安出版社
AÑO / 出版年份	2011

AUTOR 作者	Zeng Lijun 曾利君
TÍTULO 书名	Gabriel García Márquez in China 马尔克斯在中国
EDITORIAL 出版社	China Social Sciences Press 中国社会科学出版社
AÑO / 出版年份	2012

AUTOR 作者	Lin Yian 林一安
TÍTULO 书名	Biografía fotográfica de Borges 博尔赫斯画传
EDITORIAL 出版社	Xinhua Publishing House 新华出版社
AÑO / 出版年份	2012

AUTOR 作者	Zhu Jingdong 朱景冬
TÍTULO 书名	Horacio Quiroga: The Father of Latin American Short Stories 拉丁美洲短篇小说之父：奥拉西奥·基罗加
EDITORIAL 出版社	Social Sciences Academic Press 社会科学文献出版社
AÑO / 出版年份	2012

AUTOR 作者	Zhu Jingdong 朱景冬
TÍTULO 书名	—— 当代拉美文学研究
EDITORIAL 出版社	Social Sciences Academic Press 社会科学文献出版社
AÑO / 出版年份	2012

AUTOR 作者	Mao Pin 毛频
TÍTULO 书名	La parodia en la narrativa de Mario Vargas Llosa: La tía Julia y el escribidor y El hablador 马里奥·巴尔加斯·略萨小说中的戏仿研究：以《胡丽娅姨妈和作家》与《叙事人》为例
EDITORIAL 出版社	University of International Business and Economics Press 对外经贸大学出版社
AÑO / 出版年份	2013

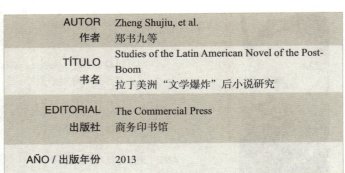

AUTOR 作者	Zheng Shujiu, et al. 郑书九等
TÍTULO 书名	Studies of the Latin American Novel of the Post-Boom 拉丁美洲"文学爆炸"后小说研究
EDITORIAL 出版社	The Commercial Press 商务印书馆
AÑO / 出版年份	2013

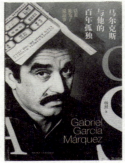

AUTOR 作者	Yang Zhao 杨照
TÍTULO 书名	Márquez and His One Hundred Years of Solitude 马尔克斯与他的百年孤独：活着是为了说故事
EDITORIAL 出版社	New Star Press 新星出版社
AÑO / 出版年份	2013

AUTOR 作者	Zhang Weijie 张伟劼
TÍTULO 书名	—— 帝国的遗产
EDITORIAL 出版社	Shanghai People's Publishing House 上海人民出版社
AÑO / 出版年份	2013

AUTOR 作者	Mu Deshuang 穆德爽
TÍTULO 书名	Gabriela Mistral 米斯特拉尔传
EDITORIAL 出版社	Times Literature and Art Publishing House 时代文艺出版社
AÑO / 出版年份	2013

AUTOR 作者	Li Baojie 李保杰
TÍTULO 书名	A Study on Contemporary American Latino Literature 当代美国拉美裔文学研究
EDITORIAL 出版社	Shandong University Press 山东大学出版社
AÑO / 出版年份	2014

AUTOR 作者	Lin Yian 林一安
TÍTULO 书名	El laberinto y Cien años de soledad 迷宫与《百年孤独》
EDITORIAL 出版社	Xiyuan Publishing House 西苑出版社
AÑO / 出版年份	2014

AUTOR 作者	Chang Fuliang 常福良
TÍTULO 书名	—— 西班牙语文学精要
EDITORIAL 出版社	Foreign Language Teaching and Research Press 外语教学与研究出版社
AÑO / 出版年份	2014

AUTOR 作者	Fan Ye 范晔
TÍTULO 书名	—— 诗人的迟缓
EDITORIAL 出版社	Shanghai Joint Publishing 上海三联书店
AÑO / 出版年份	2014

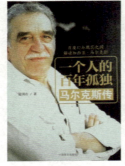

AUTOR 作者	Xie Guoyou 谢国有
TÍTULO 书名	—— 一个人的百年孤独：马尔克斯传
EDITORIAL 出版社	China Commercial Publishing House 中国商业出版社
AÑO / 出版年份	2014

AUTOR 作者	Zhang Ke 张珂
TÍTULO 书名	—— 女性与战争：马斯特雷塔作品中的墨西哥革命重塑
EDITORIAL 出版社	People's Literature Publishing House 人民文学出版社
AÑO / 出版年份	2014

AUTOR 作者	Chen Ning 陈宁
TÍTULO 书名	El discurso nacionalista en la literatura gauchesca argentina 高乔文学：论文学叙事与阿根廷民族身份建构
EDITORIAL 出版社	People's Publishing House 人民出版社
AÑO / 出版年份	2015

AUTOR 作者	Qiu Huadong 邱华栋
TÍTULO 书名	—— 大陆碰撞大陆：拉丁美洲小说与 20 世纪晚期以来的中国小说
EDITORIAL 出版社	Sino-Culture Press 华文出版社
AÑO / 出版年份	2015

AUTOR 作者	Chen Zhongyi 陈众议
TÍTULO 书名	—— 想象的边际
EDITORIAL 出版社	Flower City Publishing House 花城出版社
AÑO / 出版年份	2015

AUTOR 作者	Jiang Yu 姜瑜
TÍTULO 书名	Gabriel García Márquez 请用一枝玫瑰纪念我：马尔克斯传
EDITORIAL 出版社	Jiangsu Phoenix Literature and Art Publishing 江苏凤凰文艺出版社
AÑO / 出版年份	2015

AUTOR 作者	Zhao Zhenjiang, Teng Wei 赵振江、滕威
TÍTULO 书名	—— 中外文学交流史：中国—西班牙语国家卷
EDITORIAL 出版社	Shangdong Education Press 山东教育出版社
AÑO / 出版年份	2015

AUTOR 作者	Zheng Shujiu 郑书九
TÍTULO 书名	La búsqueda constante del paraíso en Pedro Páramo de Juan Rulfo 执着地寻找天堂：墨西哥作家胡安·鲁尔福中篇小说《佩德罗·巴拉莫》解析
EDITORIAL 出版社	Foreign Language Teaching and Research Press 外语教学与研究出版社
AÑO / 出版年份	2015

AUTOR 作者	Zheng Shujiu, et al. 郑书九等
TÍTULO 书名	当代外国文学纪事（1980—2000）·拉丁美洲卷
EDITORIAL 出版社	The Commercial Press 商务印书馆
AÑO / 出版年份	2015

AUTOR 作者	Luo Haiyan 罗海燕
TÍTULO 书名	Pablo Neruda 聂鲁达传
EDITORIAL 出版社	Modern Press 现代出版社
AÑO / 出版年份	2016

AUTOR 作者	Dai Bing 戴冰
TÍTULO 书名	穿过博尔赫斯的阴影
EDITORIAL 出版社	Guangxi Normal University Press Group 广西师范大学出版社
AÑO / 出版年份	2016

AUTOR 作者	Fan Ye 范晔
TÍTULO 书名	诗人的迟缓
EDITORIAL 出版社	Shanghai Joint Publishing 上海三联书店
AÑO / 出版年份	2016

AUTOR 作者	Hu Zhencai, Zou Ping (ed.) 胡真才、邹萍（主编）
TÍTULO 书名	书山有路：西葡拉美文学论文集
EDITORIAL 出版社	Foreign Language Teaching and Research Press 外语教学与研究出版社
AÑO / 出版年份	2016

AUTOR 作者	Zhang Weijie 张伟劼
TÍTULO 书名	吉他琴的呜咽：西语文学地图
EDITORIAL 出版社	Henan University Press 河南大学出版社
AÑO / 出版年份	2016

AUTOR 作者	Chen Zhongyi 陈众议
TÍTULO 书名	向书而在：陈众议散文精选
EDITORIAL 出版社	Haitian Publishing House 海天出版社
AÑO / 出版年份	2017

AUTOR 作者	Chen Zhongyi, Zong Xiaofei 陈众议、宗笑飞
TÍTULO 书名	西班牙与西班牙语美洲文学通史：西班牙文学 - 中古时期
EDITORIAL 出版社	Yilin Press 译林出版社
AÑO / 出版年份	2017

435

AUTOR 作者	Xiao Xuyu 肖徐彧
TÍTULO 书名	—— 博尔赫斯与中国
EDITORIAL 出版社	China Social Sciences Press 中国社会科学出版社
AÑO / 出版年份	2017

AUTOR 作者	Lou Yu 楼宇
TÍTULO 书名	Estudio de la narrativa policíaca de Ricardo Piglia 里卡多·皮格利亚侦探小说研究
EDITORIAL 出版社	China Social Sciences Press 中国社会科学出版社
AÑO / 出版年份	2018

AUTOR 作者	Chen Zhongyi, Fan Ye, Zong Xiaofei 陈众议、范晔、宗笑飞
TÍTULO 书名	—— 西班牙与西班牙语美洲文学通史：西班牙文学— 黄金世纪
EDITORIAL 出版社	Yilin Press 译林出版社
AÑO / 出版年份	2018

AUTOR 作者	Meng Xiayun 孟夏韵
TÍTULO 书名	Estudio de la eco-literatura hispanoamericana basado en novelas ecocríticas de Homero Aridjis y de Luis Sepúlveda 拉美生态文学研究：以荷马·阿里德希斯与路易 斯·塞普尔维达生态小说为例
EDITORIAL 出版社	World Affairs Press 世界知识出版社
AÑO / 出版年份	2019

AUTOR 作者	Can Xue 残雪
TÍTULO —— 书名	建构新型宇宙：博尔赫斯短篇解析
EDITORIAL 出版社	China Writers Publishing House 作家出版社
AÑO / 出版年份	2019

AUTOR 作者	Min Xuefei, et al. 闵雪飞等
TÍTULO —— 书名	书写真实的奇迹：葡萄牙语文学漫谈
EDITORIAL 出版社	The Commercial Press 商务印书馆
AÑO / 出版年份	2019

AUTOR 作者	Wang Zuyou, et al. 王祖友等
TÍTULO —— 书名	拉美后现代主义小说论
EDITORIAL 出版社	China Renmin University Press 中国人民大学出版社
AÑO / 出版年份	2019

AUTOR 作者	Yan Bo 晏博
TÍTULO —— 书名	拉丁美洲文学经典评析
EDITORIAL 出版社	Foreign Language Teaching and Research Press 外语教学与研究出版社
AÑO / 出版年份	2019

AUTOR 作者	Yang Zhao 杨照
TÍTULO 书名	Márquez and His One Hundred Years of Solitude 马尔克斯与他的百年孤独
EDITORIAL 出版社	Guangxi Normal University Press Group 广西师范大学出版社
AÑO / 出版年份	2019

AUTOR 作者	Zheng Shujiu, Huang Nan (ed.) 郑书九、黄楠（主编）
TÍTULO 书名	—— 学海无涯：西葡拉美文学论文集
EDITORIAL 出版社	Foreign Language Teaching and Research Press 外语教学与研究出版社
AÑO / 出版年份	2019

AUTOR 作者	Zhu Jingdong 朱景冬
TÍTULO 书名	—— 21 世纪的拉美小说研究
EDITORIAL 出版社	China Social Sciences Press 中国社会科学出版社
AÑO / 出版年份	2019

AUTOR 作者	Can Xue 残雪
TÍTULO 书名	—— 解读博尔赫斯
EDITORIAL 出版社	Hunan Literature and Art Publishing House 湖南文艺出版社
AÑO / 出版年份	2019

附录三　拥有双国籍的作者名单
Anexo III
Autores con doble nacionalidad

作者 Autor	国籍 Nacionalidad
阿尔维托·曼古埃尔 Alberto Manguel	阿根廷 / 加拿大 Argentina / Canadá
阿里埃尔·多尔夫曼 Ariel Dorfman	智利 / 阿根廷 Chile / Argentina
卡洛斯·多明盖兹 Carlos María Domínguez	乌拉圭 / 阿根廷 Uruguay / Argentina
卡门·波萨达斯 Carmen Posadas	乌拉圭 / 西班牙 Uruguay / España
恩里克·巴里奥斯 Enrique Barrios	委内瑞拉 / 智利 Venezuela / Chile
切·格瓦拉 Ernesto Guevara (Che Guevara)	阿根廷 / 古巴 Argentina / Cuba
茱莉娅·阿尔瓦雷斯 Julia Álvarez	多米尼加 / 美国 República Dominicana / Estados Unidos
朱诺·迪亚斯 Junot Díaz	多米尼加 / 美国 República Dominicana / Estados Unidos
马里奥·巴尔加斯·略萨 Mario Vargas Llosa	秘鲁 / 西班牙 Perú / España
桑德拉·希斯内罗丝 Sandra Cisneros	墨西哥 / 美国 México / Estados Unidos

异乡的风景
图说拉美文学在中国

附录四　作者和译者常用笔名与原名对照表
Anexo IV
Nombres y seudónimos de algunos autores y traductores

原名 Nombre real	笔名 Seudónimo
陈用仪（Chen Yongyi）	亦潜（Yi Qian）
段若川（Duan Ruochuan）	若川（Ruochuan）
韩水军（Han Shuijun）	水军（Shuijun）
黄志良（Huang Zhiliang）	志良（Zhiliang）
李双玉（Li Shuangyu）	双玉（Shuangyu）
林光（Lin Guang）	林方仁（Lin Fangren）、李卞（Li Bian）
刘静言（Liu Jingyan）	静言（Jingyan）
刘晓眉（Liu Xiaomei）	贺晓（He Xiao）
盛力（Sheng Li）	江禾（Jiang He）
王永年（Wang Yongnian）	王仲年（Wang Zhongnian）
张广森（Zhang Guangsen）	林之木（Lin Zhimu）
赵德明（Zhao Deming）	赵绍天（Zhao Shaotian）

致谢

本书得到了许多专家学者、编辑及朋友的大力支持与无私帮助。在此，谨向他们致以诚挚的感谢。

感谢商兆军、赵佳、李雨阳、杨梦麟、胡少宁和李泽楠对本研究数据统计所提供的大力帮助。

感谢赵德明、郑书九、胡真才、尹承东、徐世澄、蔚玲、郭存海、刘存沛、彭伦、陈欢欢、缪伶超、尹汉超、林华、安薪竹等老师为本书提供的指导和帮助。

感谢先锋书店钱小华先生和李新新女士对拉美文学认知度问卷调查的大力支持。

感谢麦高·萨拉特、马塞洛·法比安·罗德里格斯、伊娃娜·布里根蒂、内斯托·雷斯蒂沃、古斯塔沃·伍、胡安·特科列蒂、吉列尔莫·布拉沃、戴维·富恩特等对本书西文部分提供的宝贵意见。

本书在编辑出版过程中，得到了朝华出版社汪涛社长、李晨曦副总编辑和国际合作部张璇副主任的大力支持。范佳铖编辑工作细致认真，为本书的顺利出版付出了辛勤劳动。在此向他们表示衷心感谢。

Agradecimientos

Esta obra no hubiera sido posible sin el gran apoyo brindado por muchos profesores, académicos, editores, e incluso amigos. A todos ellos queremos expresarles nuestro más sincero agradecimiento.

Nos es imprescindible mencionar la generosa ayuda ofrecida por Shang Zhaojun, Zhao Jia, Li Yuyang, Yang Menglin, Hu Shaoning y Li Zenan, con quienes hemos contado en todo momento para la recopilación de datos para el presente trabajo, así como el inestimable apoyo de Zhao Deming, Zheng Shujiu, Hu Zhencai, Yin Chengdong, Xu Shicheng, Wei Ling, Guo Cunhai, Liu Cunpei, Peng Lun, Chen Huanhuan, Miao Lingchao, Yin Hanchao, Lin Hua y An Xinzhu, quienes nos han aportado sugerencias muy valiosas sobre el contenido de la obra. Al mismo tiempo, no podemos olvidar la ayuda prestada por Qian Xiaohua y Li Xinxin, de la Librería Avant-Garde. Gracias a sus preciados esfuerzos, se pudo realizar con éxito la encuesta sobre la percepción de la literatura latinoamericana en China.

En cuanto a la publicación de la presente obra, no podemos concluir sin agradecer sinceramente la contribución de Michael Zárate, Marcelo Fabián Rodríguez, Ivana Brighenti, Néstor Restivo, Gustavo Ng, Juan Cortelletti, Guillermo Bravo y David Fuente, quienes se han encargado de la revisión o asesoría de la versión en español, y también al equipo de Blossom Press, especialmente a su director, Wang Tao; a la subeditora en jefe, Li Chenxi, y a la subdirectora del Departamento de Cooperación Internacional, Zhang Xuan. Del mismo modo, expresamos nuestro especial agradecimiento al editor Fan Jiacheng, sin cuyos encomiables esfuerzos y dedicación nos habría sido imposible realizar la publicación de este libro.

图书在版编目（CIP）数据

异乡的风景：图说拉美文学在中国：汉西对照 /
楼宇著 . -- 北京：朝华出版社，2024.1
ISBN 978-7-5054-4626-7

Ⅰ . ①异… Ⅱ . ①楼… Ⅲ . ①拉丁美洲文学—文学翻
译—图解 Ⅳ . ① I730.6-64

中国版本图书馆 CIP 数据核字（2023）第 225569 号

异乡的风景：图说拉美文学在中国

作　　者　楼　宇
审　　订　［秘鲁］麦高·萨拉特

出 版 人　汪　涛
责任编辑　张　璇
执行编辑　范佳铖
责任印制　陆竞赢　崔　航
封面设计　微言视觉 l 乔 东
排版制作　创世禧

出版发行　朝华出版社
社　　址　北京市西城区百万庄大街 24 号　　　　邮政编码　　100037
订购电话　（010）68996522
传　　真　（010）88415258（发行部）
联系版权　zhbq@cicg.org.cn
网　　址　http://zhcb.cipg.org.cn
印　　刷　天津市光明印务有限公司
经　　销　全国新华书店
开　　本　710 mm × 1000 mm　1/16　　　　　字　　数　600 千字
印　　张　28.5
版　　次　2024 年 1 月第 1 版　2024 年 1 月第 1 次印刷
书　　号　ISBN 978-7-5054-4626-7
定　　价　198.00 元

Primera edición e impresión: enero de 2024

Paisajes exóticos: Un recorrido gráfico de la literatura latinoamericana en China
Texto: Lou Yu
Revisión: Michael Zárate
Publicación: Blossom Press
Dirección: Avenida Baiwanzhuang n.º 24, distrito de Xicheng, Beijing 100037, China
Teléfono: (8610) 68996522
Fax: (8610) 88415258 (Departamento de Distribución)
Impresión: Tianjin Guangming Printing Co., Ltd.
ISBN 978-7-5054-4626-7

Impreso en la República Popular China